〔明〕湯顯祖 著
錢南揚 校點

湯顯祖戲曲集

下

上海古籍出版社

南柯記

南柯夢記目録

【校】

㈠世，清暉本、竹林本俱作「綱」。

南柯夢㈠記

明　湯顯祖　箸㈡

第一齣　提世

【南柯子】㈢〔末上〕玉茗新池雨，金柅小閣晴。有情歌酒莫教停，看取無情蟲蟻，也關情。國土陰中起，風花眼角成。契玄還有講殘經。爲問東風吹夢，幾時醒？〔問答照常〕㈣

登寶位㈤槐安國土。隨夫貴公主金枝。
有碑記南柯太守。無虛誑甘露禪師。

【校】

㈠原題作南柯記，據竹林本正文首行標題補「夢」字。

㈡萬曆本、竹林本俱署「臨川玉茗堂編」。

㊂南柯子，即南歌子的別名。

㊃各本俱無「問答照常」四字。案：所謂「問答」，是指末問「今日敷演甚傳奇」，而後場回答某某傳奇，於是末接下去報告戲情。這裏「國土」云云四句，已將戲情說出，何須再用問答。就是要用，也應放在上半片「關情」之下。

㊄位，清暉本、竹林本俱作「閣」。

第二齣　俠概

【破齊陣】〔生背㊀劍上〕壯㊁氣直沖牛斗，鄉心倒掛揚州。四海無家，蒼生没眼，拄破了英雄笑口。自小兒豪門慣使酒，偌大的煙花不放愁，庭槐吹暮秋。

【蝶戀花】秋到空庭槐一樹，葉葉秋聲，似訴流年去。便有龍泉君莫舞，一生在客飄吴楚。那得胸懷長此住，但酒千杯，便是留人處。有個狂朋來共語，未來先自愁人去。小生東平人氏，復姓淳于，名棼。始祖淳于髡，善飲，一斗亦醉，一石亦醉，頗留滑稽之名；次祖淳于意，善醫，一男不生，一女不死，官拜倉公之號。傳至先君，曾爲邊將。投荒久遠，未知存亡。至于小生，精通武藝。不拘一節，累散千金。養江湖豪浪之徒，爲吴楚遊俠之士。曾補淮南軍裨㊂將，要取河北路功名。偶然使酒，失主帥之心；因而棄官，成落魄之像。家去廣陵城十里，庭有古槐樹一株。枝榦廣長，清陰數畝，小子每與羣豪縱飲其下。偶此日間，羣豪雨散。則有六合縣兩人：武舉周弁，吾酒徒也；處士田子華，吾文友也。今乃唐貞元七年暮秋之日，分付家僮山鷓兒，置酒槐庭，以款二友。山鷓兒何在？〔丑扮僮上〕腿似水牯子，臉像山鷓兒。稟告東人：置酒槐陰庭下，二客早到。

【搗練子】〔浄扮周末扮田上〕花月晚，海山秋。人生只合醉揚州，慣使酒的高陽吾至友。

〔周〕小子潁川周弁是也。〔田〕小子馮翊田子華是也。〔周田〕我二人將歸六合，去與淳于兄告別。

〔丑〕主人槐陰庭等候。〔見介〕【集唐】縣古槐根出，秋來朔吹高。黃金猶未盡，終日困香醪。〔生〕數日門客蕭條，令人困悶。〔周田〕連小弟二人日晚歸舟，竟來告別。〔生〕二兄也要回去，好不悶人也。槐庭有酒，且與沈醉片時。〔酒介〕

【玉交枝】〔生〕風雲識透，破千金賢豪浪遊。十八般武藝吾家有，氣冲天楚尾吳頭。一官半職懶踟躕，三言兩語難生受。悶嘈嘈尊前罷休，恨叨叨君前訴休。

〔周田〕槐庭下勾尊兄飲樂也。

【前腔】〔生〕㊃把大槐根究，鬼精靈庭空翠幽。恨天涯搖落三杯酒，似飄零落葉知秋。怕雨中妝點的望中稠，幾年間馬蹄終日因君驟。論知心英雄對愁，遇知音英雄散愁。

〔周田〕二弟辭了。〔生〕送賢弟一程。

【急板令】㊄道西歸迎鑾鎮頭，順西風薔薇玉溝。送將歸暮秋，送將歸暮秋。舉眼天長，桃葉孤舟。去了旋來，有話難周。〔合〕向晚霞江上銷憂，還送送怎遲留。

〔周田歎介〕二弟此去，可能更㊅來。〔生〕兄弟怎出此話？

【前腔】〔周田〕歎知交一時散休，到家中急難再遊。猛然間淚流，猛然間淚流。可爲甚攜手相看，兩意悠悠。腸斷江南，夢落揚州。〔合前〕

【尾聲】〔生〕㊆恨不和你落拓江湖載酒遊，休道個酒中交難到頭。你二人去了呵，我待要

每日間睡昏昏長則是酒。〔周田下〕

〔生弔場介〕他二人又去了，空庭寂靜，好是無聊。山鷓兒，揚州有甚麼會耍子的人麽？〔丑〕那裏討？則那瓦子鋪後，有個溜二、沙三兄弟會耍。〔生〕你去請來。

一生遊俠在江淮，　未老芙蓉説劍才。
寥落酒醒人散後，　那堪㊇秋色到庭槐。

【校】

㊀背，萬曆、清暉、竹林三本俱作「佩」。

㊁壯，萬曆、清暉、竹林三本俱作「將」。

㊂褌，萬曆本誤作「褌」。

㊃萬曆本無「生」字。

㊄急板令下原有「生」字，衍，據各本删。

㊅更，原作「便」，與下文語氣不貫，據各本改。

㊆各本俱奪「生」字。

㊇堪，獨深本作「知」字。

第三齣　樹國

【海棠春】〔蟻王引衆上〕江山是處堪成立，有精細出乎其類。萬户繞星宸，一道通槐里。〔衆〕絳闕朱衣，丹臺紫氣，別是一門天地。〔合〕把酒玉階前，且慶風雲際。〔衆行禮介〕我王千歲。【清平樂】〔王〕緑槐風下，日影明窗罅。寶界嚴城宫殿灑，一粒土花金價。

千年動物生神，端然氣象君臣。真是國中有國，誰言人下無人。自家大槐安國主是也。本爲螻蟻，別號蚍蜉。行磨周天，頗合星辰之度；存身大地，似蟄龍蛇之居。一生二，二生三，生之者㊀衆；萬取千，千取百，衆即㊁成王。臭腐轉爲神奇，真乃是明則動，動則變，變則化；太山之於丘垤，故所謂均無貧，和無寡，安無傾。一年成聚，二年成邑，到三年而成都，寡人有些擅行；夏后以松，殷人以柏，及周人而以栗，敝國寄在槐安。火不能焚，寇不能伐。三槐如在，可成豐沛之邦；一木能支，將作酒泉之殿。列蘭錡，造城郭，大壯重門；穿户牖，起樓臺，同人棟宇。清陰鎖院，分雨露於各科；翠蓋黄扉，灑風雲於數道。長安夾其鸞路，果然集集朱輪；吴都樹以葱青，委是眈眈玄蔭。北闕表三公之位，義取懷來；南柯分九月之官，理宜修備。右邊憲獄司，比棘林而聽訟；左側司馬府，倚大樹以談兵。丞相閣列在寢門，上卿蚤朝而坐；大學館布成街市，諸生朔望而遊。真乃天上靈星，國家喬木。樹在王門之内，待學周武王神禁，無益者去，有益者來；聲聞鄰國之間，要似齊景公號令，犯槐者刑，傷槐者死。此乃爲君之法度，要全立國之根

基。所喜内有中宫之賢，外有右相之助。今日政機多暇，且與君臣同遊。筵宴已齊，右相早到。

【劍器令】㊂〔右相上〕日晏下彤闈，承詔又趨丹陛。〔行禮介〕右丞相武成侯臣段功叩頭，千歲。〔王〕賜卿平身。今日召卿，知吾意乎？〔右〕愚臣未知。〔王〕國家所慮，有㊃天地人三不同。且喜我國中天無陰雨之兆，地無行潦之侵。有禮有法，國中無漏網之鯨；無害無災，境外有玄駒之馬。便是檀蘿無警，足知你槐棘有人。待與卿遨翔宮樹之前，逍遥封壤之内。卿意云何？〔右〕君臣同遊，太平盛事。但國家還有十八路國公，四門王親，禮當侍駕。〔王〕衆國公王親别行賜宴，槐階之下，但與卿同。〔行介〕紫殿肅陰陰，彤庭赫弘敞。風動萬年枝，日華承露掌。〔衆〕酒到。〔右進酒介〕願我王進千秋萬歲酒。

【惜奴嬌】㊄〔王〕大塊無私，費工夫點透了，幽瑣玄微。謾道是帝虎人龍，立定朝儀。區區，也教分取，河山王氣。〔合〕希奇，今日風色晴和，暫擁出宮庭遊戲。

【前腔】〔右〕階墀，新築沙堤。看高官貴種，綷幘黄衣。總千門萬户，煩星點綴。依希，太乙微垣，吾王端冕，任意往來巡歷。〔合前〕

【黑麻序】㊅〔王〕須知，粃粟能飛。一星星體性，誰無雄氣？恨些須封壤，草朝粗立。吾志，要行天上磨，還聽海中雷。〔合〕且徘徊，看地利天時，再行移徙。

〔右〕臣啓大王：敢嫌國土微小？

【前腔】思之，蟻㊆虱臣微。共立成一國，非同容易。歎生靈日逐，貧忙一粒。何必，平中堪取巧，節外更生枝。〔合前〕

〔王〕久不曾槐陰下一遊，今日盡興觀賞。

【錦衣香】荷濃陰，葉兒翠。映春光，幹兒碧。來去瞻依，縱横條直，眼見參天百尺枝。似樓桑村裏，殢柳叢祠。一般兒重重遮蓋，到登基龍庭朝會。但有分成些基業，豈嫌微細？人衆成王，排班做勢。

【漿水令】謝蒼穹調勻風日，承后土盤固根基，九重深處殿巍巍。一線之間，九曲巡迴。穿巷陌，列朝市。土階穴處今何世？拜的拜，跪的跪，君臣有義。走的走，立的立，赤子無知。

【尾聲】㊇〔王〕俺建邦起土登王位，右相呵，你入閣穿宮拜相奇。但願俺大槐安萬萬歲根兒蟠到底。

萬物從來有一身，一身還有一乾坤。
敢於世上明開眼，肯把江山別立根。

【校】

㊀之者，清暉本、竹林本俱誤作「者之」。

㊁即，清暉本、竹林本俱誤作「師」。

㊂劍器令，原誤作海棠春，據葉譜改。此曲應有四句，此處下面省去二句。

㊃有，萬曆、清暉、竹林三本俱作「者」。

㊄惜奴嬌，葉譜題作黑夜行，謂黑麻序犯夜行船。

㊅黑麻序，原誤作「前腔」，據葉譜改。竹林本誤題作鬥寶蟾。

㊆蟻，萬曆、清暉、竹林三本俱作「蟣」。

㊇「尾聲」下原有「王」字，衍，據辭意删。

第四齣　禪請

〔浄扮老禪師上〕【集唐】老住西峯第幾層，琉璃爲殿月爲燈。終年不語看如意，長守林泉亦未能。自家契玄禪師是也。自幼出家修行，今年九十一歲。參承佛祖，證取綱宗。從世尊法演於西天，到達摩心傳於東土。無影樹下，弄月嘲風；没縫塔中，安身立命。可以浮漚復水，明月歸天。只爲五百年前有一業債，梁天監年中，前身曾爲比丘，跟隨達摩祖師渡江。比揚州有七佛以來毗婆寶塔，老僧一夕捧執蓮花燈，上於七層塔上，忽然傾瀉蓮燈，熱油注於蟻穴之内。彼時不知，當有守塔小沙彌，顔色不快，問他敢是費他掃塔之勞？那小沙彌説道：不爲别的，以前聖僧天眼算過，此穴中流傳有八萬四千户螻蟻。今日熱油下注，壞了多生。但是燃燈念佛之時，他便出來行走瞻聽。小沙彌到彼時分，施散齋飯，與他爲戲。老僧聞言，甚是懺悔，啓參達摩老師父。老師父説道：不妨，不妨，他蟲業將盡，五百年後，定有靈變，待汝生天。老僧記下此言，三生在耳。屈指到今，恰好五百來歲。欲往揚州，了此公案，老病因循。你看：這潤州城對着金焦，好不山川攢秀。禪堂幽静，我且入定片時，看做甚麽境界也。〔衆扮僧俗四人持書上〕有時鶴去愁衝錫，何處龍來喜聽經。小僧和這居士們，是對江揚州孝感智禪二寺住持，祇因十方大衆之發心，求契玄禪師而説法。此間是甘露寺方丈，捧書而進。呀，禪師入定，敲他雲板三聲。〔敲介〕〔浄醒介〕四衆何爲而來？〔衆跪介〕揚州合郡僧俗，敬選七月十五日大會盂蘭，虔請大師升座，十方善信書疏呈上。㈠〔呈書介〕〔浄〕起來。㈡〔展書㈢念介〕竊以某等生維揚花月之區，豈無惡業；接古潤金焦之境，亦有善緣。凡依玉蕊之花，盡抱香檀之樹。恭惟甘露山主契玄大㈣師座下：性融朗月，德普慈雲。中含三點之藏，帶一轉二；外示六爻之相，互五重三。鐘鼓不交參，截斷衆流開覺路；風幡無動相，掃除塵翳落空華。見三世諸佛面目本來，入一切衆生語言三昧。盂蘭盆裏，喝開朵朵金蓮；寶月燈中，打破重重玉網。但見飲光微笑，普同大衆歸心。惟願慈悲，和南攝受。〔浄〕貧僧老病將臨，不奈過江也。〔背介〕纔想起揚州螻蟻因果，敢在此行？

【正宮端正好】我則是二文殊，降下這三天竺，渡江南一蟻菰蘆。金焦擺列鐘和鼓，這寺裏有名甘露。

〔回介〕不去罷。我看衲子們談經説誦的，不在話下。一般努目揚眉，舉處便喝，唱演宗門，有甚裏交涉也？

【滚繡球】但説的是附雁傳書有，要還鄉曲調無。怎生是石人起舞？怎生是新婦騎驢？那裏有笑拈花？喫荔枝？則許你單刀直入，都怎生被箭逃虚？我這裏君臣位上賓和主，水月光中我帶渠，世界如愚。

〔衆作請介〕〔浄〕既十方懇請，則待過江走一遭。

【倘秀才】恁待要三千界樓臺舌鋪，不消的十二部經坊印模。禪門三下板，你塵世一

封書。目前些子，看何如？我這裏親憑佛祖。

四衆先行，貧僧分付你：

【煞尾㈤】先在禪智院立一本百千萬億投名簿，後在孝感寺掛一軸五十三參聽講圖。除了那戒壇上石點頭，則待看普諸天花下雨。㈥

安排寶蓋與幡幢，方便乘杯一渡江。
地震海潮人施法，管教螻蟻盡歸降。

【校】

㈠萬曆、清暉、獨深三本俱奪「上」字。
㈡「起來」下，各本俱有「將書表白一番」一句。
㈢「展書」上原有「浄」字，衍，據萬曆、清暉、獨深三本删。
㈣大，各本俱作「太」。
㈤原無「尾」字，據葉譜補。
㈥「雨」字下，萬曆、清暉、竹林三本俱有「下」字。案：此字應在下場詩之下。

第五齣　宮訓

【夜遊宮】〔老旦國母引宮娥上〕宮樹槐根隱隱，從地府學成坤順。〔衆〕畫扇影隨宮燕引，聽重門，晝漏聲，花外盡。

〔衆叩頭介〕宮娥叩頭，娘娘千歲。【清平樂】〔老〕大槐秋色，世外朱塵隔。歌吹重重㈠情脈脈，怕道有人傾㈡國。　孔雀扇影分行，宮娥半袖通裝。　卻是洞門深杳，折旋消得君王。　自家大槐安國母是也。初爲牝蟻，配得雄蜉。細如蟣虱之妻，大似蚊虻之母。偶爾稱孤道寡，居然正位中宮。有女瑤芳一人，號作金枝公主。姿㈢才冠世，婚嫁及期。授書史於上真仙姑，學刺繡於靈芝國嫂。昨承我王之命，要求人世之姻。必須有眼之人，方㈣得有情之壻。我想起來，則有姪女瓊英郡主，能會瞧人。待我先喚公主出來，示以此意。然後分付姪女，依計而行。〔衆〕公主到。

【前腔】〔旦扮公主上〕幻質分靈蠹，也會的施朱傅粉。一般人物嬌和嫩，這芳心，洞房中，誰簇緊？

〔見介〕女兒瑤芳叩頭，娘娘千歲千千歲。〔老〕公主，你年已及笄，名方弄玉。今日依於國母，他日宜其家人。四德三從，可知端的？〔旦〕女㈤兒年幼，望母親指教。〔老〕夫三從者：在家從父，出嫁從夫，老而從子。四德者：婦言，婦德，婦容，婦功。有此三從四德者，可以爲賢女子矣。聽我

道來：

【傍妝臺】㈥〔老〕一種寄靈根，依然樓閣賀生存。論規模雖小可，乘氣化有人身。中宮忝作吾王正，下國憑稱寡小君。掌司陰教，齊眉至尊，你須知三貞七烈同是世間人。

【前腔】〔旦〕小小贅芳塵，念瑤芳生長在王門。雖不是人間世，論相同掌上珍。寒餘窈窕深閨晚，暖至丰茸別洞春。父王庭訓，娘親細論，難道這三從四德微細的不如人？

【玩仙燈】〔貼瓊英上〕踏綻鞋跟，蚤向朱門步穩。㈦

自家蟻王姪女瓊英便是。娘娘有召，敬入則個。〔見叩頭介〕郡主瓊英叩頭，娘娘千歲。〔見旦介〕公主見禮。〔旦〕尊姊到來。〔老〕郡主聽旨：近因瑤芳長成，堪招駙馬。君王有命，若於本族内選婚，恐一時難得智勇之士，不堪扶持國家，要於人間招選駙馬。聞得七月十五日，這揚州孝感寺禮請契玄禪師講經，人山人海，都往禪智寺天竺院報名。到得其時，郡主可同靈芝夫人、上真仙子三人同往聽講，但有英俊之士，便可留神。〔貼〕謹遵懿旨。

【傍妝臺】㈧〔老〕女大急須婚，不拘門户則待有良姻。龍類中能煮海，蝶夢裏好移魂。

〔貼〕知他同誰虰作夫妻分？了你蛘親父母恩。俺抛眉暈，忍笑痕，可甚麼人煙聚裏看不出有情人？

〔旦〕瓊英姐，俺便同你去聽講，何如？〔貼〕公主體面，未宜出遊。〔旦〕這等奴有金鳳釵一對，文犀盒一枚㊈，奉獻禪師講下，表我微情。

【前腔】光景一時新，待相同隨喜終是女兒身。獻釵頭金鳳朵，盛納盒錦犀文。〔貼〕也知妹子無他敬，如是觀音着我聞。我將爲信，去講座陳，管教他靈山會裏直着個有緣人。

〔老〕郡主，此非小可之事。

【尾聲】到花宮不少的兒郎俊，打疊起横波着人。你去呵，休得漏洩了機關要老娘心上穩。

選佛場中去選郎，禪牀側畔看東牀。
疾去疾來須隱約，好音先報與娘行。

【校】

㊀ 重重，萬曆本作「重門」。
㊁ 傾，清暉本、竹林本俱誤作「碩」。

㊂ 姿，獨深本誤作「恣」。

㊃ 方，清暉本、竹林本俱作「來」。

㊄ 女，原作「孩」，據各本改，使前後一致。

㊅ 傍妝臺，葉譜題作傍甘羅，謂傍妝臺犯八聲甘州、皂羅袍。

㊆ 玩仙燈，應有六句，此處下面省去四句。

㊇ 傍妝臺，葉譜題作傍甘歌，謂傍妝臺犯八聲甘州、排歌。

㊈ 枚，原誤作「枝」，據各本改。

第六齣　謾遣

【字字雙】〔溜二上〕小生家住古揚州，鋪後。祖宗七輩兒喜風流，自幼。衣衫破落帽兒颩，狐臭。能吹木屑慣㊀扶頭，即溜。

自家揚州城中有名的一個溜二便是。一生浪蕩，半世㊁風流。但是晦氣的人家，便請我撮科打閧；不管有趣的子弟，都與他鑽懶幫閒。手策無多，口才絕妙。有那等弔眼子，敲他幾下，叫做打草驚蛇；無過是脱稍鬼，鬆他一籌，則是將蝦弔鯉。着甚麼南莊田，北莊地，有溜二便是衣食父母；難起動東鄰邀，西鄰請，則沙三是個酒肉弟兄。知音的㊂説是個妙人、好人、老成人；少趣的叫我敗子、倈子、光棍子。且自由他笑罵，只圖自己風光。這幾日不見沙三，尋他閒串去。

【前腔】〔沙三上〕賤子姓沙行十三，名濫。就似水底月兒到十三，圓泛。六兒七兒巧十三，胡蘸。官司弔起打十三，扯淡。

〔溜〕沙三，你犯夜了。〔沙〕不犯夜不是子弟也，哥。〔溜〕兄弟，這幾日喘閒了。〔沙〕和你大路頭站去。〔丑上〕白雲在何處？明月落誰家？〔沙〕小哥，落在這裏。〔丑〕大哥，我東人淳于家要請溜二、沙三官耍子，住在那門？〔溜沙〕我二人便是。你東人做甚麼生意？〔丑〕做裨將。〔沙〕做皮匠，叫我去幫鑽？〔丑〕軍營裏副將哩。〔溜〕是那能飲酒㊃的淳于公麼？〔丑〕着。〔溜沙〕便去，便去。有酒舊傾蓋，無錢新白頭。〔下〕〔生上〕【集唐】棄置復何道，悽悽吴楚間。相憶不相見，秋風生近關。我淳于棼，休官落魄，賴酒消魂。争奈客散孟嘗之門，獨醉槐陰之市，想吾生直恁無聊也。

【錦纏道㊄】我本待，學時流立奇功俊名，談笑朔風生。怎如他，蒼生口説難憑？便道你能奮發有期程，則半盞河清。拚了滴珠槽浸死劉伶，道的個百無成，只杜康祠蘸住了這窮三聖。做個帶帽兒堵酒瓶，頭直下酒淹衣褙。難道普乾坤醉眼偏只許屈原醒？

〔丑同溜沙上〕三家酒注子，一對色哥兒。〔丑報介〕溜二沙三官到。〔見介〕〔溜〕小人名溜二，〔沙〕賤子即沙三。〔生〕久聞纔識面，〔合〕十個更酸鹹。〔生〕怎生十個更酸鹹？〔溜〕適間老翁説，把九文錢喫個麵没鹽醋的，因此小人㊅加上一文。〔生笑介〕敢問二位在城？在鄉？

【好姐姐】〔溜沙〕廣陵，郡中一城，識溜二沙三名姓。玲瓏剔透，人前打眼睛。隨尊興，哩嗹花囉能堪聽，孤魯子頭嗑得精。

〔溜做隻脚跪嗑連㊆二頭叫爺介〕〔沙唱哩囉嗹介〕淳于兄，孤老院耍去。〔生〕貧子行處，怎生好去？〔沙〕不是，是表子鋪。〔生〕揚州諸妓，我已盡知。可别有甚麽消遣？〔沙〕有，有，孝感寺中元盂蘭大會，僧俗男女都去潤州甘露寺請契玄禪師講經。〔生〕便去聽講如何？〔沙〕那裏喫素，淳于

公貪酒哩。〔生〕那有此話？

【前腔】吾生，醉鄉酩酊，飲中仙也有個逃禪中聖。長齋繡佛，到莊嚴得人世清。山鷓兒看馬。堪乘興，行隨白馬藏鞭影，坐聽黃龍喝棒聲。

忽忽意不樂，留人相伴閒。

上方隨喜去，秋色滿盂蘭。

【校】

㊀慣，萬曆本作「快」。

㊁世，萬曆本、獨深本俱誤作「死」。

㊂的，清暉本作「個」。

㊃酒，萬曆、獨深、竹林三本俱誤作「作」。

㊄道，原誤作「頭」，據各本、葉譜改。

㊅人，萬曆本作「子」。

㊆清暉本、竹林本俱無「連」字。

第七齣　偶見

【普賢歌】〔僧上〕終朝頂㊀拜如來，人肉樣的蓮花業作臺。一家兒酒和色，三分氣命財，領着個鐵圍山難佈擺。

小僧揚州府禪智寺一個五戒是也。五戒五戒，好些尷尬。近因孝感寺作中元盂蘭大會，十方僧俗，去請潤州契玄禪師講經。那禪師法旨威嚴，凡有聽講者，先于小寺投牒報名，方去聽講。卻有西番一個波羅門，名喚石延，客居小寺天竺院。此人善作西番胡旋舞，但有往來報名男女來此，他便施舞一回。俺寺中好不鬧熱也。目今天竺院水月觀音座前點起香燭，看甚人報名？咱且迴避。正是：此中留半偈，别院演三車。〔下〕

【前腔】〔貼瓊英老旦靈芝小旦道扮上真姑上〕天生微眇㊁身材，也逐天香過院來。一尖紅繡鞋，雙飛碧玉釵，小玉納汗巾兒長袖灑。

〔貼〕奴家瓊英郡主，承國母之命，和這靈芝國嫂，上真仙姑，同來禪智寺報名，孝感寺聽經。就裏將瑤芳妹子玉釵犀盒，施於禪師講前。看有意氣郎君，招與瑤芳爲壻。這是禪智寺天竺院了，池邊好座紫竹觀音。那香案之上，有報名疏簿，我們不免焚香，拜了簽名。〔三旦同拜介〕

【黄鶯兒】一點注香沈，禮南無觀世音。花根木㊂豔低微甚，趨蹌寶林。威光乍臨，今生打破前生蔭。〔合〕拜深深，姻緣和合，蟲蟻一般心。

〔貼〕俺三人還將瑤芳妹子婚姻之事，密禱一番：〔拜介〕

【前腔】槐殿欲成陰，把金枝付瑟琴，尋花配葉端詳恁。於中細任，其間暗吟，無明到處情兒沁。〔合前〕

〔小旦〕俺們池邊消遣一會。呀，一個回回舞上來了。

【北點絳脣】〔回子上〕生小西番，恭持佛讚，朝炎漢。驀入禪關，日影金剛燦。

自家婆羅門弟子石延的便是。行脚中華，寄食天竺禪院，好不奈煩，散心一會。呀，三位女菩薩，從何而來？請看俺婆羅門胡旋舞一會也。〔三旦笑介〕請了。〔內鼓介〕

【對玉環帶過清江引】㊃〔石舞介〕拍手天壇，風飄長繡幡。答刺兜綿，腰身拴束的彎。衫袖打斕斑，西天俏錦闌。燕尾翩翻，觀音座寶欄。合掌開蓮瓣，散天香婆羅門回笑眼。

〔內喝采介〕〔石〕一個騎馬官兒來，俺去了也。〔下〕〔貼衆〕有人來，我們且池邊浣手去。〔洗手介〕

【縷縷金】〔生騎從上〕無聊賴，不自憐。特來禪智院，打俄延。花落蒼苔面，誰舞胡旋？門前繫馬接了金鞭，有人兒咱瞧見。

〔到介〕㊄竹徑通幽處，禪房花木深。觀音座前，疏簿在此，我淳于棼就此拈香報名。〔拈香拜介〕

【江兒水】⑥淳于弟子，愁情一片，銷愁無處去聽閒經卷。俺待僉名。〔寫介〕僉名自僉，觀音試觀。〔見⑦貼介〕水竹池邊，因何活現。

〔貼笑回身介〕靈芝嫂，溼透這汗巾兒，掛在那處好？〔生背介〕此女子秀入肌膚，香生笑語，世間有此天仙乎？〔回介〕小娘子的汗巾兒，待小生效勞，掛於竹枝之上。〔貼笑遞汗巾〕〔生接掛介〕這汗巾兒粉香清婉，小生能勾似他，懷卿袖中，浥卿香汗。〔貼衆笑不應介〕池光花影，娟娟可人。〔生歎介〕俺淳于棼可是遇仙也？他三回自語，一顧傾人。⑧急節中間，難以相近。不如且自孝感寺聽經去。山鷓，看馬來。〔上馬介〕紫騮嘶入落花去，見此踟躕空斷腸。〔下〕〔貼〕此生，有情人也。他也去聽講，咱瞧他去來。〔老〕咳，俺去不得。俺真是個信女，把水月觀音倒做了。〔小旦〕怎麽説？〔老〕月信來了。〔貼〕罪過人！這等，咱和上真姑去便了。

【尾聲】過別院，聽談禪，老靈芝去也咱和這上真仙。到講堂呵，把俺這覷郎君的眼稍兒再拋演。⑨

爲看婆羅舞，　相逢騎馬郎。
尋荷終得藕，　池上白蓮香。⑩

【校】

①「頂」字下，清暉、獨深、竹林三本俱有「禮」字。

㈡「眇」字下，清暉、獨深、竹林三本俱有「小」字。

㈢木，清暉本、竹林本俱作「本」。

㈣對玉環帶過清江引，葉譜題作玉環清江引。

㈤原無「到介」二字，據各本補。

㈥江兒水，葉譜題作江水東風，謂古江兒水犯沈醉東風。

㈦「見」字上，各本俱有「作」字。

㈧人，獨深本作「城」。

㈨「抛演」下，萬曆本、獨深本俱有「下」字。案：此字應在下場詩之下。

㈩香，原作「花」，失韵，據各本改。

第八齣　情著

〔雜扮首座僧持釣竿上〕佛祖流傳一盞燈，至今無滅亦無增。㊀燈燈朗耀傳今古，法法皆如貫所能。貧僧乃潤州甘露寺中契玄禪師首座弟子是也。自幼出家，參承多臘。常只是朝陽縫破衲，對月㊁了殘經。近乃揚州孝感寺請師父説法，貧僧領着衆僧，安排下香燈花菓，禪牀浄几，待師父升座。大衆動着法器者。〔内鼓樂介〕〔浄扮老禪師拄杖拂子上〕〔升座介〕高臨法座唱宗風，翠竹黄花事不同。但是衆星都拱北，果然無水不朝東。〔提拄杖介〕賽卻須彌老古藤，寒空一錫振飛騰。拄開妙挾通宗路，打斷交鋒迴避僧。〔執拂子介〕竪起清風灑白雲，河沙無地可容塵。將軍一事無巴鼻，兔角龜毛拂着人。取香來。〔拈香介〕此香，不從千聖得，豈向萬機求？虚空觀不盡，大地莫能收。拈香指頂，透十方之法㊂界，薰四大之神州；爇向爐心，祝皇王之萬歲，願太子之千秋。〔垂釣介〕手把金鉤月一痕，乘槎獨坐到河濱。㊃悠悠泛泛經千載，影落魚龍不敢吞。〔首座〕如何空即是色？〔浄〕東沼初陽疑吐出，南山曉翠若浮來。〔首座〕如何色即是空？〔浄〕細雨溼衣看不見，閒花落地聽無聲。〔首座〕如何非色非空？〔浄〕歸去豈知還向月，夢來何處更爲雲。〔首座〕多謝我師，今日且歸林下，來日問禪。〔末下〕〔浄〕大衆，若有那門居士，禪苑高僧，參學未明，法有疑礙，今日少伸問答。有麽？〔外扮老僧上〕有，有，有，敢問我師如何是佛？〔浄〕人間玉嶺青霄月，天上銀河白晝風。〔外〕如何是法？〔浄〕緑簑衣下攜詩卷，黄篾樓中掛酒蒭。〔外〕如何是僧？〔浄〕數莖白髮坐浮世，一盞寒燈和故人。〔外〕多謝我師，今日且歸林下，來日問禪。〔下〕〔浄垂釣介〕釣絲常在手中拿，影得遊魚動晚霞。海月半天留不住，醒來依舊宿蘆花。大衆，還有精通居士，俊秀禪郎，未悟宗機，再伸問答。有也是無？

【謁金門前】〔生上〕閒生活，中酒嗔花如昨。待近爐煙依法座，聽千偈瀾翻個。

小生淳于棼，來此參禪。想起來落托無聊，終朝煩惱，有何禪機問對？就把煩惱因果，動問禪師。〔見介〕小生淳于棼稽首，特來問禪。如何是根本煩惱？〔浄〕秋槐落盡空宮裏，凝碧池邊奏管絃。〔生〕如何是隨緣㊄煩惱？〔浄〕雙翅一開千萬里，止因棲隱戀喬柯。〔生〕如何破除這煩惱？〔浄〕惟有夢魂南去日，故鄉山水路依稀。〔生沈吟〕〔浄背介〕老僧以慧眼觀看，此人外相雖癡，到可立地成佛。

【謁金門後】〔小旦道扮同貼上〕蓮步天臺踭[illegible]，還似蟻兒旋磨。上真仙，竹院人兒情似可，再與端詳和。

〔浄笑〕淳于生，你帶着眷屬來哩。〔生回介〕是好兩位女娘。〔背歎介〕禪師，怎知我原無家室？〔貼見介〕大㊅師稽首。〔浄〕蟻子爲何而來？〔貼〕爲五百年因果而來。〔浄背笑介〕是了，是了。叫侍者鋪單。〔末鋪座介〕〔響唱介〕五十三單整齊。〔浄〕舉來。〔貼響唱介〕妙法蓮花經觀世音菩薩普門品。〔浄〕六萬餘言㊆七軸裝，無邊妙義廣含藏。白玉齒邊流舍利，紅蓮舌上放毫光。喉中玉露涓涓潤，口内醍醐滴滴涼。假饒造罪過山嶽，不須妙法兩三行。

【梁州新郎】㈧人天金界，普門開覺，無盡意參承佛座。以何因果，得名觀世音那？佛告衆生遇苦，但唱其名，即時顯現無空過。貪嗔癡應念，總銷磨。求女求男智福多。〔合〕如是等，威慈大，是名觀世音菩薩。齊頂禮，妙蓮花。

〔衆〕觀世音菩薩，云何游此世界？云何而爲衆生説法？方便之力，其事云何？

【前腔】〔浄〕有如國土，衆生應度，種種法身隨化。因緣説法，以觀世界娑婆。一切天龍人等，急難之中，與他怖畏輕離脱。十方齊現豁，似河沙，遊戲神通一刹那。〔合前〕

〔生〕後來無盡意菩薩云何？〔浄〕爾時無盡意菩薩啓過佛爺：叫世尊，我今當供養觀世音菩薩了。當即解下頸上寶珠瓔珞，價值紫金百千兩，獻與觀世音菩薩，説道：願仁者受此法施。那觀世音菩薩不肯受。爾時佛告觀世音：你可哀愍無盡意和這四衆，權受下了這寶珠瓔珞。那觀世音菩薩因佛爺有言，受了瓔珞，分作兩分：一分奉釋伽牟尼佛爺，一分奉多寶佛爺的塔。你衆生們聽講這經，要知觀世音菩薩有如是自在威神，普同發心供養。〔衆〕弟子們頂禮受持。〔生〕謹參大㈨師：小生曾居將帥，殺人飲酒，怕不能度脱也？〔浄〕經明説着：應以天大將軍身度者，菩薩即現其身而度之。有甚分別？〔貼問介〕稟參大師：婦女如何？〔浄笑介〕經明説：應以人非人等度者，即現其身而度之。〔貼驚對小旦背介〕這大師神通廣大，不説應以女身得度，到説個人非人。你再問他。〔小旦問介〕大師，似我作道姑的，也可度爲弟子乎？〔浄〕你那道經中，已云道在螻蟻。則看幾粒飯，散作小須㈩彌。怎度不的？〔貼小旦跪介〕大師真個天眼通。有個妹子瑶芳，深閨嬌

小，未克參承，附有金凰釵一雙，通犀小盒一枚，願施講筵，望大師哀愍。〔起唱介〕

【前腔】紫衣師天眼摩訶，他頸鶯嬌幾曾有瓔珞？待學盡形供養，化身難脱。待把寶珠抽獻，比龍女如何？自笑身微末，施的些兒個。恨無多，一分能分做兩分麼？〔合前〕

〔生背介〕奇哉此女！㈡〔回介〕大師，金釵犀盒，願一借觀。〔看介〕〔回盼小旦、貼介〕人與物皆非世間所有。

【前腔】巧金釵對鳳飛斜，賽煖金一枚犀盒。〔背介〕看他春生笑語，媚翦層波。把靈犀舊恨，小鳳新愁，向無色天邊惹。〔净冷笑介〕〔生回唱〕價值千百兩，未多些，一笑拈花奉釋迦。〔合前〕

〔生〕大師，此女子從何而來？〔净背介〕此生癡情妄起，倩觀音座前白鸚哥叫醒他。〔内作鸚哥叫〕蟻子轉身，蟻子轉身。〔净〕淳于生可聽的麼？〔生〕道是女子轉身，女子轉身。〔净笑介〕日中了，法衆住參，咱入定去來。大千界裏閒窺掌，不二門中暗點頭。〔下〕〔生〕禪師去了，到好絜那小娘子一會。敢問小娘子尊姓？〔小旦貼不應介〕〔生〕貴里？〔又不應介〕〔生〕敢便是前日禪智寺看舞的小娘子麼？〔小旦貼笑介〕是也。〔生〕哎喲，

【節節高】雙飛影翠娥，妙無過，這人兒則合向蓮花座。〔貼笑介〕我有個妹子還妙哩。〔生

笑介〕纔説那鳳釵犀盒，就是那妹子附寄的麽？他言輕可，誰看破？空提作，世間人敢則有那人問貨。妹子，妹子，你有鳳釵犀盒，央他送在空門，何不親身同向佛前囉，和我拈香訂做金鈿盒？

〔小旦〕啐！你也叫他妹子哩。〔生〕呀，我淳于棼好是無聊。小娘子請了。無語落花還自笑，有情流水爲誰彈。〔下〕〔貼〕上真子，這生好不多情也。〔小旦〕看來駙馬無過此人。

【前腔】相逢笑臉渦，太情多㊁，暮涼天他歸去愁㊂無那。牙兒嗑，影兒那，心兒閣，向人天結下這姻緣大。〔貼〕這生我常見他來。〔小旦〕你不知，和我國裏相近，淳于生名棼的便是。〔合〕大槐邊宋玉舊東家，做了羅浮夢斷梅花卧。

我們歸去來。

【尾聲】這一座會經堂高過似綵樓多，是個人兒都不着科。瑤芳，瑤芳，我和你選這個人兒剛則可。

似蟻人中不可尋，觀音講下遇知音。
有意栽花花不發，無心插柳柳成陰。

【校】

㈠增，清暉本、竹林本俱作「明」。

㈡對月，各本俱作「月下」。

㈢法，清暉本、竹林本俱作「世」。

㈣濱，萬曆本、獨深本俱作「源」。

㈤萬曆本、清暉本俱無「緣」字。

㈥大，原作「太」，據清暉本、竹林本改。

㈦言，萬曆、清暉、竹林三本俱誤作「年」。

㈧梁州新郎，原誤作梁州序，據葉譜改。獨深本眉批也云：「應名梁州新郎。」

㈨大，原作「太」，據前例改。下同。

㈩須，原作「沙」，據清暉、獨深、竹林三本改。

⑪奇哉此女，清暉本、竹林本俱作「奇哉奇哉」。

⑫情多，清暉本、竹林本俱誤作「多情」。

⑬愁，獨深本作「情」。

第九齣　決壻

【西江月㈠前】〔老引衆上〕螻蟻也知春色，宮槐夜㈡合朝開。生香一搦女嬌孩，少甚王孫帝子。㈢

自家蟻王娘娘是也。爲遣姪女瓊英參禪聽講，方便之中，因爲公主瑶芳選取駙馬。蚤晚到來，宮娥伺候。〔宮娥應介〕

【西江月後】〔貼上〕郎客青袍駿馬，女兒窄袖弓鞋。他生未卜此生諧，還則要宮闈聽采。

〔見叩頭介〕啓娘娘：郡主瓊英復命。〔老〕講座之中，可得其人？〔貼〕有一偉秀人才，姓淳于，名棼，是這廣陵人氏。同在講筵，我和上真子於講下獻上公主的犀盒金釵，此生顧盼有餘，賞歎不足。他既垂情于咱，咱堪留目於他。若壻此人，堪持咱國。

【黄鶯兒】天竺見他來，順稍兒到講臺，眉來語去情兒在。睃他外才，瞟㈣他內才，風流一種生來帶。娘娘，你道此人住居那里？〔合〕暢奇哉！槐陰不遠，連理就中開。

【前腔】〔老〕天與巧安排，逗多情看寶釵，向燒香院宇把人兒賽。貪他俊才，賠他個女才，這姻緣一種前生債。〔合前〕

【尾聲】便奏知國王如意好宣差，差的紫衣使者去相迎待。待他睡夢了呵，少不得做駙馬吾家居上宰。

選郎須得有情人，誰似㊄淳于好色身？
欲附玄駒爲貴壻，始知騏驥在東鄰。

【校】

㊀月，原誤作「引」，據葉譜改。後半曲同。

㊁夜，清暉本、竹林本俱誤作「也」。

㊂「子」字失韻。獨深本眉批云：「『子』字叶鄉音，謬。」

㊃瞟，萬曆、清暉、竹林三本俱誤作「彯」。

㊄誰似，萬曆、清暉、竹林三本俱作「一寺」。

第十齣　就徵

【駐雲飛】〔生作懶態上〕伶俐癡呆，萬事難消一字「乖」。有的㈠是年華大，没的是心情奈。咳，獨自倚庭槐，把日遮天矮。聽他唧嘈蚼蟧㈡絮的我無聊賴。死向揚州不醉哈，記得誰家金鳳釵？

我淳于棼，人才本領，不讓於人。到今三十前後，名不成，婚不就，家徒四壁，守着這一株槐樹，冷冷清清，淹淹悶悶。想人生如此，不如死休。前在孝感寺，聽了禪師講經回來，一發無情無緒。我可甚打起頭腦來？止有一醉而已。古人説的好：事大如山醉亦休。罷了，獨言獨語，撇下了山鷓兒，我儘意街坊遊去。但有高酒店鋪，顛倒沈醉一番。正是：不消阮籍窮途哭，但學劉伶死便埋。〔下〕〔山鷓上〕好笑，好笑，没煩惱，趁煩惱。我東人百般武藝，做了個淮揚裨將，使酒丢了這官，鬱鬱不樂。那酒友周弁、田子華，又散歸六合去了。不禁蕭索，請的個溜二、沙三，陪話解悶罷了。被那溜二、沙三，勸我東人去孝感寺聽講甚麼經。自那聽經回來，一發癡了，不是醉，便是睡，没張没致的。恰纔我溪邊檀樹下歇晝來，不知東人就往那裏去了？怕他鬼迷一般，或是醉倒在街坊不雅相。待去尋他，又無人看家，怎生是好？〔望介〕好了，好了，溜二、沙三官正來哩。〔溜沙上〕酒見酒，好朋友。酒見茶，是冤家。山鷓哥，主人在麽？〔丑〕正來央你二位看家，我尋主人去。〔溜沙〕恰好，恰好，你迎接主人去。持將可憐意，看取眼前人。〔下〕

【前腔】〔丑一手提酒壺肩扶生醉上〕〔丑〕落托摩陀，爛醉如泥可奈何？你噇的喉兒挫，俺閃的肩兒那。〔内笑介〕好醉也！〔丑〕哥，醒眼看人多，恁般低垛。半落殘尊，又帶去回家嗑。萬事無過一醉魔，萬醉無過打睡魔。

〔溜沙上〕哎喲，這是怎的來？〔丑〕好笑，好笑，再尋不見，可憐醉倒在禪智橋邊酒樓上。扶的下樓，又捨不的這半瓶酒，可爲甚來？東人，到家了，醒㊂忪些。

【前腔】〔生〕這幾日迷癡，〔做跌介〕眼似瞢瞪脚似槌。㊃有個青兒背，少個紅兒睡。〔沙叫介〕淳于兄，你何處來？醉的不尋常也。〔生作不知介〕誰？道俺去何來？尋常沾醉。醉影柴門，亂踏的斜陽碎，老向霜紅葉上催。

〔吐介〕〔溜沙〕哎也，一肚子都倒在我兩人腿脚上，好酒，好酒。山鷓哥快取茶來。

【前腔】你㊄汎濫流瓊，倒玉山因一盞傾。待把你衣冠正，你好把蹺兒定。〔取茶進介〕兄，靠着小圍屏，一杯清茗。消灑西風，醒後留清興，和你待月乘涼看小螢。

〔生倦介〕扶俺東廡下睡去。那瓶酒好放着。〔丑〕東人，你醉的這般，還記的這瓶酒。

【前腔】好不惺憁，似太白驢馱㊅壓繡驄。醉的那軀勞重，枕席無人奉。〔生〕空㊆，江冷玉芙蓉，水天秋弄。門院蕭條，做不出繁華夢，〔扶睡介〕只落得枕上涼蟬訴晚風。

〔丑〕再煎茶去。〔溜沙〕我們洗脚去，隨他睡覺。這是：人家堂上堪飲酒，自家房裏好安眠。〔下〕

〔扮二黑巾紫衣衆引牛車上〕爲築王姬館，叨乘使者車。俺兩人大槐安國使者便是。奉國王命，召請淳于公爲駙馬。他正睡在東廊，直入則個。〔叫〕淳于公。〔生驚醒介〕是誰？〔紫衣跪介〕

【鎖南枝】槐安國，王者都，吾王遣臣來奉書。〔生〕因何而來，〔紫〕主命有些須，微臣敢輕露？〔生〕睡得正甜。〔紫扶生起介〕請下榻，俺紅袖扶。俺那裏有東牀，坦君腹。

【前腔】〔生〕從空下，甚意兒？正秋牕風翦槐葉初。一枕黑甜餘，雙星使臨户。咱朦朧醒，申欠舒。整衣行，懶移步。〔車牛上介〕

【前腔】〔紫〕有青油障，小壁車，駕車白牛當步趨。〔紫請生上車介〕左右有人俱，扶君出門去。〔生〕向那裏去？〔紫〕向㈧古槐樹穴下而去。〔生〕怎生去得？〔紫〕古槐穴，國所居。若遲疑，請前驅。〔一紫衣先下〕〔生問一紫衣介〕槐樹小穴中，何因得有國都乎？〔紫〕淳于公，不記漢朝有個竇廣國，他國土廣大，也只在竇兒裏；又有個孔安國，他國土安頓，也只在孔兒裏。怎生槐穴中没有國土？古槐穴，國所居。莫遲疑，但前去。〔下〕

〔右相上〕秋光漏㈨槐葉，春色候桃夭。自家槐安國右相武成侯段功便是。吾王傳令：請東平淳于生爲駙馬。請到時，東華館中少待，俺相見過，次後朝見。只駙馬初到此中，精神恍惚，恐其不安。他平日有個酒友周弁，有個文友田子華，已奏過吾王，攝取他來。將周弁補司隸之官，領軍吏數百，巡衛宫殿；請田子華替他賓館中更衣贊禮；這不在話下。又國母懿旨：着上真姑和靈

芝夫人、瓊英郡主，同去賓館中探望駙馬，調熟其心，方纔請去修儀宮，與金枝公主成禮。我如今且待駙馬到東華館，拜望去。正是：仙郎高館下，丞相小車來。〔下〕〔前二紫衣同生車上介〕

【前腔】〔生〕車箱路，古穴隅，豁然見山川風候殊。〔低語介〕怎生有這一段所在？不斷的起城郛，車輿和人物。奇怪，奇怪，一路來，但是見我的，都迴避起立，何也？附車者，儘傳呼。爲甚呵，着行人，多避路？㊀

〔紫跪介〕已到國門。〔生〕好一座大城，城上重樓朱户，中間金牌四個字：〔念介〕大槐安國。〔内扮一旗卒上〕傳令旨，傳令旨，王以貴客遠臨，令且就東華館暫停車駕。〔卒叩頭走起同向前道行介〕〔生〕城樓門東有這座下馬牌，怎左邊廂朱門洞開？〔紫〕到東華館了，請下車。〔生下車入門背笑介〕這東華館内，綵檻雕楹；華木珍果，列植於庭下；几案茵褥，簾幃肴膳，陳設於庭上；俺心裏好不歡悦也。〔内響道介〕〔紫〕右相到。〔右相見介〕寡君不以敝國遠僻，奉迎君子，托以姻親。〔生〕棼以賤劣之軀，豈敢是望？〔右〕有紫衣官在此演禮，五鼓漏盡，相引入㊁朝。

且就東華館，　通宵習禮儀。
雞鳴傳漏曉，　駙馬入朝時。

【校】

㊀ 的，清暉本作「所」。

㈡虭蟧，原誤作「嘮叨」，據萬曆本改。

㈢醒，獨深本作「醉」。

㈣槌，清暉本、竹林本俱作「鎚」。

㈤「你」字上，清暉、獨深、竹林三本俱有「沙」字，不作溜、沙同唱。

㈥馱，萬曆本作「舦」。案：舦，當是「般」字之誤。

㈦空：萬曆本作「東」；清暉本、獨深本此字俱奪去。

㈧向，萬曆、清暉、竹林三本俱作「此」。

㈨漏，萬曆本作「滿」。

⑩避路，清暉本、竹林本俱作「迴避」。

⑪入，萬曆、清暉、獨深三本俱作「見」。

第十一齣　引謁

【點絳脣】〔周弁領直殿同黄門官上〕古洞今朝，一般籠罩，山河小。鐘隱鳴梢㊀，緑滿宫槐道。

請了。緑槐根裏侍朝班，一點朱衣劍佩環。盡道官除漢司隸，此間那得似人間。自家周弁是也。平生好酒使氣，今日大槐安國中作一司隸之官，統領軍吏數百，擁衛殿門。有故人淳于棼新招駙馬，初到朝見，不免和黄門官在此候駕。

【前腔】〔蟻王插花引衆上〕素錦雪袍，朱華玉導，紅雲曉。槐殿裏根苗，也引的紅鸞到。朱華一粒戴鼇魚，洞府深深小殿居。開着五門遥北望，外頭還似此間無。自家槐安國王，有女金枝公主，去請淳于棼爲駙馬，想已到來，不免升殿宣見。〔黄門跪介〕奏知我王，駙馬已到。〔王〕㊁着右丞相引他升殿。〔黄門應介〕領旨。

【絳都春序】〔生隨右相上〕〔生〕槐陰洞小，怎千門萬户，九市三條？猛然百步把朱門到，段老先生呵，怎生金殿上爐煙繞？〔右〕是吾王端嚴容貌。看殿頭左右，金瓜玉斧，明晃一周遭。

【前腔】〔生㊂怕介〕猛然心跳，便衣衫㊃，造次穿朝。〔周弁見介〕駙馬行動些，殿上等久。

〔生〕呀，怎生將駙馬來相叫？〔低語介〕喜得周弁也在此，向前欲問難親靠。〔右〕駙馬近前，一同拜舞，丹墀下揚塵舞蹈。〔生同俯伏介〕〔右〕微臣奏復：天顏有喜，駙馬來朝。

〔黄〕右丞相起，駙馬高聲致詞。〔右相叩頭呼千歲起立介〕〔生跪高聲奏介〕前淮南軍裨將臣東平淳于棼見。〔黄門贊拜興拜興三叩頭介〕〔黄〕駙馬俯伏聽令旨。〔王〕寡人有女瑶芳，封爲金枝公主，前奉賢壻令尊之命，不棄小國，許以金枝，奉事君子。〔生俯伏介〕千歲，千歲。〔王〕駙馬且就賓館。〔黄門官唱駕還宮内鼓響道王還宮〕〔生右跪送介〕殿上初行叔孫禮，宫裏纔成公主親。㊄〔下〕

【校】

㊀ 梢，原誤作「稍」，據萬曆本改。

㊁ 王，萬曆、清暉、竹林三本俱誤作「内」。

㊂ 「生」字下，各本俱有「作」字。

㊃ 「衣衫」下，葉譜有「未整」二字。

㊄ 「殿上」二句下場詩，例應大字分行。

第十二齣　貳館

〔聽事官上〕出身館伴使，新陞堂候官。前程螻蟻大，禮數鳳凰寬。自家槐安國東華館一個堂候使是。我王新招駙馬見朝，暫停賓館。今夕良時，往修儀宮，與金枝公主成親。你看：一路上擺列金羔銀雁各二十對，鸞凰錦繡各百二十雙，妓女絲竹之音，車騎燈燭之豔，無不齊備。真個天上牛女，地下螻蟻也。遠望駙馬蚤到。

【步蟾宮】㊀〔生盛服上〕平步忽登天子堂，尚兀自意迷心恍。

俺淳于棼，有何姻緣？得到此間，瞻天仰聖。説及成親一事，承賢壻令尊之命，此話好不蹺蹊。我父昔爲邊將，未知存亡。或是北邊番王與這槐安國交好，家父往來其間，致成兹事，也未可知？呀，兀的三位女客來了。

【出隊子】㊁〔小旦道扮同老旦貼上〕鳳冠明漾，鳳冠明漾。綵碧金鈿珠翠香，煙絲繡帔晚風颺。誰在東華屋裏張？呀，恭喜淳于郎到此。〔生羞避介〕〔衆〕卻是淳郎，做了阮郎。〔衆旦〕淳于郎。〔生作揖介〕〔小〕淳于郎比前興了些。〔貼〕瘦了些。〔老〕向前摸摸他，是興是瘦？〔生作羞避介〕〔小旦〕淳于郎粗中有細。〔貼笑介〕還是細中有粗。〔老〕好一個赤琅當五寸長牛鼻子。〔生作不奈煩介〕〔老〕中元之日，俺們禪智寺天竺院看舞婆羅門，足下與瓊英娘子，結水紅汗巾，掛于竹枝之上。君獨不憶念之乎？〔生想歎介〕〔貼〕㊂俺們曾於孝感寺，聽契玄師講觀音經，俺於講下供養金釵犀盒。足下於筵中賞歎再三，顧盼良久。頗亦思念之乎？〔生想介〕中心藏之，何日忘之？〔小旦〕不意今日，與此君遂爲眷屬。俺們且去修儀宫相候。卻是淳郎，做了阮郎。〔下〕㊃

【前腔】〔田子華冠帶引隊子上〕綵樓賓相，綵樓賓相，不向天臺向下方。金枝公主字瑶芳，得尚淳于一老郎。他帽兒光光，風流這場。

〔見介〕〔田〕駙馬請上，别來無恙？㊄謹奉王命，來爲賓相。〔生〕子非馮翊田子華乎？〔田〕便是。〔生〕子華何以在此？〔田〕小弟閒遊，受知於右相武成侯段公，因而栖托在此。〔生〕周弁也在此，可知之乎？〔田〕周弁，貴人也，職爲司隸，權勢甚盛，小弟數蒙其庇護矣。〔生笑介〕三人俱聚于此，庶免羈孤之歎，可喜，可喜。〔紫上〕駙馬，吉時進宫成禮。〔田〕不意今日，覩此盛禮，願無相忘。便請升車。〔紫衣扶生升車介〕〔雜執燈上行介〕

【前腔】〔衆〕步圍金障，步圍金障，彩碧玲瓏數里長，花燈引道照成行。〔生〕子華兄，咱端坐車中意惚恍。〔田笑介〕駙馬享用，禮之當然，且自安詳，何須悒怏。〔下〕

【前腔】〔貼衆上〕〔奏樂戲笑介〕翠羅黄帳，翠羅黄帳，夜合宫槐覆苑牆。偶然同向佛前香，粉帕金釵惹夢長。〔生衆上介〕〔合〕眼色相將，迎歸洞房。

〔生衆作引車避看衆旦下介〕〔生〕子華兄，那羣姑姊妹，各乘鳳輦，往來此間。便是仙姬奏樂，宛

轉淒清，非人間之所聞聽也。〔田〕吉時將近，便好趲行。

【前腔】〔生〕仙音淒亮，仙音淒亮，來往仙姬輦鳳凰。似洞庭哀響隱瀟湘，使我心中感易傷。〔田〕人生如寄，聞樂不樂何也？休憶人間，相逢未央。

前面修儀宮，請下車。羣仙姊妹，紛然在旁，小弟告辭了。正是：襄王赴神女，宋玉轉西家。㊅

〔下〕

【校】

㊀步蟾宮，原誤題作上林春，據葉譜改。葉譜原作步蟾宮後，次句句格不合，今刪去「後」字。此曲應有四句，此處下面省去二句。

㊁出隊子，獨深本眉批云：「按譜，南北出隊子俱不合。而第一調末句獨重唱，何所本？」案：此曲與荆釵記第十三齣「追思前事」一曲完全相合，獨深本妄加批評。至於劇情需要，不妨重唱，更無問題。

㊂貼，清暉本、竹林本俱誤作「老」。

㊃原無「下」字，據萬曆、清暉、竹林三本補。

㊄「駙馬請上」二句，清暉本、竹林本俱作「駙馬別來無恙乎」一句。

㊅「襄王」二句下場詩，例應大字分行。

第十三齣　尚主

【清江引】〔貼衆奏樂上〕仙家姊妹迎仙眷，飛仙鳳凰輦。仙樂奏鈞天，儀從來仙苑。教仙郎，下車拜着修儀殿。

〔老旦〕請公主升殿。

【女冠子】〔扇遮公主上〕彩雲乍展，下妝臺回眸低盼。纔離月殿，試臨朱户，知爲誰繾⊖綣，教人腼腆？〔貼衆笑介〕〔老〕請駙馬上殿開扇。〔生上〕天仙肯臨見，好略露花容，暫迴鸞扇。〔合〕這姻緣不淺，金穴名姝，絳臺高選。

〔老贊拜天地介〕〔轉向拜國王國母千歲介〕〔贊駙馬拜見公主公主答拜介〕〔内使送酒介〕槐安國裏春生酒，花燭堂中夜合歡。國主娘娘欽賜駙馬公主合巹之酒。〔生旦叩頭謝恩介〕〔老〕駙馬公主，飲合歡之酒。〔合巹介〕

【錦堂月】〔生〕帽插金蟬，釵簪寶鳳，英雄配合嬋娟。點染宫袍，翠拂畫眉輕線。君王命即日承筐，嫦娥面今宵卻扇。〔合〕拈金盞，看緑蟻香浮，這翠槐宫院。

【前腔】〔旦〕羞言，他將種情堅，我瑶芳歲淺，教人怎的支纏。院宇修儀，試學壽陽妝面。號金枝舊種靈根，倚玉樹新連戚畹。〔合前〕

【前腔】〔老小貼背介〕姻緣，向雨點花天，香塵寶地，無情種出金蓮。〔回介〕偶語低迴，一笑鳳釵微顫。你百感生仙宅瓊漿，一捻就兒家禁臠。〔合前〕

【前腔】〔衆〕天然，主第亭園，王家錦繡，妝成一曲桃源。窅窕幽微，樂奏洞天深遠。〔背介〕西明講士女諠壇，東華漏王姬築館。〔合前〕

〔衆〕月上了。

【醉翁子】簾捲，看明月秦樓正滿。〔生〕把弄玉臨風，笑拈簫管。今晚，烟霧雲鬟，家近迷樓一笑看。〔合〕曾相見，是那一種瓊花，種下槐安。

【前腔】〔生低介〕真罕，一霎兒向宮闈腹坦。想二十四橋，玉人天遠。深淺，隻影孤寒，怎便向重樓曲户眠？〔合前〕〔行介〕

【僥僥令】槐餘三洞暖，花展一天寬。記取斜月鸞迴笑歌齇，春壓細腰難，愁遠山。

【前腔】淳于沾醉晚，滅燭且留殘。試取新紅粗如人世顯，渾似遇仙還，雲雨間。

【尾聲】儘今宵略把紅鸞醮，五鼓謝恩了，蚤畫蛾眉去鴛鷺班，則怕你雨困雲殘新睡懶。

帝子吹簫逐鳳凰，斷雲殘月共蒼蒼。
傳聲莫閉黃金屋，好促朝珂入未央。㈡

【校】

㈠ 獨深本奪「綣」字。

㈡ 下場詩上，各本俱有「集唐」二字。

第十四齣　伏戎

【賀聖朝】〔檀蘿王赤臉引隊衆上〕大㈠地非常變化，成團占住檀蘿。黄頭赤脚瘦挼莎，牛鬭看成兩下。

草昧成中國，城池隔外邊。豈無刀畫地，仍有氣冲天。自家乃槐安國東檀蘿國主是也。我國東盡白檀，西連紫邏。子孫分九溪八洞，門户有百孔千窗。滕㈡薛同朝，山有木而誰能争長；槐檀一火，天有時而豈可鑽先。止因他是玄駒，咱形赤駁。遂分中外，致有高低。憤㈢他如赤象之雄，覰我如黍米之細。近日得他文書，于槐安國上，加了一個「大」字，好不小視人也。隔江是他南柯郡，地方魚米，不免聚集部落，搶他㈣一番。〔衆演介〕

【豹子令】同是蟻兒能大多？分土分兵等一窩。欺負俺國小空虚少糧食，不知俺穿營驀澗走如梭。〔合〕安排個個似嘍囉。

【前腔】隔江西畔有一郡南柯，他聚積的羶香可奈何？要那槐安安不的，俺征西旗上也寫着個大檀蘿。〔合前〕

地接羅施鬼，人稱藤甲兵。
南柯堪一葦，同去覓羶腥。

【校】

㈠大，清暉本、竹林本俱誤作「人」。
㈡滕，原誤作「藤」，據萬曆本改。
㈢憤，萬曆本作「恃」。
㈣他，萬曆本、獨深本俱作「殺」。

第十五齣　侍獵

【寶鼎現】〔王引衆上〕緑槐風小，正絳臺清暇，日華低照。巧江山略似人間，立草昧暗憑天道。〔生同右相上〕且喜君臣遊宴好，南郡偶然邊報。〔合〕看尺土拳山，寸人豆馬，一樣打圍花鳥。

〔見介〕【玉樓春】〔王〕吳頭楚尾我家國，臺殿玲瓏秋瑟瑟。〔生〕萬年枝上最聲多，報道蚤寒清露滴。〔右〕日高風細爐煙直，洞壑朝天天咫尺。〔合〕諸邦蟻伏盡無虞，惟有檀蘿費裁劃。〔王〕昨日覽奏，檀蘿侵攪南柯郡界。國久無事，人不知兵。右相欲請寡人畋獵龜山，以講武事。不知本朝先世曾有征戰之事乎？〔右〕有。祖宗朝的故事：漢乾封元年，曾在河內人家，千人萬馬，從朝至暮而往來。晉太元㊀中，曾在桓謙之家，披甲持槊，沿几登竈㊁而飲食。元魏天安元年，在兗州赤黑相鬭，赤者斷頭而死。東魏武定四年，在鄴都黃黑交戰，黃者班師而薨。此吾國征伐之故事也。〔王〕先朝可有畋獵之事乎？〔右〕南齊朝，曾在徐玄之家，武士數千，縱橫於花氈之上，不止火獵，兼之水嬉，網罟數百，釣于硯山之池，獲魚數百千頭。此我國畋獵之故事也。〔王〕獵於龜山者，何也？〔右〕天上星宿，龜爲玄武。以此國家講武，應向龜山。〔王〕右相言之有理。陪從官員，可已齊備？〔生〕已着司隸校尉臣周弁掌武，處士臣田子華掌文，臣棼與右相段功護駕。〔王〕這等，就此駕行。〔行介〕

【好事近】遊踐海西郊，擺鑾輿天開黃道。陣旗花鳥，閃開了獸喧禽噪。連天金鼓，山川草木驚飛跳。揀良時奏旨施行，圍子㊂內聽號頭高叫。

〔到介〕〔王〕此所謂龜山乎？上隆法天，下平法地。背有盤文，以法星宿。昔人九月登龜伐黿，良有以也。且是豐草茂林，禽多獸廣。長楊上林，可以方矣。分付六軍，大煞手打圍。〔衆應領旨介〕

〔擂鼓殺介〕〔射作擒虎介〕〔射雁介〕

【千秋歲】展弓刀，便有翅飛難道。看紛紛驚彈飛砲，地網天牢，地網天牢，索撞着，掘海爬山神道。接着的剽，踏着的擣。騎和步，橫叉㊃直鈔。〔衆喊介〕拿倒穿山甲！〔王大笑介〕此俺國世仇也。〔衆〕任你穿山攬，這風毛雨血，天數難逃。

〔田〕處士臣田子華，文墨小臣，躬逢盛典，謹撰大槐安國龜山大獵賦奏上。〔王〕奏來。〔田跪念介〕幽哉！大槐安之爲國也。前衿龍嶺，後枕龜山。龜山者，玄武之精也。西望則有西王母之龜峯焉。東顧則有東諸侯之龜蒙焉。爾其爲山也，其上穹窿，其中空同。形如巴丘之蜕骨，勢似鼇山之頂蓬。草木生其背，禽獸穴其胸。文有河洛之數，武有介胄之容。駙馬都尉臣淳于棼右丞相臣㊄段功等，仰首歎曰：丕休哉龜山！鬱鬱葱葱。吾王不遊，虎兕出於匣外；今日不樂，龜玉毁於櫝中。君王感焉，武功其同。是月也，涼風至，草木隕。鷹擊鳥，豺祭獸。君王乃冠通天之冠，被玄衮之袍。佩干將，登華芝。雨師灑道，風伯清塵。因是以左丞㊅侯，右淳侯，率其蟻附之屬，若大若小，紛紛蟄蟄，乘玄駒而綴步趨者，殆以萬計。金鼓震天，旌旗耀日，雷砲霜刀，風矰雨畢，周圓而陣於七十二鑽之上。時至令起，人喧物華。掛飛猿，跐長蛇。碎熊掌，糜象牙。咀豹文，嘬犀花。髓天雞，腦神鴉。至於雉兔數萬，他他藉藉，君王未之顧也。最後得一甲獸，蓋鯪鯉云。㊆帶穿山之甲，露浮水之嘴，舐啖至毒，不可勝紀。穴于山腹，火而獻之。君王欣然，仰天而嬉曰：龜山有靈，此其當之矣。寡人鄙小，其敢朵頤？蓋茲山以土石爲玄殼，以草樹爲緑毛，今此之獵盡矣。乃遂收旗割鮮，鳴鐘舉酒，凱歌而旋。既醉既飽，微臣授簡作頌，獻于座右。頌曰：隆隆龜山，龍岡所蔽。玄玄我王，卜獵斯至。非虎非羆，曰雨曰霽。服猛示武，遺膻去智。願以龜山，卜年卜世。螻蟻微臣，願王千歲千千歲。〔王大笑介〕妙哉賦也！昔漢武皇見司馬相如子虛賦，歎恨不得與他同時。今寡人與子同時，幸哉！

【好事近】㊇一聲驚破紫霞㊈毫，賦就上林分曉。堂堂一貌，好個田郎京兆。飄飄，凌雲氣色争高。駙馬，這田子華才子之文，不可泯滅，可雕刻在金鑲玉板之上，顯的俺國中有人，添故事與龜山榮耀。賞他何官則好？笑子虛烏有，寡人得侍同朝。

右侯，今日之獵樂乎？〔右〕今日以南柯有警，講武茲山，非樂也。臣已于國史之上書了一行。〔王〕怎麼書？〔右〕大槐安國義成元年秋八月，大獵於龜山，講武事也。〔王〕這等，可傳旨：再講武一番。〔鼓吹演介〕

【千秋歲】演龍韜，把猛獸似誅强暴，密札札做勢兒圍繞。〔演介〕一點旗摇，看一點旗摇，齊聲殺上，休教流落。鈀兒罩，鎗兒照。前頭跳，後頭撲着，就裏把兵機討。看㊉

臂鷹老手，汗馬功勞。

〔王〕傳旨衆軍，罷獵回朝。〔衆應介〕〔鼓吹介〕

【越恁好】大打圍歸去，打圍歸去，畢崩崩鼓細敲，迸鉦鉦點鐃。齊悉索齊獲鐸，唧喳喳玉簫，玉簫㊁，間着匹喇喇笛聲兒，噴嘈嘈唳嘹。翦茸茸翠稍㊂，齊臻臻馬道兒，立着隊梢。盔纓繳撒袋兒摇，一個個把歸鞭裊裊。順西風揚疾，馬上調笑。〔傳旨趲行介〕

【前腔】灑風塵故道，風塵故道。呆哈哈狡獸挑，喘吁吁想逃，狗兒載鷹兒套。窣泠泠樹梢，蘸着溼漉漉獸巢兒，暫蕭條這遭。鬧炒炒氣淘，打孩孩順哨兒，前喝後邀。觀禽貌揣獸膘，猛説山川小。有這些殺獲，不算窮暴。

〔右〕奏知俺王：已到都門了。

【紅繡鞋】聽諸軍肅静囉喨，囉喨。賀君多得腥臊，腥臊。有分例，大賞犒。毛赤剥，肉生燒。沾老小，祭鎗刀。

【尾聲】倚長空秋色打圍高，暗藏着觀兵演哨。〔衆〕願萬萬歲龜山鎮國寶。

〔王〕國家大閲禮成，駙馬中宫留宴。右相可陪衆國公王親以下，賜宴槐角樓，商議南柯一事。〔衆應介〕

曾濟齊師學陣圖，千人萬馬出郊墟。
吾王所饌能多少，一獵歸來滿後車。

【校】

㊀元，原誤作「原」，據萬曆本改。

㊁竈，獨深本誤作「黿」。

㊂子，萬曆本誤作「了」。

㊃叉，萬曆本作「义」。

㊄原奪「臣」字，據萬曆本補。

㊅丞，萬曆本作「成」。

㊆云，萬曆、清暉、竹林三本俱誤作「雲」。

㊇好事近，葉譜題作顏子樂，謂泣顏回（即好事近）犯刷子序、普天樂。

㊈霞，清暉本、竹林本俱誤作「葭」。

㊉「看」字下，萬曆本有「這」字。

⑪喞喳喳玉簫，葉譜疊全句。

⑫矟，原誤作「稍」，據萬曆本改。

第十六齣　得翁

【蘺山溪】〔生上〕人間此處，有得神仙住。春色錦桃源，蚤流入秋光殿宇。〔旦〕細腰輕展，漸覺水遊魚。嬌波瀲灩横眉宇，翠壓巫山雨。

【阮郎歸】〔生〕藕絲吹軟碧羅衣，縷金香穗歸。㊀〔旦〕緑窗槐影翠依微，出花宮漏遲。〔生〕穿玉境，侍瑶姬，微生遭際奇。〔旦〕駙馬呵，和你歡多怕忘卻蚤朝時，歸來人畫眉。駙馬到此月餘，情義日深，榮華日盛。出入車服，賓御遊宴，次於王者，意亦可矣。然竊觀駙馬，常有蹙眉之意，如㊁聞嗟嘖之聲。含愁不語，卻是爲何？〔生〕小生落魄多年，榮華一旦。不説傾宮羅綺，盡世膏粱。㊂且説貴主嬌姿，儘我受用。有何不足？致動尊懷。所以然者，遇貴主有天生㊃之樂，想亡親有地下之悲耳。〔旦〕這等，公婆前過幾年了？〔生〕婆婆葬在家山，禪智橋邊好墓田；則你公公可憐也。〔旦〕駙馬試説其情。

【白練序】〔生〕心中事，待説向妝臺自歎吁。吾先父，爲將佐邊頭失誤。〔旦〕原來老爺用兵失利，可得生還？〔生歎介〕身殁。〔旦〕殁在何地？〔生〕他殁在胡。〔旦〕幾年上有音信？〔生〕可十數年來無寄書。近來卻是古怪。〔旦〕怎的來？〔生〕前日成親，蒙千歲親口分付，係俺父親之命，那時好不疑惑。〔旦〕便好問俺父王所在了。〔生〕以前未敢造次，直待龜山罷獵，留宴内庭，纔敢動問：千歲既知臣父親所在，臣請敬往問安。那時千歲劈口應説：親家翁職守北土，音問不絶。卿但具書相問，未可便去。公主呵，何緣故？教人平白地，暗生疑慮。

【醉太平】〔旦〕㊄聽語，你少年孤露。這遇妻所，拾得親父。〔生泣介〕知他北土怎的？〔旦〕既然守土，知他那里歡娱。〔生又泣介〕俺待稟過公主，潛去北土，打聽父親消息。〔旦〕模糊，那胡沙如夢杳如無，不明白怎尋歸路？〔生〕待俺再奏過千歲，分明而去。〔旦〕他眼前兒女，幾日成親，便教卿去？

【白練序】〔生〕難圖，怎教他，在北土天寒草枯？似俺這洞府比他何如？〔旦〕且依父王旨，先寄問安書。〔生〕踟躇，空寄書。〔旦〕寄㊅些禮物去。〔生泣介〕要報陽春寸草無。〔旦〕這等，怎好？〔生〕㊆賢公主，似這般有子，等如無物。

【醉太平】〔旦背介〕真苦，他身爲贅壻。要高堂禮節，内家區處。〔回介〕駙馬，想起來你在俺國中，豈可空書問候。奴家早已做下長生襪一雙，福壽鞋一對，可同書寄去。〔生〕這等，生受了！〔旦〕些微針指，也見俺一房兒婦。〔生〕有誰將去？〔旦〕你修書，俺依然送與父王知，便千里一時將去。〔生〕這等，俺即㊇封了書禮，只煩公主入宫，轉達下情。〔旦〕使得。奴便與繫書胡雁，怎教駙馬，不報慈烏？

〔旦〕還一件，請問駙馬：你如今可想做甚麽樣官兒？〔生〕俺酣蕩之人，不習政務。〔旦〕卿但應承，妾當贊相。

【尾聲】俺入宫闈取禮和你送家書，見父王求一新除。〔生〕這等，做老婆官了。〔旦〕便做老婆官，有甚麽辱没你淳⑨于家七代祖？

驥子書有⑩隔，　鸞儔鏡乍輝。
緑槐無限好，　能借一枝棲。

【校】

㊀ 歸，萬曆本、獨深本俱作「飛」。
㊁ 如，獨深本作「時」。
㊂ 粱，清暉、獨深、竹林三本俱誤作「梁」。
㊃ 生，萬曆、獨深、竹林三本俱作「上」。
㊄ 旦，清暉本、竹林本俱誤作「生」。
㊅ 「寄」字上，萬曆本有「也」字。
㊆ 「生」字下，各本俱有「泣介」二字。

㈧「即」字下，萬曆本有「刻」字。

㈨淳，原誤作「這」，據萬曆本、獨深本改。

㈩有，各本俱作「猶」。

第十七齣　議守

【繞池㈠遊】〔右相上〕金章紫綬，獨步三台宿，正朝下日移花甃。看簪髮絲稠，帶腰圍瘦，無非爲國機謀。

自家㈡右相武成侯段功，忝掌朝綱，留心邊計。昨因檀蘿數爲邊患，我主賜宴槐角樓，與一衆科道商議，奏選南柯太守，未知意屬何人？紫衣官蚤到也。〔紫上〕晝漏希傳高閣報，君顔有喜近臣知。〔見介〕段老先生蚤朝辛苦。〔右〕恰待㈢文書房相問，奏補南柯郡太守一事，旨意可下了？〔紫〕右侯不得知，恰好此本上去，正直公主入宫，一來替駙馬寄書令尊，二來替駙馬求官外郡。㈣則怕就點了南柯之缺，也未可知。〔右〕這卻難道。

【剔銀燈】論南柯跨踞雄州，近檀蘿要習邊籌。那淳于貴壻性豪杯酒，怎生任得邊州之守？〔合〕許否？心中暗憂，宫庭事又難執奏。

【前腔】〔紫〕論朝綱須問君侯，大地方有得干求。則一件，君侯疎不間親了。他與玉人金屋並肩交肘，怎佩不得黄金如斗？〔合前〕

〔右〕許他也索罷了，則怕此君權盛之後，於國反爲不便。且自㈤由他。

欲除新太守，　不少舊英豪。

且順君王意，　　相看兒女曹。

【校】

㊀池，原誤作「地」，據獨深本、葉譜改。

㊁「自家」上，各本俱有「平明登紫閣、日宴（晏）下彤闈、未奉君王召、高槐晝掩扉」四句定場詩。

㊂待，獨深本作「得」。

㊃郡，萬曆本誤作「那」。

㊄自，原誤作「是」，據各本改。

第十八齣 拜郡

【西江月㊀】〔生上〕本自將門爲將，偶來王國扶王。風流偏打内家香，更有甚中情未講？

【集唐】秦地吹簫女，盈盈照㊁紫微。可中纔望見，花月倚㊂門歸。日前公主入宫，一來寄書禮於家尊，二來替我求一官職。這晚近一路紗燈，公主到來也。

【前腔】〔旦引女官燈籠上〕幾夜宫闈宴賞，爹娘愛惜瑶芳。月高燈火照成行，款蹙金蓮步障。

〔見介〕〔生〕公主入宫數晚，小生殊覺淒涼。書奉家尊，可曾寄去？〔旦〕聽道來：

【玉胞肚】將書傳上，父王言禮儀合當。即時間人往邊鄉，臨付與叮嚀停當。〔生〕怕回書遲慢。〔旦〕粗將孝意表高堂，但取平安要怎忙？

〔丑扮小軍上〕爲人莫做軍，做軍多苦辛。俺小軍從北邊來，取了駙馬老老爺平安書，不免投上。〔見叩頭介〕小人北邊送書禮，老老爺十二分歡喜，回書呈上。〔生驚喜介〕起來，起來。真個有了回書，我的親爹呵！〔捧書開看介〕平安報付男淳于棼。呀，八個字分明老父手筆。〔旦〕你且念書奴家聽。〔生念書介〕伏承大槐安國王前示，欲汝尚主。得書履襪，知盛典成就，加以貴主有禮，喜慰發狂！別近廿載，朝夕憶念。兒以槐序，備國胏胕，百宜周盛。頗憶生平，親戚里閭，存旺餘幾？宜詳再信，助展遐纜。欲往視兒，奈彼此路道乖遠，風烟阻絶。父子不見㈣，抱恨重深。汝且無便來覲㈤，歲在丁丑，當與汝相見。〔生拍書痛哭介〕俺的爹，相去十七八年，只道故了。何意今朝重見平安書迹，居然如在。不能勾往見他，要兒子何用也？〔哭倒〕〔旦扶介〕駙馬，休得過傷。

【前腔】〔生〕端然無恙，如昔年教誨不忘。問親鄰興廢存亡，敍風烟悲楚哀傷。〔旦〕約丁丑年相見，好了。〔生〕知他後會可能相見？㈥怎得温衾扇枕牀？

【粉蝶兒】〔紫衣捧詔上〕詔選黄堂，捧到秦樓開放。㈦令旨已到，跪聽宣讀。詔曰：昔稱華國，左戚右賢，文武並茂。吾南柯郡政事不理，太守廢黜。欲藉卿才，可屈就之，便與小女同往。欽哉！謝恩。〔生旦起〕〔紫見叩頭介〕恭喜公主，駙馬黄堂之尊了。千歲還有别旨。

【玉胞肚】叫有司停當，把太守行裝備詳。掌離珠感動娘娘，出傾宫錦繡奩房。〔旦〕還有？〔衆〕㈧車騎僕妾都列在廣衢傍，鑾駕親身餞遠行。

【前腔】〔生喜介〕敢前希望，憶年時醉遊俠場。普人間没俺東牀，湊南柯飲着瓊漿。〔合〕這是有緣千里路頭長，富貴榮華在此方。

【尾聲】〔紫〕從來尚主有輝光，你整朝衣五鼓朝廊，謝恩了辭朝做一事講。〔衆下〕

〔生〕多謝公主擡舉，有此地方。〔旦〕惶愧，惶愧。〔生〕還要請教：南柯大郡，難以獨理。加以小生素性酣放，意下要奏請田子華、周弁二人同典郡政，何如？〔旦〕但憑尊裁。

新命守南柯，恩光附女蘿。

明朝有封事，數問夜如何？

【校】

㈠ 月，萬曆本、竹林本俱誤作「引」。

㈡ 照，萬曆本、獨深本俱作「在」。

㈢ 倚，萬曆本作「後」。

㈣ 父子不見，萬曆本作「父不見子」。

㈤ 覲，疑當作「覲」。南柯太守傳原作「覲」。

㈥ 案：「見」字失韵。各本俱無「見」字；獨深本眉批並云：「用歇後韵，不佳。」可見原以「相」字協韵，而「見」字爲後人所補。

㈦ 粉蝶兒，應有六句，此處下面省去四句。

㈧ 案：上文並無「衆」上場上，此「衆」字疑是「紫」字之誤。下文「衆下」之「衆」字同。

第十九齣　薦佐

【生查子】〔紫引隊子上〕一掌瞰宮墀，洞府晨光露。萬點正奔趨，遍起了朱門户。

〔衆〕將軍上殿，俺大槐安國今日駙馬辭朝，各官在此候駕。

【前腔】〔生朝服捧表上〕槐殿隱香爐，禁幄承恩處。五馬更踟躕，御道裏開賢路。

〔紫〕駙馬請上御道。〔生跪介〕新除南柯郡太守駙馬都尉臣淳于棼謝恩。即日之任，敬此辭朝。〔生三叩俯伏介〕〔紫〕駙馬謝恩表就此披宣。〔生〕臣此表章，不止謝辭㊀恩寵，兼之舉薦賢才，伏望俺王聽啓：

【桂枝香】念臣將門餘子，素無材術。誠恐有敗朝章，至此心慚覆餗。待廣求賢士，廣求賢士，備臣官屬，與臣咨助。〔紫〕駙馬所薦何人？〔生〕伏見司隸潁川周弁，忠亮剛直，有毘佐之器。處士馮翊田子華，清慎通變，達政化之源。二人與臣有十年之舊，備知才用，可託政事。周弁請署南柯郡司憲，田子華請署南柯郡司農。庶使臣政績有聞，憲章無紊。念臣愚，願得從銓補，南柯治有餘。

〔紫〕駙馬起候旨。〔生起介〕想令旨必然俯從，周司隸、田秀才有此遭際也。〔内令旨到〕駙馬薦賢爲國，寡人喜悅，依奏施行。〔生叩頭呼千歲起介〕

【神仗兒】〔周田上〕蒙恩點注，蒙恩點注。南柯太守，淳郎推舉，做司憲司農前去。來闕下叫山呼，來闕下叫山呼。㊁〔跪介〕新除南柯郡司憲前司隸臣周弁，新除南柯郡司農處士臣田子華，叩頭謝恩。〔叩頭呼千歲起介〕〔相見介〕〔生〕二君恭喜了。〔周田〕謝堂翁擡舉之恩。〔紫〕駙馬便當起程，國王國母蚤已關南有餞。

濯龍門外主家親，半歲遷騰依虎臣。
卻羨二龍同漢代，出門俱是看花人。㊂

【校】

㊀獨深本無「辭」字。

㊁原無「來闕下」疊句，據葉譜補。

㊂下場詩上，萬曆、清暉、竹林三本俱有「集唐」二字。

第二十齣　御餞

〔二紫衣上〕玉樓銀牓枕嚴城，翠蓋紅旗列禁庭。二聖忽排鸞路出，雙仙正下鳳樓迎。今日國王國母餞送駙馬公主之任南柯，鸞輿蚤到。

【傳言玉女】〔王同老旦引宫娥上〕玉洞烟霞，一道晴光如畫。回首鳳城宫院，見琉璃碧瓦。〔衆〕宫娥侍長，半插貂蟬隨駕。〔合〕送一對于飛，鳳嬌鸞姹。

〔紫衣見介〕千歲千歲。〔王〕筵宴齊備麽？〔紫〕俱已齊備。〔王㈠〕已勑有司備辦太守行李？〔紫㈡〕行李整齊。〔宫娥〕娘娘傳旨：房奩、金玉、錦繡、車馬、人從，都要列於通衢之上，許萬民縱觀。〔紫〕知道。

【踈影】〔生旦上〕冠裳俊雅，正瑶臺鏡裏，鳳妝濃乍。〔旦〕好夢分明，素情嬌怯，慢引香車隨馬。〔紫催介〕君王國母親臨餞，快疾着緑槐幢下。〔合〕真乃是夫貴妻榮，一對堪描堪畫。

〔紫衣報介〕駙馬公主見。〔生旦俯伏介〕微臣夫婦沾恩，遠勞聖駕，無任誠歡誠忭！誠惶誠恐！〔王〕本不忍處卿於外，南柯有卿，免寡人南顧之憂耳。〔老旦泣介〕俺的公主兒，遠行苦也！〔旦作泣介〕俺的親娘呵！〔王〕在家爲公主，出嫁爲郡君，有何所苦而泣乎？〔生旦叩頭介〕微臣恭㈢受鴻私，願

大王國母千歲千歲千千歲。〔王〕願汝夫婦同之。〔生旦進酒介〕

【畫眉序】〔王〕晴拂御溝花，祖道㊃城南動杯斝。儘關南一面，借卿彈壓。憑仗你半壁門楣，看覷俺一分天下。〔合〕南柯太守風流煞，一路裏威儀瀟灑。

〔老〕公主呵，今日南柯，便是你家了。俺宮中寶藏，盡作賠奩，你看通衢之上呵，

【前腔】雲樹玉交花，日影光輝度塵罅。但閨房所要，盡情相把。擺天街色色珍奇，出關外盈盈車馬。〔合前〕

【前腔】〔生〕平地折宮花，大郡猥當歎才乏。便尋常餞送，敢煩鸞駕。祝太山太水千秋，喜治國治家一法。〔合前〕

【前腔】〔旦〕生小正嬌花，酬謝東風許花發。但隨夫之任，賜妝如嫁。因夫主占了兒家，爲郡君將離膝下。〔合前〕

〔生旦跪介〕微臣何德？煩動至尊。敢問南柯以何而治？〔王㊄〕南柯，國之大郡，土地豐穰，民物豪盛，非惠政不能治之；況有周田二卿贊治。卿其勉之，以副國念。〔生叩頭介〕微臣謹遵王命。〔老〕公主行矣，聽母親一言：淳于郎性剛好酒，加之少年。爲婦之道，貴乎柔順，爾善事之，吾無憂矣。南柯雖封境不遙，晨昏有間。今日睽別，寧不沾巾！〔老同旦泣介〕〔旦〕謹領慈命。〔拜別介〕

【滴溜子】〔王〕南柯郡，南柯郡，弗嫌低亞。公案上，公案上，酒杯放下。有脚的陽春

五馬，休只管戀着衙，長放假。他那裏地方，人物稠雜。

〔王〕傳旨：鼓吹旗幟送過長亭。〔行介〕

【鮑老催】〔衆〕街衢鬧雜，街衢鬧雜㊅，鸞輿直送仙郎發，秦簫吹徹鸞同跨。看乘龍，乘的是，五花馬。君王駙馬多歡哈，則娘娘公主悽惶煞，留不住雙頭踏。

〔衆〕千歲爺，過長亭了。〔王〕終須一別，駙馬公主勉之。〔生旦俯伏介〕微臣夫婦不敢有忘，願我王娘娘千歲千歲千千歲。〔生旦下〕〔王〕傳旨回宮。

【雙聲子】〔衆〕力力喇，力力喇，都是些人和馬。嚌嚌咋，嚌嚌咋，兩下裏吹和打。嘻嘻哈，嘻嘻哈。去了價，去了價。向槐陰路轉，數點宮鴉。

【尾聲】看他們時至氣化，一鞭行色透京華，似這樣夫妻人世上寡。

雙鳳銜書次第飛，鬖鬖羽騎歷城池。

瓊簫暫下鈞天樂，今日河南勝昔時。㊆

【校】

㊀ 王，原誤作「丑」，據各本改。

㊁ 紫，原誤作「生」，據各本改。

㊂恭，萬曆本作「忝」。
㊃道，萬曆、清暉、竹林三本俱誤作「葬」。案：葬，當是「帳」字的音誤。
㊄王，原誤作「生」，據萬曆、獨深、竹林三本改。
㊅「街衢鬧雜」句，葉譜不疊。
㊆下場詩上，各本俱有「集唐」二字。

第二十一齣　録攝

【字字雙】〔丑扮府幕官上〕爲官只是賭身强，板障。文書批點不成行，混帳。權官掌印坐黄堂，旺相。勾他紙贖與錢糧，一搶。

自家南柯郡幕録事官是也。闕下正堂，小子權時署印。日高三丈，還不見六房站班，可惡，可惡。

【前腔】〔吏上〕山妻叫俺外郎郎㈠，猾浪。吏巾兒糊得翅幫幫，官樣。飛天過海幾樁樁，鑾放。下鄉油得嘴光光，〔揖介〕銷曠。

〔丑惱介〕咄！幾時不上公堂望，摇摇擺擺來銷曠。莫非欺負俺老權官，教你乞拷在眉毛上。〔吏跪介〕恩官興頭忒莽撞，百事該房識方向。〔作送雞介〕下鄉袖得小雞公，送與恩官五更唱。〔丑〕好個雞兒，雞兒。㈡〔吏〕聽得老爺好睡覺，出堂忒遲，因此告狀的候久都散了。小的想起來，老爺寸金日子不可錯過。小的下鄉，撈的兩隻小雞，母的宰了，公的送爺報曉。一日之計，全在于寅。〔丑〕有意思，有意思，我的都公請起。〔丑跪扶吏起介〕我從來衙裏，没有本大明律，可要他不要？〔吏〕可有，可無。〔丑〕問詞訟可要銀子不要？〔吏〕可有，可無。〔丑惱介〕不要銀子，做官麽？〔吏〕爺既要銀子，怎不買本大明律看，書底有黄金。〔扮報子上〕〔見介〕飛報送上。〔丑看報介〕右相府一本，南柯缺官事。奉令旨：駙馬淳于棼有點。呀，新官到了，寸金日子丢在那裏？〔報〕駙馬爺馬

牌到。〔丑〕叫各房打點㊂迎接。〔吏〕都有舊規。〔丑〕舊規不同，要起駙馬府，公主殿。要珍珠轎，銷㊃金傘，女户扛擡。〔吏〕小的知道。如今事體迫了，爺兩隻手標票兒纔好。〔丑作兩手標票介〕〔吏〕一票，叫吏房知會官吏。一票，户房支放錢糧。一票，兵房差點吹手、皂快、轎馬勘合。一票，禮房知會生儒、耆老、僧道；又要幾個尖嘴的教坊。〔丑〕要他怎的？〔吏〕會吹。一票，刑房查點囚簿送刑具。一票，工房修理府第家火；第一要個馬子綫香。〔丑〕這緩得些。〔吏〕奶奶下了轎，滿地跳。一票，架閣庫整頓卷宗交代。一票，承發科寫理脚色憲綱。一票，雜辦吏鋪氈結綵。一票，帶辦吏送心㊄紅紙張。一票，各馬驛下程中火。一票，各社總選門子，要一丈二尺長。〔丑〕太長了。〔吏〕新太爺還長一丈八。一票，娘娘廟借珍珠八角轎傘。一票，表子鋪借鋪陳、膩粉、馨香。〔丑〕這個使不得，要星夜製造纔是。

【亭前柳】此郡鎮南方，前任總尋常。緣何差駙馬，甚樣有輝光。〔合〕憲綱，前件開停當。分付該房，須急切要端詳。

【前腔】珠翠縷金裝，怕没現錢糧。〔吏〕没錢糧有處，因公且科派，事後再商量。〔合前〕

權官纔打劫，正官便交攝。
支分各色人，遠遠去迎接。

【校】

㊀外郎郎，原作「外郎外郎」，衍一「外」字，據葉譜删。

㊁雞兒雞兒，萬曆本、獨深本俱作「雞雞兒」。

㊂點，各本俱作「理」。

㊃銷，各本俱誤作「綃」。

㊄心，疑當作「猩」。

第二十二齣　之郡

〔隊⑴子上〕結束征車⑵换黑貂，行人芳草馬聲嬌。紫雲新苑移花處，洞裏神仙碧玉簫。請了。俺們駕上差來，護送公主駙馬爺南柯赴任去，迤邐⑶數程。公主駙馬起早也。

【滿庭芳】〔生旦衆上〕紫陌塵間，畫橋風淺，鑾旗影動星躔。〔旦〕朝雲濃淡，行色映花鈿。爲問夕陽亭餞？下鑾輿慘動離筵。〔合〕關南路，春暉緑草，何日再朝天？

【木蘭花令】宫花欲唤流鶯住，恰是南柯遷徙⑷處。繡簾嬌馬出都城，寶蓋斜盤金鳳縷。華年得意頻相顧，笑問卿卿來幾許？緑槐風軟度行雲，回首沁園東畔路。〔生〕公主，自拜辭了君王國母，不覺數程，此去南柯相近了。左右趲行。〔行介〕

【甘州歌】宫闈别餞，擺五花頭踏，迤邐⑸而前。都人凝望，十里繡簾高捲。四方宦遊誰得選？一對夫妻儼若仙。〔合〕青袍舊，緑鬢鮮，大槐宫裏着貂蟬。香車進，寶馬連，一時攜手笑嫣然。

〔官吏上〕南柯郡録事差官吏投批，迎接爺爺。〔生取看介〕發批迴，前去伺候。〔官吏應介〕

【前腔】〔生〕宫花壓帽偏，問有何能德，紫綬腰懸？玉樓人並，翠蓋緑油輕展。指揮風景遲去輦，爲惜流光懶下鞭。〔合〕攜琴瑟，坐錦韉，一條官路直如絃。遊春樣，盡世

緣，秦樓蕭史弄雲烟。

〔衆〕稟爺：南柯郡界了。〔丑〕㊅南柯郡録事參軍迎接老大人。〔生〕遠勞了。〔丑〕不敢。有新轄織、兵衛、男女轎夫，齊站下班迎接。〔生〕知道了，就回。〔丑應下〕〔内介〕合郡官吏迎接爺爺。〔生〕起去伺候。〔内介〕生儒迎接老大人。〔生〕請起，郡中相見。〔應介〕〔内介㊆〕僧道、耆老迎接爺爺。〔生〕都起去。〔内介㊇〕教坊女樂們迎接爺爺。〔生〕趲行。〔衆妓鼓吹引介〕

【前腔】鸞鈴動翠鈿，看滿前旗影，冠佩翩聯。争來迎跪，陌上紅塵深淺。邦君夫人鸞鳳侶，父老兒童竹馬年。〔合〕軍民鬧，士女諠，妓衣時雜紫衣禪。彈箏覷，擊鼓傳，錦車催怕日華偏。

〔生〕遠遠望見，如烟如霧，鬱鬱葱葱者，是何地方？〔衆〕十里之近，南柯郡城。〔生〕公主，真好一座城臺。

【前腔】遥遥十里前，見葱葱佳氣，非霧非烟。雉飛鸞舞，臺觀疊來蒼遠。似蘭亭景幽圍翠嶺，春穀泉鳴浸玉田。〔合〕山如畫，水似纏，自憐難見此山川。重門擁，旌旆懸，玉樓金榜洞中天。

〔内燈籠接上介〕〔衆〕稟太爺：進城。〔生〕今夕公館休息，五鼓陞任。

【尾聲】閃紗燈一道星球轉，曜街衢棨戟森然。公主，和你且把下馬公堂笑鋪展。

露冕新承明主恩，山城別是武陵源。
笙歌錦繡雲霄裏，南北東西拱至尊。㊈

【校】

㊀「隊」字上，各本俱有「集唐」二字。
㊁車，獨深本誤作「軍」。
㊂邏，萬曆本作「遞」。
㊃徙，萬曆、清暉、竹林三本俱作「鶯」。
㊄邏，各本俱作「遞」。
㊅「丑」字下應有「上」字。
㊆原無「介」字，據萬曆本補。
㊇原無「介」字，據萬曆本、獨深本補。
㊈下場詩上，萬曆、清暉、竹林三本俱有「集唐」二字。

第二十三齣　念女

【夜遊湖㈠】〔老旦引衆上〕猝地榮華開内苑，紫雲袍花勝朝天。〔衆〕扇影斜分，宫娥慢擁，望南柯阿嬌仙眷。

【憶秦娥】〔老〕屏山列，香風暗展青槐葉。〔衆〕青槐葉㈡，洞天深處，彩雲明滅。〔老〕女兒十五辭宫闕，南柯婉畹西樓月。〔合〕西樓月，南飛鵲影，照人離别。自家大槐安國母，一女遠在南柯，將二十年。昨有書來，説他兒女累多，肌瘦怕熱。近於瀍江城清涼地面，築一座瑶臺城避暑，要請佛王經千卷供養。已着郡主去禪智寺，請問契玄師父，還未到來。

【玩仙燈】〔貼持經上〕禪智談玄，又請下的法王經卷。〔見叩頭介〕郡主瓊英叩頭，千歲。〔老〕平身。手中所進，是何經卷？〔貼〕到問契玄禪師，他説凡生産過多，定有觸污地神天聖之處，可請一部血盆經去，叫他母子們長齋三年，總行懺悔，自然災消福長，減病延年。娘娘聽啓：

【玉山頹】㈢這血盆經卷，大慈悲孩兒目連。〔老〕因何？〔貼〕目連尊者爲救母走西天，經過羽州追陽縣，曠野之中，見一座血盆池地獄。有多少女人，散髮披枷，飲其池中污血。目連尊者動問獄主：此是因何？獄主言道：這婦人呵，生産時血污了溪河，煎茶供厭污了良善。〔老〕

是了，供奉三寶的茶水，被血水污，因此果報。後來？〔貼〕目連尊者聽見，大哭起來，俺母親也應受此苦楚了。竟以神通，走向佛所，致心頂禮，願祈世尊爲我等開示：云何報答慈親，脱離此苦？佛言：善哉！待酬恩睠，則三年内長齋拜懺，聲聲把彌陀念。〔老〕念了怎的？〔貼〕有好處，渡河船，便是血盆池上産金蓮。

【前腔】〔老〕佛爺方便，向諸天把真言示宣。想來則有婦女苦，生男種女大家的，便是産時昏悶，傾污水於溪河，也是丈夫之罪。怎那經文呵，明寫着外面無干，偏則是女人之譴？便宣紫衣官一員，分付馬上捧持此經一千部，星夜前去。紫衣乘傳，直齎到瑶臺宫院，免到追陽縣。説與公主呵，教他廣流傳，把俺老娘三世也帶生天。

古來兒女得娘憐，女病娘愁各一天。
惟有受經勤懺悔，南柯應産玉池蓮。

【校】

㈠湖，萬曆、獨深、竹林三本俱誤作「朝」。

㈡萬曆、清暉、獨深三本俱奪「青槐葉」疊句一句。

㈢玉山頽，葉譜題作玉胞供，謂玉胞肚犯五供養。

第二十四齣　風謡

【清江引】〔紫衣走馬捧經背勅上〕紫衣郎走馬南柯下，一軸山如畫。公主性柔佳，駙馬官瀟灑。俺且在，這裏整儀容權下馬。

事有足差，理有果㈠然。自家紫衣官是也。承國王國母之命，送佛經與公主供養，並加陞駙馬官爵門蔭。纔入這南柯郡境，則見青山濃翠，緑水淵環。草樹光輝，鳥獸肥潤。但有人家所在，園池整潔，簷宇森齊。何止苟美苟完，且是興仁興讓。街衢平直，男女分行。但是田野相逢，老少交頭一揖。曾游幾處，近㈡見此邦。且住，待俺借問公主平安，看百姓怎生議論？前面幾個父老來了。

【孝白歌】㈢〔衆扮父老捧香上〕征徭薄，米穀多，官民易親風景和。老的醉顔酡，後生們鼓腹歌。你道俺捧靈香，因甚麽？〔紫前問介〕敢問老官人：公主好麽？〔父老歎介〕〔唱前〕你道俺，捧靈香，因甚麽？〔下〕

〔紫〕這些父老們歡歡喜喜，唱個甚的？又邀㈣的幾個秀才來了。

【前腔】〔衆扮秀才捧香上〕行鄉約，制雅歌，家尊五倫人四科。因他俺切磋，他將俺琢磨。你道俺，捧靈香，因甚麽？〔紫〕敢問秀才：公主好麽？〔秀才歎介㈤〕〔唱前〕你道俺捧

你道俺，捧靈香，因甚麽？〔下〕

【前腔】〔扮村婦女捧香上〕多風化，無暴苛，俺婚姻以時歌伐柯。家家老小和，家家男女多。你道俺捧靈香，因甚麽？〔紫〕敢問女娘們：公主好麽？〔婦歎介〕〔唱前〕你道俺，捧靈香，因甚麽？〔下〕

【前腔】〔扮商人捧香上〕平税課，不起科，商人離家來安樂窩。關津任你過，晝夜總無他。你道俺捧靈香，因甚麽？〔紫〕大哥幾分面善。〔商〕俺是京師人，在此生意。〔紫〕正是。聽見公主可好？〔商〕俺們正去太爺生祠進香，保祝駙馬公主二人千歲千歲。〔紫〕你又不是這境内人民，保他則甚？〔商〕淳于爺到任二十年，人間夜户不閉，狗足生毛。便是俺們商旅，也往來安樂，知恩報恩。〔紫〕前面一夥老的，一夥秀才，一夥婦女，都捧着香往那里去？唱些甚麽？〔商〕你是不知，這南柯郡自這太爺到任以來，雨順風調，民安國泰。終年則是游嬉過日，口裏都是德政歌謡，各鄉村都㊅寫着太爺牌位兒供養。則這是大生祠，祠宇前後九進，堂高三丈，立有一丈五尺高的幾座德政碑，碑上記他行過德政。二十年中，便一日行一件，也有七千二百多條，言之不盡。〔紫〕想是學霸刁民胡弄的。〔商作惱介〕〔唱前〕咳，你道俺捧靈香，因甚麽？〔下〕

〔紫〕奇哉，奇哉，真個有這等得民心的官府。

二十年事事循良，
偏㊆歌謡處處焚香。

立生祠字字紀實，　　詔書中一一端詳。

【校】

㊀果，萬曆本、獨深本俱作「故」。

㊁近，獨深本作「僅」。

㊂孝白歌，白，當是「順」字之誤。葉譜題作孝南枝，謂孝順歌犯鎖南枝。

㊃邀，各本俱誤作「遨」。

㊄原奪「介」字，據萬曆本、獨深本補。

㊅都，原作「多」，據萬曆本、獨深本改。

㊆偏，原誤作「徧」，據萬曆本改。

第二十五齣　玩月

〔録事官上〕宫居録事尊崇，放支帳曆粗通。再不遇缺官看印，教我録事衙門嗑風。新近一場詫事，公主生長深宫。二十年南柯地方怕熱，訪知瀟江城西北涼風。築一座瑶臺城子，單單一個公主避暑其中。周田二公督造，果然不日成功。怎生唤做瑶臺城子？四門有高臺玉石玲瓏。駙馬公主到㊀來便待賞月，那頭行的正是周田二公。〔虚下〕

【繞池㊁遊】〔扮周田上〕人間怎麽？地下爲參佐，乘公暇得從深座。玉鏡臺移，絳橋星度，下秦樓雙鳴玉珂。

〔周〕下官司憲周弁。〔田〕下官司農田子華。〔周〕蒙太老先生提挈，贊相有年。近因公主避暑，于瀟江西畔築了座瑶臺城，今夕駙馬公主駕臨，正當明月三五，良可賀也。〔田〕以下官所言，瑶臺雖則壯麗，江外切近檀蘿，公主移居，深所未便。〔周〕有瀟江城一衛兵馬，可保無危。〔内響道介〕〔田〕駙馬公主蚤來，我們且須迴避。〔虚下〕

【破齊陣】〔生旦引衆上〕繞境全低玉宇，當窗半落銀河。月影靈娟，天臨貴壻，清夜暫迴參佐。同移燕寢幽香遠，並起鸞驂暮靄㊂多，何處似南柯？

〔周田上〕〔吏進稟介〕司憲司農稟見。〔生〕叫該房稟知：公主在此，不便請見，請二位老爺先回。

〔吏應介㊃〕〔周田下〕〔生〕我爲公主造此一城，都是白玉砌裏，五門十二樓，真乃神仙境界也。今夜月明如洗，傾倒一杯。〔老旦㊄酒上〕金屋人雙美，瑶臺月一輪。酒到。

【普天樂㊅】〔生〕蹍光華城一座，把温太真裝砌的嵯峨。自王姬寶殿生來，配太守玉堂深坐。瑞烟微香百和，紅雲度花千朵。有甚的不朱顔笑呵？眼見的眉峯皺破。對清光，滿斟一杯香糯。

〔旦歎介〕甚般好景，苦没心情，奈何？奈何？〔生〕是了，你飲興欠佳，叫孩子們勸你。請王孫貴女出來。〔雜扮二小男小女上〕月兒光，月兒光，娑婆樹下好燒香。老爺，親娘，喫一杯酒兒麽？〔灌旦酒〕〔旦笑介〕我喫，我喫。

【雁過沙犯】㊆〔旦〕姮娥，自在争多。養孩兒恁個，那些兒不病過。念載光陰一擲梭，大的兒攻書課，次的兒敢聰明似哥，小丫頭也會梳裏。霎兒間，眼前提着，又校得心頭活。㊇

【傾杯序㊈】〔生〕嬌波，倚瑶臺新鏡磨，嵌青天人負荷。〔雜〕消多，幾陣微風，一莖清露。半縷殘霞，淡寫明抹。稱道你洞府仙人，清涼無暑，愛弄娑婆。〔合〕好大槐安，團圓桂影今夜滿南柯。

〔旦〕夫妻兒女，真是團圞。只爲哥兒們長成，親事未定，熱我心懷。〔雜〕娘住這瑶臺之上，怕忒

高寒些兒。

【小桃紅】㊀〔旦〕一些些思量過，悶喲喲怎題破？看這座瑤臺是不比其他，界斷銀河冷澹些兒個。便似背兒夫竊藥向寒宮躲，念瑤芳怎學的姮娥？

〔內介〕報，報，報，令旨到。〔紫衣上〕〔宣旨介〕令旨到，跪聽宣讀。制曰：寡人聞之，治國之法：一曰賢賢，二曰親親。恩禮之施，用此爲準。咨汝公主瑤芳，厥配南柯郡太守駙馬都尉淳于棼，自下車以來，將二十載。仁風廣被，比屋歌謡，寡人心甚重之。兹特進封食邑三千户，爵上柱國，集議院大學士，開府儀同三司，仍行南柯郡事。二男二㊁女，俱以門蔭授官，許聘王族，與國咸休。欽哉！謝恩。〔生旦叩頭〕千歲千歲千千歲。〔紫衣叩頭見生旦介〕恭喜駙馬公主高陞。〔生扯紫衣介〕勞了。〔紫〕娘娘還有懿旨：請下血盆經千卷，送與公主供養流傳，消災長福。〔生〕齊家治國，只用孔夫子之道，這佛教全然不用。〔旦〕奴家一向不知，怎生是孔夫子之道？〔生〕孔子之道，君臣有義，父子有親，夫婦有別，長幼有序，朋友有信。〔旦〕依你說，俺國裏從來没有孔子之道，一般立了君臣之義，俺和駙馬一般夫婦有別，孩兒們一樣與你父子有親，他兄妹們依然行走有序，這卻因何？〔生笑介〕說是這等說，便與公主流傳這經卷罷了。

公主瑤臺養病身，　一天恩詔滿門新。
但願福隨長命女，　相依佛度有緣人。

【校】

㈠到，各本俱作「新」。

㈡池，原誤作「地」，據獨深本、葉譜改。

㈢靄，萬曆本誤作「藹」。

㈣介，萬曆、獨深、竹林三本俱作「稟」。

㈤老旦，萬曆本、獨深本俱作「老貼」。

㈥「樂」字下原有「犯」字，衍，據葉譜刪。

㈦雁過沙犯，葉譜題作雁過紅，謂雁過聲犯紅娘子。

㈧活，獨深本作「可」。

㈨序，原誤作「犯」，據葉譜改。

㈩小桃紅，原誤作山桃紅犯，據葉譜改。

⑪二，原誤作「一」，據各本改。

第二十六齣　啓寇

【梨花兒】〔丑扮賊太子上〕小小的檀蘿生下咱，生下咱太子好那查。没有了老婆較子傻，嗏，但婆娘好把咱檀郎打。

自家檀蘿國王位下四太子是也。小名檀郎，性格風灑。父王分下咱三千赤駁軍，鎮守全蘿西道。日昨喪了房下，急切要尋個填房，恰好一場天大姻緣。那大槐安國金枝公主，嫁了南柯郡守，隨夫之任。怕府裏地方燥熱，單築瑶臺城一座，在湮江地方㊀，與俺國相近。老天，老天，他那裏是怕熱？是不耐煩，要撇開漢子自由自在，分明天賜我姻緣也。我待點精兵一千，打破瑶臺城，搶了公主。則未知他意思如何？早已差小卒兒，扮作賣花郎打看去，早晚到來。〔貼扮報子花鼓上〕

報，報，報，報，好事到。〔丑〕快説來。

【北中吕㊁脱布衫】〔報〕小番兒蚤離了檀蘿，無明夜打聽南柯。做探子的精細無過，横直着貨郎兒那些貨。

好一座瑶臺城！〔丑〕怎見得？

【小㊂梁州】〔報〕真乃是玉砌金裝巧甃羅，繞殿宫娥，珍珠壘就翠銀河。無彈破，一曲錦雲窩。

〔丑〕可到得公主跟前？〔報〕小的賣花，宮娥引見。

【么】㊃賣花聲斜抹着宮牆過，那穿宮引見俺妝標垛。〔丑〕公主可要了些花兒？〔報〕便叫貨郎，有甚妝花名數？小的應説：有，有，有，絨線花、通草花、縷金花、攢翠花，數上百十樣，他府中都有，則留下兩種兒。〔丑〕那兩種？〔報〕是寶檀絲粟，點香和；小裝窩那翠翦蘿；春纖兩朵斜插笑鏡兒睃。

〔丑作昏跌介〕妙也！妙也！寶檀花，翠蘿花，正是「檀蘿」二字，公主接下這花，天緣也。報子，還則怕他漢子守着？〔報〕一個駙馬，回南柯管事去了。〔丑〕有這等一個鬆駙馬。

【耍孩兒三煞】〔報〕駙馬呵，他守着個鬧喳喳的畫卯堂着甚科？倒把個翠臻臻畫眉臺脱了窩。俺偷風斫砦尋閒貨，則要俺蛇皮鼓再打向花廊過。少不的會温存的飛虎把㊄河橋坐，少不得怕聒炒的昭君出塞和。是惹起風流禍，爲一個觀音菩薩㊅，起三千揜命嘍囉。

【煞尾】㊆太子呵，你先把撞門羊宰了大犒賀，把拖地錦做征旗尾後拖。搶到公主呵，偏背那撲楞生老淳于干别煞了他，成就這悄不剌小檀郎快活煞了我。〔下〕

〔丑弔場介〕好稱心的事兒也。就分一枝兵，蘸住塹江城，俺親自搶公主去。正是：他要伐檀來不得，咱自無媒去伐柯。㊇

【校】

㈠ 方，萬曆本、獨深本俱作「面」。
㈡ 北中吕，原作「北調」。今删「調」字，據葉譜補「中吕」二字。
㈢ 「小」字上原有「中吕」二字，據葉譜删。
㈣ 么，各本俱誤作「麽」。
㈤ 把，獨深本作「打」。
㈥ 觀音菩薩，葉譜作「巫山仙子」。
㈦ 煞尾，原作「尾聲」，據葉譜改。
㈧ 「他要」二句下場詩，例應大字分行。

第二十七齣　閨警

【好事近前】〔老旦貼扮宮娥上〕秋影動湘荷，風定瑞爐香過。簾外呢喃歸燕，怪瑣牕人卧。

我們公主位下宮娥是也。公主貴體，原自嬌柔；加以兒女累多，心煩怕熱。因此避暑瑤臺，這早還睡也。

【好事近後】〔旦上〕弄涼微雨隱秋河，殘暑殢人些個。好夢暗隨團扇，再朱顔來麼？

【清平樂】〔旦〕陰陰院宇，枕上昏涼雨。〔老〕風動槐柯交翠舞，恰恰畫牆低午。〔旦〕一簾幽夢悠揚，金爐旋注沈香。〔合〕鳳吹幾年都尉，病慵休殢宮妝。〔旦〕宮娥，這瑤臺風景，比南柯郡涼些。〔老〕也是新秋了。〔旦〕你知我有病在身麼？〔老〕便是，駙馬爺在南柯，這些時不來相看。〔旦〕他正㊀事在㊁身，何暇到此？好悶呵，

【六犯㊂宮詞】落紅凝院，暮雲沈閣，秋動繡簾猶卧。起來無力，金釵半墜雲窩。〔老〕瑤臺城過了一夏哩。〔旦〕俺汗減了湘文簟，螢低了扇影羅。〔老〕公主也忒嬌怯。〔旦〕多嬌處，忒病多，年來無奈睡情何？〔老〕天氣早涼些。〔旦〕我一時間如涼便得沾羅幙，一會間似熱又尋思浴翠波。〔老〕午膳哩。〔旦〕没些時個，花陰午㊃殎，蚤氲人的茶飯沾

唇過。〔老〕公主有了王孫貴女，還悶甚麼？〔旦〕你休波，眼前兒女，風月暗消磨。

〔老〕整辦酒筵解悶，公主只是想駙馬爺。

【前腔】蚤則是瑣㊄牕人喚，夢雲初軃，一線枕痕無那。遲遲媚嫵，還留人畫雙蛾。〔宮娥送酒介〕〔老〕一盞心頭過，胭脂暈臉渦。〔旦〕怕飲。〔老跪勸〕〔旦略飲介〕〔老〕三回勸，半口多，朱顏怎得個笑微酡？〔老〕有方法，叫小宮娥吹彈歌舞。〔內吹彈上介〕〔旦〕聒人那！〔老〕怎人偏喜處生嫌渦？再有消愁似舞和歌？〔背唱介〕他鳳腮微托，長裙半拖，病稍兒翦不的愁痕破。〔旦照鏡歎介〕〔老回身〕事多磨，淹淹鏡裏，有得氣兒呵。

〔末扮大兒子上〕秦樓通戍火，漢苑入邊愁。報知母親：檀蘿兵起，逼近瑤臺，如何是好？〔旦泣介〕這等，怎好？我的兒那，你星夜往南柯，報知父親；我一邊督率城中男女，守城防備。

【風入松】原來只合住南柯，有甚麼清涼不過？下場頭都是俺之錯，到如今惹下了干戈，知他那意兒怎麼？〔合〕男共女守臺坡。

【前腔】〔末〕喜的是親娘身子減沈痾，兒去也俺娘掙挫，急忙間打不的這瑤臺破。怕你這娘子軍沒得張羅，俺那父子兵登時救活。〔合前〕〔旦末哭別介〕

【尾聲】〔旦〕㊅從來不說㊆有干戈，俺小膽兒登時嚇破。別將領兵不濟事，須則駙馬親來纔救的我。㊇〔旦衆下〕

〔末弔場急馬走上〕手下趲行。

【滴溜子】邊報急，邊報急，怎生煞和？流星去，流星去，塵飛不過。心急馬行遲，那把三百里老南柯，做一會子抹。遲誤兵機，教娘怎麽？教娘怎麽？〔下〕

【前腔】〔雜扮婦女插旗守城上〕邊報急，邊報急，怎生煞和？輪班去，輪班去，挨查不過。心急步行遲，那把三百個錦城窩，做一會子邏。失誤城池，教娘怎麽？教娘怎麽？

〔丑笑介〕奇怪，奇怪，一座瑶臺城，砌的蟻子縫也没一個，甚鳥報道有甚鑽城賊？公主下令：瑶臺一衛，老軍丁男出弔橋迎賊，軍妻守垛四門，每門一個㊈女小旗總領。奴家是王大姐，平日有些手面，領了東門女小旗。哎喲，陳姥姥、趙姨姨你也來了。〔老〕老身領了西門。〔小旦〕㊉奴家領了北門。只南門小總不到。〔貼㊁扮小廝插旗上〕列位大娘拜揖。〔丑〕一個俊哥兒。〔貼〕我母親是南門女小旗，病了，小子替領。〔丑〕南風發了，也罷。公主號令：旗婆們都要演習武藝。咄！陳姥姥看把勢。〔蹋老跌介〕〔老〕哎，我老人家了。〔丑〕趙姨姨，看跌。〔小跌介〕哎，王大姐饒了罷那。〔丑〕小哥，看飛尖。〔貼放丑倒介〕〔丑〕不信老娘倒了架。〔再三打〕〔丑跌介〕〔丑〕我的哥，跌打你不過，和你耍鎗。〔鎗殺貼勝〕〔丑怕介〕〔貼〕王大姐，這等手面，怎麽防賊？〔丑〕奴家有計，賊上城，熱屎熱尿淋頭撒下去。我連馬子煮粥鍋都搬上城來了。〔老小〕休囉唣，我們繞城走一遭，回報公主去。

【醉羅歌】一垛兩垛城臺座，一個兩個鋪團窩。密札札穿針縫没過，槍和砲成㊂堆垛。

軍妻姥姥，這些老婆；軍餘舍舍，這些小哥；斗兒東唱到參兒趖。〔内鑼鼓馬嘶㊂介〕
把塵頭，望路脚，那傍城牆走馬那數聲鑼。
〔内緊鼓報介〕檀蘿賊兵來了！〔貼〕邊報來緊，且催集民㊃家老小上城。
瑶臺城四面，砲眼鎗頭箭。
但有賊星兒，女兵先綽戰。

【校】

㊀正，各本俱作「政」。
㊁在，萬曆本、獨深本俱作「羈」。
㊂犯，葉譜作「奏」。
㊃午，原誤作「干」，據各本改。
㊄瑣，獨深本誤作「鎖」。
㊅原無「旦」字，據辭意補。
㊆説，竹林本作「悦」。
㊇「須則」句，萬曆本誤作小字白語。

㈨每門一個，原作「四個」，據萬曆本、獨深本改。清暉本、竹林本僅作「一個」，奪「每門」二字。

㈩小旦，原作「貼」。案：此「貼」字不但與下文扮小廝之貼重複，而且與稱趙姨姨爲「小」也不合。此「小」字當是小旦的省稱無疑。今正。

⑪貼，原誤作「雜」，據各本改。下文「我母」上「貼」字同。

⑫成，原誤作「城」，據萬曆本改。

⑬「介」字上原有「上」字。案：此處並無脚色上場；此句當與下文「内緊鼓報介」同例；「上」字係衍文甚明，今删。獨深本有「上」字，無「介」字，也誤。

⑭民，萬曆、獨深、竹林三本俱作「各」。

第二十八齣　雨陣

【逍遥樂】〔生引衆上〕池上秋聲響，還把彩鸞雙扇掌。老槐陰新雨碧油幢，獨坐黄堂，閒燕寢，凝幽香。

吾在南柯有歲華，麗譙清晝卷高牙。刑書日省三千牘，民版秋登百萬家。自家出守南柯，物阜民安，辭清盜寡，皆周田二君贊相之方。㊀杯酒爲歡，缺然未舉。近因公主避暑瑶臺城，衙内孤寂，此中舊有一所審雨堂，審的地氣溼熱將雨之候，果然微雨，應此新秋。分付置酒，與二君聽雨。左右伺候。〔周田上〕太府威㊁容盛，同官禮數親。祇候的通稟。〔丑〕田爺周爺見。〔見介〕〔生〕三匝南枝總舊遊，〔田〕雙攀玉樹此庭幽。〔周〕偏因聽雨承恩澤，〔合〕共看郊原作好秋。〔看酒介〕〔生〕今夕之酒，專爲聽雨而設。

【啼鶯兒】偶然西風吟素商，霎煞幾般疎響。悉闌珊玉馬叮噹，忽弄的冰壺溜亮。倒簷花碎影琳琅，敲鴛瓦跳珠兒定蕩。猛端相，斷魂何處？環珮赴高堂。

【前腔】銀河溼雲流素光，點滴翠荷盤上。吉琤琤打鴨銀塘，撒喇喇破萍分浪。清切在梧桐井牀，颯答在芭蕉翠幌。隱垂堂，珠簾暮捲，長似對瀟湘。

【啄木鸝】華堂静好對觴，細雨紗廚今夜涼。怕攬他蝴蝶飛雙，聒醒我鴛鴦睡兩。更

那畫船眠處沙鷗望，屏山醉後餘香漾。弄悠揚，人間此際，别有好思量。

【前腔】催花緊鈔燕的忙，一陣陣黄昏愁雁行。偏有他側耳空房，閃牕紗半滅銀缸。一般兒天涯薄宦窮途況，洞庭歸客孤篷㊂上。數天長，十年心事，和淚隔秋牕。

〔生〕司農，我晝寢忽然一夢，大兒子誦毛詩二句：鸛鳴於垤，婦歎於室。是何祥也？〔田想介〕依下官愚見，詩云：天將雨而蟻出於垤，鸛喜食蟻，故飛舞而鳴。婦歎於室，似是公主有難，要與㊃老堂尊相見。此乃東山之詩，主有征戰之事。〔生〕多謝指教，當謹防之。〔内鼓介〕〔生〕問報鼓爲甚而忙？〔末打馬急走上〕風傳流賊起，火速報君知。報爹爹：檀蘿兵起，一半攻打瀍江城，一半向瑶臺城來了。〔生慌介〕怎了？怎了？瑶臺，公主所居；瀍江，邊城要路。賊兵兩路而進，其意難量。我與田司農領兵去解公主之圍；别遣周㊄司憲守禦瀍江城一帶；孩兒把守南柯，暫且休息去。〔末〕要活娘兒命，無過子父兵。〔下〕〔生〕司農，司農，夢之響應如此。〔周田〕便是。公主在圍，須得星夜前進。〔衆軍上〕瑶臺先救月，别騎見臨江。〔生〕聽吾號令：五千兵跟周爺救瀍江城；選鋒三千名，跟我星夜前救公主。〔衆〕稟太爺：演陣。〔田〕稟堂尊：救瀍江只排個尋常蟻陣；救公主的，要依詩云，排一個老鸛陣。〔衆應排陣走介〕蟻陣完。〔排陣舞叫介〕老鸛陣完。〔生〕我與周司憲分兵前㊅去。〔周〕稟堂尊：三軍鼓氣，全在于酒；周弁一生，全仗酒力；望主公大施㊆恩波。〔生〕五千名軍，賞他五千個泥頭酒去。則一句話，司憲在心：小生昔爲淮西裨將，使酒誤事，二君所知。自拜郡以來，戒了這酒。司憲平日頗有酒名，既掌兵機，記吾囑付，酒要少飲，事要多知。就此起行了。

【刮鼓令】〔生田〕冲星一劍忙，向瑤臺相對當。公主呵，他烟花陣怎生圍向？那檀蘿真掘强。築下個粉壇場，良時吉方，陣頭安上。〔合〕聽楚天秋雨過殘陽，倒做了金鐙響玎璫。〔生田下〕

【前腔】〔周〕孤城號塹江，敢囊沙聚米糧。看仔細檀蘿模樣，望江鄉策應忙。杯酒襯戎妝，他居中主量，我從邊兒趕上。〔合前〕㈧

瑤臺城傍月兒邊，　爲惹兵戈破鏡懸。
此日相逢洗兵雨，　一天長塹凱歌旋。

【校】

㈠方，萬曆本作「力」。
㈡威，原誤作「成」，據萬曆本、獨深本改。
㈢篷，萬曆、清暉、竹林三本俱誤作「蓬」。
㈣與，原誤作「於」，據萬曆本改。
㈤周，獨深本誤作「田」。

㈥前，各本俱作「而」。
㈦施，各本俱作「賜」。
㈧「合前」下，萬曆本有「下」字。案：「下」字應在下場詩之下。

第二十九齣　圍釋

【金錢花】〔賊太子引衆行上〕俺們太子是檀蘿，檀蘿。日夜尋思要老婆，老婆。瑶臺城子裏有一個，咱編橋渡過小銀河，要搶也波。搶得麽？赤剌剌的笑呵呵。

好了，好了，圍了瑶臺城。你看城子，高接㊀廣寒，明如閬苑。便待一鼓破了瑶臺，何難之有？又怕驚了公主，不成其事。昨日打了戰書入城，他那裏敢回話？想只等駙馬來救。我別遣一枝兵馬，攻取塹江城，直逼南柯，看那駙馬怎生來得？公主，公主，眼見的到手也。今日故意再把城子緊圍，他問時，叫公主親自上城打話，待小子飽瞧一會。衆把都！緊圍，緊圍，緊圍。〔内鼓譟介〕緊圍了。〔内使女官忙泣上〕哎喲，檀蘿兵緊上來了，眼見的無活的也！快請公主升帳。〔旦引隊子上〕天呵，天呵，怎了也？瑶臺試一臨，賊子逼城陰。膽破青鸞色，情傷駙馬心。女牆邊月近，孤枕陣雲深。怎得南柯去，高樓横笛音？〔内鼓介〕〔旦衆哭介〕如何是好？

【南吕一枝花】冷落鳳簫樓，吹徹胡笳塞。是甚男心多，偏算計這女喬才？避暑迎涼，甚月殿清虚界，倒惹他西施兵火到蘇臺。遭勞攘兩月幽閒，養病患又一天驚駭。

〔内鼓介〕〔旦〕天，天，天，怎生來？這瑶臺城内，錢糧不多，賊子因何圖此？昨日打下戰書，思量起來，男女不交手，怎生輕敵㊁而戰？專等駙馬到來。如今着人問他，或是要些小財物，捨些他去，免得攬擾一番。叫通事問他，此來主何意思？〔內問介〕〔太應介〕要問俺起兵主意，請公主自來打話。〔通回㊂稟介〕他要請公主打話。〔旦歎介〕我乃一國之貴主，這些毛賊怎敢對話？〔通回太介〕公主乃一國之貴主，怎與你們打話？〔太〕俺非以下將佐，乃是本國四太子。叫你公主，就是姐姐一般，請來打話。〔通回旦介〕他説是本國四太子，叫公主就是姐姐一般，可以打話。〔旦〕這等，只得扶病而去。倘然三兩句言詞退了他兵，也未可知。〔衆〕賊意難知，公主須得戎裝，城樓一望。

〔旦〕然也。〔旦换戎裝弓箭介〕

【梁州第七】怎便把顫嵬嵬兜鍪平戴？且先脱下這軟設設的繡襪弓鞋，小靴尖忒逼的金蓮窄。把盔纓一拍，臂鞲雙擡。宫羅細揣，這繡甲鬆裁。明晃晃護心鏡月偃分排，齊臻臻茜血裙風影吹開。少不得女天魔排㊃陣勢，撒連連金鎖槍擂。女由基扣雕弓，廝琅琅金泥箭袋。女孫臏施號令，明朗朗的金字旗牌。〔衆喝采介〕〔旦〕奇哉！你待喝采。小宫腰控着獅蠻帶，粉將軍把旗勢擺。你看我一朵紅雲上將臺，他望眼孩咍。

〔內鼓譟〕〔旦驚介〕來的好不怔忡也！權請他太子打話。〔太笑介〕妙也，妙也，真乃是月殿姮娥，雲端裏觀世音。姐姐請了。〔旦〕太子請了。太子，君處江北，妾處江南，風馬牛不相及也。不意太子之涉吾境也，何故？〔太〕公主，你把我的主意猜一猜來。

【牧羊關】〔旦〕看他蟻陣紛然擺，風雹亂下篩，他待碗兒般打破這瑶臺。我好看不上他嘴脚兒，赤體精骸。小心腸心腸兒多大？㊄則不過領些須魚肉塊，覓些小米頭柴，怎做作過水興營砦？太子，你敢捹殘生來觸槐！

〔通〕四太子，我公主説：你止要些米頭魚骨，犒賞你些去便了。〔太笑介〕小子非爲哺啜而來，好不欺負人也！只擂鼓緊圍罷了。〔旦〕通事，你説與他：

【四塊玉】逐些兒，打話來。則把你，虛脾賣。敢要生口？〔太〕不要。〔旦〕要些金銀？〔太〕不要。〔旦〕爲甚麼錢糧生口都不在懷？〔太〕你不知俺那國裏少些女人，故此而來。〔旦〕原來女人國不近你那檀蘿界。〔太〕不是以次女人，近來小子親自斷了絃。〔旦〕咳，則道少甚麼粉丕丕女將材，原來要帽光光你個令四太。〔内鼓譟介〕〔太〕快回將話來，俺要媳婦兒緊。〔旦〕奇哉這賊！忒急色。

〔旦〕説與他，待我奏知國王，選個女兒送他，着他休了兵去。〔太〕吾乃太子，要與國王爲女婿哩。

〔旦〕他是不知。

【罵玉郎】説知他我國王位下無了尊愛。〔太〕公主是他尊愛。〔旦〕禁聲！蚤有了駙馬，養下了嬰孩。〔太〕公主還嫩嫩的。〔旦〕便做你看不出也三十外。〔太〕駙馬在那裏？〔旦〕去南柯選將材，來來來，那時節替你擔利害。

〔太〕管駙馬來不來，公主會了俺的人，插了俺的花，難道不容我做夫妻一夜兒？

【哭皇天】〔旦〕呀，呀，呀，這風魔也似九伯，使村㈥沙惡荼白賴。宮娥，問他那裏會他的人？插了他的花？〔太〕前日寶檀絲、翠翦羅，都是俺送你公主插戴的，你接下了，約我來。〔旦惱介〕哎喲，原來到爲此賊所算了。宮娥，快取花來碎了，撒下城去。〔旦碎花介〕哎，原來土查兒生扭做檀郎賣，女絲蘿到被你臭纏歪，小覷我玉葉金枝胡揣。〔擲花着太惱介〕你俺一般金枝玉葉，作踐我的花，氣死俺也！一枝冷箭去嚇死花娘。〔射介〕公主看箭！〔箭響介〕〔旦作袖閃半跌介〕哎也，撲琅生射中了八寶攢盔金鳳釵，險些兒翎拴了鳳髻，鉤掛住蓮腮。〔內鼓響介〕〔太慌問虛下介〕〔內呼〕駙馬兵到！〔卒報旦介〕賊兵紛紛解散，鼓聲振天，駙馬救兵到也！〔旦喜介〕

【賺尾】紛紛蟻隊重圍解，冉冉塵飛殺氣開。駙馬征西大元帥，馬踐征埃，花攢戰鎧。我呵，城臺上助鼓三鼙與他大喝采。〔下〕

〔生領衆上〕將軍不戰他人地，殺伐虛悲公主親。〔太子衆上介〕〔生〕檀蘿小賊，何不蚤降！〔太〕俺乃檀蘿四太子，纔與公主打話片時，你便喫醋怎的？〔戰介〕〔生問介〕他是蟻陣，我三軍飛舞作老鸛陣，方可破他。〔再戰〕〔太敗走介〕〔旦衆上〕謝天謝地！駙馬得勝而回，衆三軍開城迎接。〔見介〕〔生〕好不嚇殺我也！〔旦〕真個嚇死人也！

令

【烏夜啼】奴本是怯生生病容嬌態，蚤戰兢兢破膽驚骸。怎虞姬獨困在楚心垓？·爲鶯鶯把定了河橋外。射中金釵，嚇破蓮腮。咱瞭高臺是做望夫臺，他連環呰打烟花呰。爭些兒一時半刻，五裂三開。

〔生〕三軍城外犒賞。酒來，與公主壓驚。〔旦〕瑤臺新破，不可久居，星夜起程，往南柯郡去。

【煞尾】㊆卧番羊拜告了轅門宰，聽金鼓喧傳拜將臺，抵㊇多少笙歌接至珠簾外。不是你親身自來，紅雲陣擺，險些兒把這座小瑤臺做樂昌家鏡兒摔。

脚踹㊈鴛鴦陣，　頭頂鳳凰盔。
馬敲金鐙響，　人唱凱歌回。

【校】

㊀接，萬曆、清暉、竹林三本俱誤作「樓」。

㊁敵，獨深本誤作「敞」。

㊂回，清暉本、竹林本俱作「内」。

㊃排，萬曆、獨深、竹林三本俱作「擺」。

㊄「小心腸」句，萬曆本、獨深本俱作「小則小心腸兒多大」。

㊅ 村，原誤作「材」，據萬曆本改。
㊆ 煞尾，原誤作「尾煞」，據葉譜改。
㊇ 原無「抵」字，據萬曆本、獨深本補。
㊈ 踹，原誤作「揣」，據各本改。

第三十齣　帥北

【六么令】〔賊太㈠衆上〕檀蘿饑渴，出山來覓食爲活。藤編鐵甲樹兵戈，穿東澗，搶南柯。塹江城塹的住㈡江兒麽？㈢

把都們，好了，好了，俺檀蘿太子去搶瑶臺城，着咱這一枝徑搶塹江城，望南柯征進。前面便是，快搶上去！㈣

【前腔】〔守城軍上〕南來烽火，一星星報去南柯。府堂中備禦計如何？呀，那前來的，是檀蘿，塹江樓那位將軍坐？

俺們是把守這塹江城小軍。兄弟，檀蘿來得這般緊急，還不見守禦官來，俺們只得上城巡警。

【前腔】〔扮周弁領衆上〕一番兵火，一些些喚做檀蘿。俺兵半萬出南柯，走饑渴，轉林坡，塹江城有得酒兒嗑。〔守城軍接介〕〔周〕盼的這座城到了。〔衆〕塹江城要得酒兒嗑。

〔周〕渴了，渴了。〔衆〕是渴了，爺。〔周〕叫守城軍，司農爺運的犒賞酒可到哩？〔守軍應介〕到了。但一名軍一個泥頭酒，五千軍五千個泥頭。大河清、小河清，配着南京真正一寸三分高堆花老燒酒。稟爺：起用那一號？〔周〕便取一半水酒，一半燒酒，取名水火既濟，都堆上這城門首來。〔衆軍取酒上介〕算泥頭：一百一百又一百，一二三而五五個百。五個五百兩個百，兩個五百五個百。

〔周〕五千個酒勾了，儘着喫，泥頭都丟在戰場上去。衆軍喫水酒，俺喫燒酒，不論量，以渴止爲度。〔衆作飲介〕渴哩，渴哩。〔丟泥頭介〕〔周〕俺從來好酒，則因府主相拘，怕官箴有玷，這纔是俺顯量時節也。〔飲酒㊄〕〔衆醉介〕〔內鼓介〕報，報，檀蘿賊到城下了。〔周〕由他，且飲酒。〔內急鼓介〕報，報，報，檀蘿賊先鋒挑戰。〔周作惱介〕這賊好無禮！酒剛喫到一半，則管衝席。衆軍，乘酒興殺出城去。〔衆應介〕臉從㊅醉後如關將，酒尚温時斬華雄。〔下〕〔賊唱介前上〕㊆把都們，搶進塹江去！〔周領衆上〕來者莫非檀蘿賊乎？〔戰介〕〔周衆作醉不敵〕〔賊趕下介〕〔周急上〕衆軍，再取一大觥燒酒來，戰的渴也。〔衆取酒上〕〔飲介〕〔賊上〕那邊廂好不香的燒酒哩，搶上去。〔又戰〕〔周衆又敗㊇介〕〔周獨身上〕哎也，賊好無禮，便認輸了這一陣。天氣炎熱，日勢已晚，且卸下征袍，月下單騎回去也。〔下〕〔賊上〕好，好，好，趁這番搶入南柯去。〔跌介〕哎也，爲甚跌了也？則見酒氣薰天，流涎滿地。呀，原來城門首堆着幾千個泥頭塞路也。〔作看天介〕看此天氣，必要下雨㊈漲江，妨俺歸路。俺們且搬了這幾個餘酒，唱個得勝歌回去也。

【前腔】旗旛摇播，擁回軍擂鼓篩鑼。殺山酒海笑呵呵，哩囉嗹，哩嗹囉。搶南柯得勝回齊聲賀。

南柯敗損數千軍，臢得泥頭撲鼻醺。
遇飲酒時須飲酒，得饒人處且饒人。

【校】

㊀案：賊太衆，義不可通。「太」字蓋是衍文，應删。

㊁住，清暉本、竹林本俱誤作「在」。

㊂「滙江城」句，葉譜疊一句。第二支、第四支末句同。

㊃「上去」下應有「下」字。

㊄酒，萬曆本、獨深本俱作「醉」。

㊅「臉從」上疑應補「周」字。

㊆賊唱介前上，疑當作「賊唱前介上」。唱，獨深本作「喝」。

㊇「敗」字下疑奪「下」字。

㊈必要下雨，萬曆本、獨深本俱作「必然大雨」。

第三十一齣　繫帥

【三臺令】㈠〔生引衆上〕長年坐策兵機，這幾日有些狐疑。檀蘿欲翦快如飛，怎不見捷旌旗？

【集唐】纔到城門打鼓聲，武陵一曲想南征。誰知一夜秦樓客，白髮新添四五莖？俺淳于棼，久鎮南柯，威名頗重。近乃公主避暑瑶臺，幸解檀蘿之困。只愁壍江一帶，別遣周弁救援，顒伺捷音。蚤已分付司農，整排筵宴十里長亭，與周弁接喜，可蚤到也。

【前腔】〔田上〕太平筵上花枝，酒旗風偃征旗。喜氣欲淋漓，這勝算兵家怎擬？〔見介〕〔田〕妙算老堂翁，〔生〕協贊有㈡司農。〔田〕準備花前酒，〔生〕來聽塞上風。司農，戰期已數日了，還不見捷報，俺心下憂疑。〔田〕一來國主洪福，二來府主威光，三來司憲英勇，定然得勝而回。〔報上〕江山看是壍，草木怕成兵。報，報，報，周將軍單馬回城來了。〔生〕司憲先回，多應得勝。叫樂工們響動。〔内鼓吹介〕

【北醉花陰】〔周弁幅㈢巾白袍帶劍走馬上〕俺這裏匹馬單鞭怕提起，即漸的一家兒這裏。頭直上滾塵飛，一邊廂擂鼓揚旗，那唱賀的歡天地。〔望介〕原來是太老先生與司農寮長，置酒在長亭之上。咳，他則道俺敲鐙凱歌回，曲恭恭來壓喜。

〔見介〕請了。〔生〕呀，周司憲得勝回來㊃，俺同寮們安排喜酒。〔周〕好了，好了，快討酒來。

【南畫眉序】〔生〕花柳散金杯，一片驚心在眼兒裏。當初去有黄金鎖子甲，怎全身赤體，卸甲投盔？覩形模事體堪疑，得勝了怎單騎而至？〔田〕不瞞堂尊大人説。周司憲此來，真個可疑。〔合〕怎的意頭兒没張致？還責取後來消息。

【北喜遷鶯】〔周〕爲甚俺裸肩揚臂㊄？熱天頭助喊揚威。頽也麽頽，没個兒幫閒取勢，激的俺赤甲山前被虜圍。〔生〕呀，被圍了，怎的出得來？〔周〕沖圍退，不是俺使些精細，險些兒頭利無歸。

快討酒來。〔生〕這等是兵敗了，還説酒哩。且問你：

【南畫眉序】當日擺兵齊，半萬個還鋒盡跟你。一個個鎗來會躲，箭去能揮。如何通不見一個回來？你一家兒人馬平安，那些兒何方使費？〔合〕怎的意頭兒没張致？還責取後來消息。

〔周〕那五千個人去時，俺是見他來。

【北出隊子】給千兵果然編配，點兵單個個齊。〔生〕戰場上可有呢？〔周〕戰時還有，戰了後，俺通不知那裏去了？〔田〕司憲公，敢是盡被檀蘿殺了？〔周〕這也難道。〔生〕則問他半萬個人頭。〔周〕剗單鞭投至一身虧，甚半萬個人頭要俺賠。呀，你便是半萬個泥頭俺也賠不起。

〔生〕我説人頭，他説泥頭，是怎的？通不聽他，只以軍法從事，先斬後奏了。〔周〕誰敢無禮！〔生惱介〕敗軍之將，還敢崛强！

【南滴溜子】敗軍的，敗軍的，全生誤國。論軍法，論軍法，難容恕你。叫正典刑是理。諸人聽指揮，將他綑執，量決㊅一刀，做個旁州之例。〔衆持刀綁〕〔周不伏介〕

【北刮地風】〔周〕呀，忽地波怒吽吽壞臉皮，那些兒劉備、張飛？大槐安國内君王壻，誰不知倚勢施爲？便做着你正堂尊貴，俺可也不性命低微。〔生〕快取首級哩。〔周笑介〕俺怎生般透賊圍，挣得這首級歸？你剗口兒閒胡戲。你便申軍法，俺怎遵依？「斬」字兒你可也再休題。

〔生〕俺是掌印官，施行你不得？叫劊子手一齊向前綁了。〔田〕稟堂尊：此事未可造次。

【南滴滴金】〔田〕念周郎至友同鄉籍，地括㊆裏相逢忒遭際，横枝兒住札南柯地。是堂尊薦及，薦及㊇他爲元帥。他平生也爲人今怎的？堪詳細，便消停到底争遲疾。

〔生〕依説，便再問他：周弁，你因何犯此失機之罪？〔周〕非關小將之事，也非關五千個軍人之事，都是你堂尊半萬個泥頭酒。諸人走渴之時，一鼓而醉，忽報檀蘿索戰，一個個手軃脚軟，只小將一個，酒量頗高，向前迎戰，獨力難加，只得棄甲丢鎗，乘夜而走。你不信，有詩爲證：暑往寒來春復秋，夕陽西下水東流。將軍戰馬今何在？野草閒花滿地愁。這都是你半萬個泥頭酒之過也。

【北四門子】千不合萬不合伊把半萬個泥頭兑，燒不是水不是蒙汗藥醱的酷。卻怎生軟兀剌燒葱腿難跳踢？急麻查扶泥臂刀怎提？〔生〕這等，怎生戰的來？〔周〕還説戰哩。〔生〕這等，則怕檀蘿軍殺過瀍江城這邊來了？〔周〕這到不要慌，俺留下一計，正待搶殺進城，被俺將酒泥頭盡數丢在戰場之上，把他戰馬一個個都絆倒了，不曾搶的城來，此又半萬個泥頭酒之功也。那酒瓶兒似山，泥頭似堆，黨沙場滑喇叉㊈酬退了賊。你記他一功，贖他一罪，道的個君當恕人之醉。

〔生〕周弁，你去時俺怎生説來？酒要少喫，事要多知。你都不在意，一定要正軍法。〔周〕哎，從古來誰不飲酒？天若不愛酒，天應無酒星。地若不愛酒，地應無酒泉。天地都愛酒，俺飲酒是兵權。漢樊噲，三國周公瑾、關雲長，都也貪杯，希罕于㊉俺一人乎㊀？

【南鮑老催】〔生〕你攀今比昔，那樊將軍他殢酒把鴻門碎；關大王面赤非干醉；比周瑜，飲醇醪，量難及。也罷，俺念你一是同鄉，二是同寮，停了軍法，且把你牢固監候，奏請定奪。把你貪杯子反的頭權寄，上丹青于禁身牢係，忙奏請隨寬急。

〔生〕兵快們，拿周弁監了。〔衆綁〕〔周不伏介〕

【北水仙子】〔周〕呀，呀，呀，放你的呸！〔生惱介〕拿也！〔周取劍舞介〕拿，拿，拿，拿的俺怒氣沖天舞劍暉。〔生〕住了，你道俺拿不的你麽？掛起令旨旗牌來。〔掛起旗牌介〕〔田〕司憲公，酒放醒些，擡眼哩。〔周看作怕背介〕他，他，他，他叫俺掙着迷奚。〔抹眼介〕我，我，我，打些兒抹昧。〔回斜看介〕可，可，可，可怎生掛起了老君王令旨旗？你，你，你，你敢有甚麽密切欽依。〔衆〕周司憲，掛了令旨，不跪，是何道理？〔周反手介〕火，火，火，火的俺閫外將軍向闕内歸。少，少，少，少不的拖番硬腿隨朝跪。〔跪介〕〔生〕周司憲，可伏綁了？〔周〕周弁不是伏别人，這，這，這，這是俺爲臣子識高低。

〔生〕這等，送你收監去。〔行介〕

【南雙聲子】前日裏，前日裏，曾勸你酒休喫。全不記，全不記，鬼弄送胡支對。輸到底，輸到底。倒了嘴，倒了嘴。看君王發落，權時監裏。

〔丑上〕司獄官接爺。〔生〕周司憲敗軍，暫請此中，寬坐數日。〔周惱介〕咳，周弁何等英雄，今日到此！

【北尾】俺透重圍，透不出這牢牆内。背膊上好不疼也，好歹和俺瞧一瞧哩。〔衆看笑介〕一個酒刺兒大紅疙瘩。〔周〕罷了，罷了，敢氣的俺周亞夫疽生背。俺氣死不怨别的，則怨着半萬個酒堆兒也。悔不當初，悔不當初㊂枕着個破泥頭，做一個醉卧沙場征戰鬼。〔下〕

三軍斬首爲貪杯，一面權收寄劍才。
今朝酒醒知寒色，悔不當初奏凱回。㊂

【校】

㈠三臺令，葉譜題作熙州三臺。

㈡有，各本俱作「是」。

㈢幅，原誤作「輻」，據萬曆本、獨深本改。

㈣來，各本俱作「朝」。

㈤「爲甚俺」句，葉譜疊一句；爲甚俺作「俺爲甚」。

㈥決，清暉本、竹林本俱誤作「次」。

㈦括，萬曆本、獨深本俱作「拆」。

㈧「薦及」二字，葉譜不疊。

㈨叉，原誤作「乂」，據葉譜改。

㈩于，獨深本作「了」。

⑪萬曆本、獨深本俱無「乎」字。

⑫「悔不當初」四字，葉譜不疊。

⑬下場詩上，萬曆本、獨深本首句上俱有「生」字，二句上俱有「田」字，四句上俱有「合」字。案：「合」字疑當在三句上，三、四兩句都是合念。

第三十二齣　朝議

【小蓬萊】〔王引衆上〕世界于今幾變，精靈自古如常。槐國爲王，柯庭遣將，近事堪惆悵。

【集唐】隋朝楊柳映堤稀，臺殿雲涼秋色微。聞道王師猶㈠轉戰，黄龍戍卒幾時歸？寡人槐安大國，素與檀蘿小仇。近乃公主困圍，僥倖駙馬救解。別遣周弁，往援瀙江。捷書未見飛傳，右相必知消息。

【前腔】〔右相持表文上〕儼爾尊爲右相，居然翼戴君王。咳，立下朝綱，壞了邊防，奏到星忙上。

吾爲右相，每念南柯重地，駙馬王親，在郡二十餘年，威權太盛。常愁他根深不翦，尾大難搖。偶值公主困圍，瀙江失事，得他威名少損，此亦不幸中之幸也。星夜駙馬奏來，請正將軍周弁之罪。俺將表文帶進，相機而行。〔見介〕臣右相段功見。〔王〕右相外來，頗知檀蘿用兵勝算乎？〔右〕駙馬飛傳表文，臣謹奏上：

【瑣窗郎】〔右〕念臣棼誠恐誠惶，瀙江城遭寇與攔當。〔王〕有周弁領兵去。〔右〕誰料三軍出境，止得一將還鄉？〔王〕這等，大敗了。〔右〕臣棼肺腑，理難欺誑。望我王，將臣削職隨欽降。還議罪，周弁將。

〔王〕論我國家氣勢，得時而羽翼能飛，失水則蛟龍可制。瑣瑣檀蘿，遭其挫敗。咳，駙馬好不老成也。

【前腔】倚南柯鎖鑰疆場，那檀蘿多大勢難當。怎提兵數萬，戰死殘傷？這風聲外敵，把吾輕相。可惱，可惱，駙馬在中軍帳，怎用的，周弁將。

【前腔】〔右〕論邊機失誤非常，則二十年爲駙馬也星霜。〔王〕正是，俺也念駙馬在邊年久，加以公主屢請還朝。止爲南柯太守，難得其人，因此暫止。〔右〕駙馬取回，還有田子華在彼。看田生知略，可代淳郎。堪取回公主，到京調養。〔王〕春秋喪師，責在大夫。今日駙馬之過也。〔右〕妨親礙貴宜包奬，權坐罪，周弁將。

〔王〕這等，周弁失機應斬。〔右〕周弁乃駙馬至交，兩次薦舉，斬周弁恐傷駙馬之心。不如免死，立功贖罪。〔王〕依奏。

周弁免死且饒他，接管南柯田子華。

公主驚傷同駙馬，即時欽取到京華。

【校】

㈠猶，原誤作「有」，據萬曆本改。

第三十三齣　召還

【意遲遲】〔貼扶病旦上〕一自瑤臺眈怕恐，愁絶多嬌種。淚溼枕痕紅，秋槐落葉時驚夢。〔貼〕倚妝臺掠鬢玉梳慵，盼宫闈不斷眉山聳。

【古調笑】〔旦〕魂去，魂去，夢到瑤臺秋意。醒來依舊南柯，折抹嬌多病多。多病，多病，富貴叢中薄命。自家生成弱體，加以圍困驚傷；又聽周弁敗兵，駙馬惶愧，奴家一發傷心。曾經㈠幾度啓請回朝，圖見父王母親：一來奴家得以養息；二來駙馬久在南柯，威名太重，朝臣豈無妬忌之心，待俺歸去，替他牢固根基；三來替兒女完成恩蔭之事。未知令旨蚤晚何如？

【步蟾宫】〔生上〕一片愁雲低畫棟，掛暮雨珠簾微動。倚雕欄和淚折殘紅，消受得玉人情重。

〔見介〕公主貴體若何？〔旦〕多分是不好了。且問駙馬來此多年？〔生〕整整二十年了。〔旦歎介〕淳郎夫，聽奴一言：奴家生長王宫，不想有你姻緣，成其匹配。俺助你南柯政事，頗有威名。近日檀蘿敗兵，你威名頓損；兼之廿年太守，不可再留。俺死爲你先驅螻蟻耳。〔泣介〕〔内作樹聲清亮〕〔生問介〕此聲何也？〔兒上介〕稟爹娘：是槐樹作聲。〔旦笑介〕駙馬，這樹音清亮可喜。〔生〕難得公主這一喜。〔旦〕你不知此中槐樹，號爲聲音木㈡，我國中但有拜相者，此樹即吐清音。看此佳兆，駙馬蚤晚入爲丞相矣。則恐我去之後，你千難萬難那！

【集賢賓】㊂論人生到頭難悔恐，尋常兒女情鍾，有恩愛的夫妻情事冗。奴家並不曾虧了駙馬，則我去之後，駙馬不得再娶呵，累你影悽悽被冷房空。淳于郎，你回朝去不比以前了。看人情自懂，俺死後百凡尊重。〔合〕心疼痛，只願的鳳樓人永。

【前腔】〔生泣介〕公主呵，聽一聲聲慘然詞未終，對杜宇啼紅。你去後俺甘心受唧噥，則這些兒女難同。公主呵，你的恩深愛重，二十載南柯護從。〔合前〕

【琥珀㊃貓兒墜】〔旦泣介〕如寒似熱，消盡了臉霞紅。那宮女開函俺奏幾封，蚤些兒飛入大槐宮。〔生拜介〕天公，前程緊處，略放輕鬆。

〔旦〕病到此際，也則索罷了。〔生〕怎説這話？

【前腔】㊄香肌弱體，須護好簾櫳。裙帶留仙怕倚風，把異香燒取明月中。〔旦〕惺忪，斷魂一縷，分付乘龍。

〔兒上〕報，報，報，令旨到。爹爹，娘病了，怎生接旨？〔生〕兒子扶着母親拜便了。〔紫讀詔介〕令旨已到，跪聽宣讀。大槐國王令旨：公主瑶芳同駙馬淳于棼，南柯功高歲久，欽取回朝，進居左丞相之職。其南柯郡事，着司農田子華代之。欽哉！謝恩。〔衆呼千歲起介〕〔旦〕恭喜駙馬，拜相當朝。槐樹清音，果成佳兆。〔生〕多謝公主擡舉。〔紫叩頭介〕〔生〕周弁作何處置？〔紫〕有旨了，駙

馬分上，免死立功。〔生〕天恩浩大哩。且請皇華館筵宴。〔紫〕詔許王人會，恩催上相歸。〔下〕〔生〕公主，我在此多年，一朝離去，應有數日，周詳善後之事。待着孩兒送你先行，到朝門之外，候俺一齊朝見。〔旦〕正是。則這二十年南柯郡舍，一旦抛離，好感傷人也。〔生〕人生如傳舍，何況官衙？則你將息貴體。孩兒看酒。〔酒上介〕

【皂鶯兒】㊅〔生〕杯酒散愁容，病宮花㊆小桂叢。我兒呵，你長途細把親娘奉。調和進供，温涼酌中，你烏紗綽鬢非無用。〔末〕承爹厚命，丁寧在胸。奉娘前進，寒温必躬。管平安遇有人傳送。〔合〕靠蒼穹，一家美滿，排備御筵紅。

〔貼報介〕啓公主駙馬：外間官屬百姓等，聞的公主回朝，都在府門外求見。〔旦〕宮婢㊇，你説公主分付：生受你南柯百姓二十年，今日公主扶病而回，則除是來生補報了。〔内哭介〕〔生〕叫不要感傷了公主。看轎來。

金枝玉葉病委蕤，　廿載南柯寄一枝。
不是大家隨子去，　争看貴主入宮時。

【校】

㊀ 經，原誤作「驚」，據各本改。

㈡木，原誤作「本」，據萬曆本、清暉本改。
㈢「論人生」上原有「旦」字，衍，據辭意删。
㈣原奪「琥珀」二字，據葉譜補。
㈤「香肌」上原有「生」字，衍，據辭意删。
㈥皂鶯兒，葉譜題作金衣間皂袍。
㈦花，原誤作「在」，據萬曆本改。
㈧婢，萬曆、清暉、竹林三本俱誤作「牌」。

第三十四齣　卧轍

【浪淘沙】〔老録事上〕狗命帶酸寒，不做高官。白頭紗帽保平安，職掌批行和帶管，有的錢鑽。

自家南柯府録事官便是。南柯府堂風水，單好出些老官。你不信？駙馬爺二十年，田司農二十年，俺録事也二十餘年。來時油光嘴臉，如今鬍子皓白了。天恩欽取公主駙馬還朝，三日前公主起行，駙馬將府事交盤與田司農，今日起程。司農爺長城㊀餞别，蚤分付了：駙馬爺來時是太守，今回朝去是個左丞相了，車路欠平，着人堆沙，填起一隄，約有三十里長；兩頭結綵爲門，題着四個大字：新築沙堤。好些小百姓來看也。

【前腔】〔扮父老持奏上〕少壯老平安，一郡清官。賢哉太守被徵還，百姓保留天又遠，要打通關。

〔見丑跪介〕參軍爺，小的們有下情。〔丑〕甚麽事？〔父老〕淳于爺管府事二十年，百姓家安户樂，海闊春深。一旦欽取回朝，百姓怎生捨得？〔丑〕這不干俺事。〔父老〕衆父老商量，盡南柯府城士民男婦，簽名上本，保留淳于爺再住十年。京師窵遠，敢央及參軍爺，撥下快馬十數匹，一日一夜三百里，飛將本去。萬一令旨着駙馬爺中路而轉，重鎮南柯。但憑百姓們親賫，恐不濟事了。〔丑驚介〕你們要留太爺，怕上本遲了，央俺撥快馬十數匹，一日一夜飛將本去，萬一令旨着駙馬爺中路而轉，重鎮南柯？罷了，列位父老哥免照顧。〔父老泣介〕參軍爺不准，央田爺去。〔丑〕央田爺麽？你去，你去。〔衆起介〕〔丑〕回來，講與你聽：便是田爺知南柯府事了，不好意思得。〔父老〕原來新太爺就是田爺，不便央他了，還是百姓們蟻行而去罷。〔丑〕着了。田爺將到。〔衆避介〕

【一落索】〔田上〕廿載府堂簽判，奉旨超階正轉。長亭相送舊堂還，呀，塞路的人千萬。〔丑參見介〕稟老大人：酒筵齊備。〔田〕紅塵擁路，想都是送太爺的麽？好百姓！好百姓！〔丑〕鼓吹聲喧，太爺早到。〔田丑走接介〕

【懶畫眉】〔生引衆上〕一鞭行色曉雲殘，五馬歸朝百姓看。〔内作喊哭介〕俺的太爺呵！〔生〕擁路者數千人，因何如此？〔丑〕都是攀留太爺的。〔生〕原來是銜恩赤子要追攀，俺有何功德沾名宦？知道了，是百姓們厚意，他替俺點綴春風好面顏。

〔田跪接介〕司農田子華迎接公相。〔生〕司農請起，下車相揖。〔下介〕〔揖介〕〔生〕司農，這條官路幾時修好了？呀，綵門金字：新築沙堤。〔田〕是，新築沙堤宰相行。〔生笑介〕願與足下同之。〔同行介〕

【前腔】〔生〕俺承恩初入五雲端，〔田〕這新築沙堤宰相還，〔生〕重重樹色隱鳴鑾。㈡〔田〕前面長亭了，下官備有一杯酒，便停驂只覺的長亭短。〔生〕恰正是取次新官對舊官。〔做到介〕〔田參見介〕〔生〕蚤間別過了周司憲，便到貴衙，未得相見。借此官亭之便，拜謝司農。

〔田〕不敢。〔拜介〕〔生〕廿載勞君作股肱，〔田〕堂尊恩德重難勝。〔生〕公私去後煩遮蓋，〔田〕還望提攜接後程。〔丑參見介〕録事官叩頭。〔生〕起來，二十年的參軍清苦，俺去後司農好看覷他。〔丑叩頭謝介〕〔田〕看酒。〔吏持酒上〕竹映司農酒，花催上相車。酒到。

【山花子】〔田送酒介〕喜南柯一郡棠陰滿，公歸故國槐安。二十載家寧户安，到今朝行滿功完。〔生〕印務俱已交盤了，看黄金印文邊角全，文書查交倉庫盤，筵席上金杯滿前離恨端。〔合〕歸去朝廷，跨鳳驂鸞。

【前腔】〔生〕俺舊黄堂政事新人管，有一言聽俺同官：休看得一官等閒，也須知百姓艱難。〔田〕喜明公教條金石刊，下官遵承無別端，二十載故人依依離別顔。〔合前〕

〔生〕公主久行，本爵難以羈遲，告辭了。〔生起行介〕

【大和佛】〔衆父老上〕腦項香盆天也麽天，天留住俺恩官。〔跪泣介〕老爺呵，你暫留幾日待俺借寇長安，捨的便抛殘。〔生泣介〕父老呵，難道我捨的？朝廷怎敢違欽限？俺二十年在此教我好不回還。〔父老〕俺男女們思量，二十載恩無算，怎下的去心離眼？〔泣攀卧介〕老爺呵，俺只得，倒卧車前淚斕斑㊂手攀闌。

〔生〕少不的去了，起來，起來。〔行介〕

【舞霓裳】〔衆〕衆父老擁住駿雕鞍，衆男女拽住繡羅襴。〔生泣介〕車衣帶斷情難斷，這樣好民風留着與後賢看。司農呵，爲俺把蒼生垂盼。〔衆泣介〕留不得，只蚤晚生祠中跪祝讚。

〔生〕父老，我去也。

【紅繡鞋】扶輪㊃滿路遮攔，遮攔。東風回首淚彈，淚彈。長亭外，畫橋灣。齊叩首，捧慈顔。賢太守，錦衣還。

〔生〕衆父老子弟們，請回了。〔衆〕百里内都是南柯百姓送行。〔生〕生受了。

【尾聲】〔衆〕官民感動去留難。〔生〕二十年消受你百姓家茶飯，則願的你雨順風調我長在眼。〔下〕

〔父老弔場〕好老爺，好老爺，俺們一面拜見田爺，一面保留駙馬爺，還是駙馬爺管的百姓穩。俺們權坐一坐，每都派一名赴京。〔做派數〕〔内響道介〕〔丑上〕天有不測風雲，人有無常禍福。呀，你們父老還在這裏？〔衆〕老爺，還待趕送一程。〔丑〕你們都不知，太爺行到五十里之程，前路飛報，公主不幸了。〔衆〕怎麽説？〔丑〕公主薨了。〔衆哭介〕怎麽好？天也！當真麽？〔丑〕不真哩？田爺分付俺回來，取白綾素絹檀香去行禮，還説不真！〔衆〕這等，駙馬爺不能勾回郡了。打聽是真，俺們合衆進香去。

賢哉太守有遺恩，　去郡傷哉好郡君。

自是感恩窮百姓，　千年淚眼不生塵。

【校】

㊀城，當作「亭」，下一落索「長亭相送」云云，可證。

㊁嗚鑾，原誤作「隱鑾」，據各本改。葉譜作「層巒」。

㊂斕斑，各本俱作「闌班」；葉譜作「闌斑」。

㊃「扶輪」上疑奪「衆」字。

第三十五齣　芳隕

【繞紅樓】〔老旦引宫娥上〕生長金枝歲月深，南柯上結子成陰。怕病損紅妝，歸遲紫禁，槐殿暗傷心。

【清平樂】玉階秋草，綠遍長秋道。礓石宫前紅淚悄，人在樓臺暗老。淑女南柯，病損多嬌嬌若何？極目倚門無奈，休遮小扇紅羅。老身貴處深宫，自聞女孩兒瑶臺驚戰，日夕憂惶。喜的千歲有旨，取他夫婦還朝。昨日報來，公主帶病，先行數日，知他路上如何？老身好不掛懷也。〔泣介〕〔旦扮女官走上〕青鳥能傳喜，慈烏怎報凶？啓娘娘：宫娥今日掌門，聽的宫門外人説，公主病重，千歲與大小近侍哭泣喧天，不知怎的？〔老驚介〕這等，怎了也？〔泣介〕〔内響道介〕〔王引内使上〕〔見介〕梓童，梓童，淳于家的主兒不幸了！〔老〕怎麽説？〔王〕公主先行數日離南柯，卒于皇華公館。〔老哭介〕俺的兒呵！〔悶倒，宫娥扶醒介〕〔王〕你且休爲死傷生也。

【哭相思】欽取太遲臨，問天天你斷送我女孩兒忒甚！㊀

【紅衲襖】〔老〕俺幾度護嬌花一寸心，〔王〕俺則道他美前程一片錦。〔老〕止知他嬌多好呢鴛鴦枕，〔王〕也怪他病淺長依翡翠衾。〔老〕當日個鳳將雛你巧笑禁，〔王〕今日呵掌離珠我成氣喑。〔老〕天呵，俺曾寫下了目連經卷也，誰知道佛也無靈被鬼侵？

【前腔】〔王〕梓童呵，俺則道他在鳳簫樓不掛心，〔老〕誰想他瑤臺城生害了恁？〔王〕又不是全無少女風先凜，〔老〕可甚的爲有姮娥月易沈？〔王〕還記的餞雙飛俺御酒斟，〔老〕誰想道灑歸旌把紅淚飲？〔王〕這是前生注定了今生也，則苦了他嫩女雛男我也怕哭臨。

〔老〕千歲只有這一女，凡喪葬禮儀，必須從厚。〔王〕聞得公主靈車先到，俺與梓童素服哭于郊外，將半副鸞駕迎喪于修儀宮裏。其謚贈一應禮節，着右相武成侯議之。

滿擬南柯共百年，　誰知公主即生天。
國家禮節都從厚，　要得慈恩照九泉。

【校】

㈠哭相思，應有四句，此處下面省去二句。案：哭相思雖是引子，然在明人傳奇中，只作尾聲用。這裏仍用作引子，猶存古法。

第三十六齣　還朝㊀

【繞池㊁遊】〔右相上〕多人何用？一個爲梁棟。咳，道南柯乘龍驂鳳，廿載恩深，一方權重，恰好是到頭如夢。

節去蜂愁蝶不知，曉庭還繞折殘枝。自緣今日人心別，未必花香一夜衰。俺看淳于駙馬，依倚至親，久據南柯，貪收人望。俺爲國長慮，請旨召回，尊以左相之權，防其遥制之害。誰知事不可測？公主喪亡。國王國母郊迎其喪，舉朝哭臨三日，謚爲順義公主，禮節有加。昨奉旨議其葬地，只有龜山可葬，欲待奏知，聽的駙馬今日見朝，在此伺候，倘令旨着他面議葬地，亦未可知。道猶未了，駙馬蚤到。〔生朝服執笏上〕

【前腔】斷絃難弄，蚤被秋風送，生打散玉樓么鳳。〔頓足泣介〕合郡悲啼，舉朝哀痛，痛煞俺無門訴控。

〔見右介〕〔右〕駙馬見朝，且㊂休啼哭。〔内響鼓〕〔生舞蹈拜介〕前南柯郡太守、今陞左丞相、駙馬都尉臣淳于棼朝見叩頭。千歲千歲千千歲。〔内〕令旨到來：駙馬新失公主，寡人不勝悲悼，已着尚膳監設宴後宫。其順義公主葬地，可與右相武成侯，朝門外酌議回奏。〔生叩頭介〕千歲千歲千千歲。〔起介〕右相請了。〔右〕駙馬請了。〔生〕久不到朝門之外了。昨日遠勞迎接，緣未朝見，故此謝遲。〔右〕不敢。〔生〕請問公主葬地，擇于何方？〔右〕龜山一穴甚佳。〔生〕龜山乃國家後門，何謂之吉？俺曾看見國東十里外蟠龍岡，氣脈甚好，何不請葬此地？〔右〕蟠龍岡是國家來脈，還是龜山。〔生〕右相不知，點龜者恐傷其殼。〔右〕駙馬，便龍岡好，則枕龍鼻者也恐傷於脣。〔生〕便是龜山，也要靈龜顧子，子在何方？〔右〕便是龍岡，也要蟠龍戲珠，珠在那裏？〔生〕俺只要子孫旺相。〔右〕駙馬子女俱有門蔭，何在龍山？〔生〕右相怎説此話？生男定要爲將相，生女兼須配王侯，少不的與國家㊃咸休。此乃子孫萬年之計。〔右背笑介〕好一個萬年之計。〔回介〕這也罷了，只是龍岡星峯太高，怕有風蟻之患。〔生〕右相于此道欠精了。虎踞龍蟠，不拘遠近大小；蜂屯蟻聚，但取圓浄低回。何怕風蟻？〔右笑介〕駙馬不怕蟻傷㊄，再向丹墀回奏。〔右奏㊅介〕臣右相武成侯段功謹奏：

【馬蹄花】㊆問祖尋宗，妙在龜山鼻穴中。〔内介〕龜山有何好處？〔右〕他有蛾眉對案，金誥生花，羅帶臨風。〔内介〕龜山可似龍山？〔右〕世人只知龍虎峯上更生峯，怎知道龜蛇洞裏方成洞？肯教他玄武低藏，不做了蟻垤高封？

〔生奏介〕駙馬臣棼謹奏：

【前腔】那龜山呵，拭淚搥胸，怎似蟠山氣鬱葱？蟠龍岡呵，他有三千粉黛，八百烟花，更那十二屏峯。嗚環動珮應雌雄，辭樓下殿交鸞鳳。怎貪他不住的遊龜？倒拋除了活

動的真龍。

〔内介〕令旨：依駙馬所奏，着武成侯擇日，備儀仗羽葆鼓吹，賜葬順義公主于蟠龍岡。叩頭謝恩。〔生〕千歲千歲千千歲。〔起介〕〔右〕恭喜了。愛者是真龍，蟠龍岡十二分貴地哩。駙馬可知周弁也疽背而死，其子護喪歸國了。〔生哭介〕傷哉故人！〔右〕呀，朝房下有列位老國公王親的酒到。㈧〔衆扮國公酒席上〕

【卜算子】袄袴插金貂，日近天顏笑。日邊紅杏倚雲高，錦繡生成妙。

〔見介〕駙馬拜揖。〔生〕列位老國公、老王親拜揖。〔衆〕右相國拜揖。〔右〕不敢。〔衆〕駙馬遠歸，愚親們都在二十里之外迎接。今蚤到公主府上香，知駙馬謝恩出朝，故此相候。〔生〕多勞列位老國公、老王親，我淳于棼有何德能？〔衆〕二十年間，每勞駙馬盛禮，時節難忘。今日拜相而回，某等權此公酒迎賀。〔酒介〕

【八聲甘州】閒身未老，喜乘龍拜相，駙馬還朝。〔生〕玉人何處？腸斷暮雲秋草。〔衆〕駙馬公主同往南柯之時，老夫們都在粲餞。〔生〕便是。南柯去時有鳳簫，北渚歸來無鵲橋。〔泣介〕〔合〕臨鸞照，怕何郎粉淚淹消。

【前腔】〔生歎介〕有誰看着紅錦袍，歎淒然繫玉，瘦損圍腰。〔衆〕俺朝班戚畹，還讓

你人才一表。香風簇錦雲漢高，夜月穿花宮漏遥。〔合前〕

〔衆〕駙馬，今有請書啓知：一來恭賀駙馬拜相之喜，二來解悶，三來洗塵。老夫忝爲國公之長，先請駙馬少敍，其餘國戚王親，以次輪請。便請右相國相陪。〔生〕老國公王親，可也多着。〔衆〕駙馬，天人也，人所尊敬，願無棄嫌。〔生〕領命了。權重股肱相，恩光肺腑親。滿朝相造請，何日不醺醺。㊈〔下〕〔右相弔場〕看駙馬相待各位老國公王親，氣勢盛矣。〔歎介〕且自由他。冷眼觀螃蟹，横行到幾時。〔下〕

【校】

㊀還朝，各本俱作議家，與目録不一致。

㊁池，原誤作「地」，據葉譜改。

㊂且，原誤作「日」，據萬曆、獨深、竹林三本改。

㊃萬曆本無「家」字。

㊄傷，獨深本作「聚」。

㊅奏，原誤作「笑」，據各本改。

㊆馬蹄花，葉譜題作駐馬泣，謂駐馬聽犯泣顔回。

㊇列位老國公王親的酒到，原作「王親酒到」，據萬曆本、獨深本補。

㊈「權重」四句下場詩，例應大字分行。

第三十七齣　粲誘

【憶秦娥前】〔貼引宮女上〕宮眉樣，秋山淡翠閒凝望。閒凝望，秦樓夢斷，鳳笙羅帳。

【唐多令】何處合成愁？人兒心上秋，大槐宮葉雨初收。唱道晚涼天氣好，問誰上，小瓊樓？自家郡主瓊英是也。妹子瑤芳，嫁與淳于駙馬，出守南柯，入爲丞相，當朝無比。不料妹子過世，舉國哀傷，勑葬龍山，威儀甚盛。昨日駙馬還朝，俺王㊀素重南柯之威名，加以中宮之寵信，出入無間，權勢非常。滿國中王親國戚，那一家不攀附他。朝歌暮筵，春花秋月。則俺和仙姑國嫂三家寡婦，出了公禮，不曾私請得他。想起駙馬一表人才，十分雄勢，俺好不愛他，好不重他。

【金落索】當初呵，娟娟姊妹行，出聽西明講。繡佛堂前，惹下姻緣相。秋波選郎。配瑤芳，十五盈盈天一方。瑤臺貴壻真無兩，恰好翠袖風流少一雙。非吾想，倘其間有便得相當，迤逗他忘懷醉鄉，傷心洞房，取情兒我再把這宮花放。

昨日約了靈芝夫人、上真子，早晚公主處上香，回來過此，必有講談也。〔老同小旦道裝上〕

【憶秦娥後】彩雲淡蕩臨風泱，世間好物琉璃相。琉璃相，玉人何處？粉郎無恙。

〔見介〕瓊英姐，閒坐悶愁，怎的不去公主府燒香耍子？好少的㊁人兒也。〔貼〕怎生行禮？〔老〕俺國中王子王孫一起，侯伯王親一起，文武官員一起，舉監生員一起，僧道一起，父老兒男過了一起，然後命婦逐班而進，又是軍民妻女；過了本國，是他南柯進香，依様文武吏民分班而哭；過了南柯，方纔各路各府差人以次而進。便是檀蘿國，也差官來進紫檀香一千二百斤。看㊂他銀山帛海，好不富貴也。

【金落索】朱絲碧瑣牕，生帛連心帳。八尺金爐，日夜燒檀降。是人來進香，似同昌公主，哀榮不可當。敲殘玉磬歸天響，擺下鸞旌拂地長。偷凝望，可憐辜負好淳郎。據着他爲人兒紀綱，言詞㊃兒棟梁，堪他永遠爲丞相。

〔老〕不論他爲人，則二十年中，我們王親貴族，那一家不生受他問安賀生慶節之禮？如今須得逐家還禮纔是。

【劉潑帽】南柯太守多情況，感年年禮節風光。〔小旦〕如今又做了頭廳相，〔貼〕須與他解悶澆惆悵。

〔老旦笑介〕瓊英姐，你要與他解悶，你我三人都是寡居，到要駙馬來做個解悶兒哩。〔小旦〕我是道情人哩，

【前腔】拚今生不看見男兒相，怕黏連到惹動情腸。〔老〕興到了也不由的你。〔合〕倘三杯醉後能疎放，把主人見愛難謙讓。

〔老〕講定了，向後請駙馬，三人輪流取樂，不許偏背。

駙馬兼爲相，新來主喪亡。
既然連國戚，相愛不相妨。

【校】

㊀王，獨深本作「上」。
㊁好少的，疑有奪誤。
㊂看，清暉本、竹林本俱誤作「香」。
㊃詞，清暉本、竹林本俱誤作「請」。

第三十八齣　生恣

【懶畫眉】〔生冠帶引衆行上〕則爲紫鸞烟駕不同朝，便有萬片宮花總寂寥。可憐他金鈿秋盡雁書遥，看朝衣淚點風前落，抵多少腸斷東風爲玉簫。

〔衆〕稟老爺：到府了。〔生歎介〕我連下馬通忘記了。【集唐】這夾道疎槐出老根，金屋無人見淚痕。戚里舊知何駙馬，清晨猶爲到西園。俺淳于生，自公主亡後，孤悶悠悠。所喜君王國母寵愛轉深，入殿穿宮，言無不聽。以此權門貴戚，無不趨迎。樂以忘憂，夜而繼日。今日晚朝，看見宮娥命婦，齊整喧嘩，則不見俺的公主妻也。〔末〕報，報，報，有女官到。〔生〕快請。

【不是路】〔旦扮女官持書上〕蓮步輕蹺，翠插烏紗雙步摇。〔見介〕〔生〕因何報？多應娘懿旨下鸞霄。〔旦〕不是。洗塵勞，瓊英郡主和皇姑嫂，良夜裏開筵把駙馬邀。〔生喜介〕承尊召，等閒外客難輕造，即忙來到，即忙來到。

〔旦〕這等，青禽傳報去，駙馬一鞭來。〔下〕〔内響道介〕〔生〕許多時不見女人，使人形神枯槁。今夜女主同筵，可以一醉也。正是：遇飲酒時須飲酒，不風流處也風流。〔下〕

【鵲仙橋】〔貼引女官上〕懨懨睡損，無人偎傍，有客今宵臨況。〔老小旦上〕幾年不見俊兒郎，叨陪侍玉樓歡唱。

〔見介〕〔老〕日暮風吹，葉落依枝。丹心寸意，愁君未知。〔小旦〕今夜瓊英姐作主，與淳郎洗塵解悶，俺二人叨陪。客還未到，閒商量一會。聞的淳郎雅量，三人之量，誰可對付？〔貼〕靈芝嫂有量。〔老〕三人同灌醉了他，耍子便了。〔丑上〕駙馬到。

【前腔】〔生上〕金鞭馬上，玉樓鶯裏，一片綵雲凝望。〔笑介〕聊拋舊恨展新眉，清夜紅顔索向。

〔拜介〕〔生〕【西江月】自别瓊英貴主，年年想像風姿。〔貼〕勞承駙馬費心期，今夜一杯塵洗。〔老〕每恨淳郎新寡，〔小旦〕可憐公主差池。〔生〕原來是上真仙子和靈芝，〔合〕且喜一家無二。〔生〕小生回朝，已蒙諸王親公禮相請，何勞專設此筵？〔貼〕駙馬不知，此筵有三意：一來洗遠歸之塵，二來賀拜相之喜，三來解孤栖㈠之悶。前幾日爲衆王親國公占了貴客，俺三人商量，上真姑是道情人，靈芝夫人與妾雙寡，更無以次之人可以爲主，只得俺三人落後，輪班置酒相敬。今日妾身爲主，他二人相陪。〔生〕小生領愛了。〔貼〕内侍們看酒。〔内使女官持酒上〕駙馬多年騎五馬，客星今夜㈡對三星。〔酒到〕〔貼衆把酒介〕

【解三醒犯】㈢二十年有萬千情況，今日的重見淳郎。和你會真樓下同歡賞，依親故爲卿相，姊妹行家打做這一行。雖不是無端美豔妝，休嫌讓，捧金杯笑眼斟量。

【前腔】〔生把酒介〕則爲那漢宫春那人生打當，似咱這迤逗多嬌粉面郎。用盡心兒想，用盡心兒想㊃，瞑然沈睡倚紗窗，閒打忙小宫鴉把咱叫的情悒怏。羞帶酒懶添香，則這恨天長來暫借佳人錦瑟傍。無承望，酒盞兒擎着仔細端詳。

【鵝鴨滿渡船】㊄〔貼衆〕則道上秦樓多受享，則道㊅上秦樓多受享。恰咱風吹斷鳳管聲殘，怎得玉人無恙？今何世？此消詳，這是翠擁紅遮錦繡鄉。〔生背介〕盼豔嬌，燈下恍。則見笑歌成陣，來來往往。顛倒爲甚，不那色眼荒唐？

〔貼〕月上了，駙馬寬懷進酒。

【赤馬兒】㊆〔貼衆〕半盞瓊漿，且自加懷巨量。〔貼背介〕聽他獨自温存，話兒挨挨好不情長。〔回介〕芳心一點，做了八眉相向，又蚤闌干月上。〔合〕畫堂中幾般清朗。㊇

【雙赤子】㊈〔生〕幽情細講，對面何妨？演煞宫娥侍長。舊家姊妹儼成行，就月籠燈衫袖張。〔合前〕

【前腔】〔貼衆〕風摇翠幌，月轉迴廊，露滴宫槐葉響。好秋光風景不尋常，人帶幽姿花暗香。〔合前〕

【前腔】〔生〕把金釵夜訪，玉枕生涼，辜負年深興廣。三星照户顯殘妝，好不留人今夜長？〔合前〕

〔生睡介〕醉矣！〔貼〕早已安排紗廚枕帳了。〔生〕難道主人不陪？〔小旦〕怕没這樣規矩。〔老〕駙馬見愛，一同陪伴罷了。〔貼笑介〕這等，我三人魚貫而入。

【拗芝麻】⑩〔衆〕怕争夫體勢忙，敬色心情嚷。蝶戲香，魚穿浪，逗的人多餉。⑪則見香肌褪，望夫石都襯迭牀兒上。以後盡情隨歡暢，今宵⑫試做團圞相。

【尾聲】〔生〕滿牀嬌不下得梅紅帳，看姊妹花開向月光。〔合〕俺四人呵，做一個嘴兒休要講。

亂惹春嬌醉欲癡，三花一笑喜何其？
人人久旱逢甘雨，夜夜他鄉遇故知。

【校】

㈠ 栖，各本俱作「恓」。

㈡ 夜，獨深本作「日」。

㈢ 解三酲犯，葉譜題作解酲甘州，謂解三酲犯八聲甘州。

㈣ 葉譜無「用盡心兒想」疊句。

㈤ 鵝鴨滿渡船，原誤作「前腔」，據葉譜改。

㈥ 「則道」二字，葉譜不疊。

⑦赤馬兒，原誤作蠻兒犯，據葉譜改。
⑧「畫堂」句，葉譜叠一句。
⑨雙赤子，原誤作「前腔」，據葉譜改。
⑩拗芝麻，原誤作鵝鴨滿渡船，據葉譜改。
⑪餉，應作「晌」。
⑫宵，萬曆、清暉、竹林三本俱誤作「霄」。

第三十九齣　象譴

【菊花新】〔右相上〕玉階秋影曙光遲，露冷青槐蔭御扉。低首整朝衣，咽不斷銅龍漏水。

我右相段功，同心共政，與我王立下這大槐安國土，正好規模。不料俺王招請揚州酒漢淳于棼爲駙馬，久任南柯，威名頗盛，下官每有樹大根摇之慮。且喜公主亡化，欽取回朝，卻又尊居左相，位在吾上。國母以愛壻之故，時時召入宫闈，但有請求，無不如意，這也不在話下。兼以南柯豐富，二十年間，但是王親貴戚，無不賂遺。因此昨日回朝之後，勢要勳戚，都與交歡。其勢如炎，其門如市。勳戚到也罷了，還有那瓊英郡主，靈芝夫人，連那上真仙姑，都輪流設宴，男女混淆，晝夜無度。果然感動上天，客星犯於牛女虚危之次。待要奏知此事，又恐疎不間親。打聽的昨日國中有人上書，倘然吾王問及，不免相機而言。老天，非是俺段功妬心，此乃社稷之憂也。吾王駕來，朝班伺候。〔扮内臣傳呼擁王上〕

【前腔】根蟠國土勢崔嵬，朝罷千官滿路歸。一事俺心疑，甚槐安感動的白榆星氣。

〔右相見介〕右相武成侯段功叩頭，千歲千歲。〔王〕右相平身。卿可聞的國中有人上書否？〔右〕不知。〔王〕書上説的凶，他説：玄象謫見，國有大恐。都邑遷徙，宗廟崩壞。他説玄象，是何星象也。〔右〕正要奏知：有太史令奏，客星犯于牛女虚危之次。〔王〕那書中後面，又説：釁起他

族，事在蕭牆。好令俺疑惑。〔右〕是。這國中別無他族了。便是他族，亦不近於蕭牆。大王試思之。〔王〕別無人了，則淳于駙馬，非我族類。〔右〕臣不敢言。〔王〕將有國家大變，右相豈得無言？〔右〕啓奏俺王：

【瑣牕寒㊁】客星占牛女虛危，正值乘槎客子歸。虛危主都邑宗廟之事，牛女值公主駙馬之星。近來駙馬貴盛無比，他雄藩久鎮，把中朝餽遺。豪門貴黨，日夜遊戲。〔王〕一至于此。〔右〕還有不可言之處，把皇親閨門無忌。〔合〕感天知，蕭牆釁起再有誰？〔淚介〕可憐故國遷移。

〔王惱介〕淳于棼自罷郡還朝，出入無度，賓從交遊，威福日盛。寡人意已疑憚之。今如右相所言，亂法如此，可惡！可惡！

【前腔】他平常僭侈甚疑，不道他宣淫任所爲。怪的穿朝度闕，出入無時。中宮寵壻，所言如意，把威福移山轉勢。罷了，罷了㊂，非俺族類，其心必異。〔淚介〕〔合前〕

〔右跪介〕臣謹奏：語云，當斷不斷，反受其亂。駙馬事已至此，千歲作何處分？〔王〕聽旨：

【意不盡】㊃且奪了淳于棼侍衛，禁隨朝只許他居私第。〔右〕依臣愚意，遣他還鄉爲是。〔王〕不消再說，少不的喚醒他癡迷還故里。〔王下〕

〔右歎介〕可矣，可矣。雖則淳于禁錮，奈國土有危？正是：

上天如圓蓋，　　下地似棋局。
淳于夢中人，　　安知榮與辱。

【校】

㈠見，各本俱作「參」。
㈡寒，原誤作「郎」，據葉譜改。
㈢各本俱無「罷了」疊句。
㈣意不盡，葉譜題作「尾聲」。

第四十齣　疑懼㈠

〔生素服愁容上〕太行之路能摧車，若比君心是坦途。黄河之水能覆舟，若比君心是安流。君不見大槐淳于尚主時，連柯並蔕作門楣。珊瑚葉上鴛鴦鳥，鳳凰窠裏鵷雛兒。葉碎柯殘坐消歇，寶鏡無光履聲絶。千歲紅顔何足論，一朝負譴辭丹闕。自家淳于棼，久爲國王㈡貴壻，近因公主銷亡，辭郡而歸，同朝甚喜。不知半月之内，忽動天威，禁俺私室之中，絶其朝請。天呵！公主生天幾日，俺淳于入地無門。若止如此，已自憂能傷人；再有其他，咳，真個生爲寄客。天呵！淳于棼有何罪過也？

【勝如花】無明事可奈何？恰是今朝結果。不許俺侍從隨朝，又禁俺交遊宴賀，只教俺私家裏住坐。這其中紛然事多，這其間知他爲何？有甚差訛？一句分明道破，就裏好教人無那。莫非他疑俺在南柯？也並不曾壞了他的南柯。

不要説人，便是這老槐樹枝，生意已盡。樹猶如此，人何以堪。今日要再到南柯，不可得矣。罷了，罷了，向公主靈位前，俺打覺一會。公主呵！〔貼扮公子泣上〕

【金蕉葉】家那國那，兩下裏淚珠彈破。〔見生哭倒介〕原來俺爹爹在此打磨陀，冷清清獨對着俺親娘的靈座。

〔生泣介〕我兒，起來，起來。〔長相思〕有來由，没來由。不許隨朝不許遊，要禁人白頭。〔貼〕好干休，惡干休。偷向椿庭暗淚流，亡萱相對愁。〔生〕兒，前日父子朝見，國王悲喜不勝。半月之間，便成此釁，卻是因何？㊂〔貼〕天大是非，爹爹還不知？〔生〕你兄弟俱在宮中，俺親朋禁止來往，教俺何處打聽？〔貼〕爹呵，這等，細細聽兒報稟㊃：

【三換頭】無根禍芽，半天抛下。客星一夜，犯虚危漢槎。〔生〕國主何從得知？〔貼〕有國人上書，説玄象謫見，國有大恐。都邑遷徙，宗廟崩壞。〔生〕這等凶卻何干俺事？〔貼〕他書後明説着，釁生他族，變起蕭牆。〔生〕是那一個國人，這等膽大？便是他族，何知是俺？〔貼〕右相段功就中讒譖了，説虚危者，宗廟也；客星犯牛女者，宫闈事也。〔生〕牛女，只俺和你母親就是了。〔貼泣介〕他全不指着母親。〔生〕再有誰？〔貼〕説瓊芝新寡，三杯後有甚麽風流話靶。〔生〕呀，段君何讒人至此！〔貼〕國王甚惱，説駙馬弄權結黨，不可容矣。〔生〕國母怎生勸解？〔貼〕説到蕭牆話，中宫怎勸他？〔生〕兒，不怨國人，不怨右相，則怨天。天，你好好的要見那客星怎的？〔貼〕那星宿冤家，着甚胡纏害我的爹？

【前腔】〔生〕流言亂加，君王明察。親兒駙馬，偏然客星是他。總來被你母親看着了。他病危之時，叫俺回朝謹慎，怕人情不同了。今日果中其言。〔泣介〕你娘親曾話，到如今少不得埋怨自家。瘦盡風流樣，腰圍帶眼差。〔貼〕爹爹，「風流」二字再也休題。〔合〕説甚繁㊄

華，泣向金枝恨落花。

【入賺】〔紫衣官上〕走馬東華，來到淳于駙馬家。〔生〕堪驚詫，他陡從官裏來寒舍，有何宣達？〔紫〕令旨隨朝下，時來宣召咱。〔生對貼慌介〕猛然心裏動，敢有甚吉凶話？〔紫〕俺看見天顔喜洽，多則是中宮記掛，這幾日不曾行踏。〔生〕急切裏難求卦，是中宮可的無他？〔紫〕驚心怎麽？你須是當今駙馬。〔生〕紫衣官，這是右相呵，他弄威權要把江山霸，甚醉漢淳郎，獨當了星變考察。〔貼〕爹爹，且暫時瘖啞，恁般時有的傷他。

〔紫辭介㊅〕你斟量回答，俺紫衣人先去也。〔下〕㊆

〔生〕兒，此去如何？〔貼〕或是好意，亦未可知？〔嚮道介〕

夫子常㊇獨立，　鯉趨而過庭。

一聞君命召，　不俟駕而行。

【校】

㊀ 懼，清暉本、竹林本俱作「惧」。

㊁ 王，獨深本作「家」。

㊂ 何，清暉本、竹林本俱誤作「此」。

㊃ 稟，原作「來」，據萬曆本、獨深本改。
㊄ 繁，清暉本、竹林本俱誤作「煩」。
㊅ 原奪「介」字，據萬曆本、獨深本補。
㊆ 原奪「下」字，據萬曆本、獨深本補。
㊇ 常，疑當作「嘗」。清暉本、竹林本俱作「當」。

第四十一齣　遣生

【金雞叫】〔王引内使上〕王氣餘霄漢，傷心玄象，爲誰淩亂？〔老上〕非關女死郎情斷，〔歎介〕意外包彈，就中離間。

〔見介〕〔老〕大王千歲。〔王〕梓童免禮。【鷓鴣天】千歲㈠，默坐長秋心暗焦，這些時宫闈不見粉郎朝。〔王笑介〕你不知，他憑依貴勢干天象，俺處置他空房入地牢。〔老泣介〕原來這等了。天呵，則説他能笑散，美遊遨。怎知他於家爲國苦無聊？〔王惱介〕笑你區區兒女尋常事，敗壞王基悔怎消。〔老〕千歲，一個女壻，怎麼會敗了你王基？〔王〕你深宫不知，有國人上書，星象告變，社稷崩移。禍起蕭牆，釁生他族。他族不是他再有誰？〔老〕難道駙馬會占了你江山麽？〔王〕你怎知？小小江山，也全虧一個「法」字，他壞法多端哩。〔老〕他不過噇些酒兒。〔王〕噇些酒兒？連瓊英姪兒、靈芝、上真，都被㈡着他噇去了。〔老〕誰見來？〔王惱介〕你要他亂了宫，纔爲證見麽？今日設酒，遣他回去。你把那些外甥㈢收養了，不許多言。〔老旦泣介〕老天呵，不看女兒一面？〔報介〕㈣駙馬午門外朝見。〔王〕傳旨：着他進來。〔内擂鼓介〕〔生朝衣上〕

【逍遥樂】款曲趨朝重見，宫庭盈淚眼，〔歎介〕盼朱衣只在殿中間。恨遠芳容，驚承嚴譴，暗恃慈顔。

一日不朝，其間容刀。我戰兢兢行到宮門之內，禮㊄當俯伏吞聲。〔見介〕罪臣駙馬都尉左丞相淳于棼叩頭，俺王國母千歲千千歲。〔內使〕請駙馬平身，上殿。〔生應千歲起躬介〕〔王〕寡人偶以煩言，因而簡禮，諒之，諒之。〔老看生哭介〕呀，駙馬，何瘦之甚也？〔生躬介〕是。臣蒙天譴，幽臣私室。自思以公主之助，守郡多年，曾無敗政。流言怨悖，委實傷心。〔王〕已設有酒，爲卿排悶。

〔末持酒上〕冷落杯中蟻，孤恓鏡裏鸞。酒到。〔王〕今日之酒，親把一杯。〔生跪飲介〕〔王〕再斟酒。〔生跪飲介〕

【皂羅袍】堪歎吾家貴坦，記關南餞別，對影鳴鑾。

〔老〕內侍，連斟駙馬數杯。止因淑女便摧殘，看承君子多疎慢。〔生叩頭起介〕臣飲過三爵，心愁萬端。客星何處？天恩見寬。〔合〕㊅風光頃刻堪腸斷。

〔生背介〕怎說到風光頃刻堪腸斷？〔王〕駙馬沈吟，知吾意乎？幸託姻親，二十餘年。不幸小女夭化，不得與君偕老，良用痛傷。〔生〕公主仙逝，有臣在此，可以少奉寒溫。〔王〕這不消說了。則是卿離家多時，亦須暫歸本里，一見親族。〔生〕此乃臣之家矣，更歸何處？〔王笑介〕卿本人間，家非在此。〔生作昏立不語介〕〔老〕淳郎忽若昏睡懵然矣。〔生作醒介〕呀，是了。俺家在人間，因何在此？〔放聲大哭介〕哎喲，臣忽思家，寸心如割，不能久侍大王國母矣。〔王〕叫紫衣官送淳郎起程。〔生〕外甥㊆三四，俱在宮中，還請一見。〔王〕諸甥留此，中宮自能撫育，無以爲念。〔生哭介〕這等苦煞俺也！〔老〕不用苦傷，但要淳郎留意，便有相見之期。〔生拜介〕拜謝㊇了。

【前腔】忽憶鄉園在眼，向迷中發悟，有淚闌珊。〔王〕因風好去到人間，三杯酒盡笙歌

散。〔老泣介〕駙馬，你真個去也呵，歸心頓起，攀留大難。幾年恩愛，你將如等閒。〔合前〕

【意不盡】㊈向尊前流涕錦衣還，二十載恩光無限。〔王老〕淳郎，淳郎，則怕俺宗廟崩移你長在眼。㊉

酒盡難留客，葉落自歸山。
惟餘離別淚，相送到人間。

【校】

㊀「千歲」上，應補「老」字。

㊁萬曆本無「被」字。

㊂甥，萬曆本作「孫」。

㊃「報介」上疑奪「內」字。

㊄禮，獨深本作「理」。

㊅「風光」句，看下文生白，當是國王或國母所唱，句上應補「王」或「老」字。

㊆甥，各本俱作「孫」。下文「諸甥」同。

㈧謝，萬曆本作「辭」。

㈨意不盡，葉譜題作「尾聲」。案：意不盡下，當補「生」字。

㈩「眼」字下，萬曆本、獨深本俱有「下」字。案：「下」字應在下場詩之下。

第四十二齣 尋寤

〔二一〕紫衣上〕事不三思，終有後悔。我大槐安國王生下公主，當初只在本國中招選駙馬便了，卻去人間請了個淳于棼來尚主。出守南柯大郡，富貴二十餘年。公主薨逝，拜相還朝，專權亂政，謫見于天。國主憂疑，着我二人，仍以牛車一乘，送他回去。〔笑介〕淳于棼，淳于棼，好不頹氣也！正是：王㊁門一閉深如海，從此蕭郎是路人。〔生朝衣上〕忽悟家何在，潸然淚滿衣。舊恩抛未得，腸斷故鄉歸。我淳于棼，暫爾思家，恩還晝錦。思妻戀闕，能不依依！〔泣介〕〔見紫衣介〕〔生〕請了。便是二十年前迎取我的紫衣官麼？〔紫懶應介〕〔生〕想車馬都在宮門之外了。〔紫〕着。〔行介〕

【繡帶兒】纔提醒趁着這緑暗紅稀出鳳城，出了朝門，心中猛然自驚。我左右之人都在那裏？前面一輛秃牛單車，豈是我乘坐的？咳，怎親隨一個都無？又怎生有這陋劣車乘？難明。想起來，我去後可能再到這朝門之下，向宮庭回首無限情。公主妻呵，忍不住宮袍淚迸。看來我今日乘坐的車兒，便只是這等了，待我再遲回幾步。呀，便是這座金字城樓了。怎軍民人等見我都不站起？咳，還鄉定出了這一座大城，宛是我，昔年東來之逕。㊂少不得更衣上車而行了。〔更衣介〕【長相思】着朝衣，解朝衣，故衣猶在御香微。回頭宮殿低。意遲遲，步遲遲，腸斷恩私雙淚垂。〔歎介〕回朝知幾時？〔紫〕上車快走。〔紫隨意行走做不畏生打歌介〕一個呆子呆又呆，大窟弄裏去不去，小窟弄裏來不來。你道呆不子也呆？〔鞭牛走介〕畜生不走。〔生〕便緩行些麽。

【前腔】消停，看山川依然舊景，争些兒舊日人情。〔紫衣急鞭牛走介〕〔生惱介〕看這使者甚無威勢，真可爲怏怏如也。〔紫鞭牛走介〕〔生〕紫衣官，我且問你：廣陵郡何時可到？〔紫不應笑歌走介〕〔生惱介〕咳，我好問他，他則不應。難道我再没有回朝之日了？便不然，謝恩本也寫上得幾句哩。〔紫笑介〕〔生〕他那裏死氣淘聲，怎知我心急摇旌？銷凝。也則索小心再問他，紫衣官，廣陵郡幾時可到？〔紫〕霎時到了。〔鞭牛走介〕〔生望介〕呀，像是廣陵城了。渺茫中遥望見江外影，這穴道也是我前來路徑。〔又走介〕呀，便是我家門巷了。〔泣介〕還傒倖依然户庭，淚傷心，怎這般呵夕陽人静？

〔紫〕到門了，下車。〔生下車入門介〕〔紫〕升階。〔生升階介〕〔望見榻作驚介〕不要近前，我怕也。〔紫高叫介〕淳于棼！〔叫三次生不應〕〔紫推生就榻〕〔生仍前作睡介〕〔紫〕槐國人何在？淳郎快醒來。我們去也。〔急下〕〔生驚介〕〔醒做聲介〕使者，使者。〔丑持酒上〕甚麽使者？則我山鷓。〔溜沙上〕淳于兄醒了，我二人正洗上脚來。〔生〕日色到那裏。〔丑〕日西哩。〔生〕窗兒下甚麽子？〔溜〕餘酒尚温。〔生〕呀，斜日未隱於西垣，餘樽尚湛於東牖。我夢中倏忽，如度一世矣。〔溜沙〕㈣做甚夢來？〔生作想介〕取杯熱茶來。〔丑取茶上介〕〔生〕再用茶，待我醒一醒。〔丑又取茶上介〕〔生飲介〕呀，溜

兄，沙兄，好不富貴的所在也。我的公主妻呵！〔丑〕甚麽公主妻？你不做了駙馬？〔生〕是做了駙馬。〔溜〕那一朝裏駙馬？〔生〕這話長，扶我起來講。〔溜沙扶起生介〕你們都不曾見那使者穿紫的？〔沙〕我三人並不曾見。〔生〕奇怪，奇怪，聽我講來：

【宜春令】堂東廡，睡正清，有幾個紫衣人軒車叩迎。你説從那裏去？槐根窟裏，有個大槐安國主女娉婷。那公主小名，我還記得，唤做瑶芳，招我爲駙馬。曾侍獵於國西靈龜山。〔丑〕後來怎的？〔生〕這國之南，有個南柯郡，槐安國主把我做了二十年南柯太守。〔溜沙〕享用哩。後來呢？〔生〕公主養了二男二女，不料爲檀蘿小賊驚恐，一病而亡，歸葬于國東蟠龍岡上。〔丑哭介〕哎也，可憐，可憐，我的院主！〔生〕獵龜山他爲防備守檀蘿，葬龍岡我悽惶煞了鸞鏡。〔沙〕後來呢？〔生〕自公主亡化，雖則回朝拜相，人情不同了。勢難行，我情願乞還鄉境。那國王國母見我思歸無奈，許我暫回。適纔送我的使者二人，他都是紫衣一品。〔丑〕哎呀，不曾待的他茶哩。〔生〕二兄，你道這是怎的？〔溜〕不知呢。〔沙〕我也不知。〔生〕怎生槐穴裏去？〔溜沙〕敢是老槐成精了？

【前腔】花狐媚，木客精，山鵰兒，備鍬鋤看槐根影形。〔丑取鍬上介〕東人，東人，你常在這大槐樹下醉了睡，着手了。〔生〕也説得是，且同你瞧去。〔行瞧介〕〔溜〕這槐樹下不是個大窟櫳？〔掘介〕有蟻，有蟻，尋原洞穴，怎只見樹皮中有蟻穿成路逕？〔溜〕向高頭鍬了去。〔衆驚介〕呀，你看穴之兩傍，廣可一丈。這穴中也一丈有餘，洞然明朗。〔沙〕原來樹根之上，堆積土壤㊄，但是一層城郭，便起一層樓臺。奇哉，奇哉。〔丑驚介〕哎也，有蟻兒數斛，隱聚其中，怕人，怕人。〔生〕不要驚他。嵌空中樓郭層城，怎中央有絳㊅臺深迥？〔沙〕這臺子土色是紅些。〔覷介〕單這兩個大蟻兒並着在此，你看他素翼紅冠，長可三寸，有數十大蟻左右輔從，餘蟻不敢相近。〔生歎介〕想是槐安國王宮殿了。〔溜〕這兩個蟻蚪便是令岳丈岳母哩。〔生泣介〕好關情，也受盡了兩人恭敬。

〔溜〕再南上掘去。呀，你看南枝之上，可寬四丈有餘，也像土城一般，上面也有小樓子，羣蟻穴處其中。呀，見了淳于兄來，都一個個有舉頭相向的，又有點頭俯伏的，得非所云南柯郡乎？〔沙〕是貴治了。

【前腔】南枝偃，好路平，小重樓多則是南柯郡城。〔生〕像是了。〔歎介〕我在此二十年太守，好不費心，誰道則是些螻蟻百姓？便是他們記下有七千二百條德政碑、生祠記，通不見了，只這長亭路一道沙堤還在。有何德政？也虧他二十載赤子們相支應。〔丑〕西頭掘將去。〔沙〕呀，西去二丈，一穴外高中空，看是何物？〔覷介〕原來是敗龜板，其大如斗。積雨之後，蔓草叢生。既在槐西，得非所獵靈龜山乎？〔生〕是了，是了，可惜田秀才一篇龜山大獵賦，好文章埋没龜亭，空殼落做他形勝。〔沙〕掘向東去丈餘，又有一穴，古根盤曲，似龍形，莫不是你葬金枝蟠龍岡影？

〔生細看哭介〕是了，你看中有蟻塚尺餘，是吾妻也。我的公主呵！

【前腔】人如見，淚似傾，叫芳卿恨不同棺共塋。爲國主臨併，受淒涼叫不的你芳名應。二兄，我當初葬公主時，爲些小兒女，與右相段君争辯風水。他説此中怕有風蟻，我便㊆説縱然蟻聚何妨。如今看來，蟻子到是有的了。争風水有甚蟠龍？公主曾説來，他説爲我把螻蟻前驅真正。〔内風起介〕〔丑〕好大風雨來了，這一科蟻子都壞了他罷。〔生慌介〕莫傷情，再爲他繞門兒把宫槐遮定。

〔蓋介〕〔丑〕蓋好了，躲雨去。〔衆〕不自逃龍雨，因誰爲蟻封？〔下〕〔内叫介〕雨住了。〔丑上笑介〕好笑，好笑，孩兒天，快雨快晴。〔瞧介〕哎呀，相公快來！〔生溜沙急上〕〔丑〕你看這些蟻穴，都不知那裏去了？〔衆驚介〕真個靈聖哩。〔生〕也是前定了。他國中先有星變流言，國有大恐，都邑遷徙，此其驗乎？

【太師引】一星星，有的多靈聖，也是他不合招邀我客星。〔沙〕可知道滄海桑田，也則爲漏洩了春光武陵？〔生〕步影尋蹤，皆如所夢。還有檀蘿澌江一事可疑。〔丑想介〕有了，有了，宅東長澌古溪之上，有紫檀一株，藤蘿纏擁，不見天日。我長在那裏歇晝，見有大羣赤蟻往來，想是此物。〔生〕着了，此所謂全蘿道赤剥軍也。但些小精靈能廝挺，險氣煞周郎殘命。〔溜〕

那個周郎？〔生〕是周弁爲將，他和田子華都在南柯哩。〔丑〕有這等事！〔生〕連老老爺都討得他平安書來，約丁丑年和我相見。〔溜〕今年太歲丁丑了。〔生〕這是怎的？可疑，可疑。胡廝踁，和亡人住程，怕不是我身廂有甚麽纏魂不定？

〔沙〕亡人的事，要問個明眼禪師。〔丑〕有，有，有，剛纔一個和尚在門首躲雨。〔生〕快請㈧來。

〔丑出請介〕〔扮小僧上〕

【前腔】行脚僧誰見請？〔見介〕原來是淳于君有何事情？〔生〕師兄從何而來？〔僧〕我從六合縣來。〔生〕正要相問：六合縣有個文士田子華，武舉周弁，二人可會他？〔僧〕是有此二人，平生至交，同日無病而死。〔生驚介〕這等，一發詫異了。〔僧〕這中庭槐樹，掘倒因何？〔生〕小生正待請教：這槐穴中有蟻數斛，小生晝卧東廊，只見此中有紫衣人相請小生，去爲國王眷屬。一混二十餘年，醒來一夢，中間有他周、田二人在內。今聞師兄言説，知是他死後遊魂，這也罷了。卻又得先府君一書，約今丁丑年相見。小子十分憂疑，敢有甚嫌三怕九？恰今年遇丑逢丁。〔僧〕這等恰好，契玄本師擇日廣做水陸道場，你何不寫下一疏，敬向無遮會上問此情緣。老師父呵，破空虛照映一切影，把公案及期參證。〔生揖介〕承師命，似盂蘭聽經，又感動我竹枝殘興。

〔僧〕這功德不比盂蘭小會，要清齋閉關，七七四十九日。一日一夜，念佛三萬六千聲。到期燃指爲香，寫成一疏，七日七夜，哀禱佛前，纔有些兒影響。〔生〕領教。則未審禪師能將大槐安國土眷屬，普度生天？〔僧〕使得。

【尾聲】〔生〕儘吾生有盡供無盡，但普度的無情似有情，我待把割不斷的無明向契玄禪師位下請。

空色色非空，還誰天眼通？

移將竹林寺，度卻大槐宮。

【校】

㈠ 二，獨深本誤作「三」。下文「我二人」同。

㈡ 王，獨深本作「玉」。

㈢ 「還鄉定」三句，萬曆本、獨深本俱誤作小字白文。

㈣ 溜沙，原作「沙溜」，今改正，使前後一致。下文「敢是老槐」上「溜沙」、「生溜沙急上」，俱同。

㈤ 壤，清暉本、竹林本俱誤作「嚷」。

㈥ 綘，原誤作「綘」。案：綘即「縫」字，義不可通，據葉譜改。

㈦ 便，萬曆、獨深、竹林三本俱作「硬」。

㈧ 請，獨深本作「問」。

第四十三齣　轉情

【浪淘沙】〔僧持旛上〕頂禮大南無，擊鼓吹螺，天歌梵放了緊那羅。晝夜燈旛長續命，照滿娑婆。〔僧持磬上〕

【前腔】人在欲天多，怕煞閻羅。新生天裏有愁麽？次第風輪都壞卻，甚麽娑婆？〔生捧香爐上〕

【前腔】弟子有絲蘿，曾出守南柯。光音天裏事如何？但是有情那盡得？年少也娑婆。

〔生放香爐禮佛介〕〔合掌向衆介〕弟子稽首。〔衆〕一切衆生，頂禮如來威光，憑仗禪師法力。有精心的檀越，戒行的沙彌。唄讚者百千萬人，海潮音如雷震沸；拜祈者四十九日，河沙淚似雨滂沱。果然無礙無遮，必當有誠有感。只待法師慧劍遥指，務令衆生以次生天。〔生稽首介〕凡諸有情，普同慈願。〔净扮契玄老僧威容上〕

【北仙吕點絳脣】奏發科宣，諸天燦爛，琉璃殿。夢境因緣，佛境裏參承遍。

〔生向净稽首介〕弟子淳于棼稽首。〔衆稽首介〕〔净〕老僧修行到九十一歲，纔做下這壇水陸無邊道場。也虧了先生們虔心，齋了七七四十九日，拜了這七日七夜。這幾夜河路廣破暗之燈，㷊㊀口飽清涼之食。虔求懇至，誓願弘通。今夜道場告終，先生可有甚祈請？替你鋪宣。〔生〕小生第一要看見父親生天，第二要見瑶芳妻子生天，第三願盡槐安一國普度生天。〔净〕好大願心。你可便燃指爲香，替你鋪陳情疏。倘有奇驗，以報虔誠。〔衆發擂吹介〕〔生膜拜三拜介〕

【混江龍】〔净〕這淮南卑賤，淳于棼撲地禮諸天。〔生燒指介〕〔净〕則他恨不的皮刳燭點，則這些指頂香燃。爲他久亡過的老椿堂葬朔邊，和他新眷屬大槐宫變了桑田。他老親㊁魚雁信，暗寄與九重泉。他眷屬怎螻蟻情，顯豁在三摩殿？仗福力如來立地，和他度情緣一衆生天。

祈請已過，待我楊枝灑水，布散香花。〔净衆楊枝灑水介〕

【油葫蘆】我待手灑楊枝有千百轉，洗塵心把甘露顯。〔散花介〕香風臺殿雨花天，人天玉女持花獻。花光水色如空旋，仗如來水月觀，把世界花開現。水珠兒撒地蟲兒嚥，紇哩子吐紅蓮。

〔净〕多時分了？〔衆〕月待中哩。〔净〕大衆一路行香，繞此天壇之下。則老僧與先生登于壇上，看望諸天中有甚麽景像也？〔衆應介〕〔净〕欲窮他化路，須待浄居天。〔同生下〕〔内鼓吹唱介〕〔衆〕散花林，花氣深。如來佛，觀世音。諸天眼，衆生心。三明度，九幽沈。㊂〔净持劍引生上介〕

【天下樂】呀，蹬上了天壇月正圓，天也麽天，真乃是七寶懸，閃星光高寒露氣鮮。〔生〕

這天壇之上，怎生帶寶劍來？〔浄〕這劍呵，壞天風幾劫緣，斷天魔即世纏，恰纔個步天罡今夜演。

〔生歎介〕小生最苦是我父親，許下丁丑年相見，則除是今夜生天相見也。

【那吒令】〔浄〕待見呵，不怕幾重泉，則要你孝意堅；不怕幾重天，則要你敬意虔；不怕幾重緣，則要你道意專。這點心黑鑽鑽地孔穿，明晃晃天壇現，敢盼着你老爺爺月下星前。

〔生問介〕老爺兒罷了，螻蟻怎生變了人？〔浄〕他自有他的因果，這是改頭換面。〔生〕小生青天白日，被蟲蟻扯去作眷屬，卻是因何？〔浄〕彼諸有情，皆由一點情，暗增上騃癡受生邊處。先生情障，以致如斯。〔生〕幾曾與蟲蟻有情來？〔浄〕先生記的孝感寺聽法之時，我説先生爲何帶眷屬而來？當有二㊃女持獻寶釵金盒，即其人也。

【寄生草】則爲情邊見，生身兒住一邊。你靈蟲到住了蟲宫㊄院，那騃蟲到做了人宅眷，甚微蟲引到的禪州縣。但是他小蟲蟲湊着好姻緣，難道老天天不與人行方便。

〔生〕咳，小生全不知他是螻蟻，大師怎生不早道破也？〔浄〕我分明叫白鸚哥説來：蟻子轉身。你硬認是女子轉身。〔生〕是小生曾聽來。〔浄〕便是你問三聲煩惱，我將半偈暗藏春色：頭一句，秋槐落盡空宫裏，可不是槐安國？第二句，只因棲隱戀喬柯，是你因妻子得這南柯也；第三句，惟有夢魂南去日，故鄉山水路依稀，此是夢醒時節，依然故鄉也。〔生〕小生是曾沈吟這話來。〔淨背介〕便待指與他，諸色皆空，萬法惟識。他猶然未醒，怎能信及？待再幻一個景兒，要他親疏眷屬生天之時，一一顯現，等他再起一個情障，苦惱之際，我一劍分開。收了此人爲佛門弟子，亦不枉也。〔回介〕淳于生，當初留情，不知他是蟻子。如今知道了，還有情于他㊅麽？〔生〕識破了又討甚情來？〔淨笑介〕你道没有情，怎生又要他生天？呀，金光一道，天門開了。〔生看驚介〕是也。

【么】㊆〔淨〕一道光如電，知他是那界的天？莫非是寶城開看見天宫院？寶樓開放入天宅眷？寶雲開散作天州縣？〔生〕呀，天上甚麽聲響？〔内風起介〕知他世界幾由延，卻怎生風聲響處星河變？

〔内作奏樂報介〕忉利天門開。〔又報介〕檀蘿國螻蟻三萬四千户生天。〔淨作驚介〕是忉利天門報聲，檀蘿國螻蟻三萬四千户生天。你看紛紛如雨上去了也。〔生〕哎，檀蘿國是我之寃仇，我這一壇功德，顛倒替他生天，怎了？怎了？〔淨笑介〕

【賺煞】則你有那答裏寃，這答裏緣，那蠢諸天他有何分辯？〔生〕檀蘿殺了南柯多少人馬？多少業報？〔淨〕恁蟲豸兒殺害是前生怨，但回頭也普地生天。〔生哭介〕則要見我的親爺，我的公主妻也。〔淨〕跟我下了天壇，向三十三諸天位下，再燒一個指頂何如？〔生〕疼也！〔淨〕哎，打捱着指輪圓，爲滿門良賤，點肉香心火透諸天。等一個星兒轉，步天壇你

再看天面。那時節敢爺兒相見，重會玉天仙。〔浄扯生下介〕〔衆上鼓吹唱前散花林云云下〕

【校】

㈠ 餤，原誤作「熖」，據獨深本改。
㈡ 「老親」下，萬曆本、獨深本俱有「呵」字。下「眷屬」下同。
㈢ 「九幽沈」下應有「衆下」二字，才和末句「衆上」云云相應。
㈣ 二，清暉本、竹林本俱誤作「三」。
㈤ 宮，清暉本、竹林本俱誤作「官」。
㈥ 清暉本、竹林本俱奪「他」字。
㈦ 么，萬曆、清暉、竹林三本俱誤作「麽」。

第四十四齣　情盡

〔生作指疼上〕哎也！焚燒十指連心痛，圖得三生見面圓。小生雖是將種，皮毛上着不得個炮火星兒。今爲無邊功德，燒了一個大指頂，到度了檀蘿生天。如今老法師引我三十三天位下，又燒了這一個大指頂，重上天壇，專候我爹爹公主生天也。〔內風起〕〔生驚介〕天門開了。〔望介〕又在説天話了。〔內報介〕大槐安國軍民螻蟻五萬户口同時生天。〔生喜介〕好了，好了，分明説大槐安國軍民螻蟻五萬户口生天，咱南柯百姓都在了。則不見爹爹和公主的影響，苦了這壇功德也。

【香柳娘】謝諸天可憐，謝諸天可憐，則我爺兒不見，又朦朧隔着多嬌面。展天壇近天，展天壇近天，〔拜介〕拜的我心虔，有靈須活現。盼雲端悄然，盼雲端悄然，好了，好了，那北上有雲烟，似前靈變。

呀，天門又開了。〔內風起介〕〔外扮老將上〕淳于棼我兒，你父親來了。〔生跪哭介〕是我的爹。

【前腔】〔外〕歎遊魂幾年，歎遊魂幾年，你孝心平善，果然丁丑重相面。〔生〕爹爹，兒子生不能事，死不能葬，罔極之罪也。母親同來麽？〔外〕你母親久生人世了。則我墳塋蟻穿，我墳塋蟻穿，卻得這因緣，爺兒巧方便。我去也。〔生哭介〕爹爹那裏去？〔合〕喜超生在天，喜超生在天，兩下修行，和你人天重見。

〔生哭介〕親爹，你也下來，待兒子摩你一摩兒。

【前腔】痛親爹幾年，痛親爹幾年，夢魂長見，那些兒孝意頻追薦。〔外〕我都鑒受了。我兒，你今後作何生活？〔生〕依然投軍拜將。〔外〕快不要做他，犯了殺戒。再休題將權，再休題將權，我爲將玉皇邊，還怕修羅有征戰。天程有限，我去也。〔合〕喜超生在天，喜超生在天，兩下修行，和你人天重見。㊀〔外下〕

〔生哭介〕〔右相周田三人如前扮上〕淳于公請起，休得苦傷。〔生起望介〕原來是段相國，周、田二君。〔衆〕是也。〔生〕右相一向讒間小生，卻是爲何？〔右笑介〕淳于公，蟠龍岡風水在那裏？〔周〕淳于公，我被你氣死也。〔生〕我廿載威名，都被你所損哩。〔田〕則我田子華，始終得老堂尊培植。〔右笑介〕這恩怨都罷了，如今則感淳于公發這大願，我們生天。

【前腔】〔右衆〕是同朝幾年，是同朝幾年，苦留恩怨，也只似南柯功德和那檀蘿戰。弄精靈鬼纏，弄精靈鬼纏，識破枉徒然，有何善非善？〔內鼓吹介〕〔衆〕請了，國王國母將到。〔合〕喜超生在天，喜超生在天，兩下修行，和你人天重見。㊁

〔生〕是國王國母模樣也。〔跪迎介〕〔王同老旦衆掌扇擁上〕

【前腔】立江山幾年，立江山幾年。〔見介〕〔生〕前大槐安國左丞相駙馬都尉臣淳于棼叩頭迎駕。〔王〕淳郎，淳郎，生受你了。〔老旦〕淳郎，別時曾說來：你若垂情，自有相見之期。那些外甥子通跑上天去了，你可見？〔生〕不曾見哩。〔老旦〕都做天男天女了。咱一門良賤，爲天眷屬非魔眷。〔生〕敢問此去生天，比大槐宮何如？〔王〕去三千大千，去三千大千，不似小千般，如沙細宮殿？淳郎，我去也。公主和宫眷們後面來。〔合〕喜超生在天，喜超生在天，兩下修行，和你人天重見。㊂

〔生叩頭送起介〕公主將到，小生竦身以俟。算來二十載南柯，許多恩愛。〔望介〕還不見，怎的？〔又望介〕雲頭上幾個宫娥彩女來也。〔小旦道扮同老旦貼上〕

【前腔】誤烟花幾年，誤烟花幾年，寂寥宮院。〔生〕又不是公主，是上真仙姑靈芝夫人和瓊英姐。〔老衆笑介〕那淳于郎子風流面。〔見介〕〔生〕三位天仙請了。〔老旦歎介〕淳郎，淳郎，我四個人滚的正好，被那個國人的狗才，打斷了我們的恩愛。〔生〕那裏是國人，便是那不知趣的右丞相。〔小旦〕如今這話休題了。〔生〕三位天仙下來，我有話講哩。〔貼〕我們是天身了，怎下的來？〔老〕便下的來，你人身臭，也不中用。最人身可憐，最人身可憐，我天上有好因緣，你癡人怎相纏。〔貼〕去也，公主來了。〔合〕喜超生在天，喜超生在天，兩下修行，和你人天重見。〔下〕

〔内風起介〕〔生〕這陣風好不香哩。〔聽介〕你聽雲霄隱隱環珮之聲，的是公主到也。〔拱望三次還歎風起介〕〔旦扮公主上〕

【北新水令】則那睡龍山高處彩鸞飛，這又是一程天地。金蓮雲上踹，寶扇月中移，輾破琉璃，我這裏順天風響霞帔。

〔生哭介〕兀那天上走動的，莫非是我妻瑤芳公主麼？〔旦〕是我淳郎夫也。久别夫君，奴在這雲端稽首了。我爲妻不了誤夫君，〔生〕廿載南柯恩愛分。〔旦〕今夕相逢多少恨？〔合〕萬層心事一層雲。〔生叩頭介〕公主，感恩不盡了。你去後我受多少磨折，你可不知。〔旦〕都知道了。

【南步步嬌】〔生〕受不盡百千段東君氣，和你二十載南柯裏，無端兩拆離。則一答龍岡，到把天重會。恰些時弄影彩雲西，還只似瑤臺立着多嬌媚。

〔生〕公主妻呵，快下來，有話説。〔旦〕我下不來。〔生〕怎下不來也？妻。

【北折桂令】〔旦〕我如今乘坐的是雲車，走的是雲程，站的是雲堆。則和你雲影相窺，雲頭打話，把雲意相陪。〔生〕自公主去後，我好不長夜孤恓！〔旦〕你孤恓麼？可知你一生奇遇，虧了那三女争夫，我臨終數語㊃因誰？〔生〕知罪了！公主，也則是一時無奈，結個乾姊妹兒。〔旦〕你則知道一霎時酒肉上朋情姊妹，蚤忘了二十載花頭下兒女夫妻。

〔生〕你如今做了天仙㊄，想這些小事，都也不在懷了。則是我常想你的恩情不盡，還要與你重做夫妻。

【南江兒水】我日夜情如醉，相思再不衰。公主，我怕你生天可去重尋配？你昇天可帶我重爲贅？你歸天可到這重相會？三件事你端詳傳示。（哭介）你便不然呵，有甚麽天上希奇，也弔下咱人間爲記。

（旦）淳郎，你既有此心，我則在忉利天依舊等你爲夫，則要你加意修行。（生）天上夫妻交會，可似人間？（旦）忉利天夫妻就是人間，則是空來，並無雲雨。若到以上幾層天去，那夫妻都不交體了，情起之時，或是抱一抱兒，或笑一笑兒，或嗅一嗅兒。夫呵，此外便只是離恨天了。（歎介）天呵，

【北雁兒落帶得勝令】但和你蓮花鬚坐一回，恰便似線穿珠滾盤内。便做到色界天和你調笑咦，則休把離恨天胡亂踹。（生）看了芳卿在雲端，就是嫦娥。（旦）你不知，嫦娥，也就是人間常蟻，化作蛾兒，飛上天去。則他在桂樹下，奴家在大槐宫，都一般宫苑不低微。你登科向大槐，比應舉攀丹桂，都一樣上天梯。（歎介）你便宜，見天女無迴避。傷悲，怎的俺這俏雲頭漸漸低？

（旦做墜下）（生抱介）（旦）呀，怎的弔下來？（生）我的妻呵。（旦）人天氣候不同，靠遠些兒也，哥。（生）你怎生叫我哥？（旦）你也曾在此寺中，叫我一聲妹子。（生想介）是曾叫來。（旦）你前説要個表記兒，這觀音座下所⑥供金鳳釵小犀盒兒，此非淳郎一見留情之物乎？（生想介）是也。（旦稽首佛前取金釵玉盒與生接介）淳郎，淳郎，記取犀盒金釵，我去也。（生接釵盒扯旦跪哭介）

【南僥僥令】我入地裏還尋覓，你昇天肯放伊？我扯着你留仙裙帶兒拖到裏，少不得蟻上天時我則央及蟻。

〔旦〕你還上不的天也，我的夫呵。〔生〕我定要跟你上天。〔生旦扯哭介〕〔淨猛持劍上砍開唱呀字後旦急下〕〔生駭跌倒介〕

【北收㈦江南】呀，你則道拔地生天是你的妻，猛擡頭在那裏？你說識破他是螻蟻，那討情來？怎生又是這般纏戀？〔歎介〕你掙着眼大槐宮裏睡多時，紙撚兒還不曾打噴嚏。你癡也麼癡㈧，你則看犀㈨合内金釵怎的提？

〔生醒起看介〕呀，金釵是槐枝，小盒是槐筴子。啐，要他何用？〔擲棄釵盒介〕我淳于棼這纔是醒了。人間君臣眷屬，螻蟻何殊？一切苦樂興衰，南柯無二。等爲夢境，何處生天？小生一向癡迷也。

【南園林好】咱爲人被蟲蟻兒面欺，一點情千場影戲，做的來無明無記。都則是起處起，教何處立因依？

〔淨〕你待怎的？〔生〕我待怎的？求㈩衆生身不可得，求天身不可得，便是求佛身也不可得，一切皆空了。〔淨喝住介〕空個甚麽？〔生拍手笑介〕〔合掌立定不語介〕

【北沽美酒帶太平令】〔淨〕衆生佛無自體，一切相不真實，〔指生介〕馬蟻兒倒是你善知識。你夢醒遲，斷送人生三不歸。可爲甚斬眼兒還則癡？有甚的金釵槐葉兒？誰教你孔兒中做下得家資？橫枝兒上立些形勢？早則白鸚哥洩漏天機，從今把夢蝴蝶摺了羽翅。我呵，也是三生遇奇。還了他當元時塔錐，有這些生天蟻兒。呀，要你衆生們看見了普世間因緣如是。

〔衆香旛樂器上〕〔同浄大叫介〕淳于生立地成佛也。〔行介〕

【清江引】笑空花眼角無根係，夢境將人殢。長夢不多時，短夢無碑記，普天下夢南柯人似蟻。

〔衆拜介〕萬事無常，一佛圓滿。㊁

春夢無心只似雲，一靈今用戒香熏。
不須看盡魚龍戲，浮世紛紛蟻子羣。㊂

【校】

㊀「喜超生」四句，萬曆本、獨深本俱作「合前」。下三曲同。今姑仍不改，據下曲之例，在首句上，補「合」字。

㊁此下應有「右衆下」三字。

㊂此下應有「王老下」三字。

㈣語，清暉本、竹林本俱誤作「諸」。
㈤清暉本、竹林本俱奪「仙」字。
㈥所，清暉本、竹林本俱誤作「折」。
㈦收，原誤作「望」，據葉譜改。
㈧清暉本、竹林本「麽癡」二字疊。
㈨犀，各本俱誤作「手」。
㈩求，清暉本、竹林本俱作「來」，屬上句。
⑪「圓滿」下，獨深本有「下」字。案：此字應在下場詩之下。
⑫下場詩上，清暉、獨深、竹林三本俱有「集唐」二字。

邯郸记

邯鄲記目録

【校】

㈠標引，朱墨本題作開場；不在齣數之内，故正文僅二十九齣。

㈡清暉本、竹林本俱奪鑿郟、邊急兩齣目。

邯鄲夢㈠記

明　湯顯祖　著㈡

第一齣　標引㈢

【漁家傲】〔末上〕烏兔天邊纔打照，仙翁海上驢兒叫。一霎蟠桃花綻了，猶難道，仙花也要閒人掃。　一枕餘甜㈣昏又曉，憑誰撥轉通天竅？白日殮西還是早，回頭笑，忙忙過了邯鄲道。

何仙姑獨遊花下，　呂洞賓三過岳陽。
俏崔氏坐成花燭，　蠢盧生夢醒黃粱。㈤

【校】

㈠原題作邯鄲記，據朱墨本臨川居士題辭、竹林本清遠道人題辭及正文首行標題補「夢」字。

㈡竹林本署「臨川玉茗堂編」。

㊂ 朱墨本題作「開場」。

㊃ 甜，清暉、獨深、竹林三本俱作「酣」。

㊄ 粱，各本俱誤作「粱」。

第二齣㊀ 行田

【破齊陣】〔生上〕極目雲霄有路，驚心歲月無涯。白屋三間，紅塵一榻，放頓愁腸不下。展秋牕腐草無螢火，盼古道垂楊有暮鴉，西風吹鬢華。

【菩薩蠻倒句】客驚秋色山東宅，宅東山色秋驚客。盧姓舊家儒，儒家舊姓盧。隱名何借問？問借何名隱？生小誤癡情，情癡誤小生。小生乃山東盧生是也。始祖籍貫范陽郡，土長根生；先父流移邯鄲縣，村居草食。自離母穴，生成背厚腰圓；未到師門，早已眉清目秀。眼到口到心到，於書無所不窺；時來運來命來，所事何件不曉？數什麼道理，繭絲牛毛，我筆尖頭一些些都箄的進，挑的出；怕那家文章，龍牙鳳尾，我錦囊底一樣樣都放的去，收的來。呀，説則説了百千萬般，遇不遇兮二十六歲。今日才子，明日才子，李赤是李白之兄；這科狀元，那科狀元，梁九乃梁八之弟。之乎者也，今文豈在我之先；亦已焉哉，前世落在人之後。衣冠欠整，稂不稂，莠不莠，人看處面目可憎；世事都知，啞則啞，聾則聾，自覺得語言無味。真乃是人無氣勢精神減，家少衣糧應對微。所賴有數畝荒田，正直秋風禾黍。諒後進難攀先進，誰想這君子也，如用之？學老圃混着老農，難道是小人哉，何須也？到九秋天氣，穿扮得衣無衣，褐無褐，不湊膝短裘敝貂；往三家店兒，乘坐着馬非馬，驢非驢，略搭脚青駒似狗。呀㊁，雖則如此，無之奈何？不免韝㊂上蹇驢，散心一會。〔鞴驢〕〔驢鳴介〕我此驢也相伴多年了，再不能勾駟馬高車，年年邯鄲道上也。

〔行介〕

【柳摇金】青驢緊跨，霜風漸加。克膝的短裘，揸不住沙塵刮。空田噪晚鴉，牛背上夕陽西下。秋風古道，紅樹槎牙，槎牙㈣，唱道是秋容如畫。

日已向晚，且西村暫住，明日再田上去。

返照入閭巷，憂來共誰語？
古道少人行，秋風動禾黍。

【校】

㈠朱墨本作第一折。下仿此。
㈡呀，清暉、獨深、竹林三本俱作「咳」。
㈢鞲，清暉、獨深、竹林三本俱作「鞴」。
㈣「槎牙」疊句，九宮大成卷六十三引、葉譜俱作「紅樹槎牙」，疊全句。

第三齣　度世

〔扮呂仙褡褳葫蘆枕上〕【集唐】蓬島何曾見一人，披星帶月斬麒麟。無緣邀得乘風去，迴向瀛洲看日輪。自家呂巖，字洞賓；京兆人也；忝中文科進士。素性飲酒任俠，曾於咸陽市上，酒中殺人，因而亡命。久之貧落，道遇正陽子鍾離權先生，能使飛昇黄白之術，見貧道行旅消乏，將石子半斤，點成黄金一十八兩，分付貧道仔細收用。貧道心中有疑，叩了一頭，稟問師父：師父，此乃點石爲金，後來仍變爲石乎？師父説：五百年後，仍化爲石。貧道立取黄金抛散，雖然一時濟我緩急，可惜誤了五百年後遇金人。師父啞然大笑：呂巖，呂巖，一點好心，可登仙界。遂將六一飛昇之術，心心密證，口口相傳。行之三十餘年，忝登了上八洞神仙之位。只因前生道緣深重，此生功行纏綿。性頗混塵，心存度世。近奉東華帝旨，新修一座蓬萊山門，門外蟠桃一株，三百年其花纔放，時有皓㊀劫剛風，等閒吹落花片，塞礙天門。先是貧道度了一位何仙姑，來此逐日掃花。近奉東華帝旨，何姑證入仙班，因此張果老仙尊又着貧道駕雲騰霧，於赤縣神州再覓㊁一人，來供掃花之役。道猶未了，何姑笑舞而來也。〔何㊂仙姑持箒上〕好風吹起落花也！

【賞花時】翠鳳毛翎札箒叉，閒踏天門掃落花。你看風起玉塵砂，猛可的那一層雲下，抵多少門外即天涯。

〔見介〕洞賓先生何往？〔呂〕恭喜你領了東華帝旨，證了仙班。果老仙翁誠恐你高班已上，掃花無人，着我再往塵寰，度取一位，敢支分殺人也！〔何〕洞賓先生大功行了。只此去未知何處度人？

蟠桃宴可㊃趕的上也？

【么】你休再劍斬黃龍一線差，再休向東老貧窮賣酒家，你與俺高眼向雲霞。洞賓呵，你得了人早些兒回話；遲呵，錯教人留恨碧桃花。〔下〕

〔吕〕仙姑別去，不免將此磁枕褡袱駕雲而去也。枕是頭邊枕，磁爲心上慈。〔下〕〔丑上〕我這南湖秋水夜無煙，奈可乘流直上天。且就洞庭賒月色，將船買酒白雲邊。〔内笑介〕小二哥發誓不賒，又賒了。〔丑〕賒的賒一月，買的買一船。小子在這岳陽樓前開張個大酒店，因這洞庭湖水多，酒都扯淡了，這幾日賒也没人來。好笑，好笑。〔内叫介〕小二哥，那不是兩個賒的來了。〔丑〕請進，請進。〔扮二客上〕一生湖海客，半醉洞庭秋。小二哥，買酒。〔丑應介〕〔客看壺介〕酒壺上怎生寫着洞庭二字？〔丑〕盛水哩。〔客笑介〕也罷，拚我們海量，吞你幾個洞庭湖。〔丑〕二位較量飲。〔一客〕小子鄱陽湖生意，飲八百杯罷。〔一客〕小子廬江客，飲三百杯。〔丑〕這等，消我酒不去。八百鄱陽三百焦，到不得我這把壺一個腰。〔客〕好大壺嘴哩。〔做飲唱隨意介〕〔丑〕又一個帶牛鼻子的來了。

【中吕粉蝶兒】〔吕上〕秋色蕭㊄疎，下的來幾重雲樹，卷滄桑半葉淺蓬壺。踐朝霞，乘暮靄，一步捱一步。剛則背上胡蘆，這淡黃生可人衣服。

【醉春風】則爲俺無挂礙的熱心腸，引下些有商量來的清肺腑。這些時蹬着眼下山頭，把世界幾點兒來數，數。這底是三楚三齊，那底是三秦三晉，更有找不着的三吴三蜀。

説話中間，前面洞庭湖了，好一座岳陽樓也！

【紅繡鞋】趁江鄉落霞孤鶩，弄瀟湘雲影蒼梧。殘暮雨，響菰蒲。晴嵐山市語，煙水捕魚圖。把世人心閒看取。

邊旁放着一座大酒店，店主有麽？〔丑應介〕請進，請進。〔作送酒介〕

【迎仙客】〔吕〕俺曾把黄鶴樓鐵笛吹，又到這岳陽樓將村酒沽。好景，好景，前面漢陽江，上面瀟湘蒼梧，下面湖北江東。請了。〔丑〕請什麽子？〔吕〕來稽首，是有禮數的洞庭君主。〔丑〕鬼話。〔内雁叫介〕〔吕〕聽平沙落雁呼，遠水孤帆出。這其中正洞庭歸客傷心處，趕不上斜陽渡。

〔吕作醉介〕酒是神仙造，神仙喫，你這一班兒也知道喫什麽酒？〔二客惱介〕哎也，哎也，可不道一品官，二品客，到不高如你？我穿的細軟羅緞，喫的細料茶食，用的細絲錁錠。似你這般，不看你喫的，看你穿的哩，希泥希爛的。醒眼看醉漢，你醉漢不堪扶。〔吕笑介〕

【石榴花】俺也不和他評高下説精粗，道俺個醉漢不堪扶，偏你那看醉人的醒眼不模糊。則怕你村沙勢比俺更俗，横死眼比俺更毒。〔二客云〕野狐騷道，出口傷人。還不去，還不去扯破他衣服！〔吕〕爲什麽扯斷絲帶，抓破衣服，駡俺作頑涎騷道野狐徒？

〔客〕好笑、好笑，便那葫蘆中，那討些子藥物？都是燒酒氣。

【鬭鵪鶉】〔呂〕你笑他盛酒的葫蘆，須有些不着緊的信物。硬擎着你七尺之軀，俺老先生看汝。〔客〕看什麼子？無過是酒色財氣，人之本等哩。〔呂〕你説是人之本等，則見使酒的爛了脅肚，〔客〕氣呢？〔呂〕使氣的腆破胸脯，〔客〕財呢？〔呂〕急財的守着家兒，〔客〕色呢？〔呂〕急色的守着院主。

【上小樓】〔呂〕這四般兒非親者故，四般兒爲人造畜。〔客〕難道。人有了君臣，纔是富貴；有兒女家小，纔快活；都是酒色財氣上來的，怎生住的手？〔呂〕你道是對面君臣，一胞兒女，帖肉妻夫。則那一口氣不遂了心，來從何㊅處來？去從何處去？俺替㊆你愁，俺替你想，敢四般兒那時纔住。

〔客〕一會子㊇先生一些陰陽晝夜不知。〔呂笑介〕你可知麼？

【么】問你個如何是畢月烏？〔客〕月黑了就是。〔呂〕如何是房日兔？〔客想介〕醉了房兒裏吐去。〔呂〕你道如何是三更之午？十月之餘？一刻之初？〔客〕聽他什麼？只噇酒。

〔呂笑介〕問着呵，則是一班兒嘴禿速。難道偏則我，出家人有五行攢聚。

〔衆瞧介〕包兒裏是個磁瓦枕，打碎他的！〔呂〕怎碎的他呵？〔客〕是什麼生料，碎不的他？

【白鶴子】〔呂〕是黃婆土築了基，放在偃月爐。封固的是七般泥，用坎離爲藥物。

〔客〕怎生下火？

【幺】〔吕〕扇風囊隨鼓鑄，磁汞[九]料寫流珠。燒的那粉紅丹色樣殊，全不見枕根頭一線兒絲痕路。

〔客笑介〕枕兒兩頭大窟弄[一〇]，先生[一一]害頭風出氣的？

【幺】〔吕〕這是按八風開地户，憑二曜透天樞。〔客〕到空空的[一二]亮。〔吕〕有甚的空籠樣枕江山，早則是連環套通心腑。

列位都來盹上一會麽？〔客〕寡漢睡的。〔吕笑介〕到不寡哩。

【幺】半凹兒承姹女，並枕的好妻夫。〔客〕有甚好處？〔吕〕好消息在其中，但枕着都有個回心處。

〔客〕難道有這話？我們再也不信。〔吕〕此處無緣，列位看官們請了。

【快活三】不是俺袖青蛇膽氣粗，則是俺憑長嘯海天孤。則俺朗吟飛過洞庭湖，度的是有緣人人何處？〔下〕

〔衆笑介〕那先生被我們囉唣的去了，我們也去罷。相逢不飲空歸去，洞口桃花也笑人。〔衆下〕〔吕上〕好笑，好笑，一個大岳陽樓，無人可度，只索望西北方迤逞[一三]而去。

【十二月】[一四]這是你自來的辛苦，一口氣許了師父。少不得逢人問渡，遇主尋塗。是不是口邋着道詞，一路的做鬼妝狐。

呀，一道清氣，貫於燕之南，趙之北。不免捩轉雲頭，順風而去。

【滿庭芳】非關俺妄言禍福，怎頭直上非煙非霧，脚踏下非楚非吴，眼抹裏這非赤也非烏？莫不是青牛氣函關直竪？莫不是蜃樓氣東海横鋪？沒羅鏡分金指度，打向假隨方認取。呀，卻原來是近清河，邯鄲全趙那邊隅。

仔細看來，是邯鄲地方，此中怎得有神仙氣候也？

【耍孩兒】史記上單注着會歌舞邯鄲女，俺則道幾千年出不的個藺相如。卻怎生祥雲氣罩定不尋俗，滿塵埃他別樣通疎？知他蘆花明月人何處？流水高山客有無？俺到那有權術，偷鞭影看他驢櫪，下探竿識得龍魚。

【煞尾】㊄欠一個蓬萊洞掃花人，走一片邯鄲城尋地主。但是有緣人，俺盡把神仙許。則這熱心兒，普天下遇着他都姓吕。

日月祕靈洞，　雲霞辭世人。
爲結同心侣，　逍遥下碧空。㊅

【校】

㊀ 皓，應作「浩」。

㈡「覓」字下，朱墨、獨深、竹林三本俱有「取」字。
㈢何，各本俱作「扮」。
㈣「可」字下，各本俱有「早」字。
㈤蕭，各本俱作「消」。
㈥朱墨本奪「從何」二字。
㈦替，朱墨本誤作「賛」。
㈧子，朱墨本作「了」。
㈨汞，原誤作「永」，據清暉本、竹林本改。
㈩弄，朱墨本作「籠」。
⑪先生，朱墨本作「敢是」。
⑫「的」字下，清暉、獨深、竹林三本俱有「發」字。
⑬逞，朱墨、清暉、竹林三本俱作「逗」。
⑭十二月，原誤作鮑老兒，據葉譜改。
⑮煞尾，原題作「尾聲」，據葉譜改。
⑯下場詩：逍遥下碧空，清暉、獨深、竹林三本俱作「遥遥下碧雲」；全首朱墨本作：「一駕祥雲下玉京，臨凡覓度掃花人。大抵乾坤多一照，免教人在暗中行。」

第四齣　入夢

〔丑上〕北地秋深帶早寒，白頭祖籍住邯鄲。開張村務黃粱㈠飯，是客都談處世難。小子在這趙州橋北開一個小小飯店，這店前店後田莊，半是范陽鎮盧家的。他家往來歇脚，在我店中。也有遠方客商，來此打火。目今點心時分，看有甚人來？〔呂背褡褳枕笑上〕一粒粟中藏世界，半升鐺裏煮乾坤。貧道打從岳陽樓上，望見一縷青氣，竟接邯鄲。迤逦尋來，原來此氣落在邯鄲縣趙州橋西盧生之宅。貧道即從人中觀見盧生相貌，精奇古怪，真有半仙之分，便待引見而度之。則爲此人沈障久深，心神難定。因他學成文武之藝，未得售於帝王之家。以此落落其人，悶悶而已，此非口舌所能動也。〔想介〕則除是如此，如此，纔有個醒發之處。俺先到店窩兒候他也。

【鎖南枝】青蛇氣，碧玉袍，按下了雲頭離碧霄。驀過趙州橋，蹬上這邯鄲道。〔内雞鳴犬吠介〕〔呂〕好一座村莊，犬吠雞鳴，頗堪消遣。〔丑見介〕客官請坐。〔呂〕俺把擔囊放，塵榻高。比那岳陽樓，近多少？

〔丑〕道丈何來？〔呂〕我乃回道人，借坐一會。〔背介〕那人騎一匹青驢駒來也。〔哭訣介〕那驢兒雞兒犬兒和那塵世中一班人物，但是精靈合用的，都要依吾法旨聽用，不得有違。勑！㈡

【前腔】〔生短裘鞭驢上〕風吹帽，裘敝貂，短禿促青驢鞲斷了稍。〔丑〕盧大官人。〔生〕町曈裏一週遭，那𫐄軸畔誰相叫？原來邸舍中主人，我且坐一會去。驢繫這椿橛上，喫些草。

〔丑〕知道了。〔生見呂介〕輕提手，當折腰。但相逢，這面兒好。

〔生〕店主人，這位老翁何處？〔丑〕回回國來的。〔生〕老翁容貌，不像回回。〔呂〕貧道姓回，從岳陽樓過此。足下高姓？〔生〕小子盧生是也。久聞的個岳陽樓，景致何如？〔呂〕有岳陽樓記一篇，略表白幾句你聽：夫巴陵勝狀，在洞庭一湖。啣遠山，吞長江；浩浩蕩蕩，橫無際涯；朝暉夕陰，氣象萬千。此則岳陽樓之大觀也。北近㊂巫峽，南極瀟湘，仙客騷人，多會於此。覽物之情，得無異乎？若夫霪雨霏霏，連月不開；陰風怒號，濁浪排空；日星隱曜，山岳潛形；商旅不行，檣傾檝摧；薄暮冥冥，虎嘯猿啼。登斯樓也，則有去國懷鄉，憂讒畏譏，滿目瀟㊃然，感極而悲者矣。至若春和景明，波瀾不驚；上下天光，一碧萬頃；沙鷗翔集，錦鱗游泳；岸芷汀蘭，郁郁青青。而或長煙一空，皓月千里；浮光躍金，靜影沈璧；漁歌互答，此樂何極。登斯樓也，則有心曠神怡，寵辱皆忘，把酒臨風，其樂洋洋者矣。〔生〕好景致也！老翁記的恁熟，諷誦如流，可到了幾次？〔呂〕不多，三次了。有詩爲證：朝遊碧落暮蒼梧，袖有青蛇膽氣粗。三過岳陽人不識，朗吟飛過洞庭湖。〔生〕老翁好吟咏也。則朝遊碧落暮蒼梧，蒼梧在南楚地方；碧落在那裏？〔呂〕若論碧落路程，眼前便是。〔生笑介〕老翁哄弄莊家哩。〔呂〕這等，且說今年莊家如何？〔生〕謝聖人在上，去秋莊家，一畝打七石八斗；今歲整整的打勾了九石九哩。〔呂〕這等你受用哩。〔生笑介〕可是受用了。〔生忽起自看破裘歎介〕大丈夫生世不諧，而窮困如是乎？〔呂〕覩子肌膚極腧㊄，體胖無恙，談諧方暢，而歎窮困者，何也？

【前腔】你身無恙，生事饒，旅舍裏相逢如故交。暢好的不妝喬，正用歡言笑。因何恨？不自聊。歎孤窮，還待怎生好？

〔生〕老翁説我談諧得意，吾此苟生耳，何得意之有！〔呂〕此而不得意，何等爲得意乎？〔生〕大丈夫當建功樹名，出將入相，列鼎而食，選聲而聽，使宗族茂盛而家用肥饒，然後可以言得意也。

【前腔】俺呵身遊藝，心計高，試青紫當年如拾毛。到如今呵俺三十算齊頭，尚走這田間道。老翁，有何暢，叫俺心自聊？你道俺未稱窮，還待怎生好？

〔生作癡介〕我一時困倦起來了。〔丑〕想是饑乏了，小人炊黄粱爲君一飯。〔生〕待我榻上打個盹。〔睡介〕少個枕兒。〔呂〕盧生，盧生，你待要一生得意，我解囊中贈君一枕。〔開囊取枕與生介〕

【尾聲】㊅看你困中人無智把精神倒，你枕此枕呵，敢着你萬事如期意氣高。店主人，你去煮黄粱要他美甘甘清睡個飽。〔呂下〕〔生作睡不穩介〕〔看枕介〕

【懶畫眉】這枕呵，不是藤穿刺繡錦編牙，好則是玉切香雕體勢佳。呀，原來是磁州燒出的瑩㊆無瑕，卻怎生兩頭漏出通明罅？〔抹眼介〕莫不是睡起瞢瞪眼挫花？

〔瞧介〕有光透着房子裏，可是日光所照。㊇

【前腔】則這半間茅屋甚光華，敢則是落日橫穿一線斜？須不是俺神光錯摸眼麻查。

待我起來瞧着，〔起向鬼門驚介〕緣何即留即漸的光明大，待俺跳入壺中細看他。〔做跳入枕中〕〔枕落去〕〔生轉行介〕呀，怎生有這一條齊整的官道？〔行介〕好座紅粉高牆。

【朝天子】一徑香風軟碧沙㊈，粉牆低轉處有人家。門開在這裏，待我驀將進去。閃銅環呀的轉簷牙。滿庭花，重重簾幙鎖煙霞。甚公侯貴衙，甚公侯貴衙。門簾以內，深院大宅了。門兒外瞧着：前面太湖石山子，堂上古畫古琴，寶鼎銅雀，碧珊瑚，紅地衣。

【前腔】堂院清幽擺設的佳，似有人朱户裏，小牕紗。〔内叫介〕什麽閒人行走？快拿！快拿！〔生慌介〕急迴廊怕的惹波查。〔内叫介〕掩上門，快拿！快拿！〔生慌介〕怎生好？門又閉了。且喜旁邊有芙蓉一架，可以躲藏。省喧譁，如魚失水旱蓮花。且低回首㊉自家，且低回首自家。

〔老旦上叫介〕那人何處也？小姐早上。

【不是路】〔旦引貼上〕浪影㊀空花，陌上香魂不住家。仙靈化，差排門户粉胭㊁搽。〔旦〕奴家清河崔氏之女是也。這兩個：一個是老媽，一個是梅香。住這深院重門，未有夫君。誰到簾櫳之下，走藏何處也？〔老〕影交加，那人呵，多應躲在芙蓉架。〔叫介〕那漢子還不出來！拿去官司打折了他。〔生作怕慌上介〕休要拿，小生在此。〔老〕甚麽寒酸，還不低頭！〔捉生低頭跪介〕〔老〕俺這朱門下，窮酸倸的無高下，敢來行踏！敢來行踏！

〔旦〕問漢子何方人氏？姓甚？名誰？

【前腔】〔生〕黄卷生涯，盧姓山東也是舊家。閒停踏，偶然迷誤到尊衙。〔旦〕家中有甚麽人？〔生〕自嗟呀，也無妻小無爹媽，長則是向孤燈守歲華。〔老〕你没有妻子，在這裏狗頭狗腦。〔生〕小生怎敢！須詳察，書生老實知刑法，敢行調達？敢行調達？

〔旦〕叫那漢子擡頭。〔生〕不敢。〔老〕小姐恕你擡頭。〔生瞧介〕原來是個㊂女郎。〔老〕咄！

【前腔】〔旦〕俺世代榮華，不是尋常百姓家。你行奸詐，無端窺竊上陽花。〔生〕不敢。〔旦〕梅香和俺快行拿！〔貼〕没有索子。〔旦〕鞦韆索子上高懸掛。〔貼〕没甚麽行杖。〔旦〕搊杖鼓的鞭兒和俺着實的撾。〔生〕苦也！苦也！〔老〕要饒麽！〔生〕可知道要饒。〔老〕這等，漢子叩頭告饒。〔旦〕非奸即盜，天條一些去不的。老媽媽，則問他私休？官休？私休不許他家去，收他在俺門下，成其夫妻；官休送他清河縣去。〔老對生介〕替你告饒了。小姐分付：官休？私休？私休，不許你家去，收留你在這裏，與小姐成其夫妻；官休，送你清河縣去。〔生〕情願私休。〔老〕一讓一個肯。〔回介〕稟小姐：秀才情願私休。〔旦〕這等，恕他起來。〔老〕小姐放你起來。〔生起笑〕〔旦看羞介〕老媽，快下了簾兒，俺好看他不上。酸寒煞，你引他去迴廊洗浴更衣罷，再來回話，再來回話。

〔老〕秀才，小姐分付：迴廊外香水堂洗澡去。〔生笑介〕好不揞人，既在矮簷下，怎敢不低頭！〔下〕

【前腔】〔老引生上〕這香水渾家，把俺滌爪修眉刷浄了牙。〔老〕便道是你渾家，還早哩。相擡刮，這階前跪下手兒叉。〔生拱立〕〔老回話介〕稟小姐：那漢子洗浴更衣了。〔旦〕那人怎麽？〔老〕儘風華，衣冠濟楚多文雅。〔旦低問介〕内才怎的？〔老低笑介〕便是那話兒郎當，你可也逗着他。〔旦笑介〕休胡哈！梅香捲簾。〔貼捲簾介〕〔旦〕俺盈盈暮雨，快把這湘簾掛。〔生跪〕〔旦扶起介〕男兒膝下，男兒膝下。

〔旦〕盧生，盧生，奴家憐君之貧，收留你爲伴，無媒奈何？〔老〕老身當媒，佳期休誤。〔内鼓樂〕〔老贊拜介〕〔貼〕新人新郎進合歡之酒。〔旦把酒介〕

【賀新郎】羞殺兒家，早[一四]蓮腮映來杯斝，驟生春滿堂如畫。人瀟灑，爲甚麽閒步天台看晚霞？拾的個阮郎門下。低低笑，輕輕哈，逗着文君寡。〔合〕雲雨事，休驚怕。

【前腔】〔生〕三十無家，邯鄲縣偶然存劄，坐酸寒衣衫藞苴。妝聾啞，誰承望顛倒英雄在絳紗，無財帛單鎗入馬。能粗細，知高下，你穩着心兒把。〔合前〕

〔老旦〕好夫妻進洞房花燭。〔行介〕

【節節高】〔衆唱〕[一五]崔盧舊世家，兩韶華，偶逢狹路通情話。教洗刮，沒争差，無喇塌。帽兒抹的光光乍，燈兒照的嬌嬌姹。崔家原有舊根牙，盧郎也不年高大。

【前腔】天河犯客槎，猛擒拿，無媒織女容招嫁。休計掛，没嗟呀，多喜洽。檀郎蘸眼驚紅乍，美人帶笑吹銀蠟。今宵同睡碧牕紗，明朝看取香羅帕。

【尾聲】果然是，春無價，盼暮雨爲雲初下榻。〔旦〕盧郎呵，這是俺和你五百歲因緣到了家。

偶然高築望夫臺，　倀倀書生走入來。
今夜不須磁作枕，　輕抽玉臂枕郎腮。

【校】

㊀ 粱，朱墨、清暉、竹林三本俱誤作「梁」。
㊁ 勑，朱墨本作「叱」。
㊂ 近，各本俱作「通」。
㊃ 瀟，清暉、獨深、竹林三本俱作「蕭」。
㊄ 腧，清暉本、竹林本俱作「膩」。
㊅ 尾聲，葉譜題作「隔尾」。
㊆ 瑩，清暉本、竹林本俱誤作「塋」。

㈧照，各本俱作「映」。
㈨沙，清暉本、竹林本俱作「紗」。
㈩各本俱無「首」字。下疊句同。
⑪影，朱墨本作「裏」。
⑫胭，清暉、獨深、竹林三本俱作「脂」。
⑬個，朱墨本作「小」。
⑭早，各本俱誤作「旱」。
⑮原無「衆唱」二字，據清暉本、竹林本補。

第五齣　招賢

【霜天曉角】〔外蕭嵩美髯上〕江南雲樹，冷落青門庶。萋萋芳草似憐予，有路長安怎去？㈠

【集唐】千秋萬古共平原，生事蕭條空掩門。試問酒旗歌板地，有誰傾蓋待王孫？小生蘭陵蕭嵩，字一忠；梁武帝蕭衍之苗裔，宋國公蕭瑀之曾孫。只因岸谷遷移，滄桑變改。文武之道頓盡，琴書之興猶存。且是美于鬚髯，儀形偉麗。有人相我，爵壽雙高。這不在話下了。有個異姓兄弟，叫做裴光庭，乃金牙大總管封聞喜縣公裴行儉之晚子，兼是當朝武三思之女壻。古今典故，深所諳知。但此弟長有一點妬心，也是他平生毛病。幾日不見，想待到來。

【前腔】〔末裴光庭袖詔旨上〕插架奇書，將相吾門户。袖中天子詔㈡賢書，瞞着蕭郎前赴。

自家裴光庭是也。從來飽學未遇，幸逢黄榜招賢。自揣可中狀元，則怕蕭兄奪取。心生一計，將這紙黄榜袖下了，不等他知，一徑辭他前去。〔見介〕〔外〕兄弟，我近來情懷耿耿，有失款迎。〔末〕你兄弟心事匆匆，特來告别。〔外〕呀，有何緊急至此？〔末〕天大事都可説與仁兄，只這些是小弟機密事，不敢告聞。請了。〔外〕賢弟，袖中簌簌之聲，何物也？〔末〕没有甚的。〔外扯看介〕是黄

紙。〔末笑介〕是本疏頭。〔外扯看介〕奉天承運皇帝詔曰：天下文士，可於本年三月中旬，赴京殿試。朕親點取，無遲。呀，原來一紙招賢詔書，爲何賢弟袖着？〔末〕實不瞞兄，此榜文御史臺行下本學，學裏先生把與愚弟看。愚弟想來，別的罷了，仁兄才學蓋世，聽的黄榜招賢，定然要去。因此悄悄的袖了這詔旨㊂，瞞兄往京，單填小弟名字銷繳了。〔外笑介〕可有此話？秀才無數，何在我一人？

【皂羅袍】〔末〕提起書生無數，俺三言兩句，壓倒其餘。那蒼生一郡眼無珠，則你春風八面人如玉。哥，你兄弟才學，要中頭名狀元；你去之時，把我綽下第二了。〔外笑介〕原來如此。〔末〕嫦娥所愛，無過兩儒。將來並比，端然一輸。因此上裴航要閃住你蕭郎路。

【前腔】〔外〕不道狀元難事，但一緣二命，未委何如？你把招賢榜作寄私書，遮天袖掩賢門路。別的罷了，賢弟在場屋中，我筆尖可以饒讓些。㊃俺把筆花高吐，你真難展舒。俺把筆尖低舉，隨君掃除。便金階對策也好商量做。

〔末〕這等，多承了！店中飲一杯狀元紅去。

【尾聲】〔外〕狀元紅吸不盡兩單壺，俺和你雙雙出馬長安路。兄弟呵，則這些時把月宮花談笑取。

王孫公子不豪奢，　雪案螢窗守歲華。

但是學成文武藝，　　都堪貨與帝王家。

【校】

㈠霜天曉角，應有八句，此處下面省去四句。下曲同。

㈡詔，清暉、獨深、竹林三本俱作「辟」。

㈢「詔旨」下，清暉本、竹林本俱有墨釘四格，當尚有一句，不知是何文字？

㈣「些」字下，獨深本、竹林本俱有「子」字。

第六齣　贈試

【繞池遊】〔旦上〕偶然心上，做盡風流樣，懶妝成又偎人半晌。〔老貼笑上〕瞥勾了腰肢，通籠繡帳，聽得來愁人夜長。

【醜奴兒】〔旦〕紅圍粉簇清幽路，那得人遊？〔老〕天與風流，有客窺簾動玉鉤。〔貼〕探香覓翠芙蓉架，官了私休。〔合〕此處人留，蝶夢迷花正起頭。〔老〕姐姐，天上弔下一個盧郎。〔貼〕不是弔下盧郎，是個驢郎。〔旦〕蠢丫頭，説出本相。思想起我家七輩無白衣女壻，要打發他應舉，你道如何？〔老〕好哩，姐夫得官回，你做夫人了。

【卜算子】〔生上〕長宵清話長，廣被風情廣。似笑如顰在畫堂，費盡佳人想。

〔見介〕〔旦〕【集唐】盧郎，你不羨名公樂此身，〔生〕這風光别似武陵春。〔旦〕百花仙醞能留客，〔生〕一面紅妝惱煞人。〔旦〕盧郎，自招你在此，成了夫婦。和你朝歡暮樂，百縱千隨，真人間得意之事也。但我家七輩無白衣女壻，你功名之興，卻是何如？〔生〕不欺娘子説：小生書史雖然得讀，儒冠誤了多年。今日天緣，現成受用，功名二字，再也休提。〔旦〕咳，秀才家好説這話。且問你會過幾場來？

【朱奴兒】〔生〕我也忘記起春秋幾場，則翰林苑不看文章。没氣力頭白功名紙半張，直那等豪門貴黨。〔合〕高名望，時來運當，平白地爲卿相。

〔旦〕説豪門貴黨，也怪不的他。則你交遊不多，才名未廣，以致淹遲。奴家四門親戚，多在要津，你去長安，都須拜在門下。〔生〕領教了。〔旦〕還一件來，公門要路，能勾容易近他？奴家再着一家兄相幫引進，取狀元如反掌耳。〔生〕令兄有這樣行止。〔旦〕從來如此了。

【前腔】〔旦〕有家兄打圓就方，非奴家數白論黃。少㈡他呵，紫閣金門路渺茫，上天梯有了他氣長。〔合前〕

〔生〕這等，小生到不曾㈢拜得令兄。〔旦〕你道家兄是誰？家兄者，錢也。奴家所有金錢，儘你前途賄賂。〔生笑介〕原來如此，感謝娘子厚意。聽的黃榜招賢，盡把所贈金資，引動朝貴，則小生之文字字㈣珠玉矣。〔旦〕正當如此。梅香，取酒送行。

【雁來紅】㈤〔送酒介〕寬金盞瀉杜康，緊班騅送陸郎。他無言覷定把杯兒倘，再四重斟上，怕溼羅衫這淚幾行。〔合〕凝眸望，開科這場，但泥金早傳唱。

【前腔】〔生〕葫蘆提田舍郎，仗嬌妻有志綱，贈家兄送上黃金榜。握手輕難放，少別成名恩愛長。〔合前〕

【尾聲】〔旦㈥拜介〕指定衣錦還鄉似阮郎，此去呵，走章臺再休似㈦前胡撞，俺留着這一對畫不了的愁眉待張敞。

開元天子重賢才，開元通寶是錢財。
若道文章空使得，狀元曾值幾文來？

【校】

㊀ 池，原誤作「地」，據清暉、獨深、竹林三本改。
㊁ 「少」字下，各本俱有「了」字。
㊂ 曾，清暉本、竹林本俱誤作「會」。
㊃ 字字，原奪一「字」字，據各本補。
㊄ 雁來紅，葉譜題作普天綠過紅，謂普天樂犯綠襴衫、雁過沙、紅娘子。
㊅ 原無「旦」字，據辭意補。
㊆ 「似」字下，各本俱有「以」字。

第七齣　奪元

【夜行船】〔净宇文融上〕宇文後魏留支派，猶餘霸氣遭逢聖代。號令三臺，權衡十㈠宰，又領着文場氣概。

【集唐】猶得三朝托後車，普將雷雨發萌芽。中原駿馬搜求盡，誰道門生隔絳紗？下官乃唐朝左僕射兼檢括天下租庸使宇文融是也。性喜奸讒，材能進奉。日昨黄榜招賢，聖人可憐見，着下官看卷進呈。思想一生，專以迎合朝廷，取媚權貴。卷子中間有個蘭陵蕭嵩，奇才，奇才。雖是梁武帝之後，異代君臣，管我不着；又有個聞喜裴光庭，正是前宰相裴行儉之子，武三思之壻，才品次些，我要取他做個頭名，蕭嵩第二。早已進呈，未知聖意若何？早晚近侍到來，可以漏洩聖意。左右，門外伺候。

【粉蝶兒】〔老旦高力士㈡上〕緑滿宫槐，隨意到棘闈簾外。㈢

〔丑報介〕司禮監高公公到門。〔净慌走接介〕〔净〕早知老公公俯臨，下官禮合遠接。〔老〕老先過謙了，日下看卷費神思哩。〔净〕正要修一密啓，稟問老公公：未知御意進呈第一可點了誰？〔老〕有點了。〔净〕是裴光庭麽？〔老〕還早。〔净〕是蕭嵩？〔老〕再報來。〔净〕後面姓名，下官都不記懷了。〔老〕可知道。

【一封書】都經御覽裁，看上了山東盧秀才。〔浄想介〕山東盧秀才？〔老〕名喚盧生。知他甚手策，動龍顏含笑孩？〔浄〕老公公，看見當真點了他。〔老〕親看御筆題紅在，待翦宮袍賜緑來。〔合〕御筵排，榜花開，也是他際會風雲直上台。

〔浄〕奇哉，奇哉。這等，裴、蕭二人第幾？〔老〕蕭第二，裴第三。

【前腔】〔浄背介〕卷首定蕭、裴，怎到的寒盧那狗才？〔回介〕是他命運該，遇重瞳着眼擡。〔老〕老先不知，也非萬歲爺一人主裁，他與滿朝勳貴相知，都保他文才第一。便是本監，也看見他字字端楷哩。〔浄〕[四]可知道了，他的書中有路能分拍，則道俺眼内無珠做總裁。

〔合前〕

〔老〕告别了。明日老先陪宴。

【尾聲】杏園紅你知貢舉的須陪待。〔浄〕還要請老公公主[五]席纔是。〔老笑介〕我帶上了穿宮入殿牌，則助的你外面的官兒御道上簪花那一聲采。〔下〕

〔宇文弔場〕可笑，可笑，咱看定了的狀元，誰想那盧生以鑽刺搶去了，偏不鑽刺於我！

如此朝綱把握難，　不容怒髮不衝冠。

則這黄金買身貴，　不用文章中試官。

【校】

㈠十，清暉本、竹林本俱誤作「士」。
㈡「力士」下，清暉、獨深、竹林三本俱有「引隊子」三字。
㈢粉蝶兒，應有六句，此處下面省去四句。
㈣淨，朱墨本誤作「老」。
㈤主，清暉本、竹林本俱作「上」。

第八齣　驕宴

〔丑廚役頭巾插花上〕小子光禄寺廚役，三百名中第一。刀砧使得精細，作料下得穩實。饅頭摩的光泛，綫麵打得條直。千層起的潑鬆，八珍配得整飭。何止五肉七菜，無非喫一看十。喫了的眠思夢想，但看的㊀垂涎咽液。㊁休道三閣下堂餐，便是六宮中也是我小子尚食。這開元皇帝最喜我葱花灌腸，太真娘娘最㊂喜我椒風扁食。止因御湯裏抓下個虱子，被堂上官打下小子革役。虧的過房外甥營救，叫小子依舊更名上直。〔内問介〕外甥是誰？〔丑〕是當今第一名小唱，在高公公名下秉筆，秉筆。你㊃問我今日爲何頭上插花？來做新進士瓊林宴席。前路是半實半空案果，後面是帶熟帶生品食。那裏有壽祭牛肉？那裏討宣州大栗？一碟菜五六根黄虀，半瓶酒三兩盞醋滴。官廚飯一兩匙兒，邊傍放着些半夏法製。〔内問介〕爲甚來？〔丑〕你不知秀才們一個個飽病難醫，待與他燥些脾胃。説便説了，今日天開文運，新狀元賜宴曲江池。聖旨就着考試官宇文老爺陪宴，前面頭踏早來也。

【謁金門前】〔淨上〕風雲定，恩賜御筵華盛。我也曾喫紅綾春宴餅，年華堪自省。

我宇文融，今日曲江陪宴。可奈新科狀元，乃是落後之卷，相見好没意兒。後生意氣，且自趨奉他一二。叫光禄寺祇候人㊄，筵宴可齊？〔丑叩頭介〕都齊了，只有教坊司未到。〔旦衆上〕折桂場中開院本，插花筵上唤官身。稟老爺：女妓叩頭。〔淨〕報名來。〔貼〕奴家珠簾秀。〔旦〕奴家花嬌秀。〔老旦㊅〕我叫做鍋邊秀。〔浄〕怎生這般一個名字？〔丑〕小的知他命名的意兒，妓女們琵琶過手曲過咦，家常飯到只伸掌。只這名叫做鍋邊秀，便是小的光禄寺廚役竈下養。〔浄〕原來是個火頭哩。〔丑〕着了，來和老爺退火。〔浄〕哇！狀元已到，妓女們遠遠迎接。

【謁金門後】〔生外末引隊子上〕走馬御街遊趁，雁塔標題名姓。〔旦衆接介〕教坊司女妓們迎接狀元。〔生衆笑介〕起來，起來。〔生〕勞動你多嬌來直應，繞花鶯燕請。

〔浄迎介〕列位狀元請進。〔拜介〕應圖求駿馬，驚代得麒麟。白日來深殿，青雲滿後塵。〔浄〕㊆恭喜三公高才及第，老夫不勝榮仰。〔生〕叨蒙聖恩。〔外末〕皆老師相進呈之力。〔浄〕御賜曲江喜筵，真盛事也。〔生〕敢問往年直宴，止是幾個老倒樂工，今日何當妙選？〔浄〕今日狀元乃聖天子欽取，以此加意而來。〔生〕原來如此。〔浄〕看酒。〔丑〕花開上林苑，酒對曲江池。

【降黄龍】〔浄送酒介〕天上文星，唱好是金殿雲程，玉堂風景。皇封御酒，玳筵中如醉，日邊紅杏。〔生〕峥嶸，想像平生，這一舉成名天幸。〔外末〕拚歡娱酒淹衫袖，帽斜花勝。

【前腔】〔衆旦〕難明，天若無情，怎折桂人來，嫦娥送㊇？影人間清興，是紅裙怎不把，緑衣郎敬？低聲，我待侍枕銀屏，迤逗的狀元紅並。但留名平康到處，也堪題咏。

〔淨〕狀元，這妮子要請狀元，老夫爲媒。〔生笑介〕〔淨〕官妓，狀元處乞珠玉。〔生〕使得，題向那裏？〔貼〕奴家有個紅汗巾兒在此。〔生題詩〕〔淨表白介〕香飄醉墨粉紅催，天子門生帶笑來。自是玉皇親判與，嫦娥不用老官媒。〔衆〕狀元好染作也。〔淨〕則就中語句，有些奚落老夫哩。〔外〕盧年兄未必有此。〔末〕官妓再看酒。

【黄龍衮】同登學士瀛⑨，滿把瓊漿領。是虎爲龍，都是風雲慶。爲誰奚落？爲誰僥幸？繞雁塔，共題名，瞻清景。

〔扮報子上〕報，報，報，盧爺奉聖旨欽除翰林學士，兼知制誥；蕭爺、裴爺俱翰林院編修；着教坊司送歸本院。〔淨〕恭喜了。

【前腔】詩題翰墨清，鐙撒雕鞍逞。風暖笙歌，笑語朱簾映。生成濟楚，昂然端正。便立在，鳳樓前，人索稱。〔生外末揖上馬介〕⑩

【尾聲】〔淨〕三公呵，御樓高接着帽簷平，撒靴尖走上頭廳，也不枉了你誤春雷十年窗下等。〔衆下〕

〔淨弔場笑介〕好笑，好笑，世間乃有盧生。中了狀元，爲因不出我門下，談容高傲。我好趨⑪奉他，嫦娥有意，老夫可以爲媒，乞其珠玉。他題詩第二句天子門生帶笑來，明說不是我家門生，這也罷了；第四句嫦娥不用老官媒，呵呵，有這般一個老官媒不用麽？待我想一計打發他。他如今新除，中了聖意，權待他知制誥有些破綻之時，尋個題目處置他。
書生白面好輕人，　只道文章穩立身。
直待朝中難站立，　始知世上有權臣。

【校】

㈠「看的」下，各本俱有「都」字。
㈡液，朱墨本作「饐」。
㈢原無「最」字，據清暉、獨深、竹林三本補。
㈣「你」字上，朱墨本有「丑」字；竹林本有「丑笑介」三字。案：「丑」字俱衍。
㈤「人」字下，清暉、獨深、竹林三本俱有「役」。
㈥旦，原誤作「貼」，據朱墨、清暉、竹林三本改。
㈦「浄」字疑衍。
㈧送，朱墨本作「偷」。案：朱墨本「偷」旁注「送」字，乃據臧懋循改本。
㈨「同登」句，葉譜疊一句。下曲「詩題」句同。
㈩原無「生外末揖上馬介」七字，據朱墨本補。
⑪趨，各本俱作「取」。

第九齣　虜動

【北點絳脣】〔浄末番將相上〕沙塞茫茫，天山直上，三千丈。龍虎班行，出將還留相。

〔末〕吾乃吐蕃丞相悉那邏是也。〔浄〕吾乃吐蕃大將熱龍莽是也。㈠贊普升帳，在此伺候。

【前腔】㈡〔外番王引衆上〕白草黄羊，千廬萬帳，歸吾掌。氣不降唐，穩坐在泥金炕。

〔見介〕青海㈢灣西駕駱駝，白蘭山外雪風多。一枝金箭催兵馬，占斷兒家緑玉河。自家吐蕃贊普是也。我國始祖秃髪烏孤㈣，曾爲南涼皇帝。家母金城公主，來作西番贊婆。種類繁昌，部落强盛。與唐朝原以金鵝爲誓，奈邊將長以鐵馬相加。正待宣你兩人，商量起兵一事。〔末浄〕我國東接松涼，西連河鄯，南吞婆羅，北抵突厥；勝兵十萬，壯馬千羣。〔末〕臣那邏調度國中，〔浄〕臣龍莽攻略境外。逢城則取，遇將而擒。唐朝不足慮也。〔外〕進兵何地爲先？〔末〕先取河西，後圖隴右。〔外〕這等，就着龍莽將軍徑取瓜沙，丞相從後策應。衆把都們，聽令而行。〔衆應介〕

【清江引】普天西，出落的番回將，大將熱龍莽。番鼓兒緊緊幫，番鐃的點點當，汗呼呼海螺螄吹的響。

【前腔】倒㈤天山，靠定了那邏相，就裏機謀廣。令旗兒打着羌，刀尖兒點着唐，錦繡樣江山做一會子搶。

十萬生兵不可當，　　剗騎單馬射黃羊。

陰山一片紅塵起，　　先取凉州作戰場。

【校】

㈠「贊普」上應有「合」字。

㈡前腔，葉譜作「么篇」，是，應從改。下清江引前腔同。

㈢「青海」上應有「外」字。

㈣孤，朱墨本誤作「孫」。

㈤「倒」字上，清暉本有「外」字。

第十齣　外補

【七娘子】〔旦引貼上〕狀元郎拜滿了三年限，猛思量那日雕鞍。又早春風一半，展妝臺獨自撚花枝歎。

【好事近】無路入天門，買斷金錢誰説？〔貼〕逗得翰林人去，送等閒花月。〔旦〕夢回鴛枕翠生寒，始悔前輕别。〔貼〕一種崔徽情緒，爲斷鴻愁絶。〔旦〕梅香，我家深居獨院，天賜一位夫君，歡心正濃，忽動功名之興，我將家資打發他上京取應，一口氣得中頭名狀元，果中奴之願矣。只爲聖恩留他，單掌制誥，三年之外，方許還鄉。奴家相思，好不苦呵！

【針線箱】没意中成就嬌歡，儘意底團笙弄盞。問章臺人去也如天遠，小樓外幾曾拋眼。早則是一簾粉絮鶯梢斷，十里紅香燕語殘。纔凝盼，閒愁閒悶，被東風吹上眉山。

〔丑報子上〕報，報，報，狀元到。〔下〕〔旦驚喜介〕兒夫錦旋，快安排酒筵。

【望吾鄉】〔生引隊子上〕翠蓋紅茵，香風染細塵。花枝笑插宜春鬢，驕驄上路人偏俊。盼望吾鄉近，揮鞭緊，問路頻，崔家正在這清河郡。

〔見介〕〔旦〕盧郎，榮歸了！〔生〕夫人喜也！一鞭紅雨促歸程，〔旦〕不忿朝來喜鵲聲。〔生〕官誥五花叨聖寵，〔旦〕名揚四海動奴情。〔旦〕聞的你中了狀元，留你中書三年掌制誥，因何便得錦旋？〔生〕你不知，小生因掌制誥，偷寫下了夫人誥命一通，混在衆人誥命內，朦朧進呈，僥倖聖旨都准行了。小生星夜親手捧着五花封誥，送上賢妻，瞞過了聖上來也。〔旦〕費心了！盧郎，你因何得中了頭名狀元？〔生〕多謝賢卿將金貲廣交朝貴，竦動了君王，在落卷中翻出做個第一。〔旦〕哎也，險些第二了。

【玉芙蓉】〔生〕文章一色新，要得君王認。插宮花，酒生袍袖春雲。春風馬上有珠簾問：這夫壻是誰家第一人？你夫人分，有花冠告身。記當初，伴題橋捧硯虧殺卓文君。

【前腔】〔旦〕你天生巧步雲，早得嫦娥近。乍相逢，門兒掩着成親。秋波得似掩花前俊，暗裏絲鞭打着人。俺行夫運，夫人縣君。只這些時，爲思夫長是翠眉顰。

〔內〕報，報，報，差官到。〔淨官上〕東邊跑㊀的去，西頭走得來，常差官見。〔見介〕稟老爺：蹺蹊了，原來老爺朦朧取旨，馳驛而回，被宇文老爺看破了奏上，聖旨寬恩免究。此去華陰山外，東京路上，有座陝州城，運道二百八十里，石路不通。聖旨就着老爺去做知州之職，鑿石開河。欽限走馬到任，不許停留。〔生旦〕有這等事，快備夫馬，夫妻們陝州去也。

【尾聲】則道咱書生祿米幾粒太倉陳，要平白地支管着㊁河陽運。兩人呵，也則索寶馬

香車一路兒引。

三載暮登天子堂，一朝衣錦晝還鄉。

催官後命開河路，食禄前生有地方。

【校】

㈠跑，各本俱誤作「跪」。

㈡着，原誤作「看」，據朱墨本改。

第十一齣　鑿郟

【普賢歌】〔浄委官上〕陝州城下水波波，運道上㊀乾焦石落硌。㊁州官來開河，工程一月多，點包兒今朝該到我。

小子麻哈人氏，考中京營識字。偶遇疏通事宜，加納陝州幕職。陝州一條官路，二百八十八里頑石。東京運米西京，費盡人牛脚力。轉搬㊂多有折耗，顛倒刻減顧直。人户告理難當，上官議開河驛。州裏盧爺詳允，動支無礙工食。工程一月有餘，並不見些兒涓滴。小子當蒙鈞委，特來點比工役。諸餘作手都可，到是甲頭老賊。推呆賣老不來，來時打的他一直。

【字字雙】〔丑扮甲頭拿紙錢上〕我做甲長管十家，十甲。開河人役暗分花，點閘。排門常例有些些，喇雜。管工官又㊃把甲頭揸，没法。

〔見介〕〔浄惱介〕這咱時，狗倈㊄子孩兒還不來伺候！〔丑叩頭介〕小的不敢。〔浄〕工程一月有餘，還不見你一點水。〔丑〕不敢哩。水是地下的血，難道小的身上尿？〔浄〕狗奴！管水喫水，你推的没有？〔丑〕小人有罪，權送一分紙錢。〔浄惱介〕狗才！紙錢是這紙錢？〔丑〕這是盧大爺因水道不通，領了衆夫甲三步一拜，將次到這禹王廟來了。這紙錢是禹王老爺用的，難道老爺到用不的？〔浄慌介〕哎也，原來大爺行香，這狗才不早通報。快去點香鋪席。

【縷縷金】〔生領衆上〕山磊磊，石崖崖。鍬鋤流汗血，工食費民財。〔淨接生介〕㈥灑掃神王廟，親行禮拜。要他疏通泉眼度船簰，再把靈官賽。㈦

〔淨〕香紙齊備。〔生拜介〕

【江兒水】㈧禹王如在，吏民瞻拜。石頭路滑倒把糧車兒礙，要鑿空河道引江淮。〔合〕叫山神早開，河神早來，國泰民安似海。

【前腔】〔衆拜介〕長途石塊，轉搬難耐。領官錢上役真尷尬，偷工買懶一樣費錢財。

〔合前〕

〔生〕祭完了。分付十家牌：一人管十，十人管百。擂鼓僨工，不許懈怠。〔衆應介〕〔内鼓外作介〕

【桂枝香】〔生〕則爲呵太原倉窄，臨潼關㈨隘。未説到砥柱三門，且掘斷蘆根一帶。看泥沙石髓，看泥沙石髓，便陰陽違礙，也無如之奈！好傷懷，〔衆〕這辛苦，男女們當得的。〔生〕滴水能消得，民間費血財。

〔内鼓介〕〔衆驚介〕好了，好了。稟老爺：東頭水來了。〔生喜介〕真個洞洞的水聲哩。

【前腔】〔衆〕黄河過脈，澠池分派。自從公主河西，直引到太陽橋外。看涓涓碧水，看涓涓碧水，此時蒙昧，定然滂沛。好開懷，〔生〕還有前山未開哩。〔衆〕望梅且止三軍渴，逢靖權消㈩一滴災。

〔衆作鍬鑿不動介〕呀，怎的來下不得銑？〔看介〕稟老爺：前面開的山是土山石皮，這兩座山透底石，一座喚名雞脚山，一座熊耳山，銑他不入的。〔生背想介〕雞脚山熊耳山麽？昔禹鑿三門，五行並用。〔回介〕雞脚和熊耳，你道鐵打不入，俺待鹽蒸醋煮了他。〔衆笑介〕怕没這等大鍋？〔生〕不用的鍋，州裏取幾百擔鹽醋來。〔衆應下〕〔扛鹽㈡上介〕鹽醋在此。〔生〕取乾柴百萬束，連燒此山，然後以醋澆之，着以鍬椎，自然頑石粰裂而起；後用鹽花投之，石都成水。〔衆笑介〕有這等事。

〔放火介〕

【大迓鼓】燒空儘費柴，起南方火電，霹靂摧崖。呀，山色燒煤了。〔生〕快取醋來。〔衆鼓醋介〕料想山神前身爲措大，又逢酸子措他來。這樣神通，教人怎猜。

〔衆笑介〕怪哉，怪哉，看這雞㈢脚跟熊耳朵，都着酸醋煮粰了。〔生〕快下鍬斧，成其河道。〔衆鼓鋤介〕

【前腔】〔生〕鸛嘴啄紅崖，似鱗皴甲綻，粉裂烟開。一面撒鹽生水也。〔衆鼓撒鹽介〕知他火盡青山在，好似雪消春水來。〔鑿介〕〔驚介〕河頭水流接來了。〔衆笑介〕水鳥初飛，通船引簰。

〔生〕百姓們，功已成矣，河已通矣，當鑄鐵牛於河岸之上，以輓重舟，頭向河南，尾向河北；一面催儹入關糧運，兼以招引四方商賈奇貨，聚於此州；一面奏知聖上，東遊觀覽勝景；也不枉陝州百姓之勞。〔衆〕多謝老爺！男女們插柳沿河，以添勝景。

【尾聲】〔生〕㊂還把清陰垂柳兩邊栽，奏明主東遊氣概。〔衆〕大河頭鑄一個鐵牛兒千萬載。

省盡人牛力，恩波鑄鐵牛。
傳聞聖天子，爲此欲東遊。

【校】

㈠朱墨本無「上」字。案：「上」字蓋據臧懋循改本增入。
㈡落硌，朱墨本作「落落」。
㈢搬，清暉本、竹林本俱作「撇」。
㈣「又」字下，朱墨本有「要」字。
㈤俫，獨深本作「弟」。
㈥應作「〔浄接介〕〔生〕」。
㈦再把靈官賽，葉譜疊一句。
㈧江兒水：葉譜題作古江兒水；其上原有「雙調」二字，衍，删。
㈨闞，清暉本、竹林本俱作「調」。

⑩權消，朱墨本誤作「靖權」。

⑪「鹽」字下疑奪一「醋」字。

⑫雞，朱墨本誤作「樣」。

⑬原無「生」字，據朱墨本補。

第十二齣　邊急

【西地錦】〔外扮老將引衆上〕踏破冰凌海浪，撞開積石河梁。馬到擒王，旗開斬將，袍花點盡風霜。

坐擁貔貅膽氣豪，玉門關外陣雲高。白頭未掛封侯印，腰下長懸帶血刀。自家涼州都督羽林大將軍王君㚟是也。瓜州常樂縣人氏。平生驍勇，善騎射。蒙聖恩，以戰功累陞今職。隴右河西，聽吾節制。長城一線，控隔吐蕃。近聞番兵大舉入寇，兵鋒頗鋭。不知他大將爲誰？待俺當頭出馬，俺好不粗雄也！

【山花子】老河魁福國安邦將，羽林軍個個精芒。按星宫頓開旗五方，陣團花太歲中央。〔内鼓介〕〔合〕鼓轟天如雷震張，鎗刀甲盔如日光，馬噴秋如雲飛戰場。倚洪福如天，大展邊疆。

〔扮報子上〕報，報，報，吐蕃有個大將熱龍莽殺過來了。〔外〕快整兵前去。〔行介〕

【清江引】大唐家有的是驍雄將，出馬休攔擋。軍兒走的慌，陣兒擺的長。定西番，早擒下先鋒熱龍莽。〔下〕

〔淨扮龍莽領衆上〕〔唱前清江引普天西出落的云云〕〔外衆上打話介〕〔淨〕吾乃番將熱龍莽是也。你是何小

將，敢來迎戰？〔外〕吾乃大將王君㚟是也。出馬在此，早降，早降。〔戰介〕〔番將佯敗〕〔外衆追下介〕〔末扮那邏領衆上㊀〕〔唱前清江引倒天山靠定了云云〕吾乃吐蕃丞相悉那邏是也。領兵策應龍莽將軍，日前有書教他佯輸詐敗，唐兵必追，吾以㊁生兵繞出其後，破之必矣。把都們，一齊殺過關南轉西，以擒唐將。〔衆應下〕〔淨上〕〔外追戰介〕〔末衆上叫介〕王君㚟，王君㚟，且歇一馬，咱吐蕃丞相救兵在此。〔外慌介〕呀！中計了，中計了。三軍死戰！〔淨末夾戰〕〔外敗被殺介〕〔淨末相見介〕〔淨〕多承國相遠來，得此全勝。〔末〕唐軍戰敗，大將陣亡，便乘此威風，搶進玉門關去，不可有遲。

加鞭哨馬走如龍，　斬將長驅要立功。
假饒一國長空闊，　盡在吾家掌握中。

【校】

㊀「上」字原在下文「云云」之下，據上文「淨扮龍莽領衆上」之例移前。

㊁以，獨深本作「乃」。

第十三齣　望幸

【梨花兒】〔浄扮驛丞上〕陝州喏大的新河驛，老宰今年六十七。承差之時二十一，嗏，巴到尚書還要百個十。

小子陝州新河驛驛丞，生來祖代心靈。幼年充縣門役，選去察院祗承。也是其年近貴，那一位察院爺有情，有情。賞我背褡一個，與我承差一名。差到東西兩廣，不説南北二京。承差的威風休論，役滿赴考銓衡。選中了吏㊀部火房幹事，又犯了些不了事情。三年飛天過海，偷選了陝州新河驛驛丞。驛係潼關出口，錢糧津貼豐盈。幾領轎，幾擡扛，幾匹驢頭，律令㊁般㊂的紙牌勘合；十斤肉，十鍾酒，十個雞子，膿血㊃樣的㊄中火下程。本等應付，少也要落幾段；折色分例，多則是没一成。因此往來公役，常被他唬嚇欺凌。㊅真乃一報還了一報，承差慣打驛丞。幾番要逃要死，貪些狗苟蠅營。各處㊆送來徒犯，便是送我幾個門生。入門有拜見之禮，着禁有賣免之情。不完月錢打死，費一張白紙超申。縱有查盤點視，除了刺字替身。日久上司官到，摇船擺站缺人。到頭天樣大事，撞着一個老太歲遊神。〔内介〕老爺，是那位過往官到？〔浄〕哎也，你道是誰？當今開元皇帝，不安本分閒行。又不用男丁擺櫓，要一千個裙釵唱着采菱。本州太爺親選了九百九十八個，少了的是押殿脚的頭稍二名。老驛丞無妻少女，尋不出逼出了人的眼睛。遲誤了欽依㊇當要，小子有計了，西頭梁斷處一條性命爛㊈繩。〔弔頸介〕〔貼丑扮囚婦出救介〕怎麽了？本官老爺縱不爲螻蟻前程，也爲這條狗性命麽？〔淨醒介〕便是這條狗命，説甚麽蟻役㈠前程？〔叩頭介〕你二位不是乾娘義妹，怎生這救苦難觀世音？〔貼丑〕奴家兩人，都是本驛囚婦。〔淨〕哎，有這等姿色的囚婦，一向躲在那裏？不來參見本官。且問你丈夫那裏去了？〔貼〕我丈夫叫短包兒，翦綹去了。〔淨〕怎麽説？〔貼〕是老爺放他去，好還月錢。〔淨〕多承了。〔丑〕我丈夫是胡哈㈡兒，弔雞去了。〔淨〕好生意哩。〔丑〕也是老爺教他去。〔淨〕我要雞怎麽？〔丑〕下程中火呢。〔淨〕罷了，早是不曾選着你摇九龍舟去。若見老皇帝，説知此事，那皇帝連我的雞都怕喫了。話分兩頭，且問二位仙鄉何處？〔貼丑〕江南人氏。〔淨〕會打歌兒哩。〔貼丑〕也去的。〔淨〕一發妙！如今萬歲爺到來，九龍舟選下一千名殿脚菱歌女，止欠二名，恰好你二人運到㈢，勞你打個歌兒，將月兒起興，歌出船上事體，每句要「彎彎」二字，中兩句要打入「帝王」二字，要個尾聲兒有趣。〔貼〕使得。〔貼歌介〕月兒彎彎貼子天，新河兒彎彎住子眠。手兒彎彎抱子帝王頸，脚頭㈢彎彎搭子帝王肩。帝王肩，笑子言，這樣的金蓮大似船。〔淨〕歌的好，歌的好，中了㈣君王之意。〔向丑介〕你要四個「尖尖」。中間兩句也要「帝王」二字，也要個悄尾聲兒。〔丑〕污耳了。〔歌介〕月兒尖尖照見子舒，鐵釘兒尖尖纂子篙。嘴兒尖尖好貫子帝王耳，手兒尖尖摸子個帝王腰。帝王腰，着甚麽喬？天上船兒也要俺地下摇。〔淨〕妙，妙，妙，就將你兩人答應老皇帝，則怕生當些觸誤了聖體，要演習演習纔好。〔貼丑〕没有演習所在。〔淨〕便把我當老皇帝演一演何如？〔丑笑介〕使得。〔淨〕我唱口號二句，你二人湊成。〔歌介〕俺驛丞老的似個破船形，抹入新河子聽水

聲。〔貼丑歌介〕一櫓摇時一櫓子睡，則怕掘篙子撑不的到大天明。〔内響道介〕〔浄〕快走，快走，州裏太爺來了。

【西地錦】〔生引隊子上〕峽石翻摇翠浪，茅津細吐金沙。打排公館似仙家，晝夜瞻迎鑾駕。

〔浄見生介〕【西江月】〔生〕鑾駕即時巡幸，新河喜得完成。東都留守報分明，祗候都須齊整。〔浄〕一要錢糧協濟，諸般答應精靈。普天之下一人行，怎敢因而失敬？稟爺：萬歲爺爺若起岸而行，住何宫館？〔生〕原有先年造下綉嶺宫，三宫六院，見成齊備；扈從文武，俱有公館；帳房人役錢糧，也有東京七十四州縣津分帖濟。則有一千名棹歌女子，急切[15]難全，怎生是好？〔浄〕止欠二名，驛丞星夜家中搬取嫡親姊妹二名，教他打歌摇櫓，已勾一千之數。〔生〕驛丞費心了。〔衆稟介〕驛官謊爺，是兩名囚婦。〔生〕好打！〔浄叩頭介〕雖則囚婦，頗有姿色，又能唱歌，急忙難討這等一對。〔生〕也説得是。驛丞聽我分付：

【一封書】東來是翠華，要曲柄紅羅繖一把。〔浄〕驛裏到没有這一件。〔生〕綉嶺宫鑾駕庫裏借來。御筵排怎麽？繞龍盤盡插花。〔浄〕則怕珍羞不齊，老皇帝也只得隨鄉入俗了。〔生〕我自有象牙盤上膳千品，外間所獻，預備賞賜而已。〔浄〕還怕扈駕文武老爺管接不周。文武官員猶自可，有那等勢燄的中貂怎奈他？〔生〕不妨，有個頭[16]。有個頭兒高公公，我已差人送禮，他自能約束。則我這裏要精細哩，休當耍，莫争差，喫不盡直駕將軍一個瓜。還一事，分付各路糧貨船千百餘艘，着以五方旗色，編齊綱運。逐隊寫着某路白糧，某州奇貨，每船上焚香，奏其本地之樂。〔浄應介〕〔官走上報介〕稟爺：掌頭行的老公到了，聖駕已駐三百里之外。〔生忙介〕快看馬來，迎駕去。

地脈三河接，天臨萬乘通。
有星皆拱北，無水不朝東。

【校】

㊀吏，朱墨本作「六」。
㊁「令」字下，各本俱有「勑」字。
㊂般，朱墨本誤作「搬」。
㊃「血」字下，各本俱有「食」字。
㊄的，朱墨本、竹林本俱作「似」。
㊅「欺凌」下，各本俱有「幾番推躲不出、入房搜捉不寧」二句。
㊆「各處」上，各本俱有「你道」二字。
㊇依，朱墨本作「限」。

⑲爛，獨深本作「蔴」。
⑳蟻役，獨深本作「螻蟻」。
㉑哈，獨深本作「哈」。
㉒運到，朱墨本誤作「遇倒」。
㉓頭，獨深本作「兒」。
㉔了，原作「子」，據清暉本改。
㉕切，朱墨、獨深、竹林三本俱作「節」。
㉖有個頭，清暉本、竹林本俱作「看太監」。

第十四齣　東巡

【太常引】〔宇裴引隊上〕天迴地繞聖躬勞，春色曉雞號。日華遥上赭黄袍，蓮花仙掌雲霄。

〔宇〕下官御史中丞平章軍國大事宇文融是也。〔裴〕下官中書少監裴光庭是也。中書監蕭年兄在京監國，我二人扈駕東行。這是臨潼關外行宫，前面將次陝城了，州守乃是盧年兄也。〔宇笑介〕盧生在此三年，新河一事，未經報完，好難的題目哩。〔裴〕此君之才，下官所知。河工必成，當受上賞。〔宇〕河成不成，到彼便見。〔内傳呼聖上升殿〕

【繞池遊】㊀〔上引高力士衆上〕黄輿左纛，又出三門道，聽行漏玉雞春曉。扇影全高，日華初照，〔合〕錦江山都迴環聖朝。

〔衆叩頭呼萬歲介〕〔上〕黼帳天臨御路開，離宫清蹕暫徘徊。曈曈谷暗千旗出，洶洶山鳴萬乘來。寡人唐玄宗皇帝是也。車駕東巡洛陽，駐蹕潼關之外。今已早膳，高力士，傳旨起駕。〔高傳旨行介〕

【望吾鄉犯】㊁電轉星摇，旌旗出陝郊。仙公河上誰傳道？三生帝女人悲杳，萬乘親巡到。〔生跪伏介〕知陝州事前翰林院學士兼知制誥臣盧生，領合州官吏百姓男女迎駕。〔上問介〕那知州可是前日狀元盧生？〔裴〕是。〔上〕平身。〔生〕萬歲萬歲萬萬歲。〔上〕前面高聳聳的是何物？〔生〕出關路險，搭有天橋。〔上〕天橋麽？天將風雨。〔生〕所謂雨師灑道，風伯清塵。〔上笑介〕趲行。〔合〕看砥柱，望石橋，山川天險出雲霄。離宫渺，帳殿遥，二陵風雨在西崤。

〔上〕傳旨且住，避雨片時。問陜州有何行殿？〔生〕有萬歲巡行綉嶺宫。〔上〕怎見的？〔生〕有詩爲證。〔上〕可奏來。〔生〕臣謹奏：春日遲遲春草緑，野棠開盡飄香玉。綉嶺宫前鶴髪翁，猶唱開元太平曲。〔上〕聽此詩，昔年遊幸，如在眼前。〔生〕萬歲，喜天開日朗，鑾駕可行。〔上〕傳旨迤邐而進。

【絳都春】㊂擂鼓鳴捎，望山程險處，過了天橋。則這些截斷了河陽京兆，早捱過了臨潼跐蹬的遥。大華如夢杳似蓮嬌，倒映的這關門窄小。〔生〕臣盧生謹奏：聖駕已出潼關，到了河口，請登龍舟。〔上〕朕記此間舊是石路，何用龍舟？〔生〕臣已開河三百餘里，以備聖駕東遊。〔上笑介〕有此奇異之事，朕往觀之。〔望介〕呀，真乃水天一色也。龍輿瞻眺，真乃是，山色水光相照。

〔内鼓吹〕〔上衆登舟介〕〔上〕下了龍舟。〔生〕臣已選下殿脚采女千人，能爲棹歌。〔采女叩頭棹歌介〕

【出隊子】君王福耀，謝君王福耀，鑿破了河關一線遥。翠絲絲楊柳畫蘭橈，酒滴向河神吹洞簫。好摇摇等閒平地，把天河到了。

〔上〕美哉！棹歌之女也。

【鬧樊樓】説甚麽如花殿脚多奇妙，那菱歌起處，卻也魚沈雁落。似洛浦凌波照，甚漢女明妝笑，在處裏有嬌嬈。也要你臣子們知道：新河站偏他妝的恁好。

〔内奏樂介〕〔生〕臣之妻清河崔氏，備有牙盤一千品獻上。〔上笑介〕准卿奏。〔生進酒介〕臣盧生謹上千秋萬歲壽。㊃

【鶯畫眉】㊄金盞酌仙桃，滴金莖湛露膏，臣膝行而進臨天表。牙盤獻水陸珍肴，菱歌奏洞庭天樂。〔上笑介〕〔合〕今朝有幸，雲霄裏得近天顔微笑。

〔上〕牙盤所進，分賜護從人等。卿平身。〔生呼萬歲起介〕〔上〕前面船隻數千，隊奏樂器，是什麽船？〔生〕此皆江南糧餉，各路珍奇，逐隊焚香，奏他本土之樂。〔上笑介〕

【滴滴金】〔衆〕看幾千㊅艘排列的無喧鬧，一隊隊軍民齊跪着，頂香爐呫着細樂。各路的貨郎兒，分旗號；白糧船到了；有那番舶上回回跳。江漢來朝，都到這河宗獻寶。

〔上〕二卿知昔日陜州之路乎？石嶺崎嶇，江南運糧㊆至此，驢馳車載，萬苦千辛。因此祖宗以來，遇糧運稍遲，俺君臣們巡狩東都就食。不想今日有此盧生也。

【啄木兒】〔上〕他時路石徑喬，糧運關中車輓勞。怕乾枯了走陸地蛟龍，誰撥轉個透

海金鰲？〔生〕臣謹奏：這新河望萬歲賜以新名。〔上〕可賜名永濟河。〔生〕萬歲。〔上〕㈧是開元天子巡遊到，新河永濟傳徽號，穩倩取歲歲江南百萬漕。

〔上〕前岸屹然而立，頭向河南，尾向河北者，何物也？〔生〕鐵牛，以鎮水災。〔上〕宣裴光庭，卿長於文翰，可作鐵牛頌，以彰盧生之功。〔裴〕萬歲，臣謹奏。〔上〕可奏來。〔裴〕天元乾，地順坤。元一元而大武，順百順而爲牛。牛其春物之始乎？鐵乃秋金之利乎？其爲制也，寓精奇特，壯趾貞堅。首有如山之正，角有不崩之容。至乃融巨治，炊洪蒙。執大象，驅神功。遂爾東臨周畿，西盡虢略。當函關之路，望若隨仙；近桃林之塞，時同歸獸。昔李冰鎮蜀，立石兕於江流；張騫鑿空，飲牽郎於漢渚。蓋金爲水火既濟，牛則山川舍諸。所謂載華岳而不重，鎮河海而不洩，其在茲與？臣光庭作頌。頌曰：杳冥精兮混元氣，爐鞴椎牛載厚地。巨靈西擘角岩崹，馮夷東流吼滂沛。堅立不動神之至，層隄顧護人所庇。帝賜新河名永濟，玉帛朝宗千萬歲。〔上笑介〕奇哉！頌也。盧生刻之碑銘，汝功勞在萬萬年，不小也。〔生〕萬歲。

【三段子】〔上〕河源恁高，動天河江潮海潮。詞源恁豪，翦文章金刀筆刀。盧卿呵，這柳堤兒敢配的甘棠召；裴卿呵，你金牛作頌似河清照。〔衆跪介〕〔合〕㈨禹鑿鴻碑也只感帝堯。

〔内馬聲〕〔宇望介〕岸上走馬，有何事情緊急哩？〔小卒上〕星忙來路遠，火速報君知。宇文爺，報子叩頭。〔宇〕有甚軍情？緩緩説來。

【滴溜子】⑩〔卒〕邊關上，邊關上，番軍來炒。〔宇〕有大將王君㚟在哩。〔卒〕君㚟將，君㚟將，就中難道。〔宇〕難道是殺了？〔卒〕刻下，風聞非小。〔宇〕有玉門關哩。〔卒〕敢撞進了玉門關，那邊兒不要。〔宇〕不要那邊，難道要這邊？〔卒起介〕便要不的這邊廂，也商量怎了？〔下〕

〔宇⑪奏介〕臣宇文融啓萬歲：有邊報緊急，吐蕃殺進長城，王君㚟抵敵不過。伏乞聖裁。〔上驚介〕這等怎生處分？

【下⑫小樓】虛囂，非常震擾。去長安路幾遥？急忙間扈駕的難差調。酸溜溜的文官班裏，誰誦過兵書去戰討？

〔宇背笑介〕開河到被盧生做了一功，恰好又這等一個題目處置他。〔回奏介〕臣與文班商量，除是盧生之才，可以前去征戰。〔上〕卿言是也。〔生〕兵凶戰危，臣不敢任。〔上〕寡人知卿，卿不可⑬辭。即拜卿⑭爲御史中丞，兼領河西隴右四道節度使，掛印征西大將軍。星夜起程，無得遲誤。朕有御衣戰袍一領，賜卿御前穿挂了。謝恩！〔生應起介〕〔内鼓吹〕〔生换戎裝⑮謝恩介〕新陞御史中丞兼領河西隴右四道節度使臣盧生見駕叩頭。〔上〕平身。卿去，朕無西顧之憂矣。

【耍鮑老】邊關事多應難料，且把個錦將軍裝束的俏。你頭插了侍中貂，也只索從征調。〔裴〕汗馬功勞，比尋河外國，那辛勤較。〔宇〕俺這裏玩波濤臨潼鬭寶，你可也展雄樣逞英豪。〔合〕遵欽限，把陽關唱好，是你封侯道。

〔内鼓吹開船介〕〔上〕盧生，盧生，

【尾聲】我暫把洛陽花繞一遭，專等你捷音來報。那時節呵重疊的蔭子封妻恩不小。〔下〕

〔生跪伏呼萬歲起介〕分付衆將官：既然邊關緊急，欽限森嚴，就此起程，不辭夫人而去了。正是：昔日饑寒驅我去，今朝富貴逼人來。〔下〕〔旦貼上〕本來銀漢是紅牆，隔得盧家白玉堂。誰與王昌報消息？盡知三十六鴛鴦。咱和梅香尋相公去來。呀，怎不見了相公也？

【賽觀音】我兒夫知何際？記不起清河店兒，抛閃下博陵崔氏。〔合〕一片無情直恁水流西。

〔貼問介〕一河兩岸老哥，見太爺那裏去了？〔内〕唐明皇央及太爺跨馬征番去了。〔旦哭介〕原來如此。

【前腔】爲征夫添憔悴，平沙處關河雁低，楊柳外夕陽烟際。〔合〕聽馬嘶聲還似在畫橋西。

梅香，咱們趕上，送他一程。〔走介〕

【人月圓】跌着脚，叫我如何理？把手的夫妻别離起，等不得半聲將息，跨馬征番直恁急。〔合〕征塵遠，空盈盈淚眼，何處追隨？

〔貼〕趕不上，且回州去，再作區處。

【前腔】去則去，要去誰闌你？便婦女軍中頽甚氣。咱回家今夕你何州睡？割不斷夫妻一肚皮。〔合〕淒涼起，除則是夢中，和你些兒。㊅

河功就了去邊州，　人不見兮水空流。
山上有山何處望？　一天明月大刀頭。

【校】

㊀池，原誤作「地」，據獨深本、葉譜改。
㊁望吾鄉犯，葉譜題作望鄉歌，謂望吾鄉犯排歌。
㊂絳都春下，葉譜有「序」字。
㊃萬歲壽，朱墨本作「萬壽酒」。
㊄鶯畫眉，葉譜題作黃鶯學畫眉，謂黃鶯兒犯畫眉序。
㊅朱墨本奪「千」字。
㊆運糧，朱墨本、清暉本俱作「糧運」。
㊇〔上〕，朱墨本作〔裴合〕。

㊈〔衆跪介〕〔合〕，朱墨本作「〔衆合〕便是」。

㊉滴溜子，原誤題作鬥雙雞，據葉譜改。案：朱墨本引臧懋循評語，鬥雙雞眉批云：「此調名滴溜子。」葉譜蓋有所本。

㊀「宇」字下，清暉本、竹林本俱有「密」字。

㊁下，原誤作「上」，據葉譜改。

㊂「不可」上，獨深本有「萬」字。

㊃獨深本無「卿」字。

㊄「戎裝」下原有「上」字，衍，據朱墨本删。

㊅葉譜將賽觀音二、人月圓二二短套，另爲一齣，題作尋夫。

第十五齣　西諜

〔淨外扮將軍上〕臺上霜威凌草木，軍中殺氣傍旌旗。我們河西節度使府中副將是也。大都督盧爺升帳，在此伺候。

【金瓏璁】〔生引衆上〕河隴逼西番，爲兵戈大將傷殘。争些兒，撞破了玉門關。君王西顧切，起關東掛印登壇，長劍倚天山。

【集唐】三十登壇衆所尊，紅旗半捲出轅門。前軍已戰交河北，直斬樓蘭報國恩。我盧生，自陝州而來，因河西大將王君㚟與吐蕃戰死，河隴動摇，朝廷震恐，命下官掛印征西。兵法云：臣主和同，國不可攻。我欲遣一人往行離間，先除了悉那邏丞相，則龍莽勢孤，不戰而下，此乃機密之事也。訪的軍中有一尖哨，叫做打番兒漢，講得三十六國番語，穿回入漢，來去如飛。早已唤來也。

【第一段】㈠〔旦扮小軍插旗上〕莽乾坤一片江山，千山萬水分程限。偏我這産西凉，直着邊關。也是我野花胎，這頭分瓣。

〔見介〕〔生〕呀，你便是打番兒漢。你可打的番？通的漢？

【第二段】〔旦舞介〕打番兒漢，俺是打番兒漢，哨尖頭有俺的正身迭辦。㈡〔生〕祖貫是羌種？漢兒種？〔旦〕祖貫南番，到這無爺娘田地甘凉畔，順風兒拜别了閼摩山。你收了這小番兒在眼，一名支數口糧單。小番兒身才輕巧，小番兒口舌闌番。小番兒曾到羊同党項，小番兒也到那昆侖白蘭。小番兒會吐魯渾般骨都古魯，小番兒會別失巴的畢力班闌。小番兒會一留咖喇的講着鐵里，小番兒也會剔溜禿律打的山丹。但教俺穿營入寨無危難，白茫茫沙氣寒。將一領苔思叭兒頭毛上按，將一個哨弼力兒肩綽上安。敢則是夜行晝伏，説甚麼水宿風餐？

〔生〕養軍千日，用在一朝。我今日有用你之處，你可去得？〔旦〕

【第三段】止不過敲象牙，抽豹尾，有甚麼去不得也那顏？〔生〕如今吐蕃國悉那邏丞相足智多謀，爲我國之害。要你走入番中，做個細作，報與番王，只説悉那邏丞相因番王年老，有謀叛之意，好歹教那番王害了他。你去得？去不得？〔旦〕這場事大難大難，你着俺行反間，向刀尖劍樹萬層山。你教俺赸也不赸？頑也不頑？太師呵，你教俺没事的誑人反，將何動憚？着甚麼通關？〔生〕但逢着番㊂兵，三三兩兩傳説去，悉那邏丞相謀反，自然彼中疑惑，要甚麼通關呢？〔旦〕天也，你教俺兩片皮把鎮胡天的玉柱輕調侃，三寸舌把架瀚海金梁倒放番，俺其實有口難安。

〔生〕既然流言難布，我有一計：千條小紙兒寫下「悉那邏謀反」四大字㊃，到彼中遍處黏貼，方成其事。〔旦〕此計可中。

【第四段】則將這紙條兒，裹條兒窣地的莊嚴看。呀，一千個紙條兒，拿着怎好？〔生想介〕便是。俺有計了：打聽番中木葉山下，一道泉水，流入番王帳殿之中，給你竹籤兒一片，將一千片樹葉兒，刺着「悉邏謀反」四個字，就如蟲蟻蛀的一般，上風頭放㊄去，流入帳下，他只道天神所使，斷然起疑。此乃御溝紅葉之計也。〔旦〕妙哉！妙哉！須不比知風識水俏紅顏，倒使着寒江楓葉丹。你道灘也麽灘，透燕支山外山。小番兒去也。〔生〕賞你一道紅，十角酒，三千貫响鈔，買乾糧饝饝去。成事，賞你千户告身。〔旦〕懷揣着片醉題紅錦囊出關，撲着口星去星還。到木葉河灣，則願遲共疾央及煞有商量的流水潺顔，好和歹掇賺他没套數的番王着眼。

〔生〕你道葉兒上寫甚來？

【煞尾】㊅無筆仗指甲紙使着木刀鑽，有靈心似蟲蟻兒猛把書文按。怎題的漢宫中無端士女愁？則寫着錦番邦悉那邏丞相反。〔下〕

〔生〕番兒去的猛，此事必成。但整理兵馬，相機而進。

賢豪在敵國，反間爲上策。
目睹捷旌旗，耳聽好消息。

【校】

㈠此套北曲聯套方式，出於拜月亭第七折，雖非湯顯祖杜撰，然原來就曲牌錯亂，如世德堂本拜月亭總題作混江龍，容與堂本幽閨記分題作絳都春、混江龍、混江龍後；而且句格也多不合調。當時湯氏大概未加詳考，照本填詞，以致給後人造成許多困難。九宮大成卷二十八引本套，把它分爲看花回、綿搭絮、青山口等等，逐段扭合，也未盡叶。今從葉譜，分爲四段，不題牌名。本書第一段原題作北絳都春；二至四段，原總題作混江龍。

㈡辨，朱墨本誤作「瓣」。

㈢番，朱墨本誤作「悉」。

㈣案：「悉那邏謀反」應五字，而此云「四字」。蓋悉那邏又可簡稱「悉邏」，下齣白語作「悉邏謀反」，可證。這裏當衍一「那」字。

㈤放，朱墨本作「吹」。

㈥煞尾，原作「北尾」，據葉譜改。

第十六齣　大捷

【一枝花】〔浄扮龍莽上〕殺過賀蘭山，血染燕支塞。展開番主界，踏破漢兒牌。氈氈登臺，繡帽獅蠻帶，與中華鬭將材。三尺劍秋水摩楷，七圍帳蓮花寶蓋。

自家熱龍莽，吐蕃稱大將。撞破玉門關，把定了銅符帳。俺便待長驅甘涼，進窺關隴。則爲俺國裏悉那邏丞相，他智勇雙全，一步九算，已差人商議去了。俺想自古有將必有相，一手怎做得天大事也。

【北雙令㈠江兒水】悉邏相國，想起那悉邏相國。他生的有人物在，論番朝無賽蓋。有胸懷，好兵書，好戰策。他和俺答的來，我有他展的開。一個邊臺，一個朝階，合着這兩條龍翻大海。〔衆〕可也怕唐家江山廣大，人物乖巧？〔浄〕漢兒恁乖，也不見漢兒恁乖。唐家多大，搶着看唐家多大。則俺恨不的展天山打破了漢摩崖。

〔番卒插令箭上〕吉力煞麻尼，撒里哈麻赤。報復元帥：悉那邏丞相謀反，被贊普爺殺了。〔浄驚介〕怎麼説？〔丑再説介〕〔浄〕誰見來？〔丑〕菩薩見。〔浄〕怎生菩薩見？〔丑〕元帥不知，本國有木葉山水泉，直透我王宮帳，流下有千片葉兒，蟲蛀其上，有「悉邏謀反」四大字，國王爺見了，差人出山巡視，並無一人。國王爺説道：天神指教了。請丞相爺㈡喫馬乳酒，腦背後銅鎚一下，腦漿迸流。〔浄驚介〕這等，丞相可死了？〔丑〕可不死了。〔浄哭介〕俺的悉邏丞相，天也！天也！〔扮報子上〕報，報，報，唐家盧元帥大兵殺過來了。〔浄〕這等，怎了？怎了？

【北尾】急番身撇馬營門外，猛鼕鼕番鼓陣旗開。天呵，可能㊂勾金蹬上馬敲重奏的凱？〔下〕

〔生引衆上㊃〕〔唱前清江引大唐家有的是驍云云〕自家奉詔征番，用智殺了丞相悉那邏，此時番將勢孤，可擒也。三軍前進！〔下〕〔浄引衆上㊄〕〔唱前清江引普天西出落的云云〕〔見介〕〔浄〕來將何人？〔生〕大唐盧元帥。〔浄〕認得咱龍莽將軍麽？〔生〕正爲認的你，纔好拿你哩。〔浄〕你有王君臭那厮手段麽？〔生笑介〕你家悉那邏那厮何在？〔戰介〕〔番敗下介〕〔又上戰番敗下介〕〔生領衆殺上〕呀，熱龍莽敗走了，我軍星夜趕去，遇城收城，遇鎮收鎮，殺出陽關以西。正是：饒他走上燄磨天，也要騰身趕將去。〔下〕㊅

【北脱布衫】〔莽領敗兵走上〕想當初壯氣豪淘，把全唐看的忒虚囂。到如今戰敗而逃，可正是一報還一報。

把都們孩兒，怎了也！

【小梁州】〔哭介〕折没煞萬丈旄頭氣不銷，鬼哭神號。明光光十萬甲兵刀，成抛調，殘箭引弓弰。

〔内鼓噪報介〕漢兵到也。〔莾〕走，走，走，那來的休得追趕！

【么】兔窩兒敢盼得番兵到，錦江山亂起唐旗號，閃周遭天數難逃。血雨漂，兵風噪，難憑國史説咱是漢天驕。

罷了，罷了。千里之外，便是祈連山，乃胡漢之界，待我想一計來。〔内雁叫介〕有計了：不免裂帛爲書，繫於雁足之上，央他放我一條歸路。萬一回兵，未可知也。天，天，天，只可惜死了那邏丞相呵，

【耍孩兒】從來將相難孤弔，一隻手怎生提調。如風捲葉似沙漂，死淋侵無路奔逃。真乃是玉龍戰敗飄鱗甲，野獸驚回溼羽毛。央及煞孤鴻叫，一兩句中腸打動，千萬個大國求饒。

【煞尾】南朝那一敲，西番這一囂，老天天望不着咱那窠兒到。吐魯魯羞煞咱百十陣的功勞，這一陣兒掃。

走上天山一看，殺氣無邊無岸。
做了跌彈班鳩，説與寄書胡雁。

【校】

㈠ 北雙令：「北」字應在第一曲一枝花之上；雙令，原誤作「二犯」，據葉譜改。

㈡ 爺，朱墨本誤作「可」。

㈢ 能，原誤作「前」，據各本改。

㈣ 「上」字原在「驍云云」之下，今移前。

㈤ 上字原在「的云云」之下，今移前。

㈥ 原無「下」字，據獨深本補。

第十七齣　勒功

【夜行船】〔生引衆上〕紫塞長驅飛虎豹，擁貔貅萬里咆哮。黑月陰山，黄雲白草，是萬里封侯故道。

日落轅門鼓角鳴，千羣面縛出番城。洗兵魚海雲迎陣，秣馬龍堆月照營。我盧生，總領得勝軍十萬，搶過陽關，一面飛書奏捷，一面乘勝長驅，至此將次千里之程，深入吐蕃之境。但兵法虚虚實實，且龍莽號爲知兵，恐有埋伏，不免一路打圍而去，直拿倒了龍莽，方爲罕也。〔衆應介〕〔行介〕

【夜行船序】㈠大展龍韜，看長城之外，沙塞飄摇。〔衆〕將軍令，驟雨驚風來到。迢迢，千里邊城，到處插上了大唐旗號。不小，看圖畫上秦關漢塞，廣長多少？

〔小卒上〕報，報，報，前面黑坳兒内飛鴉驚起，恐有伏兵。〔生〕是也。上有黑雲，下有伏兵。快搜勦前去！〔小番將領衆上〕煞嘛嘛，克喇喇。〔戰介〕〔番敗走下介〕〔生〕此賊，幾乎中他之計。〔衆〕諒他小小㈡，何足道哉！

【黑麻序】難饒，點點腥臊，費龍争虎鬬一番搜勦。看風飛草動，殺的他零星落雹。〔生〕蕭條，血染了弓刀，風吹起戰袍。〔雁叫介〕〔生射介〕雁雲高，寶雕弓扣響，風前横落。

〔衆喝采介〕呈上將軍，雁足之上，帶有數行帛書。〔生看介〕此地是天山，天分漢與番。莫教飛鳥盡，留取報恩環。〔生笑介〕諸軍且退後。〔背介〕此詩乃熱龍莽求我還師，莫教飛鳥盡，留取報恩環。是了，飛鳥盡，良弓藏。看來龍莽也是一條好漢，且留着他。〔回介〕此山名爲何山？〔衆〕是天山。〔生〕玉門關過來多少？〔衆〕九百九十九里。〔生〕怎生少一里？〔衆〕天山上一片石占了一里。〔生〕從來有人征戰至此者乎？〔衆〕從古未有。〔生笑介〕怪的古詩云：空留一片石，萬古在天山。吾今起自書生，仗㊂聖主威靈，破虜至此，足矣。衆將軍，可磨削天山一㊃片石，紀功而還。〔衆應磨石介〕

【園林好犯】㊄頭直上天山那高，打摩崖刨鉏剗鍬，向中㊅間平治了一道。山似紙筆如刀，把元帥高名插九霄。

〔生〕待我題名。〔念介〕大唐天子命將征西，出塞千里，斬虜百萬，至於天山，勒石而還。作鎮萬古，永永無極。開元某年某月某日，征西大元帥邯鄲盧生題。〔放筆笑介〕衆將軍，千秋萬歲後，以盧生爲何如？〔衆應介〕是。

【忒忒令犯】㊆〔衆〕上題着大唐年開元聖朝，下題着大元帥征西的爵號。直接上了祈連一道，折抹了黄河數套。雖則這幾行題，一片石，千椎萬鑿。這壁廂唐家盡頭，那壁廂番家對交，萬千年天山立草爲標。

〔生〕題則題了，我則怕莓苔風雨，石裂山崩，那時泯没我功勞了。〔衆〕聖天子萬靈擁護，大將軍

八面威風，自然萬古鮮明，千秋燦爛。

【雙蝴蝶】⑧〔生〕⑨便風雨莓苔的氣不消，一字字雁行排天際遥。也未必蚤晚間山移石爆，長則在關河上星迴日耀，但望着題名記神驚鬼叫。便做到没字碑，也磨洗認前朝。

〔報上〕故國山河闊，新恩日月高。稟老爺：聖上看了捷書，舉朝文武大宴三日；封老爺定西侯，食邑三千户，欽取還朝，加太子太保兵部尚書同平章軍國大事。聖旨差官迎取已到，望老爺即便班師。〔衆賀介〕〔生〕聞此聖恩，便當不俟駕而回。但塞外之事，須處置停當。自天山至陽關，千里之内，起三座大城，墩臺連接，無事屯田養馬，有事聲援⑩策應，不許有違。

【沈醉東風】⑪守定着天山這條，休賣了盧龍一道。少則少千里之遥，須則要號頭明，烽瞭遠，常川看好。〔衆跪介〕承教，現放着軍政司條例分毫，但欽依小將們知道。

〔生〕這等，就此更衣了。〔内捧幞袍上〕〔更衣介〕

【錦花香】⑫〔生〕你既然承託，我敢違宣召？好些時夢魂飛過了午門橋。〔歎介〕拜辭這金戈鐵馬，卸下了征袍。和你三載驅勞，一時抛調，慘風烟淚滿陽關道。〔行介〕

【錦水棹】陽關道，來回到。長安道，難輕造。便做我未老得還朝，被風沙也朱顏半凋。從軍苦也從軍樂，聽了些孤雁横秋，畫角連宵。金鉦奏，金鉦奏⑬，畫鼓敲，嘶風

戰馬把歸鞍蹻。人争看霍飄姚，留不住漢班超。〔鼓吹介〕

【尾聲】㈣滿轅門擂鼓回軍樂，擁定個出塞將軍入漢朝。〔生〕列位將軍，休要得忘了俺數載功勞，把一座有表記的天㈤山須看的好。

許國㈥從來徹廟堂，連年不爲在疆場。

將軍天上封侯印，御史臺中異姓王。

【校】

㈠夜行船序，原誤作惜奴嬌序，據葉譜改。

㈡小小，獨深本作「小醜」。

㈢仗，朱墨本誤作「使」。

㈣獨深本無「一」字。

㈤園林好犯，葉譜題作園林帶一封書，謂園林好犯一封書。

㈥中，朱墨、清暉、竹林三本俱誤作「平」。

㈦忒忒令犯，葉譜題作桃紅令東風，謂桃紅菊犯忒忒令、沈醉東風。

㈧雙蝴蝶，葉譜題作勝皂神，謂勝葫蘆犯皂角兒、安樂神。

㊈原無「生」字，據清暉本、竹林本補。
㊉援，朱墨本誤作「振」。
⑪沈醉東風，葉譜題作雙醉令交枝，謂沈醉東風犯忒忒令、醉翁子、玉交枝。
⑫錦花香，葉譜題作桂香八月襲嬌袍，謂桂枝香犯八聲甘州、月上海棠、步步嬌、皂羅袍。
⑬「金鉦奏」句，葉譜不疊。
⑭尾聲，原誤作鴛鴦煞，據葉譜改。案：尾聲首兩句，當屬衆唱，其上似應補「衆」字。
⑮天，朱墨、清暉、竹林三本俱作「名」。
⑯「許國」上，清暉本、竹林本俱有「集唐」二字。

第十八齣　閨喜

【桃源㈠憶故人】〔旦引老旦貼㈡上〕盧郎未老因緣大，贅居崔氏清河。夫貴妻榮堪賀，忽地把人分破。〔合〕問天天方便些兒箇，歸到畫堂清妥。

【長相思】博陵崔，清河崔，昔日崔徽今又徽，今生情爲誰？　去關西，渡河西，你南望相思我向北相㈢思，丁東風馬兒。姥姥，一從盧郎征西，杳無信息，不知彼中征戰若何？〔老〕仗皇家福力，必然取勝，則是姐姐消瘦了幾分。

【攤㈣破金字令】〔旦〕不茶不飯，所事慵粧裹。〔老〕他是爲官。〔旦〕爲官身跋涉，把令政成拋躲。〔老〕遠路風塵，知他是怎麽？〔旦〕則爲他人才得過，聰明，又頗好「功名」兩字生折磨。〔合〕春光去了呵，秋光即漸多。扇掩輕羅，淚點層波，則爲他着人兒那些情意可。

【夜雨打梧桐】〔旦〕拈整翠鈿窩，悶把鏡兒呵。〔貼〕後花園走走跳跳。〔旦〕待騰那，和你花園遊和。〔行介〕做一個寬擡瘦玉，慢展凌波，霎兒間蹬着步怎那？〔旦住介〕〔老〕似這水紅花也囉，不爲奴哥，花也因何？〔合〕甚情呵，夏日長猶可，多宵短得麽？〔老〕梅香，取排簫絃子，鼓弄一番，和姐姐消遣。〔貼衆吹彈介〕〔旦〕歇了。

【攤破金字令】砌一會品簫絃索，燥的人没奈何。少待我翠屏深坐，静打磨陀，這好光陰閒着了我。〔貼〕看你誉勾了身奇，受用了情哥。還待恁般尋索，特地吟哦，有一般兒孤寡教怎生過？〔合〕春光去了呵，秋光即漸多。扇掩輕羅，淚點層波，則爲他着人兒那些那些⑤情意可。

【夜雨打梧桐】〔旦〕盼雕鞍，你何日歸來和我。渺關河，淡烟横抹。〔老〕懶去後花園，向⑥前門而望，儻有邊報，亦未可知？〔旦〕正是，正是。〔行介〕〔内打歌介〕雖咱青春傷大，幽恨偏多，聽青青子兒誰唱歌？〔貼〕略約倚門睃，翠閃了雙蛾，擡頭望來，兀自你鳳釵微軃。〔合〕甚情呵，夏日長猶可，冬宵短得麽？

〔扮將官上〕羽檄飛三捷，恩光下九重。報上夫人：老爺用兵得勝，飛奏朝廷。萬歲十分歡喜，着大小文武官員，宴賀三日；封老爺爲定西侯，食邑三千户。馬上差官欽取還朝，掌理兵部尚書，加太子太保同平章軍國大事，蚤晚見朝也。〔旦〕這等，謝天謝地！

【尾聲】〔旦〕喜蛛⑦兒頭直上弔下到裙拖，天來大喜音熱壞我的耳朵，則排比十里笙歌接着他。

去時兒女悲，　歸來笳鼓競。
借問行路人：　何如霍去病？

【校】

㈠源，朱墨本誤作「園」。
㈡原無「貼」字，據下文補。
㈢相，朱墨、清暉、竹林三本俱作「也」。
㈣攤，原誤作「擲」，據獨深本、葉譜改。下同。
㈤案：前曲合頭「那些」二字不疊，這裏的「那些」疊字疑衍。
㈥向，朱墨本誤作「同」。
㈦蛛，原誤作「珠」，據各本改。

第十九齣　飛語

【秋夜月】〔淨引衆上〕四馬車，纔下的這東華路。但是官僚多俯伏，有一班兒不睹事難容恕。〔笑介〕敢今番可圖，敢今番可圖。

〔淨〕深喜吾皇聽不聰，一朝偏信宇文融。今生不要尋冤業，無奈前生作耗蟲。自家宇文融，當朝首相。數年前，狀元盧生不肯拜我們下，心常恨之。尋了一個開河的題目處置他，他到奏了功，開河三百里。俺只得又尋個西番征戰的題目處置他，他又奏了功，開邊一千里，聖上封爲定西侯，加太子太保，兼兵部尚書，還朝同平章軍國事。到如今再没有第三個題目了。沈吟數日，潛遣腹心之人，訪緝他陰事，説他賄賂番將，佯輸賣陣，虚作軍功。到得天山地方，雁足之上，開了番將私書，自言自語，即刻收兵，不行追趕。〔笑介〕此非通番賣國之明驗乎？把這一個題目下落他，再動不得手了。我已草下奏稿在此，只爲近日蕭嵩同平章㊀事，本上要連他簽押，恐有異同。我已排下機謀，知他可到？

【西地錦】〔蕭上〕同在中書相府，平章兩字何如？〔笑介〕喜盧生歸到握兵符，和咱雙成玉柱。

〔見介〕㊁〔蕭〕平明登紫閣，〔淨〕日晏下彤闈。㊂〔蕭〕擾擾朝中子，〔淨〕徒勞歌是非。〔蕭〕老平章，

是非從何而起？〔净〕你不知滿朝説盧生通番賣國，大逆當誅。若不奏知，干連政府。〔蕭〕怎見得？〔净〕你説他爲何到得天山，竟然轉馬？原來與番將熱龍莽交通賄賂，接受私書。〔蕭〕盧生是有功之臣，未可造次。

【八聲甘州】〔净笑介〕他欺君賣主，勾連外國，漏泄機謨。〔蕭〕怕没有此事，此乃番將聞風遠遁，成此大功也。〔净笑介〕那龍莽呵，佯輸詐敗，就裏都難料取。既不呵，兵臨虜穴乘勝取，爲甚天山看帛書。〔合〕躊躇，這事體非小可之圖。

【前腔】〔蕭〕有無，這中間情事，隔邊庭弔遠，要審個真虛。〔净〕千真萬真；既不呵，得了番書，合當奏上。〔蕭〕那將在軍中呵，隨機進止，況收復了千里邊隅。〔净怒介〕你朋黨欺君。〔蕭〕我甘爲朋黨相勸阻，肯坐看忠臣受枉誅。〔合前〕

〔净笑介〕原來你爲同年，不爲朝廷。這事我已做下了，有本稿在此，你看。〔蕭看念介〕中書省平章軍國大事臣宇文融、同平章事門下侍郎臣蕭嵩一本，爲誅除奸將事：有前征西節度使今封定西侯兼兵部尚書同平章軍國事盧生，與吐蕃將熱龍莽交通獻賄，龍莽佯敗而歸，盧生假張功伐。到於天山地方，擅接龍莽私書，不行追勦。通番賣國，其罪當誅。臣融臣嵩頓首頓首謹奏。呀，這等重大事情，老平章不先通聞畫知，朦朧具奏。雖然如此，也要下官肯押花字。〔净怒介〕蕭嵩，你敢教三聲不押花字麽？〔蕭叫三聲不押介〕〔净笑介〕好膽量！教中書科取過筆來，添你一個「通同賣國」四字，待你伸訴去。〔蕭背歎介〕同刃相推，俱入禍門，此事非可以口舌争之。下官表字一忠，平時奏本花押，草作「一忠」二字，今日使些智術，於花押上「一」字之下，加他兩點，做個「不忠」二字，向後可以相機而行。〔回介〕老平章息怒，下官情願押花。〔押介〕〔浄笑介〕我説你没有這大膽。明日蚤朝，齊班奏去。㊃

功臣不可誣，奸黨必須誅。
有恨非君子，無毒不丈夫。㊄

【校】

㊀「平章」下，獨深本有「軍國」二字。
㊁原無「見介」二字，據獨深本補。
㊂闈，原誤作「圍」，據各本改。
㊃去，清暉本、竹林本俱作「上」。
㊄下場詩，獨深本首句上有「蕭」字，二句上有「浄」字。

第二十齣　死竄

〔堂候官上〕鐵券山河國，金牌將相家。自家定西侯盧老爺府中堂候官便是。我家老爺掌管天下兵馬數年，同平章軍國事，文武百官，皆出其門。聖恩加禮，一日之内，三次接見。看看日勢向午，將次朝回，不免伺候。早則夫人到來也。〔旦引老旦貼上〕奴家崔氏是也。俺公相領謝天恩，位兼將相。欽賜府第一區，朱門畫戟，紫閣雕簷。皆因邊功重大，以致朝禮尊隆。休說公相，便是爲妻子的，説來驚天動地。奴家是一品夫人，養下孩兒，但是長的，都與了恩蔭，真是罕稀也。〔内作瓦裂聲介〕〔旦驚介〕老嬷嬷，甚麽響？〔老旦看介〕是堂簷之上，一片鴛鴦瓦，碎下來了。〔旦驚介〕呀，鴛鴦瓦爲何而碎？〔貼望介〕哎喲，一個金彈兒抛打烏鴉，因而碎瓦。〔旦歎介〕聖人云：烏鴉知風，蟲蟻知雨。皮肉跳而横事來，裙帶解而喜信至。鴛鴦者，夫婦之情也；烏鴉者，晦黑之聲也；落彈者，失圓之象也；碎瓦者，分飛之意也。天呵，眼下莫非有十分驚報乎？

【賞花時】俺這裏户倚三星展碧紗，見了些坐擁三台㊀立正衙。樹色繞簷牙，誰近的鴛鴦翠瓦，金彈打流鴉？

〔内響道介〕〔旦〕公相朝回，看酒伺候。〔生引隊子上〕下官盧生，在聖人跟前平章了幾樁機務，喫了堂飯㊁，回府去也。

【么】俺這裏路轉東華倚翠華，佩玉鳴金宰相家。新築舊堤沙，難同戲耍，春色御溝花。

〔見介〕〔旦〕公相朝回，奴家開了皇封御酒，與相公把一杯。〔生〕生受了。〔内奏樂介〕俺先與夫人對飲數杯，要連聲叫乾，不乾者多飲一杯。〔旦〕奉令了。〔生飲介〕夫榮妻貴酒，乾。〔旦看介〕公相乾了，到奴家喚：夫貴妻榮酒，乾。〔生笑介〕夫人欠乾。〔旦笑飲介〕這杯到乾了，正是小槽㊂酒滴珍珠紅。〔生笑介〕夫人，你的槽兒也不小了。〔内鼓介〕報，報，聽説人馬鎗刀，打東華門出，未知何故也？〔生〕由他，俺與夫人唱乾飲酒。〔旦飲介〕妻貴夫榮酒，乾。〔生〕夫人倒在上面了。這杯乾的緊，待我喚：妻貴夫榮酒，乾。〔旦〕公相有點了。〔生〕夫人，這是酒瀉金莖露涓滴。〔旦笑介〕相公，你的莖長是涓的。〔生笑介〕〔内鼓介〕〔堂候官上介〕報，報，外面人馬自東華門出來，填街塞巷，好不喧鬧也。〔生〕且由他，俺與夫人叫第三乾。〔兒子走上哭介〕老爺，老夫人，人馬鎗刀，濟濟排排，將近府門來也。〔生驚起介〕

【北醉花陰】這些時直宿朝房夢喧雜，整日假紅圍翠匝。鈴閣遠静無譁，是潭潭相府人家，敢邊廂大行踏？〔聽介〕〔内呼喝叫拿拿介〕〔生〕不住的，叫拿拿。敢是地方走了賊，反了獄？既不呵，怎的響刀鎗人鬧馬？

〔衆扮官校持鎗索上〕〔叫衆軍圍住介〕〔貼老旦驚走〕〔生惱介〕誰敢無禮！

【南畫眉序】〔衆〕聖旨着擒拿，〔生〕是駕上差來的，請了。〔衆〕奏發中書到門下。〔生慌介〕門下爲誰?〔衆〕竟收拿公相,此外無他。〔生怕介〕原來是差拿本爵,所犯何罪?〔衆〕中書丞相奏老爺罪重哩,這犯由不比常科,干係着重情軍法。〔生〕有何負國?而至於斯。〔官〕下官不知,有駕票在此,跪聽宣讀。〔生旦跪〕〔官念介〕奉聖旨:前節度使盧生,交通番將,圖謀不軌。即刻拿赴雲陽市,明正典刑,不許違㊃誤。欽此!〔生旦叩頭起哭天介〕波查,禍起天來大,怎泣奏當今鑾駕?㊄

〔生〕這事情怎的起呵?

【北喜遷鶯】走的來風馳雷發,半空中没個根芽。待我面奏訴冤。〔衆〕閉㊅上朝門了。〔生〕争也麽差,着俺當朝闌駕,你省可的慢打商量咱到晚衙。〔衆〕有旨不容退衙。〔生哭介〕夫人,夫人,吾家本山東,有良田數頃,足以禦寒餒,何苦求禄,而今及此?思復衣短裘,乘青駒,行邯鄲道中,不可得矣。取佩刀來,頗不喇自裁刮。〔生作刎〕〔旦救介〕〔衆〕聖旨不准自裁,要明正典刑哩。〔生〕是了,是了,大臣生也明白,死也明白。夫人,牽這些業畜,午門前叫冤,俺市曹去也。遲和疾剛刀一下,便違聖旨,除死無加。〔下〕

〔高力士上〕吾爲高力士,誰救老尚書?今日爲斬功臣,閉了正殿,看有甚麽官員奏事來。〔旦同兒上〕相公市曹去了,俺牽兒子午門叫冤去。十步當一步,前面正陽門了。〔叫介〕萬歲爺爺,冤苦哪!〔高〕萬歲爺爲斬功臣,掩了正殿,誰敢囉唣,〔旦〕奴家是盧生之妻,誥封一品夫人崔氏,領這一班兒子，來此叫冤呵。〔高背歎介〕滿朝文武，要他妻兒叫冤，可憐人也。〔回介〕盧夫人麽，有何冤枉？就此鋪宣。〔旦叩頭介〕萬歲，萬歲，臣妾崔氏伸冤：

【南畫眉序】宿世舊冤家，當把盧生活坑煞。有甚駕前所犯？喫幾個金瓜。把通番罪名暗加，謀叛事關天當耍。〔合〕波查，禍起天來大，怎泣奏當今鑾駕。

〔高哭介〕可憐，可憐，你在此侯旨，俺爲你奏去。〔旦〕在此搊土爲香，禱告天地。〔拜介〕崔氏在此叫冤，天天，撥轉聖人龍威，超拔兒夫狗命呵。這許多時，還未見傳旨。〔高同裴光庭上〕聖旨到：既盧生有冤，着裴光庭領赦，往雲陽市，免其一死。遠竄廣南崖州鬼門關安置，即刻起程。謝恩！〔高哭介〕可憐，可憐，唳鶴無情聽，啼烏有赦來。〔下〕〔内鼓介〕〔衆綁押生囚服裹頭上〕

【北出隊子】〔生〕排列着飛天羅刹，〔扮劊子尖刀向前叩頭介〕〔生〕甚麽人？〔劊〕是伏事老爺的劊子手。〔生怕介〕嚇煞俺也，看了他捧刀尖勢不佳。〔劊〕有個一字旗兒，稟老爺插上。〔生看介〕是個甚麽字？〔衆〕是個「斬」字。〔生〕恭謝天恩了。盧生只道是千刀萬剮，卻只賜一個「斬」字兒，領戴，領戴。〔下鑼下鼓插旗介〕〔生〕蓬席之下，酒筵爲何而設？〔衆〕光禄寺擺有御賜囚筵，一樣插花茶飯。〔生〕是了，這旗呵，當了引魂旛，帽插宮花。鑼鼓呵，他當了引路笙歌赴晚衙。這席面呵，當了個施餤㊆口的功臣筵上鮓。

〔衆〕趁早受用些，是時候了。〔生〕朝家茶飯，罪臣也喫勾了。則黃泉無酒店，沽酒向誰人。罪臣

跪領聖恩一杯酒。〔跪飲介〕怎咽下也！

【么】暫時間酒淋喉下，還望你祭功臣澆奠茶。〔衆〕相公領了壽酒行罷。〔生叩頭介〕罪臣謝酒了。〔衆〕咦，看的人一邊些，誤了時候。〔生綁行介〕一任他前遮後擁鬧喳喳，擠的俺前合後偃走蹋踏，難道他有甚麽劫場的人也則看着耍。

〔衆叫鑼鼓介〕〔生問介〕前面旛竿何處？〔衆〕西角頭了。

【南滴溜子】旛竿下，旛竿下，立標爲罰。是雲陽市，雲陽市，風流灑角。〔衆〕休説老爺一位，少甚麽朝宰功臣這答，套頭兒不稱孤便道寡。用些膠水摩髮，滯了俺一手吹毛，到頭也没髮。㊇〔生惱介〕〔掙斷綁索介〕

【北刮地風】呀，討不的怒髮衝冠兩鬢花。〔劊做摩生頸介〕老爺頸子嫩，不受苦。〔生〕咳，把似你試刀痕俺頸玉無瑕，雲陽市，好一抹淩烟畫。〔衆〕老爺也曾殺人來。〔生〕哎也，俺曾施軍令斬首如麻，領頭軍該到咱。〔衆〕這是落魂橋了。〔生〕幾年間回首京華，到了這落魂橋下。〔内吹喇叭介〕〔劊子摇旗介〕時候了，請老爺生天。〔生笑介〕則你這狠夜叉也閒弔牙，刀過處生天直下。哎也，央及你斷頭話須詳察，一時刻莫得要争差。把俺虎頭燕頷高提下，怕血淋浸展污了俺袍花。

〔衆〕老爺跪下。〔生跪受綁〕〔劊磨刀介〕〔内風起介〕〔劊〕好風也，刮的這黄沙。哎喲，老爺的頸子在

那裏？〔摩介〕有了，老爺挺着。〔生低頭〕〔劊子輪刀介〕〔内急叫介〕聖旨到，留人！留人！〔裴領旨同旦急上〕

【南雙聲子】天恩大，天恩大，鳴冤鼓由人打。皇宣下，皇宣下，雲陽市告了假。省刑罰，省刑罰。躭驚嚇，躭驚嚇。㊈一刻絲兒，故㊉人刀下。

聖旨到：盧生罪當萬死，朕體上天好生之德，量免一刀，謫去廣南鬼門關安置，不許頃刻停留。謝恩！〔放綁介〕〔生倒地叩頭萬歲介〕生受聖人大恩了。來者是誰？〔裴〕是小弟裴光庭。〔生〕賢弟，賢弟，俺的頭可有也？〔裴〕待我瞧瞧了。〔拍㊁介〕老兄好一個壽星頭。

【北四門子】〔生〕猛魂靈寄在刀頭下㊂，荷，荷，荷，還把俺嶮頭顱手自抹。裴年兄，俺閒口相問：奏本秉筆者宇文公，也要蕭年兄肯畫知。〔歎介〕要題知「斬」字下連名，他相伴着中書怎押花？〔裴〕敢蕭年兄也不知。〔生〕難道，難道，則怕老蕭何，也放的下這淮陰胯？〔風起歎介〕看了些法場上的沙，血場上的花，可憐煞將軍戰馬。

〔裴〕老兄與嫂嫂在此敍別，小弟回聖上話去。小心煙瘴地，回頭雨露天。請了。〔下〕〔旦哭介〕怎生來話兒都說不出來？奴家有一壺酒，一來和你壓驚，二來餞行。〔生〕卑人見過那些御囚茶飯，早醉飽也。〔旦〕兒子都在午門叩頭去了，等他來瞧一瞧去。〔生〕由他，由他，他來徒亂人意。夫人，不要他來相見罷了。〔旦哭介〕俺的天呵，也把一杯酒，略盡妻子之情。

【南鮑老催】唏唏嚇嚇，（酒杯驚跌介）（旦哎喲介）戰兢兢把不住臺盤滑。撲生生遍體上寒毛乍，吸廝廝也，哭的聲乾啞。（内鼓介）（内）盧爺，快行，快行。有旨着五城催促，不可久停。（末小旦扮兒子哭上）我的爹呵！（旦）這都是你兒子，怎下的去也！（生）是你婦人家，不知朝廷說我圖謀不軌，如今安置我在鬼門關外。罪配之人，限時限刻。天呵，人非土木，誰忍骨肉生離？則怕累了賢妻，害了這幾個業種，到爲不便。（兒扯要同去介）（生）去不得也，兒。（同哭介）眼中兒女空鉤搭，腳頭夫婦難安劄，同死去做一榻。（旦悶倒）（生扯介）

【北水仙子】呀，呀，呀，哭壞了他。扯，扯，扯，扯起他且休把望夫山立着化。（衆兒哭介）（生）苦，苦，苦，苦的這男女煎喳。痛，痛，痛，痛的俺肝腸激刮。我，我，我，瘴江邊死没了渣。你，你，你，做夫人權守着生寡。（旦）你再瞧瞧兒子麽。（生）罷，罷，罷，兒女場中替不的咱。好，好，好，這三言半語告了君王假。我去，請了。（旦哭介）相公那里去？（生）去，去，去，去那無雁處㊂海㊃天涯。（虚下）

（旦哭介）兒子回去罷。難道爲妻子的，不送上他一程？

【南鬭雙㊄雞】君恩免殺，奴心似剮。没個人兒和他，和他把包袱打。大臣身價，説的來長業煞。

（生上見介）夫人，你怎生又趕上來？（旦）爲你没個伴當，放心不下。我袖了半截銀錁子，你路上顧覓。〔生〕罪人誰敢相近？我獨自覓食而行。你還拿這半截錁子回去，買柴糴米，休的苦了兒女呵。

【北尾】罪人家顧不出個人兒罷？我還怕的有別樣施行咱。夫人，夫人，你則索小心兒守着我萬里生還也朝上馬。

十大功勞誤宰臣，　鬼門關外一孤身。

流淚眼觀流淚眼，　斷腸人送斷腸人。

【校】

㈠台，原作「臺」，據朱墨、清暉、竹林三本改。

㈡飯，朱墨本作「食」。

㈢糟，清暉本、竹林本俱誤作「糟」。

㈣違，清暉、獨深、竹林三本俱作「遲」。

㈤案：此南北合套，生主唱北套，此「波查」三句應屬旦唱，在「波查」上疑應補「旦」字。

㈥閉，朱墨本誤作「閑」。

㈦餤，原誤作「豔」，據獨深本改。

㊇髮，各本俱作「法」。
㊈「省刑罰」、「躭驚嚇」二句，葉譜俱不疊。
㊉故，朱墨本作「放」。
㊀拍，竹林本誤作「怕」。
㊁「猛魂靈」句，葉譜疊一句。
㊂處，清暉本、竹林本俱誤作「虚」。
㊃「海」字下，朱墨本有「角」字。
㊄鬭雙，原誤作「雙鬭」，據葉譜改。

第二十一齣 讒快

【縷縷金】〔宇文笑上〕口裏蜜，腹中刀。奸雄誰似我，逞英豪？來的遵吾道。那般癡老，一萬重烟瘴怎生逃？家門盡休了。

學生讒臣宇文融便是。一不做，二不休，盧生那廝開河三百里，開邊一千里，可謂扶天翊聖大功臣矣。被我奏他通番謀叛，押斬市曹。可恨他妻子清河崔氏，奏免其死，竄居海南煙瘴地方。那里有個鬼門關，怎生活的去？中吾計也，中吾計也。則那崔氏，雖一婦人，留在外間，還怕有他蕭、裴同年，撥㈠置生事。我昨密奏一本：崔氏乃叛臣之妻，當没爲官婢；其子叛臣之種，俱應竄去遠方。聖旨准奏，其子隨便居住，崔氏没入外機坊織作。得了此旨，我即刻差㈡京城巡捉使，星夜將崔氏囚之機坊，將他兒子撚出京城去。好來回話也。〔大使上〕兼充五城使，未入九流官。稟老爺回話。〔宇〕拿崔氏到局坊去了？〔使〕容稟：

【黄鶯兒】半老尚多嬌，聽拘拿粉淚漂，我穿通駕上人驚倒。家私盡抄，兒女盡逃，則一名犯婦今收到。〔合〕好輕敲，把冤家散了，長是樂陶陶。

〔宇〕你這個官兒到能事，記你一功，送吏部紀録去。〔使叩頭謝介〕

殺人須見血，　　立功須要徹。

都是會中人，　　　　　　不勞言下説。㊂

【校】

㊀撥，獨深本作「處」。

㊁「差」字下，朱墨本有「官」字。

㊂下場詩，獨深本首句上有「宇」字，二句上有「使」字。

第二十二齣　備苦

〔淨扮賊上〕臉上幾根毛，僭號「鬼頭刀」。小子連州人，一生翦徑。這幾日空閒，有個兄弟在古梅村，尋他幹事去。〔行介〕兄弟在家麽？〔丑扮賊上〕半生光浪蕩，混名「下剔上」。〔淨〕怎生叫做下剔上？〔丑〕但是討寶，没有的，不管死活，從頦下一剔剔上去。〔淨〕快當，快當。兄弟，這幾日空過怎好？〔内虎吼介〕〔丑〕虎來了，和哥哥前路等人去。誰知虎狼外，更有狠心人。〔下〕〔生傘上〕行路難，行路難。不在水，不在山。朝承恩，暮賜死。行路難，有如此。我盧生，身居將相，立大功勞。免死投荒，無人敢近。一路乞食而來，直到潭州。州守同年，偷送一個小廝，小名呆打孩，背負而來。過了連州地方，與廣東接界，只得拚命前去。那小廝也走動些麽？〔叫介〕呆打孩，呆打孩。〔童擔上〕走乏了，秀才挑了去。〔生〕你再挑一程兒麽。〔行介〕

【江兒水】㊀眼見得身難濟路怎熬？凌雲臺畫不到這風塵貌，玉門關想不上厓州道。

〔童〕腦領上黑碌碌的一大古子來了。〔生〕禁聲！那是瘴氣頭，號爲瘴母。〔歎介〕黑碌碌瘴影天籠罩。和你護着嘴鼻過去。〔走介〕好了，瘴頭過了。〔童〕又一個瘴頭。〔生〕怎了？怎了？這裏有天難靠，北地裏堅牢，偏到的南方壽夭。

〔内虎嘯介〕〔童哭介〕大蟲來了，走不動。〔生〕着了瘴麽？有甚麽大蟲？〔童〕那不是大蟲？〔虎跳

上〕〔生驚介〕天也！天也！

【忒忒令】是不是山精野貓？觀模樣定然爲豹。古語云：刀不斬無罪之漢，虎不食無肉之人。咱盧生身上無肉也。〔童〕呆㈡打孩一發瘦哩。〔生〕瘦書生怎做得這一餐東道？賽得過撲趙盾小神獒。〔虎跳介〕〔生〕怎生不轉額，前來跳？意兒不好。

虎有三步打㈢，待咱張起傘來。〔張傘作鬬介〕〔内叫〕畜生，不得無禮！〔虎咬童下〕〔生哭介〕大蟲拖去呆打孩了，且獨自行去。〔行介〕我閒想起來，朝中黄羅涼傘，不能勾遮護我身，這一把破雨傘，到遮了我身；滿朝受恩之人，不能替我的命，到是呆打孩替了我命；看來萬物有緣哩。〔丑浄持刀趕上〕漢子那裏去？〔生驚介〕往海南的。〔丑〕討寶來，討寶來。〔生〕貧子有甚麽寶？

【五供養】雨衣風帽，念盧生出仕在朝。〔浄〕在朝一發有寶了。〔生〕些須曾有寶，盡被虎狼饕。〔丑〕難道老虎連金銀都喫去了？討打！討打！〔刀背打介〕〔生〕不要打，小生也是個有意思的人。〔丑〕要你有意思做甚麽？㈣〔生〕小生是個有功勞之人。〔丑〕功勞甚麽用？討寶來。〔生歎介〕咳，我想諸餘不要，則買身錢荷包在腰。誰人知意思？何處顯功勞？駡你一聲黑心賊盜。

〔丑〕没有寶，又駡我賊，下剔上宰了。〔殺生介〕〔生作死介〕〔丑〕前生有今日，來歲是周年。〔下〕〔生醒介〕哎喲，這頸子歪一邊去，濕淋侵怎的？〔看介〕是血哩，誰在我頸頰下抹了一刀。喜的不曾斷喉，且把頸子端正起來。〔踭起正頭叫疼介〕呀，原來大海子。〔望介〕〔疼介〕恰好一隻船兒也。〔舟子上〕何來血腥氣，觸污海潮風。漢子，救你一命。〔衆不許生上介〕〔舟子勸上介〕

【玉劄子】〔衆〕是烏鰽還是白鰽？浪崩天雪花飛到。〔内風起介〕〔衆〕颶風起了，惡風頭打住篷㊄梢，似大海把針撈。浮萍一葉希，帶我殘生浩渺。

〔生〕好了，前面青山一帶，是海岸了。〔舟〕哎喲，鯨魚曬翅黑了天，這船人休了。〔衆哭介〕

【江神子】㊅則道晚山如扇插雲高，怎開交？遇鯨鼇。則他眼似明珠，攝攝的把人瞧。翅邦兒何處落？纔一閃，命秋毫。

〔内普魯空空聲介〕〔衆〕壞了！〔船覆衆下介〕〔生得木板漂走哭上介〕哎喲，天妃聖母娘娘，一片木板兒，中甚用呵？〔風起介〕好了，好了，一陣颶風來，前面是岸，儘力跳上去。〔跳介〕謝天謝地！〔内大風吼介〕〔生抱頸介〕哎，緊巴着這頸子，可吹不去呢。〔風吼哭介〕吹去頸子怎好？靠着石亭子倒了去也。〔倒介〕〔扮衆鬼上〕〔各色隨意舞弄介〕〔末扮天曹上〕衆鬼不得無禮！呀，此人有血腥氣。〔看介〕原來頦下刀傷，將我一股髭鬚，替他塞了刀口。〔鬼替搨鬚塞口諢介〕〔天曹〕盧生，聽吾分付：二十年丞相府，一千日鬼門關。〔下〕〔生醒介〕哎喲，好不多的鬼也！分明一人將髭鬚塞了頦下刀口，又報我二十年丞相府，一千日鬼門關。呀，真個長下鬍子了。〔扮二樵夫黑臉蓬頭繩扛打歌上〕打柴打柴打打子柴，萬鬼堂㊆前一樹槐。〔生驚介〕又兩個鬼來了。〔樵〕是黑鬼。〔生〕一發嚇殺我也！〔樵〕我們是這崖州蠻户，生來骨髓都黑，因此州裏人都叫做黑鬼。我是砍柴的。〔生〕原來這等。

你這裏白日有鬼？〔樵〕你不看亭子大金字？〔生看念介〕呀，盧生到了鬼門關，眼見無活的也。〔樵〕你是何等人，自來送死。〔生〕我是大唐功臣，流配來此。〔樵〕州裏多見人說：有大官宦趕來，不許他官房住坐，連民房也不許借他。〔生〕好苦！〔樵〕可憐，可憐，我硐房住去。〔生〕怎生叫做硐房？〔樵〕你是不知，這鬼門關大小鬼約有四萬八千，但是颶風起時，白日裏出跳。則是鬼矮的離地三寸，高的不上一丈，下面住鬼打攪得荒，我們山崖樹杪架些排欄，夜間護着個四德狗子睡。〔生〕怎生叫四德狗子？〔樵〕他一德咬賊，二德咬野獸，三德咬老鼠，四德咬鬼。〔生〕罷了，罷了，没奈何護着狗子睡了。則我被傷之人，硐不上去。〔樵〕繩子擡罷。〔擡介〕

【清江引】狗排欄架造無般㈧妙，個裏難輕造。山崖斗又高，棘刺兒尖還俏，黑碌碌的回回直上到杪。

【前腔】八人擡坌煞那團花轎，這樣還波俏。草繩繫着腰，黑鬼兒梭梭跳，這敢是老平章到頭的受用了？

逃得殘生命，　鷦鷯寄一枝。
情知不是伴，　事急且相隨。

【校】

㈠江兒水，葉譜題作雁過江，謂雁過聲犯江兒水。

㈡「呆」字上，朱墨本有「我」字。
㈢打，獨深本作「走」。
㈣麽，各本俱作「那」。
㈤篷，原誤作「蓬」，據朱墨本改。
㈥江神子，葉譜題作石榴鎗，謂石榴花犯急三鎗。
㈦堂，朱墨本作「臺」。
㈧般，朱墨本作「邊」。

第二十三齣 織恨

〔末扮機坊大使官上〕平生不作皺眉事，天下應無切齒人。自家京城巡捉使，爲抄劄盧家有功，超升外織作坊一個大使，此乃當朝宰相宇文老爺之恩也。老爺還要處置盧家，但是他夫人織造粗惡，未完事件，都要起發他一場。想起來也是個一品夫人，大使官多大，去凌辱他。〔想介〕有計了：督造太監將到，攛掇他去凌辱便了。在此伺候。〔丑扮内官上〕本是南内押班使，帶作西頭供奉官。吾乃掌管織造穿宫内使便是，好幾個月不曾下局。大使何在？〔末見介〕公公下局，小官整備茶飯伺候。〔丑〕你知近日朝廷有大喜事麼？〔末〕不知。〔丑〕乃是吐蕃國降順中華，帶領西番一十六國侍子來朝，所費錦段賞犒不貲，故來催儹。你可知事？〔末〕小官知事，只是外機坊錢糧有限，無可孝敬公公。〔丑惱介〕不孝敬公公麼？多大孫孫子哩！〔末〕不敢説，有一場大孝敬，只要老公公消受得。〔丑〕怎麼大孝敬？〔末〕老公公半年不到此間，有個織婦，係盧尚書妻小，那尚書積貫通番，得些寶玉珍珠，都在那妻子手裏。〔丑〕難道他雙手送來？〔末〕馬不弔不肥，人不弔不招。弔將起來就招了。〔丑〕我内家人心慈。〔末〕小官打耳眯子。〔丑〕着，憑仗太監公公，欺負盧家媽媽。〔下〕〔旦貼抱錦上〕

【破齊陣】一日内家奴婢，十年相國夫人。零落歸坊，淋漓當户，織處寸腸挑盡。怎禁得咿軋機中語？待學個回環錦上文，殘啼㊀雙翠顰。

【㜸人嬌】小織機坊，煙鎖幾重簾箔。挑燈罷，停梭夢着。流人江嶺，半夜歸來飄泊。宮牆近也，又被啼烏驚覺。望斷銀河心緬邈，恨蓬首居然織作。天寒翠袖，試綵鴛雙掠。正脈脈秦川，迴文淚落。奴家盧尚書之妻清河崔氏。兒夫罪投煙瘴，奴家没入機坊，止許梅香一人相隨。暗想公相在朝，夫榮妻貴，府堂之内，奴婢數百餘人。奴有金貂，婢皆文繡。誰知一旦時事變遷？這也不在話下了。只是夫離子散，好不傷心呵。

【漁家傲】機房静織婦思夫痛子身，海南路歎孔雀南飛，海圖難認。〔貼〕到宮譜宜男雙鴛處，怕鈿愁暈。梅香呵，昔日個錦簇花園，今日傍宮坊布裙。〔合〕問天天，怎舊日今朝今朝來是兩人？

〔旦〕在此三年，滿朝仕宦，没個替相公表白寃情。〔貼〕好苦！好苦！

【攤破地錦花】〔旦〕大寃親，把錦片似前程扨。一謎謎塵，白日裏黑了天門。待學蘇妻，織錦迴文。〔合〕奏明君，倘然間有見日分。

〔貼〕夫人，織錦迴文，獻上御覽，召還相公，亦未可知。筆硯在此，先填了詞，好上樣錦。〔旦寫介〕

宮詞二首，調寄菩薩蠻。待我鋪了金縷朱絲，梅香班織。〔貼〕是如此。〔旦鋪錦上織介〕

【剔銀燈】無情緒絲頭亂廝引，無斷倒挑絲兒廝認。一縷縷金襯着一絲絲柔腸恨，一字字詩隱着一層層花毬暈。〔合〕迴文玉纖抛損，一溜溜梭兒攛過淚墨痕。

〔内喝介〕〔貼〕催錦的官兒將到，夫人趲起些。

【麻婆子】〔旦〕㊁織就織就官錦上，辭兒受苦辛。蟋蟀蟋蟀天將冷，停梭悵遠人。穿花錦滴淚眸昏，一勾絲到得天涯盡。〔内喝介〕〔合〕促織人催緊，愁殺病官身。〔末同丑響道上〕

【粉蝶兒】帽帶餛飩，高帶着牙牌風韻。

〔末〕已到機坊。〔丑〕還不見機户迎接，可惡！可惡！〔貼慌介〕督造内使來到，夫人，患難之中，只索迎接。〔旦〕我乃一品夫人，有體面的，你去便了。〔貼應跪接介〕機户迎接公公。〔丑笑介〕好好，起來，起來。你就是盧夫人哩？〔貼〕機户叫做梅香。〔丑問末介〕怎麼叫做梅香？〔末〕梅香者，丫頭之總名也。春間討的是春梅，冬天討的是冬梅，頭上害喇鱋的叫做喇梅。不知㊂是盧尚書那一時討的？總名梅香。〔丑笑介〕梅香，梅香，有甚香處？〔末〕梅香者，暗香也。都在衣服裏下半截。〔低介〕弔起，那一陣陣香，滿屋竄來。〔丑低〕你纔説珠竇一事，這丫頭可知？〔末〕他是盧尚書的通房，怎生不知？〔丑歎介〕則他便是盧尚書通房，其實欠通。〔末〕不要管他，只聽我説一句，你發作一番便了。〔丑〕領教了。〔見介〕盧家的那裏？〔旦〕公公少禮。〔丑惱介〕哎喲，你是管下的機户，不磕頭，卻教公公少禮。難道做公公的你處磕頭不成？且擡犒賞夷人的錦段來瞧。〔末〕千字文編號，有個八段錦，犒賞夷人字號：宣威沙漠，臣伏戎羌。每個字號該錦八疋，八八六十四疋。〔丑〕呈樣來。〔貼呈錦介〕這宣威沙漠的樣錦。〔末耳語介〕〔丑〕呀，錦文囂薄，不中，不中。

〔貼又呈錦介〕這是臣伏戎羌的錦。〔末耳語介〕〔丑〕忒軟了。〔貼〕公公是不知，這宣威沙漠字號的錦，就要紗㊃一般薄；臣伏戎羌的錦，就要絨一般軟軟的；都是欽降錦樣兒。〔丑問末介〕敢是欽降的？你去㊄點數來。〔末點介〕只㊅有七七四十九疋，少造了八八六十四疋。〔丑惱介〕好打哩！〔做打介〕〔貼遮〕〔旦哭介〕

【普天樂犯】㊆錦官院把時光儘，織作署風雷迅。〔末耳語介〕〔丑〕是哩，這錦上絲文長是斷的，且不打正身，打這丫頭傷春懶慢。〔旦〕他作官身甚傷春？到是俺縷金絲腸斷懷人。〔末耳語介〕〔丑〕是哩，懷人便是傷春，傷春便是懷人，好打，好打。〔旦背哭介〕織錦字字縈方寸，怎覷的一絲絲都是淚痕滾？〔回身指末介〕恨無端貝錦胡云，〔指錦介〕似這官錦如雲，甚干忙，要巴巴羯羯你這內家人。

〔末背嘴介〕婦人罵老公哩。罵你巴，又罵你羯狗，好發作了。〔丑惱介〕呀，偏我巴，你不巴！我羯，你不羯！本待不尋思你，不怕不尋思你，待我親自問他。那囚婦過來，聽見㊇你丈夫交通番回㊈，有寶玉珍珠多少，拿送公公鑲帽頂、鬧粧鸞帶可好？〔旦〕家私都打没了，那討哪？〔末耳介〕〔丑〕是了，馬不弔不肥，人不打不招。先把梅香弔起來。〔弔介〕〔末假救介〕老公公休打他，他自招來。〔丑打〕〔貼不伏介〕哎喲，寶貝都没有了，珍珠到有些兒。〔丑〕在那裏？〔貼〕裙窩裏溜的。〔貼尿諢介〕〔丑〕這是梅香下截的香竄將出來了。〔内喝道〕〔丑末慌介〕司禮監公公響道了。〔走介〕〔高上〕

【金雞叫】帽擁貂蟬，紅玉帶蟒袍生暈。可憐金屋裏有向隅人，何日金雞傳信？

自家高力士便是。〔歎介〕我與平章盧老先生交遊有年，一旦遠竄烟方，妻子没入外機坊織作。〔歎介〕好些時不曾看得他，知他安否？〔丑末跪接介〕督造機坊内使大使叩頭，迎接老爺。〔高〕去。〔進見介〕〔高〕夫人拜揖。〔旦〕不知老公公出巡，妾身有失迎接。〔高〕幾番遣人送些醬菜時鮮，可到呢？〔旦〕都領下了。〔哭介〕老身好苦也！

【朱奴兒犯】㊀機絲脆怕彄忙摘緊，機絲潤看雨暄風煴。又怕展污了幾夜殘燈燼，奴便待儘時樣花文帖進。〔高〕使得，使得。〔旦〕奴家還有一言告稟：官錦之外，奴家親手製下粉錦一端，迴文宫詞二首，獻上御覽，也表白罪婦一片苦心。〔高〕這不妨，便與獻上御前，或有回天之喜。〔合〕淒涼運，憑誰問津？問天公怎偏生折罰罰這弄梭人？

〔貼哭叫介〕老公公饒命！〔高〕夫人，饒了這丫頭罷。〔旦〕不是老身難爲他，不敢訴聞，都是貴衙門督造内使。〔高〕怎的來？〔旦〕到這㊁也不催錦，也不看錦，只是打鬧，討寶貝若干，珍珠若干。老公公，你説罪犯之婦，那討呵？〔高惱介〕原來這等，小的兒，快放下來。〔丑忙鬆綁介〕〔高〕軍校，帶着小的，衙門伺候。〔拿丑下介〕也是大使作弄他。㊂〔高〕連那大使拿着。〔拿介〕

【尾聲】〔高〕縷金箱點數了且隨宜進。〔旦〕聒殺人那促織兒聲韻。〔高〕夫人，老尚書呵，終有日衣錦還鄉你心放穩。

抛殘紅淚溼窗紗，　織就龜文獻内家。
但得絲綸天上落，　猶如錦上再添花。

【校】

㈠殘啼，朱墨本作「啼殘」。
㈡原無「旦」字，據清暉本、竹林本補。
㈢「不知」上，朱墨本有「這」字。
㈣紗，原誤作「沙」，據各本改。
㈤「你去」上原有「丑」字，衍，據朱墨本删。
㈥只，清暉、獨深、竹林三本俱作「見」。
㈦普天樂犯，葉譜題作普天芙蓉，謂普天樂犯玉芙蓉。
㈧見，朱墨本作「是」。
㈨回，朱墨本作「國」。
㈩朱奴兒犯，葉譜題作朱奴芙蓉，謂朱奴兒犯玉芙蓉。
⑪「這」字下，朱墨本有「裹」字。
⑫「也是大使」句上疑應補「旦」字。

第二十四齣　功白

【六么令】〔宇文同蕭上〕〔宇〕龍顔光現，探龍珠怕醒龍眠。〔蕭〕五雲㊀高處共留連，黄閣老，紫微仙。〔宇〕萬年枝上葫蘆纏，萬年枝上葫蘆纏。㊁

〔蕭〕老相公怎麼説個葫蘆纏？〔宇笑介〕脚不纏不小，官不纏不大哩。今日諸番侍子來朝，聖主御樓受賀，實乃滿朝之慶也。〔蕭〕恰㊂好裴年兄以中書侍郎掌四夷館事，前來引奏，必有可觀。

【前腔】〔裴上〕天朝館伴，盡華夷押入朝班。雕題侍子漢衣冠，同舞蹈㊃，拜金鑾，長呼萬歲天可汗，長呼萬歲天可汗。

〔裴〕二位平章老先生請了。今日侍子趨朝，君王受賀，舊規光禄寺排筵宴，織作坊賜文錦，俱已齊備，恭候駕臨。〔宇〕衆侍子禮當丹墀站立。〔各侍子上〕古魯古魯，力喇力喇。近隨漢使千堆寶，少答戎王萬疋羅。〔宇〕分付諸番侍子，門外候駕。〔各侍下〕〔内響仗介〕〔上引高力士衆上〕

【夜行船】日華高罩長明殿，繞垂旒萬里江山。五國單于，三韓侍子，都俯伏在丹墀北面。

〔宇蕭見介〕〔裴見介〕中書侍郎掌四夷館事臣裴光庭謹奏我王：有吐蕃國侍子，領西番諸國侍子朝見。〔高〕傳旨：侍子丹墀下聽旨。〔裴呼萬歲介〕〔宇蕭裴〕恭賀萬歲，天威遠播，臣等謹排御筵，奏

上千秋萬壽。〔進酒介〕

【好事近】花舞大唐年，罄歡心太平重見。喜一天鋪滿，和風甘雨祥烟。齊天福壽，聽海外，謳歌來朝獻。御樓前細樂風傳，玉盞內金盤露偃。

〔内唱〕諸番侍子進酒。〔侍子上〕古魯古魯，力喇力喇。吾乃吐蕃大將熱龍莽之子，俺父親當年戰敗，爲盧元帥追勦，危急之際，白雁題書，求他撥轉馬頭，放條歸路。書云：莫教飛鳥盡，留取報恩環。今日遠聞盧元帥到爲咱父親之故，負罪銜冤。父親不忍，啓奏番王，着咱充爲侍子，領帶各番侍子來朝，奏對之際，辯雪其冤。報恩之環，正在此矣。今當見駕，不得造次。〔衆古魯介〕〔俯伏呼萬歲萬歲萬萬歲叩頭起舞介〕

【千秋歲】好堯天，單照着唐朝殿，十二柱金龍爪齊現。疊鼓聲喧，闌單單，做一字兒壽星來獻。回回舞，婆羅旋。錦帽上，花枝低顫。舞袖班闌捲，做獅蹲象跪，俯伏堦前。

侍子們上天可汗萬萬歲一杯酒。〔上〕勞你們國中遠來，寡人何德致此？各言其故。〔侍〕以前諸國，倚恃山川，自外王化。自經盧元帥西征，諸番震恐，方知螢火難同日光。敬遣小臣，瞻天朝賀。〔上〕原來如此。豈非前節度使盧生乎？叫内侍，將欽賞花文錦匹，唱數分給了，赴四夷館筵宴。〔高唱禮介〕侍子朝門外領賞，叩頭。〔侍子叩頭呼萬歲介〕自識天朝禮，方知將帥功。〔下〕〔高數錦介〕侍子跪聽頒錦：細法真紅大百花四疋，緋紅天馬六疋，青紫飛魚八疋，翠池獅子錦十疋，八答雲雁錦二十疋，簇四金鵰錦二㊄十疋，大窠馬打毬錦四十疋，天下樂錦五十疋，犒設紅錦一百

疋。啓萬歲爺：夷人官錦欽依散完。官錦之外，餘下一端。〔上〕取來寡人觀之。〔看介〕原來織成幾行字在上面。〔念介〕詞寄菩薩蠻：○梅題遠色春歸得，遲鄉瘴嶺過愁客。孤影雁回斜，峯寒逼翠紗。窗殘抛錦室，織急還催織。錦官當夕情，啼斷望河明。○還生赦泣人天望，雙成錦匹孤鸞悵。獨泣見誰憐，流人苦瘴烟？生親還棄杍，鴛配關河戍。遠心天未知，人道赦來時。〔裴跪介〕臣覽此詞，可以迴文讀之：〔念介〕明河望斷啼情夕，當官錦織還催急。織室錦抛殘，窗紗逼翠寒。峯斜回雁影，孤客愁過嶺。瘴鄉遲得歸，春色遠題梅。○時來赦道人知未？天心遠戍河關配。鴛杍棄還親，生烟瘴苦人。流憐誰見泣？獨悵鸞孤匹。錦成雙望天，人泣赦生還。〔上〕奇哉，奇哉。看錦尾必有名姓。是了，外織作坊機户臣妾清河崔氏造進。呀，清河崔氏，何人也？〔裴〕前征西節度使盧生之妻。〔上〕呀，原來盧生家口，入官爲奴。傷哉此情，可以赦之。〔宇〕啓上我王：盧生通番賣國，罪不容誅。〔上〕蕭卿以爲何如？〔蕭〕聽此侍子之言，盧生乃功臣也。〔宇文惱介〕呀，蕭嵩爲臣，反復不忠，萬歲可併誅之。〔上〕他如何反復不忠？〔宇〕論盧生本頭，有蕭嵩名字。〔蕭〕臣並無押花。〔宇〕臣袖有原本在此，呈上。〔高接本〕〔上覽介〕平章軍國大事臣宇文融，同平章事門下侍郎臣蕭嵩謹奏。呀，是有蕭卿㊅之名。再看奏尾，呀，蕭卿押有花字，何得推無？〔蕭〕此非臣之真正花押。〔上〕怎生是真正花押？〔蕭〕臣嵩表字一忠，平日奏事，花押草作「一忠」二字。及搆陷盧生事情，宇文融預先造下連名奏本，協同臣進。臣出無奈，押此一花，暗于「一」字之下「忠」字之上，加了兩點，是個「不忠」二字。見得宇文此奏，大爲不忠，非臣本意。〔宇〕萬歲，看此人賣友欺君，當得何罪？〔上怒介〕呀，宇文融與盧生同時將相，掩蔽其功，譖以大逆，欺君賣友，非融而誰？高力士，與我拿下！〔高綁宇介〕〔宇〕哎喲，這難題目輪到我做了。到頭終有報，來早與來遲。〔下〕〔上〕蕭、裴二卿傳旨：差官星夜欽取盧生還朝，拜爲當朝首相；妻崔氏即時放出，復其一品夫人，仍賜官錦霞帔一襲；諸子門蔭如故。〔歎介〕寡人若非吐蕃諸侍子之言呵，

【尾聲】十大功臣不雪的冤，且和俺踈放他滿門良賤。〔衆〕這是主聖臣忠道兩全。

盆下無由見太陽，南冠君子竄遐荒。
忽然漢詔還冠冕，計日應隨鴛鷺行。㊆

【校】

㊀ 雲，獨深本作「臺」。
㊁ 原無「萬年枝上」疊句，據朱墨本、葉譜補。下曲「長呼萬歲」疊句同。
㊂ 朱墨本奪「恰」字。
㊃ 朱墨本奪「蹈」字。
㊄ 二，各本俱作「三」。
㊅ 卿，朱墨本作「嵩」。
㊆ 下場詩上，清暉、獨深、竹林三本俱有「集唐」二字。

第二十五齣 召還

【趙皮鞋】〔丑㊀司户官上〕出身原在國兒監，趁食求官口帶饞。蛇羹蚌醬飽腌臢，海外的官箴過得鹻。

小子崖州司户，真當海外天子。長夢做個高官，忽然半夜起水。好笑，好笑，一個司户官兒，怎能巴到尚書閣老地位？不想天弔下一個盧尚書來此安置，長説他與朝廷相知，還有欽取之日，小子因此再也不難爲他。誰想上頭没有他的路？昨日接了當朝宇文丞相密旨，説他最恨的是盧尚書，叫我結果了他的性命，許我欽取還朝，不次重用。思想起來，八品官做下這場方便事，討了欽取，有甚不好？今早缺官署印，盧生可來參見也。

【步蟾宫】〔生上〕喫盡了南州青橄欖，似忠臣苦帶餘甘。三年憔悴甚江潭，有百十倍的帶圍清減。

俺盧生，有罪流配此州。州無正官，便是司户官兒署掌，也不免過去見他。〔見介〕司户先生拜揖，請了。〔丑惱介〕呀，你是何人？〔生〕長在此相見的盧生。〔丑〕你不説是盧生罷，盧生流配之人，目今掌印，便是你收管衙門，不應得你叩頭站立伺候？叫我一聲司户，就請了去。好打，好打。〔生〕誰敢？〔丑〕便叫牢子打哩。〔衆拖生打介〕〔生〕有何罪過呵？〔丑〕還不知罪！

【紅衲襖】打你個老頭皮不向我門下參，打你個硬骹兒不向我庭下跕。打你個蠢流民儘着嘍，打你個暗通番該萬斬。（生）宇文融㊁可恨，可恨。（丑）宇文相公甚麽樣好人，你也罵他，打你個罵當朝一古子的談。（生）不要哩，朝廷有用我之時。（丑）打你個仗當今一塊子的膽。（生笑介）（丑）打的你皮開肉綻還氣岩岩也。打了呵，還待火烙你頭皮鐵寸嵌。

【前腔】（生）我分的大朝家辯謟讒，怎到你小官司行對勘？則道住的是狗排欄身自躭，誰想過了鬼門關刑較慘？罷了，罷了，既在矮簷下，怎敢不低頭？撲着口三千段朝家事一謎的緘，搶着頭十二分你本官前再不敢。你打的我血淋侵達喇的痛鑱鑱也，怎再領得起你那十指鑽鉗潑火燂？㊂（鐵鈴生頭火烙生足介）（使臣帶將官捧朝服上）

【縷縷金】將雨露，灑烟嵐。皇宣催請急，舊新參。一點三台㊃路，海風吹暗。堂堂天使此停驂，過來的鬼門站。

（内上報介）天使到來，欽取宰相回朝。（丑驚喜介）我的宇文老爺，小官還不曾替你幹的事，就蒙你欽取我拜相回朝，領戴，領戴。且把老頭兒監候。（作接使臣不跪）（使問介）是甚麽官兒，不跪？（丑）天㊄使來取司户回朝拜相，體面不跪。（使）咄！快起去，盧老爺那裏？（丑慌取生出介）（使）盧老先生憔悴至此！有欽賜朝服。（生更衣）（户慌介）（使讀詔介）皇帝詔曰：咨爾前征西節度使兵部尚書盧生，以朕一時不明，陷汝三年邊障。宇文融今已伏誅，賜汝定西侯爵邑如故。欽取還朝，尊爲上相，兼掌兵權。馬頭所到，先斬後奏。欽哉！謝恩。〔使見介〕敢問老先生到此多年了！

【紅芍藥】〔生〕有三年，不到朝參，雲陽市别了妻男。僥倖煞天恩免囚轞，日南珠滿淚盤。沾慘，受盡熱和鹹，纔記起風清河淡。〔合〕喜重歸相府潭潭，有的這青天湛湛。〔丑自綁上〕〔請罪介〕那裏知朝廷真有用他之時？宇文公，宇文公，弄得我没上没下的，只得前去請死。〔見介〕司户小人，有眼不識太山，綁縛堦前，合當萬死。〔生笑介〕起來，此亦世情之常耳。

【紅衫兒】㈥是則是世間人，都扯淡。有的閒窺瞰，也着些兒肚子包含。都不計較你了。自羞慚，把你那絮叨叨口業都除懺。〔丑〕老爺縱饒狗命，狗心不穩，顛倒號令施行了罷。〔生笑介〕疑惑我後來麼？大人家説過了無欺蘸，頭直上青天監。〔丑叩頭介〕天大肚子的老爺，叩頭㈦，千歲千千歲！〔生〕君命召，就此起行了。〔黑鬼三人上〕黑鬼們來送老爺。〔生〕勞苦你三年了。

【會河陽】地折底走過，瓊、厓、萬、儋。謝你鬼門關口來，相探。〔丑〕地方要起老爺生祠，千年萬載。〔生〕要立生祠，立在他狗排欄之上，生受他留我住站。我魂夢遊海南，把名字他碉房嵌。司户，我去後好看覷黑鬼，要他黑爺兒，穩着那樵歌擔；蛋夫妻，穩着那魚

船纜。

我去也。〔行介〕

【紅繡鞋】皇宣一紙鸞緘，鸞緘。車塵馬足趁趲，趁趲。笑奸貪，枉愚濫。把時情憾，皇恩感。烏頭蘸，舊朝簪。㊇

【尾聲】讒痕妬迹無沾嵌，向鳳凰池洗浄征衫。今後呵，海外山川長則是畫屏風邊際覽。

海外流人去，朝中宰相歸。
舉頭紅日近，回首白雲低。

【校】

㈠原無「丑」字，據下文補。

㈡融，原作「公」，據朱墨本改。

㈢燀，清暉、獨深、竹林三本俱誤作「燀」。

㈣台，原作「臺」，據朱墨本改。

㈤天，獨深本作「大」。

㈥紅衫兒，葉譜題作耍孩兒。
㈦朱墨本無「叩頭」二字。
㈧舊朝簪，朱墨本疊一句。

第二十六齣　雜慶

【大迓鼓】〔工部大使上〕小官工作場，功臣甲第，蓋造牌坊。魯班墨綫千年樣，高閣樓臺金玉裝。〔合〕賞犒無邊，願他官高壽長。

自家工部營繕㊀所一個大使，奉旨蓋造盧老爺大功臣坊、勑書閣、寶翰樓、醉錦堂、翠華臺、湖山、海子，約二十八所。各工奏完，盧府賞銀三千錠，花酒不計其數，好氣概也。

【前腔】〔厩馬大使上〕小官羣牧坊，功臣賜馬，夜白飛黄。方圓肥瘦都停當，穩稱他一路鳴珂裊袖香。〔合前〕

學生飛龍厩一個管馬大使，萬歲爺御樓上見盧府各位公子，朝馬肥瘦不一，詔選㊁内厩馬三十匹，送到盧府乘坐。蒙盧府賞我大使官一秤馬蹄金，押馬的九十餘人，各賞金錢一百貫，好不興也。

【前腔】〔户部大使上〕小官册籍廊，爲功臣田土，詔撥皇莊。山田水碓何爲廣？更有金谷名園勝洛陽。〔合前〕

小子户部黄册庫大使，奉旨賫送欽賜田園數目：田三萬頃，園林二十一所，送到盧府。蒙賞契尾錢一萬緡，好利市也㊂。

【前腔】〔樂官綠衣花帽上〕小官内教坊，要功臣行樂，賜與糟糠。〔内〕連龜婆都去了。〔樂〕偷賣了一個粉頭，老婆替哩。吹彈歌舞都停當，只怕夫人是個喫醋王。〔合前〕賤子是新襲職的龜官兒，萬歲爺賜功臣女樂，欽撥仙音院二十四名，以按二十四氣，蒙禮部裴老爺差委，送去盧府。女妓都留着用，賞賤子研光插花帽一頂，百花衣一件，金錢一千貫，好不興也。〔唱合前〕

〔與前三官見介〕〔樂〕三位老先唱偌。〔衆惱介〕反了，反了，臭龜官敢來唱偌。〔樂〕你官多大？〔衆〕更不大，也是一考三年，三考九年，朝廷㊃大選，六品行頭，出去爲民之父母。你何等樣？開口唱偌。〔打介〕也罷，不要打他，瞧他家小娘兒去。〔樂〕老先，老先，我家小娘，連娘都牽在盧府去了。〔衆〕這等，權把你當小娘，唱個小㊄曲兒。唱的好，罷；不然，呈告禮部堂上，打碎你的殼。〔樂〕也罷，便做小娘，唱個銀紐絲兒：〔唱介〕愛的是奴家一貌也花，親親姊妹送盧家，好奢華。獨自轉回衙，風吹了綠帽紗，斜簪一朵花，小攢金袖軟靴兒乍。撞着嘴唇皮疙瘩，臭冤家，把咱背克喇，鑽通鬭不着也他。我的外郎夫呵，喇龜兒我龜兒喇。〔衆〕唱的好，再唱，再唱。〔樂〕罷了。〔衆諢〕〔内響道介〕〔衆〕太老爺下朝房了，走，走，走。正是：人逢開口笑，花插滿頭歸。㊅〔下〕

【校】

㊀ 繕，清暉、獨深、竹林三本俱誤作「膳」。

㊁ 選，朱墨本作「賜」。

㊂ 獨深本，在工部、廐馬、户部三大使白語之下，又都有「合前」二字，蓋重唱合頭一次，與下文欒官同。

㊃「朝廷」下，朱墨、清暉、竹林三本俱有「正氣」二字。

㊄ 小，朱墨本作「干」。

㊅「人逢」二句下場詩，例應大字分行。

第二十七齣　極欲

【感皇恩】〔旦引貼上〕依舊老平章，平沙堤上，宴罷千官擁門望。歸來袍袖，長是御爐烟颺。皇恩深幾許？如天廣。〔貼〕御宿田園，御書樓榜，御樂仙音整排當。〔旦〕滿牀簪笏，盡是綺羅生長。年光休去也，留清賞。

【集句】遥見飛塵入建章，紅英撲地滿筵香。誰知不向邊城苦？爲報先開白玉堂。相公自嶺海歸來，二十年當朝首相，今日進封趙國公，食邑五〇千户，官加上柱國太師。先蔭兒男一齊陞改：長子僔，翰林侍讀學士；次子倜，吏部考功郎；三子儉，殿中侍御史；四子位，黄門給事中。這梅香伏侍相公，也養下一子，叫做盧倚，因他年小，掛選尚寶司丞。孫子十餘人，都着送監讀書。恩榮至矣。幾日前父子侍宴御樓之上，萬歲爺憑闌，望見我家朝馬肥瘦不齊，即便選賜御馬三十匹。宴罷之際，聞得老相公家中少用女樂，即便分撥仙音院女樂二十四名，以應二十四氣。又賜田園樓館，形勝非常。此時相公出朝，我教排設家宴，想俱整齊。相公早到。〔衆擁生上〕向曉入金門，侍宴龍樓下。身惹御爐煙，歸來明月夜。我盧生，出將入相，五十餘年。今進封趙國公，食邑五〇千户，四子盡陞華要。禮絶百寮之上，盛在一門之中。侍宴方闌，下朝歸府。不免緩步而行。

夫人酬唱。

【北中吕粉蝶兒】㊂錦繡全唐，真乃是錦繡全唐。鬧堂餐偏醉上我頭廳宰相，有那些伴飲班行。壓沙堤，歸軟馬，是我到有些美懷佳量。轉東華蓦着我庭堂，又逼札的我那夫人酬唱。

〔見介〕夫人，恭喜了，進封爲趙國夫人。侍宴而歸，不覺梨花月上。〔旦〕妾因御賜樓臺幾所，因此開紅粧宴，上翠華樓，陪公相盡通宵之興。〔生〕少待，少待，你四個兒子，都擺着一路頭踏，鳴珂珮玉而回。〔四子冠帶上〕兄弟同日陞蔭，拜見老爺老夫人去。〔見禮介〕禮樂衣㊃冠地，文章富貴家。南山開壽域，東海溢流霞。爹娘在上，容孩兒們敬上一杯賀酒。〔進酒介〕

【南泣顔回】列桂捧瓊觴，滿冠蓋青雲成浪。穿朝入苑，無非戚畹宫牆。老爺，你把朝堂穩坐，一家兒，門户山河壯。保蒼生你大古裏馳名，荷皇封小的兒沾賞。

〔旦〕院子，請官兒堂上㊄飲酒。〔四子跪介〕稟老爺老夫人，兒子荷爹娘福庇，新受皇恩，各衙門俱有公宴。〔生〕正是，衙門公宴，不可遲遲。〔四子打躬退介〕暫赴鴛行席，長趨燕喜堂。〔下〕〔内作樂〕〔生歎美介〕〔旦〕老公相不知，此乃皇恩頒賜女樂二十四名，按二十四氣，吹彈歌舞，可謂妙矣。〔生〕哎喲，我只道是家常雅樂，原來教坊之女，咱人不可近他。〔旦〕怎生不可近他？〔生〕尋常女子，有色無聲，名爲啞色。其次有聲而未必有色，能舞而未必能歌。只有教坊之女，攬箏琶，舞霓裳，裔合生，大迓鼓，醉羅歌，調笑令，但是標情奪趣，他所事皆知。所以君子可視也，不可陷也；可棄也，不可往也。且其幼色取自鮮妍，假母教其精細。容止則光風霽月，應對則流水行雲。加之粉則太白，加之朱則太赤。高一分則太長，低一分則太短。詩家説道：月出皎兮，美人嫽㊅兮。巧笑倩兮，美目盼兮。那一盼你道是甚麽盼，把你的心都盼去了。那一笑你道是甚麽笑？把人那魂都笑倒了。故曰：皓齒蛾眉，乃伐性之斧；鶯聲燕語，乃叫命之梟；細唾黏津，乃腐腸之藥；翻牀跳席，乃槩㊆痿之機。老子曰：五色令人目盲，五音令人耳聾。所以小人戒色，須戒其足。君子戒色，須戒其眼。相似這等女樂，咱人再也不可近他。〔旦〕這等，公相可謂道學之士，何不寫一奏本，送還朝廷便了。〔生笑介〕這卻有所不可。禮云：不敢虚君之賜。所謂卻之不恭，受之惶愧了。〔旦〕公相，聽你説白一篇，到躭誤了幾個曲兒。叫女樂近前，勸公相酒。〔女樂叩頭介〕〔生〕你們都是奉旨來的，請起，請起。唱的唱，舞的舞。

【北上小樓】〔樂〕我則望仙樓排下這内家粧，步寒宫出落的紫霓裳，一個個清歌妙舞世上無雙。把紅牙兒撒朗，羯鼓兒綳邦。間的是吉琤琤的銀雁兒打的冰絃嘵，吸烏烏洞簫聲悠漾。把我這截雲霄不住的歌喉放，唱一個殘夢到黄粱㊇。〔生〕怎説起黄粱？〔衆〕不是，唱一個殘韻繞虹梁。

【南泣顏回】〔生〕軒昂，氣色滿華堂，立宫花濟楚珠珮玲琅。謝夫人賢達，許金釵十二成行。插花筵畔捧蓮杯，笑立嬌模樣。蚤餐他鳳髓龍肝，卻沾承黛緑蛾黄。

〔旦〕啓相公得知：還有酒在翠華樓，爲今夜暖樓之宴。〔生〕賢德夫人也。淡月籠雲，玉堦之上

可以玩賞。侍女們燃百十枝絳紗燈，細樂導引，我與夫人緩步遊賞一回。〔貼衆燈籠細樂行介〕

【北門鵪鶉】㈨蹋蕩蕩的蹬道三條，滴溜溜的平川一掌。藹溶溶的淡月長空，高簇簇的紗籠翠晃。抵多少銀燭朝天紫陌長。〔笑跌介〕待不笑呵，不是他紅生生翠袖雙扶，把我脆設設的肝腸一踹。

〔内奏樂笑聲響道介〕〔生〕前面幾十對紗燈响道，問是誰家？〔貼衆問介〕〔内應介〕便是我家四位官兒宴歸私宅。〔生笑介〕好人家也。前面翠華樓了。

【南撲燈蛾】㈩靄青青烟裊袖鑪香，廝琅琅落花御溝漾。唧喳喳晚風飄細樂，齊怎怎千步廊回向。高豔豔的金牌玉榜，軟幽幽粉樓下垂楊。密札札雕簷畫戟，雄赳赳有笑天獅，門外滾毬場。

〔到介〕〔旦〕公相，你看翠華樓前面，欽賜碧蓮湖三十六景。〔生〕真乃神仙景致。女樂們扶我與夫人上樓去。〔上介〕〔生〕大觥灑酒來，與夫人痛飲。

【北上小樓】㈡展嵬嵬登了閣，砌臻臻遊了房。真乃是倚着紅雲，踏着紅蓮，逗着紅妝。〔旦〕老爺請酒。〔做酒翻溼袖介〕〔生〕笑的來酒影花枝，酒搖燈暈，酒生袍浪，越顯的這風清也似月朗。

〔旦〕高樓良夜，相公可以盡懷。〔樂争持生介〕〔生〕聽我分付：今夜便在樓中派定，此樓分爲二十

四房，每房門上掛一盞絳紗燈爲號，待我遊歇一處，本房收了紗燈，餘房以次收燈就寢。倘有高興，兩人三人臨期聽用。〔樂笑應介〕

【南撲燈蛾】㊂拍拍紅喧翠嚷，匝匝情深意廣。沈沈的玉漏稀，娟娟的風露涼。悉的悉喇宿鳥兒湖上，閃閃開紅紗繡窗。一個個待枕席生香，落落滔滔取情兒玩賞。笑笑笑人生幾百歲，醉煞錦雲鄉。

〔旦〕夜闌了，相公將息貴體。〔生〕夫人，吾今可謂得意之極矣。

【尾聲】論功名，爲將相，也是六十載擎天架海梁。夫人，向後呵，我則把這富貴榮華和咱慢慢的享。

美景天將錦繡開，昇平元老醉金杯。
夜夜笙歌歸院落，朝朝燈火下樓臺。

【校】

㊀五，各本俱作「九」。

㊁五，清暉本、竹林本俱作「九」。

㊂自粉蝶兒以下，葉譜注「中呂合套」。爲明白起見，據二十齣之例，在曲牌上分注「南」、「北」。

㈣衣，清暉本、竹林本俱誤作「求」。
㈤上，原誤作「下」，據朱墨本改。
㈥嫽，各本俱誤作「了」。
㈦槩，朱墨本作「厥」。
㈧粱，清暉、獨深、竹林三本俱誤作「梁」。
㈨鬥鵪鶉，原誤題作黄龍袞犯，據葉譜改。
㈩「蛾」字下原有「犯」字，衍，據葉譜删。
⑪「樓」字下原有「犯」字，衍，據葉譜删。
⑫撲燈蛾，原誤作疊字犯，據葉譜改。

第二十八齣　友歎

【掛真兒】〔蕭上〕生意盡憑黄閣下，歎元寮病染霜華。紫禁烟花，玉堂風月，長好是精神如畫。

故交君獨在，又欲與君離。我有新愁淚，非關秋氣悲。下官蕭嵩，忝同平章事。有首相盧老先生，乃同年至交，年今八十有餘，忽然一病三月，重大事機，詔就牀前請決。皇上恩禮異常，至遣禮部官各宫觀建醮禳保。那禮部堂上是裴年兄，上香而回，必然到此。〔裴上〕

【番卜算】元老病能痊，聖主心縈掛。〔見介〕〔蕭〕年兄，這一番祈禱是如何？要作從長話。

年兄，盧老先生平日精神甚好，因何一病纏綿？

【風入松】〔裴〕略知元老病根芽，説起一場新話。〔蕭〕是閣中機務所勞？〔裴〕非關閣下傷勞雜，是房中有些兒兜荅。〔蕭〕呀，難道盧老先生此時還有餘㊀話？〔裴〕好採戰説長生事大，皇恩賜女嬌娃。

〔蕭〕有這等的事，老夫人怎不阻他？〔裴〕都道彭祖年高八百，也用採女之術。

【前腔】〔蕭〕老年人似紙烘殘蠟，能禁幾陣風花。千年彭祖今亡化，顛倒着折本生涯。

〔裴〕盧年兄富貴已極，止想長生一路了。〔蕭〕便是，論吾儕都是八旬上下，遲和蚤幾争差？盧老先既有此失，勢必蹺蹊。且喜年兄大拜在即了。〔裴〕不敢。

病到調元老，朝家少國醫。
惟餘一枝樹，留與後來棲。

【校】

㊀ 餘，獨深本作「這」。

第二十九齣　生寤

【金蕉葉】〔旦愁容上〕愁長恨長，天樣大門庭怎放？就其間有話難詳。天，天，天，怎的我老相公一時無恙？

事不三思，終有後悔。我老相公夫婦齊眉，極富極貴；年過八十，五子十孫；此亦人間至樂矣。以前止是幾個丫鬟勸酒，老身時時照管，不致疎虞。近因皇帝老兒，没緣没故送下幾個教坊中人，歌舞吹彈，則道他老人家飲酒作樂而已。誰想聽了個官兒，他希求進用，獻了個採戰之術。三月以前，偶然一失，因而一病蹺蹊。所仗聖眷轉深，分遣禮部官于各宫觀建醮祈禱，王公國戚以次上香，可謂得君之至矣。只恐福過災生，未肯天從人願。天呵，不敢望他百歲，活到九十九也罷了。〔兒子走上報介〕老夫人，老夫人，老爺不好了！分付請他出堂而坐。〔兒子、梅香扶生病上〕

【小蓬萊】八十身爲將相，如今幾刻時光。猛然惆悵，丹青易老，舟楫難藏。

【集唐】將相兼權似武侯，誰人肯向死前休？臨堦一盞悲春酒，野草閒花滿地愁。夫人，我病勢沈沈，精魂散亂，多因罷了。思想當初，孤苦一身，與夫人相遇。登科及第，掌握絲綸。出典大州，入參機務。一竄嶺表，再登台輔。出入中外，迴旋臺閣，五十餘年。前後恩賜，子孫官蔭，甲第田園，佳人名馬，不可勝數。貴盛赫然，舉朝無比。聖恩未報，一病郎當。夫人，我和你以前歷過酸辛，兒子都不知道。豈知我八十而終，皆天賜也。

【勝如花】寒窗苦滯選場，瘦田中蹇驢來往。猛然間撞入卿門，平白地天門看榜。命直着簸箕無狀，手爬沙去開河運糧，手提刀去胡沙戰場。險些兒劍死雲陽，貶炎方受瘴。又富貴八旬之上。〔合〕㊀算從前勞役驚傷，到如今疾病災殃。

〔旦〕老相公，你此病雖然天數，也是自取其然。八十歲老人家，怎生採戰那？〔生惱介〕採戰，採戰，我也則是圖些壽算，看護子孫，難道是瞞着你取樂？

【前腔】〔旦〕你年過邁自忖量，説採戰混元修養。爲朝廷燮理陰陽，自體上不知消長，這一病可能停當？老相公，平安罷了，有些差池，就要那二十四個丫頭償命。〔生惱介〕少道，少道。〔衆子〕老夫人言詞太搶，老相公尊性兒廝强。俺孝順兒郎，爹爹揀口兒咱盡情供養。〔生〕不想喫呵。〔衆子〕這等有湯藥在此。〔跪進藥介〕嘗了藥進些無恙。〔生惱介〕還喫甚藥！〔合前〕

〔内報介〕報，報，報，閣下裴老爺蕭老爺問安到堂。〔旦〕怎好㊁相待？〔生〕長兒子答應去，你説有勞蕭叔叔裴叔叔，晚些下朝，請來有話。〔長子應下〕〔内介〕公侯駙馬伯各位老皇親問安到堂。〔生〕次兒子答應去，這都是四門親家，説有勞了，容病起叩謝。〔次應下㊂〕〔内介〕五府六部都通大堂上官共八十員名，稟帖問安到堂。〔生〕三的兒答應去，你説有勞了。〔三子應下〕〔内介〕小九卿堂上官共一百八十員名，脚色問安到堂。〔生〕第四的答應去，你説知道了。〔小應下〕〔内介〕合

京大小各衙門官三千七百員名，連名手本問安，門外伺候。〔生〕堂候官，分付都知道了。〔官應下〕
〔内介〕報，報，報，萬歲爺欽差高公公，領了御醫來到。〔旦慌介〕〔生〕快取冠帶加身，夫人接旨。
〔高領御醫上〕
【滴溜子】驃騎的，驃騎的，駕前排當。領聖旨，領聖旨㊃，御醫前往。直到平章宅上，他病患有干係，無虛誑。俺比他富貴無聊，他百寮之上。
〔到介〕聖旨到，跪聽宣讀。詔曰：卿以俊德，作朕元輔。出雄藩垣㊄，入贊緝熙。昇平二紀，實卿是賴。比因疾累，日謂痊除。豈遽沈頓，良深憫默。今遣驃騎大將軍高力士就第省候，卿其勉加針灸㊅，爲朕自愛。深冀無妄，期於有喜。謝恩！〔旦謝恩起介〕〔生〕老公公，學生多蒙聖恩，有勞貴步，何以爲報！〔高〕宮監事煩，不得頻來看望老先生。萬歲爺甚是懸掛，以前雖遣中使時常問安，還不放心，以此特差本監，領這御醫視藥調膳。叫你千萬寬養，以付眷懷。且着御醫診視。
〔診脈介〕
【榴花泣】〔御〕貴人擡手指下細端詳，手背上汗亡陽。呀，魚遊雀啄去佯佯，喜心經有脈絃長。老爺，下官太素最精，老爺心脈洪大，眼下有加官蔭子之喜，下官不勝欣賀！〔生笑介〕難道，難道。〔御背㊆高介〕盧老爺脈息欠好了，魂飛散揚，争些兒，要得身亡喪。〔高哭介〕可憐盧老先，幾十載裏外同心，霎兒間形影分張。
〔御〕老爺，容下官處方呈上。可憐醫國手，空費藥籠心。〔下〕〔生〕老公公，俺高年重病，醫療多難。頂戴皇恩，没身無報。

【前腔】書生何德毫髮聖恩光，垂老病賜仙方。微臣要掙挫做姜公望，八旬外恁的郎當。老公公，老臣不能下牀，只在枕頭上叩首謝恩了。〔三叩首介〕萬歲萬歲萬萬歲。天恩敢忘，願來生，做鬼也向丹墀傍。老公公，蕭、裴二公雖係同年同官，還仗老公公青目。〔高〕這是交情在前了。〔生〕要緊一事，俺六十年勤勞功績，老公公所知。怕身後蕭、裴二公總裁國史，編載不全。〔高〕這個朝家自有功勞簿，逐一比對，誰敢遺漏？〔生〕保家門全仗高公，紀功勞借重同堂。

〔生〕請問老公公：身後加官贈謚何如？〔高〕自有聖眷，不必掛心。咱去也。〔生哭介〕哎喲，還有話：老夫有個孽生之子盧倚年小，叫來拜了公公。〔扮小公子出拜介〕好個公公，好個公公，公公青目你孫子些兒。〔生笑介〕孩子到賊哩。〔高〕小哥注選尚實中書了。〔生〕本爵止敘邊功，還有河功未敍，意欲和這小的兒再討個小小蔭⑧襲，望公公主持。〔高〕謹記在心，不敢久停了。〔生叩頭哭介〕千萬奏知聖上，老臣再不能勾瞻天仰聖了。〔哭介〕〔高〕要知忍死求恩澤，且盡餘生答聖明。〔下〕〔生〕哎喲，哎喲，我汗珠兒滚下來了。絲筋寸骨都是疼的，好冷，好冷哩。是了，這叫做風刀解體，誰替的我呵？叫大兒子，將文房四寶，掃席焚香，待我寫下遺表，謝了朝廷，便死瞑目矣。〔旦〕公相不煩自寫。〔生〕你不知，俺的字是鍾繇法帖，皇上最所愛重。俺寫下一通，也留與大唐家作鎮世之寶。〔長兒上〕老得文園病，還留封禪書。焚香在此，老爺草表。〔生叩頭，旦扶頭正衣冠

寫介〕

【急板令】儘餘生丹心注香，盼堦前斜陽寸光。呀，手戰寫不得。罷了，起個草，兒子代書。待親題奏章，待親題奏章，俺戰戰兢兢，寫不成行。你整整齊齊，記了休忘。〔長歎落筆介〕〔合〕從今後大古裏分張，窮富貴在何方？

〔生短氣介〕不要聒噪，大兒子念表文俺聽。〔長念介〕臣本山東書生，以田圃爲娛。偶逢聖運，得列官序。過蒙榮奬，特受鴻私。出擁旄鉞，入升鼎輔。周旋中外，綿歷歲年。有忝恩造，無裨聖化。負乘致寇，履薄臨兢。日極一日，不知老之將至。今年八十餘，位歷三公。鐘漏並歇，筋骸俱敝。彌留沈困，殆將溘盡。顧無誠效，上答休明。空負深恩㊈，永辭聖代。臣無任感戀之至！謹奉表稱謝以聞。〔生〕是了，俺氣盡之後，端正寫了奏上。夫人，你和俺解了朝衣朝冠，收在容堂之上，永遠與子孫觀看。〔換舊衣巾歎介〕人生到此足矣。呀，怎生俺眼光都落了？俺去了也。〔死向舊睡處倒介〕〔衆哭介〕

【前腔】老天天把相公命亡，老爺爺俺天公壽喪。且立起容堂，且立起容堂，把一品夫人，哭在中央；列位官生，哭在邊傍。〔合前〕

〔衆哭介〕〔旦暗去生鬚拍生背哭介〕盧郎好醒呵。〔下〕〔生作驚醒看介〕哎喲，好一身冷汗。夫人那裏？〔丑扮前店主上〕甚麽夫人？〔生叫介〕盧傅、盧倜、盧儉、盧位、小的盧倚呢？咳，都在那裏去了？〔丑〕叫誰那？〔生〕我的兒子。〔丑〕你有幾個兒子那？〔生〕五個哩。咳，都往前面勑書閣寶

翰樓耍子。〔丑〕便只是小店。〔内驢鳴介〕〔生〕三十疋御賜的名馬，可餵些料？〔丑〕只一個蹇驢在放屁。〔生〕啊，我脱下了朝衣朝冠。〔丑〕破羊裘在身上。〔生〕嗄！好怪，好怪，連我白鬚鬍子那裏去了？〔看介〕你是誰？不是崔家院公麽？〔丑〕甚麽崔家院公。趙州橋店小二，煮黄粱飯你喫哩。〔生想介〕是哩，飯熟了麽？〔丑〕還饒一把火兒。〔生起介〕有這等事！

【二郎神】難酬想，眼根前不盡的繁華相。當初是打從這枕兒裏去。〔提枕介〕枕兒内有路分明留去向，向其間打滚，影兒歷歷端詳。難道這一星星都是謊？怎教人不護着這枕兒心怏？〔歎介〕忽突帳，六十年光景，熟不的半箸黄粱。

〔吕上笑介〕山静似太古，日長如小年。盧生，睡的可得意麽？〔生〕老翁，太奇，太奇。俺一徑的搶中了唐家狀元，替唐天子開了三百里河路，打過了一千里邊關哩。〔吕笑介〕咦，多少功勞！〔生〕老翁不知，小生也不敢訴聞。恁大功勞，還聽個讒臣宇文丞相之言，賜斬咸陽都市。⑩喜得妻兒哭救，遠竄嶺南，直走到崖州鬼門關外。〔吕〕僥倖，僥倖。後來？〔生〕後來有得蕭裴二位年兄辯救，欽取還朝，依舊拜爲首相。金屋名園，歌兒舞女，不記其數。親戚俱是王侯，子孫無非恩蔭。仕宦五十餘年，整整的活到八十多歲。〔吕〕你説大丈夫當建功樹名，出將入相，列鼎而食，選聲而聽，使宗族茂盛而家用肥饒，然後可言得意。如子所遇，豈不然乎？此際尋思，得意何在？〔生想介〕便是呢，黄粱飯好香也。〔吕〕子方列鼎而食，希罕此黄粱飯乎？

【玉鶯啼】你堂餐多飽，鼻尖頭還新廚飯香。〔生〕黄粱恁般難熟。〔吕〕這黄粱是水火勾當，好枕兒邊問你那崔氏糟糠。可還挑黃粱半筯，與你那兒郎豢養。〔生想介〕好多時候哩。〔呂笑介〕終不然水米無交，蚤滾熟了山河半餉。你希㊁迷想，怎不把來時路玉真重訪？

〔生笑介〕老翁，教我把玉真重訪，難道來時路還在這枕眼㊂裏？〔再看枕歎介〕咳，枕兒，枕兒，你把我盧生有家難奔，有國難投。別的罷了，則可惜俺那幾個官生兒子呵！〔呂笑介〕你那兒子，難道是你養的？〔生〕誰養的？〔呂〕是那店中雞兒狗兒變的。〔生〕咳，明明的有妻，清河崔氏，坐堂招夫。〔呂〕便是崔氏也是你那胯下青驢變的，盧配馬爲驢。〔生想介〕這等，一輩兒君王臣宰，從何而來？〔呂〕都是妄想遊魂，參成世界。〔生歎介〕老翁，老翁，盧生如今惺悟了。人生眷屬，亦猶是耳，豈有真實相乎？其間寵辱之數，得喪之理，生死之情，盡知之矣。

【簇御林】㊃風流帳，難算場。死生情空跳浪，埋頭午夢人胡撞。剛等得花陰過窗，雞聲過牆，説甚麼張燈喫飯纔停當？罷了，功名身外事，俺都不去料理他，只拜了師父罷。〔拜介〕似黃粱，浮生稊米，都付與滾鍋湯。

【啄木兒】〔呂〕成驚怳忒遽忙，敲破了枕函我也無伎倆。你拜了我，便要跟我雲遊了。

〔生〕便跟師父雲遊去。〔呂〕求道之人，草衣木食，露宿風餐，你做功臣的人怎生享用的？〔生〕師父又取笑了。〔呂〕還一件，徒弟有參差的所在，師父當頭拄杖，就打死了，眉也不許皺一皺。〔生〕

弟子雲陽市上都不曾瞅個眉，怎怕的師父打？〔吕笑介〕你雖然㈣寐語星星，怕猛然間舊夢遊揚。〔生〕白日青天，還做甚麼夢也？師父。〔吕〕你果然比黄齏苦辣能供養，比餐刀痛澀能回向，也還要請個盟證先生和你議久長。

〔生〕便隨師父尋個證盟師去。

【滴溜子】跟師父，跟師父，山悠水長。那證盟的，證盟的，他何人那方？不離了，邯鄲道上，一匝眼煮黄粱，鍋未響。六十載光陰，唱好是忙。

【尾聲】〔生〕俺識破了去求仙日夜忙。師父，證盟師在那裏？〔吕〕有個小庵兒唤做蓬萊方丈。〔生〕這等快行，快行。〔丑〕黄粱飯熟，可喫了去。〔生〕罷了，罷了，待你熟黄粱又把俺那一枕遊仙擔誤的廣。〔下〕

〔丑〕好笑，好笑，一個活神仙度了盧秀才去了。

生死長安道，邯鄲正午炊。
蚤知燈是火，飯熟幾多時。

【校】

㈠ 合，原誤作「旦」，據各本改。

㊁好，清暉、獨深、竹林三本俱作「生」。

㊂下，原作「介」，據清暉、獨深、竹林三本改。

㊃原奪「領聖旨」疊句，據葉譜補。

㊄出雄藩垣，朱墨本作「出鎮藩服」。

㊅針灸，朱墨本作「調養」。

㊆「背」字下疑奪「一」「語」字。

㊇蔭，各本俱作「應」。

㊈朱墨本無「殆將湓盡」以下四句。

㊉咸陽都市，獨深本作「雲陽市」。

⑪希，獨深本作「休」。

⑫眼，原誤作「根」，據朱墨本改。

⑬簇御林，葉譜題作御林鶯，謂簇御林犯黄鶯兒。

⑭「雖然」下，朱墨本有「是」字。

第三十齣　合仙

【清江引】〔鍾離上〕漢鍾離半世㈠有神仙分，道貌生來坌。〔曹舅上〕那雖然國舅親，富貴做尋常論。〔合〕世上人，不學仙真是蠢。

【前腔】〔鐵拐上〕這拐兒是我出海撩雲棍，一步步把蓬萊寸。〔采和上〕高歌踏踏春，孌弄的隨時諢。〔合前〕

【前腔】〔韓湘上〕小韓湘會造逡巡醖，把頃刻花題韻。〔何姑上〕我笊篱兒漏洩春，撈不上的閒愁悶。〔合前〕

〔衆仙起手介〕〔何笑介〕鍾離公，着你高徒洞賓子奉東華道旨，下界度引真仙，還不見到，好悶人也。〔拐打何介〕啐，做仙姑還有的想，我一拐打斷你笊篱根。〔漢笑介〕大家蟠桃花下走跳去。漢鍾離到老梳丫髻，曹國舅帶醉舞朝衣。李孔目拄着拐打磕睡，何仙姑拈針補笊篱。藍采和海山充樂探，韓湘子風雪棄前妻。兀那張果老五星輪的穩，算定着呂純陽三醉岳陽回。〔衆下〕〔呂引生上〕

【仙呂點絳脣】一片紅塵，百年銷盡，閒營運。夢醒逡巡，蚤過了茶時分。

〔生〕師父，前面一簇高山流水是那裏？〔呂〕此乃蓬萊滄海，大修行之處也。〔生〕那裏有甚麼景致？

【混江龍】〔呂〕這裏望前征進，明寫着碧桃花下海仙門。到時節三光不夜，那其間四季長春。〔生〕呀，望見大海那蓬萊方丈了。那山上敢也有虎？便是這海子又有鯨鼇。〔呂笑介〕就裏這海濤中，有三番十五衆鼇魚轉眼。到的那山島上，止一斤十六兩白虎騰身。〔生〕海船那裏？〔呂〕你背着師父去。〔生怕介〕〔呂〕你合着眼過去。〔生背介〕一匝眼過了海也。〔望介〕喜的没有颶風。赫赫，海子外没個州郡，淒涼人也！〔呂〕你道是仙人島有三萬丈清涼界全無州郡，比你那鬼門關八千里烟瘴地遠惡州軍。〔生〕可有翦徑的？〔呂〕翦徑的無過是走傍門，提外事貪天小品。〔生〕也有跳鬼的？〔呂〕跳鬼的有得那出陽神，抛伎子散地全真。〔生望介〕呀，雲端之下，是有人家。怎生穿紅穿緑，跏的跛的，老的小的？是怎的起㈡有這等一班人物？〔呂〕都是你的證盟㈢師了。數你聽：有一個漢鍾離雙丫髻，蒼顔道扮；一個曹國舅八采眉，象簡朝紳；一個韓湘子棄舉業，儒門子弟；一個藍采和他是個打院本，樂户官身；一個拄鐵拐的李孔目，帶些殘疾；一個荷飯笊何仙姑，挫過了殘春。〔生〕他們日夜在這所在貴幹？〔呂〕他們無日夜演禽星看卦氣，抽添水火。有時節點殘碁斟壽酒，笑傲乾坤。〔生〕這都是生成的神仙，怕修行的不能勾？〔呂〕雖則是受生門，緑眼睛紅腦子，仙風道骨。也恰向修行路，按尾閭通夾脊，換髓移筋。〔生〕弟子小可能到此？〔呂〕你可也有福力開了頭崔氏宅夫榮妻貴，無業障掃了脚唐家地蔭子遺孫。可是你三轉身單注着邯鄲道禄盡衣絶，一睫眼猛守的清河店米沸湯渾。〔生笑介〕弟子一生躭閣了個情字。〔呂〕蚤則是火傳薪半竈的燒殘情榾柮，卻怎生風鼓鞲一鍋兒吹醒睡餛飩？也因你有半仙之分能消受，遇着我大道其間細講論。〔望介〕〔生〕兀那來的老者眉毛多長。〔呂〕眼睁着張果老，把眉毛褪。雖不是開山作祖，仙分裏爲尊。

【清江引】〔果老上〕看蟠花兩度唐堯運，甲子何勞問。蓬山好看春，只要有神仙分。〔合〕世上人，不學仙真是蠢。

〔呂稽首叫生後跪迎介〕〔呂〕張仙翁，呂巖稽首。〔張〕後面跪的何人？〔生〕前唐朝狀元丞相趙國公盧生叩參。〔張笑介〕請起，老國公，老丞相，這等寒酸了。〔生〕做夢哩。〔張笑介〕可是夢哩？也虧你奈煩了五十年人我是非，詫異，詫異。〔生〕是也。〔張〕盧生前來。〔生跪介〕〔張〕你雖然到了荒山，看你癡情未盡，我請衆仙出來提醒你一番，你一樁樁懺悔者。〔生應介〕〔衆仙漁鼓簡子唱上介〕上鵲橋，下鵲橋。天應星，地應潮。響繃繃漁鼓鬧雲樵，酒暖金花探着藥苗。青童笑來玉女嬌，火候傷丹細細的調。轉河關撒手正逍遥，莫把海山春躭誤了。〔見介〕張翁稽首了。〔何見介〕洞賓先生引的這癡荅漢來了。〔呂〕仙姑，恰好蟠桃宴時節哩。〔生〕師父，只説你是回㊃道人，原來便是呂洞賓活神仙，我拜的着也。〔張〕衆仙真，可將他夢中之境，逐位點醒他，證盟一番，方好收度。〔衆〕仙翁主見極明，癡人跪下。〔六仙依次責問〕〔生跪介〕

【浪淘沙】〔漢〕甚麼大姻親？太歲花神，粉骷髏門户一時新。那崔氏的人兒何處也？你個癡人。〔生叩頭答介〕〔合〕㊄我是個癡人。

【前腔】〔曹〕甚麼大關津？使着錢神，插宫花御酒笑生春。奪取的狀元何處也？你個癡人。〔生叩頭答介〕〔合前〕

【前腔】〔李〕甚麼大功臣？掘斷河津，爲開疆展土害了人民。勒石的功名何處也？你個癡人。〔生叩頭答介〕〔合前〕

【前腔】〔藍〕甚麼大寃親？竄貶在烟塵，雲陽市斬首潑鮮新。受過的悽惶何處也？你個癡人。〔生叩頭答介〕〔合前〕

【前腔】〔韓〕甚麼大階勳？賓客填門，猛金釵十二醉樓春。受用過家園何處也？你個癡人。〔生叩頭答介〕〔合前〕

【前腔】〔何〕甚麼大恩親？纏到八旬，還乞恩忍死護兒孫。鬧喳喳孝堂何處也？你個癡人。〔生叩頭答介〕〔合前〕

〔張〕且住，盧生被衆仙真數落，這一會他敢醒也？〔生〕弟子老實醒也。〔張〕盧生聽吾法旨：你本是邯鄲道儒生未遇，爲功名想得成癡。幸直着小二店乾坤逆旅，過去了八十載人我是非。掙醒來端然㊅一夢，道人間飯熟多時。誰信道趙州橋半夜水漲，剛打到丞相府白日鬼迷。你和那崔氏女抛殘午夢，虧了洞賓子攛弄天機。黄粱飯難消一粒，葫蘆藥到用的刀圭。垂目睡加工水汞，自心息把東金鍊齊。心生性吾心自悟，一二三主人住持。饑時節和你安爐㊆作竈，醒了後又怕你苦眼鋪眉。叫鐵拐子把思凡枕葫蘆提拄碎，請仙姑女把那殘花帚欛柄子傳題。直掃得無花無地非爲罕，這其間忘帚忘箕㊇不是癡。那時節騎鸞鶴朝元證聖，纔是你跨驢駒入夢便宜。〔吕〕盧生領了帚，拜謝仙翁。〔生領帚拜介〕

【沈醉㊈東風】再不想烟花故人，再不想金玉拖身。〔吕〕你三生配馬驢，一世行官運，碑記上到頭難認。〔漢曹〕富貴場中走一塵，只落得高人笑哂。

【前腔】〔生〕雲陽市餐刀嚇人，鬼門關掙脱了這殘生。〔吕〕這等驚惶你還未醒，苦戀着三台印，那其間多少冤親？〔拐藍〕日未殛西蚤欠申，有甚麼商量要緊？

【前腔】〔生〕做神仙半是齊天福人，海山深躲脱了閒身。〔吕〕你掀開肉弔窗，蘸破花營運，賣花聲唤醒迷魂。〔韓何〕眼見桃花又一春，人世上行眠立盹。〔生掃花介〕

【前腔】〔生〕除了籍看茱㊉黍邯鄲縣人，着了役掃桃花閬苑童身。老師父，你弟子癡愚，還怕今日遇仙也是夢哩。雖然妄蚤醒，還怕真難認。〔衆〕你怎生只弄精魂？便做的癡人説夢兩難分，畢竟是遊仙夢穩。

〔張〕朝東華帝君去。〔衆鼓板行介〕

【清江引】儘榮華掃盡前生分，枉把癡人困。蟠桃瘦作薪，海水乾成暈。那時節一翻身，敢黃粱鍋待滾？

【尾聲】㊁度卻盧生這一人，把人情世故都高談盡，則要你世上人夢回時心自忖。

莫醉笙歌掩畫堂，暮年初信夢中長。
如今暗與心相約，靜對高齋一炷香。㊂

【校】

㊀世，清暉、獨深、竹林三本俱作「老」。

㊁起，朱墨本作「豈」。

㊂盟，原誤作「明」，據朱墨本改。

㊃回，原誤作「何」，據朱墨、清暉、竹林三本改。

㊄原奪「合」字，據朱墨本補。

㊅端然，朱墨本誤作「炊人」。

㊆壚，清暉本、竹林本俱作「鑪」。

㊇忘帚忘箕，朱墨、清暉、竹林三本俱誤作「忘掃忘帚」。

⑨「沈醉」上原有「北」字，衍，據葉譜刪。

⑩「茱」字疑誤，葉譜作「秫」。

⑪尾聲，原作「北尾」，據獨深本、葉譜改。

⑫下場詩上，清暉、獨深、竹林三本俱有「集唐」二字。

附紫簫記

紫簫記目録㈠

【校】

㊀ 富春本無目録。

李十郎紫簫記㊀

明　湯顯祖著㊁

第一齣　開宗㊂

【小重山】〔末上〕瑞日山河錦繡新，邀歡臨翠陌，轉芳塵。共攀桃李出精神，風色好，西第幾留賓。　銀燭映紅綸，此時花和月，最關人。翠盤輕舞細腰身，嬌鶯囀，一曲奏陽春。

衆賓㊃請勿諠，見今後房子弟搬演李十郎紫簫記，聽賤子略道家門大旨：

【鳳凰臺上憶吹簫】李益才人，王孫愛女，詩媒十字相招。喜華清玉琯，暗脱元宵。殿試十郎榮耀，參軍去七夕銀橋。歸來後，和親出塞，戰苦天驕。　嬌嬈，漢春徐女，與十郎作小，同受飄摇。起無端貝錦，賣了瓊簫。急相逢天涯好友，幸生還一品當朝。因緣好，從前癡妬，一筆勾消。㊄

李十郎名標玉簡，　　霍郡主巧拾瓊簫。

尚子毗開圍救友，　唐公主出塞還朝。

【校】

㊀原題紫簫記，富春本作新刻出像點板音注李十郎紫簫記，今據富春本改用全名。
㊁富春本分四卷：一齣至九齣爲卷一；十齣至十五齣爲卷二；十六齣至二十四齣爲卷三；二十五齣至末爲卷四。卷首無著者名，每卷均有：「臨川紅泉館編、新都綠筠軒校、金陵富春堂梓」三行題識。
㊂富春本無齣目。下同。
㊃「衆賓」上原有「末」字，衍，據富春本删。
㊄勾消，富春本作「都勾」，失韻，蓋誤。

第二齣　友集

【珍珠簾】〔李十郎上〕春明曉燦青帝瑞，臨東觀，雲氣光華重旦。紅日麗長安，人傍靈臺風轉。芳椒今已獻慶元，會萬年觴滿。綵勝出宮花，柳色青袍欲换。

帝里新元會，天門拂曙開。瑞雲生寶鼎，暖吹度靈臺。萬户宜春帖，千官獻壽杯。丹墀多計吏，搦管問賢才。小生姓李，名益，字君虞；隴西人氏。先君諱揆，前朝相國；先母辛氏，狄道夫人。貴襲貂裘，祥標鵲印。朱輪十乘，紫詔千篇。王子敬家藏賜書，率多異本；梁太祖府充名畫，並是奇蹤。小生少愛㊀窮玄，早持堅白。熊熊旦上，層城抱日月之光；閃閃宵飛，南斗觸蛟龍之氣。對江夏黄童之日晷，發清河管輅之天文。兄弟十人，生居其末，俗號十郎。正是：賈家三虎，偉節最著；荀氏八龍，慈明無雙。朱公叔之恣學，中食忘餐；譙允南之研精，欣然獨笑。文犀健筆，白鳳琱章。懸針倒薤之書，雲氣芝英之簡。壇場草樹，院宇風烟。閒則飄舉五方，遊戲三昧。經稱小品，還下二百籤；賦爲名都，略點八十處。看郭象之注逍遥，何如向子？斷平叔之言道德，不及王生。頗吟招隱之章，輒動懷仙之操。笑時流義輕於粟，鄙儒輩知不如葵。悲蒯生一説而亡三，詫墨子九拒而餘六。園池幸足，臺閣無心。争奈朋友彈冠，郡縣勸駕。趙元叔河南計吏，張昌㊁宗丹陽孝廉。忝春官㊂桃李之塵，雜上苑桂林之玉。正及殿試，忽奏吐蕃入破隴西數郡，抄至咸陽，烽火照于甘泉，車駕親屯細柳。暫輟龍軒之對，俱奔燕幕之生。比向隴西，奄成塞北。楊祖德家惟弱柳，殷仲文庭止枯槐。三川爲飲馬之泉，陸渾纏兵妖之氣。旁藩列鎮，據穴橫兵。井樹無遺，干戈滿地。金魚玉盌，感朝暮之情多；寶軸龍文，歎文武之道盡。顧松楸而耿涕，去桑梓以遥奔。依止神京，春燕並巢林木；摧殘旅館，秋鴻半落蘆洲。且喜生意漸回，春光再轉。今日是元和十四年正月朔旦，兼逢是日立春。天下朝覲官員，應制士子，俱入雲龍門太極殿朝賀。萬疊雲中窺日，九光霞裏朝元。車喧百子之鈴，庭現九金之鼎。戲魚成殿，預㊃章宫裏朝儀；舞馬登牀，花萼樓前故事。帝御青龍之座，光生萬户千門；人斟㊄白虎之尊，響動千秋萬歲。朝畢之後，光禄賜宴。皇恩洽，羣臣醉。降氤氲，調元氣。誰道七哀無象？由來萬樂有聲。只是一件，小生年已十九，逢此佳節，尚未婚宦。㊅椒花可頌，不逢劉氏之媛；柏葉空傳，未取戴憑之席。以此長歎，及此春新。所喜五陵豪傑，多所知名；四姓小侯，争來識面。有個故舊喚做花卿，字敬定，曾授西川節度，今升驃騎將軍；有一個武舉生徐州石雄。字子英，智勇無雙，在京中武選；有一個吐蕃侍子喚做尚子毗，羊同部崑崙山下人，在此入國子監受業；三君年紀不同，俱稱豪傑。今曉㊆賀正朝門外，相約過我，館中拜正。已喚青兒置酒，不知齊備否？〔青兒上〕梅花欲待歌前發，蘭氣先過酒上春。稟相公：柏葉酒，五辛盤，俱已齊備。〔生〕門外伺候，三位老爺至即通報。〔青兒〕理會得。

【賀聖朝】〔花卿石子英尚子毗上〕皇州暖律星旋，榮光燭地翔天。雲龍門外慶朝元，看萬國春前。

〔相見拜介〕天正初啓節，日陸蚤迎祥。百靈添景福，萬里慶年光。〔開敍科〕〔花卿〕十郎，你們才子，年年元日試筆，可已有新作否？〔十郎〕朝罷歸館中，遥望故鄉幾拜，不勝客邸之思；旋即整具辛盤，奉候佳客，未遑及於毫翰。〔花卿〕對客揮毫，便可口占絶句一首。只是一件，不許用舊年元日的詩，立一新體。上句要説自己，或表字，或姓名，或俗號；下三句説自家新年來意概何如？〔十郎〕願老將軍先占。〔花卿占詩介〕道是花卿出衆來，將軍曾宴集靈臺。雲龍帝座朝元日，羽衛鵰盤紫氣迴。〔十郎〕正是驍騎將軍意概。詩到石子英了。〔石占詩介〕身是淮南石子英，翹關此日拜王正。願令春氣銷兵氣，無事空邀麟閣名。〔十郎〕好，武狀元的意概。詩到尚子毗了。〔尚占詩介〕身是崑崙尚子毗，朝正侍子拜龍墀。西歸更祝金王母，玉琯東風滿月支。〔十郎〕正是侍子的意概了。〔花石尚〕請教十郎。〔十郎笑占詩介〕四海才情李十郎，春開閶闔轉年光。椒花此日傳椒殿，柏葉新年侍柏梁。〔花石尚〕十郎意概，一定中狀元了。〔青兒持酒上跪介〕小青兒也新正口占幾句。〔衆笑介〕好，你也學做詩。〔青兒〕我相公玉笈金書，牙籤寶軼。中間覓怪搜奇，分門索類。俺相公目即成誦⑧，在青兒手不停批。〔花卿〕這等是近墨者黑，你便占來。〔青兒占詩介〕書房僮幹小青兒，春日春盤青菜絲，老我百年愁爛熳，呼兒覓紙一題詩。〔花笑介〕好！杜子美是我的老朋友，他的詩到被你小使們抄來抄去，也抄熟了。〔青兒〕也抄不全，只抄得些杜律虞注。〔十郎〕小廝不要胡謅，看酒過來。〔把酒科〕

【玉芙蓉】椒花媚曉春，柏葉傳芳醞。願花神作主，暗催花信。良家少俠隨魚陣，侍子陽和起雁臣。〔合〕青韶映，看條風拂水，獻歲含英，年年春色倍還人。

【前腔】〔花石尚〕⑨祥雲入吕新，麗日長安近。向正元共祝，壽觴初進。丹蓂瑞曆宜三正，粉荔高盤簇五辛。〔合〕春風鬢，笑林中未有，柳上先過，屠蘇偏讓少年人。

〔國子監差人上報介〕道有韶華地，偏宜令節新。今日聖旨：凡在京文武學生，四夷侍子，俱要入太學習樂。石老爺尚老爺要行了。〔石尚二客辭别介〕老將軍再飲數盃去。無事逐梅花，相教覓楊柳。且復去還來，含情寄盃酒。〔下〕⑩〔内作鼓笛唱〕喜春光歲首還。〔十郎問介〕什麽人在門外唱？〔花卿〕想是教坊子弟迎春還的。〔十郎〕青兒，外面叫那唱的進來，勸花老爺酒。〔教坊上見叩頭介〕久聞隴西李十郎相公大名，教坊們迎春而回，在此經過，敬獻一曲。〔唱介〕

【雁來紅】喜春光歲首還，醉芳辰媚遠天，晨祥此日開春殿。緹琯風灰轉，一片青旛暖玉田。〔合〕黄雲見，人霑聖泉，露盤漿長樂宴。

〔十郎〕⑪勞了！〔教坊〕還舞一曲。〔唱介〕

【前腔】女夷歌寶瑟絃，舞雲翹綵勝偏，青湖富貴長如願。畫帖宜春燕，柳帶桃枝又一年。〔合〕香書獻，御龍佩懸，展銀幡開笑面。

〔十郎〕勞了！青兒，取錦帕銀錢，賞他們去。〔教坊〕不須賞。俺們教坊中供奉，不唱舊詞，只要見今有名才子詩曲。玉樹園中，何但先朝伴侶；沈香亭北，曾經後夜清平。李嶠在時，一歌「汾水」；王維去後，懶唱陽關。今日十郎之名，遍滿京都。欲譜陽春，翻歌子夜。但得巧心一詞，不用纏頭雙錦。〔十郎笑介〕原來你們都唱新詞了，到有志氣。只一件來，客中篇製不多，復爲好事傳去。你今後供奉，旋來相求未晚。〔教坊〕教坊們供奉都有時節，且求眼下急用新詞：霍王府裏，最重人日登高；皇帝御前，首要元宵設宴。請相公先揮寸管，見借二詞。〔花卿〕十郎便可揮與他去。〔十郎〕使得。〔十郎做吟哦寫介〕〔付與教坊介〕人日詞可用宜春令譜之，元宵曲可用探春燈譜之。〔教坊背看新詞笑贊介〕奇哉！奇哉！果是洛陽秀才。〔回身介〕借相公酒謝一杯。〔唱介〕

【簇御林】銅駞陌，集少年。金馬門，尋俊賢。新詞巧出驪珠串，這才華定是金閨彥。

〔合〕看新年，雲香浪暖，變化濯龍川。

〔花卿〕你們不知，這小詞兒，大才的人着甚麽緊。

【前腔】青雲器，白雪篇。待吹噓，送上天。胸𢦏列宿人空羨，倒珠璣寫出君裁見。〔合前〕

〔教坊辭介〕〔十郎〕客館蕭條，勞卿歌舞。〔教坊〕優㊁人競勸宜春酒，才子新抽絶妙詞。〔下〕

【尾聲】〔十郎〕㊂春氣待芳金谷苑，春歌囀暖玉隆天。〔花卿〕十郎，明後日可過寒衙一飲，有姬鮑四娘可出勸酒。好看桃李過青軒。

九天春色滿神皐，　燕市相過意氣豪。
綠酒待看花爛熳，　陽春初奏曲彌高。

【校】

㈠愛，原作「與」，據富春本改。

㈡昌，富春本作「長」，未知孰是，待考。

㈢官，原誤作「宮」，據富春本改。

㈣預，當作「豫」。

㈤斟，富春本作「瞻」。

㈥尚未婚宦，富春本作「尚無婚室」，則下文「柏葉」云云便無着落，蓋誤。

㈦曉，富春本作「早」。

㈧俺相公目即成誦，富春本作「在相公目過成誦」。

㈨原無「花石尚」三字，據富春本補。

㈩「石尚二客辭別介」下，原有「十郎」二字；「下」字上原有「石尚」二字。案：這幾句白乃是石尚告別語和下場詩，非十郎所念。據富春本刪。

⑪「勞了」上，富春本有「有」字。下同。

⑫優，富春本作「佳」。

⑬原無「十郎」二字，據辭意補。

第三齣　探春

【滿宮花】〔鄭六娘帶侍女浣紗上〕陌似春，樓似綺，腰細楚王宮裏。〔浣紗捲簾科〕鈿籠金瑣睡鴛鴦，高軸畫簾珠翠。

〔六娘〕〔訴衷情〕紅梅高簇小樓臺，風和錦繡開。新睡覺，報春回，山枕映紅腮。羅袖裛香媒，步芳階。從今蝶暖花融晝，幾回來。自家鄭六娘是也。與杜秋娘同是内家第一班絃索，後來詔賜諸王歌舞，老身與杜秋娘同籍霍王邸。在伍中雖非碧玉之容，與拂雲臺之席。陽城㊀妬盡，那曾南户窺郎；冰井才多，每聽西園侍客。三星罷望，八子陪歡。生下女兒一人，名唤小玉。年方二八，才色殊人。畫出天仙，生成月姊。南都石黛，分翠羽之雙蛾；北地燕脂，寫芙蓉之兩頰。稱詩説禮，唾東鄰之自媒；雅舞清歌，哂西施之被教。驚鸞冶袖，誰偷得韓掾之香；繡蝶長裙，未結下漢姝之佩。住下紅樓一座，金枝晻映，玉樹玲瓏。起紅壁之朱塵，寫青錢之翠影。窺窗玉女，靈光殿上神仙；聚陌春人，行雨山前氣色。此際春新明媚，梅花待落，柳葉新開。王孫苑裏，便有春游士女。不免唤出小玉，望春一會。正是：凍解池開緑，雲穿天半晴。游心不應動，爲此欲逢迎。浣紗，叫櫻桃請郡主出來。〔請介〕〔霍小玉帶侍女櫻桃上〕

【滿宮花後】緑粉窗前香雪膩，乍雨黄鶯雙起。〔櫻桃〕郡主呵，驚春游女探芳菲，你看開到柳條還未？

〔娘女相見，浣紗櫻桃叩頭介〕〔小玉〕日長消盡繡工夫，喚兒怎的？〔六娘〕曉春春游，與女兒同步翠閣銀塘者。〔行介〕〔六娘〕春還春望美，〔小玉〕春色春人過。〔浣紗〕春風春日裊，〔櫻桃〕春情春夜多。

夫人，到翠閣銀塘也。〔六娘〕

【綿搭絮】繡閫清悄，鶯錦護妖韶。晝粉雲屏，寶鴨薰爐對寂寥。〔浣紗〕夫人寬懷。〔六娘〕破花朝，儘着逍遥。那管得桂叢人老，香夢無聊！〔合〕兀自裹袖染檀紅，銀字笙寒不奈調。

【前腔】〔小玉〕瓊樓春照，雲鬟裊金翹。〔櫻桃〕郡主，你聽別院碁聲呵，碎玉凝霞，驚起紅房醉欲銷。〔内作鳥聲，櫻桃伴小玉游介〕囀鶯嬌，細葉柔條。正是落梅時候，薄袖輕搖。〔合〕無人處拾翠閒行，烟逕霏迷罨畫橋。

【前腔】〔浣紗〕啄花紅溜，畫鳥拂輕綃。〔浣紗略舉手舞介〕謾試春衫，人影衣香一路飄。軟嬌嬈，慣裊纖腰。〔浣紗開懷叫天暖介〕愛殺暖池吹皺，翡翠蘭苕。〔六娘〕浣紗，怎的把懷鬆了？〔合〕背人處繡抹酥胸，暗束琴心未許挑。

【前腔】〔櫻桃〕臉霞宜笑，幾度惜春宵。窣錦銀泥，十二青樓拂袖招。杏花梢，暖破寒消。〔浣紗〕櫻桃姐，你看陌上游郎，好不嬌俊！〔櫻桃歎息介〕貪看寶鞭年少，眼色輕撩。〔六娘〕櫻桃，怎的説那年少？〔合〕瑣香奩玉燕金蟲，淡翠眉峯祇自描。

【餘文】〔六娘〕㊁春墀緑草愛人嬌，玲瓏珠閣坐烟宵。㊂你歸去繡房呵，還把金針鳳眼挑。

楊柳春風本自奇，紅綸吹暖映銅池。
臨闌折得花枝笑，恰是王孫草緑時。

【校】

㊀城，原誤作「成」，今正。紫釵記襲用此句也作「城」。

㊁「六娘」二字原在「你歸去」上，據富春本移前。

㊂「你歸去」上，富春本有「小玉兒」三字。

第四齣　換馬

【夜遊朝】㊀〔花卿上〕棨戟黃牙金埒擁，文貂錦帶玉鞬幪。暫喜繡甲塵浮，綠槍苔卧，清世龍鈐何用！

戍罷旌幢映錦川，白頭猶自戴金蟬。調箏解唱關山月，還似春歌石鏡前。自家花卿是也。唐朝驃騎將軍，出鎮西蜀。今已還朝閒住，食禄二千石，玉帶蟒袍。有伎妾一人，喚做鮑四娘。容色多情，周旋少好。雙聲曲引，營妓無雙；一手琵琶，教坊第一。怕有畫堂人到，相教綠酒歌傳。鮑四娘何在？

【賞宮花】〔鮑四娘上〕畫閣紅梅芳色弄，玉管吹舒，柳容瑣翠蕙烟籠。寒峭曉春殘夢，柔暈怯東風。

將軍萬福！〔花卿〕喚你出來有話：前日迎春，遇故人才子李十郎，約今日來我營中飲酒，已教庖人辨治，想便到來。你可抖擻歌喉，安排舞態。〔四娘〕理會得。〔花卿〕還分付你：俺記得李十郎詩，有「開簾風動竹，疑是故人來」之句，你便可將「開簾風動」句造一曲，換新詞歌之。他不日翰林供奉了。〔四娘〕省得。

【步蟾宮】〔十郎上〕御溝萍吹全銷凍，麗園花事從容。芳菲池館畫橋東，有個人兒共。

〔相見介，并問鮑四娘久聞介〕〔花卿〕鮑四娘代我把盞，唱一新詞。〔四娘送酒介〕

【五供養】開簾風動，吹幙霞翻，罩鼎烟濃。承雲開舞扇，匝地起歌鐘。雲屏障疊繞，畫翠輕紅重。風流縈秀色，富貴綺春叢。玉壘嫖姚，翰林供奉。

〔花卿〕十郎，你有「開簾風動」之詩，他有「開簾風動」之曲，真好意態。一武一文，是二難并了。當爲四娘各飲大金巵取醉。

【前腔】〔四娘〕㊁紅筵巄嵸，醁醑氤氳，珠曲玲瓏。畫裙朝彩襞，芳鬢曉雲融。神皐麗色絲，騎陌闐塵湧。纏頭花宛轉，蹀步錦丰茸。竹葉留連，梅花同夢。

〔十郎〕醉矣！〔花卿〕移去酒筵。醉卻芳春酒，還望春山郭。呀！多少游俠子，金鞍映華薄。十郎，你看春城陌上：

【江兒水】翠路平如水，紅騎迅似風。〔内作馬叫鈴響〕〔花卿〕左右，去尋問是誰家好馬？奔宵躡影蹄雲縱。〔卒子上報介〕是郭小侯家騎射。〔花卿〕十郎，你曉得郭小侯麽？是汾陽王的孫子。小侯王繁華多騎從，玉容將相麒麟種，緊趁青春閒鬨。呀！看他馬射絶精呵，羨他玉羽盤飛，巧把金丸疊中。

〔十郎〕將軍何羨此少年？他止是千金買馬，萬石調弓。將軍若有此馬，便出塞封侯。

【前腔】匹練江南路，乘黄塞北空。將軍若得此馬呵，風生鼻火魂飛動，立横草功名人歌頌。那時不得閒住，老卻將軍矣。金弢玉轡趨朝用，齊道花卿殊衆。昔馬伏波老年，尚平武陵蠻，鑄馬相。愛他金馬名圖，蚤向碧雞蠻洞。〔花卿〕十郎説得有理。左右，便追請郭小侯馬到此，問他更㈢賣否？〔内作人馬哄動叫請介〕〔郭小侯鞭馬上〕

【窣地錦襠】章臺走徧緑塵空，叫道花卿絶世雄。青絲繫馬繡林中，人在歌樓第幾重？〔花卿笑接介〕便在第一重門迎接了。〔請進相見介〕〔小侯〕這位是誰？〔花卿〕是隴西李十郎，來京應制。〔小侯〕這一位紅粉，可是將軍愛姬鮑四娘否？〔花卿〕正是。〔相見介〕〔小侯〕適戲馬彈鵰，將軍有何見召？〔花卿〕愛公子人馬雙駿，延至一飲，并問名馬從何而來？〔小侯〕人非玉人，馬如金馬。既然愛馬，先去門前一望，後來領酒。〔望馬科〕

【玉交枝】這馬呵，瑶池龍種，噴紅雲閶闔崆峒。湊蘭筋緑髮權奇聳，懸鈴鏡紫豔方瞳。虎背連錢映伏龍，麟文八暈旋奔蝀。〔十郎〕可得買否？〔小侯笑介〕蹄㈣翻玉俠路相逢，斗堆金侯家何用？〔花卿〕知買不得了。且進酒。〔小侯〕將軍看小生打鳥時，鮑四娘在否？〔花卿〕同見英風。〔小侯〕可勞一曲否？〔花卿〕鮑四娘把盞奏曲。

【前腔】〔四娘〕翠猥紅冗，步花光綺薄珠櫳。倚闌干十二層波送，春潮暈半醉芙蓉。慢粉晴嬌軟蝶慵，流黄暗滑雛鶯弄。揎紅袖笑捧金鐘，醉雕鞍爛傾銀甕。

〔小侯〕久聞鮑四娘閉月華容，停雲絶唱。此乃百萬蛾眉，何用千金馬骨！〔十娘〕花驃騎愛金埒之名馬，郭小侯賞玉麈之妙音，倘肯相移，各成其美。〔小侯〕果然驃騎貪雲騎，願向花卿覓愛卿。

〔花卿〕但得千金留越影，何妨一笑贈傾城。鮑四娘便可侍酒。拜送郭小侯處。

【泣顔回】〔花卿十郎小侯〕玉粉换青驄，片花銷減薰籠。飛香紅玉，並浮雲颯露行蹤。翔麟翠鴻，照飛霞，皎雪迴波動。對嬋娟白兔朦瞳，拚青臺銅雀飛冲。

〔鮑四娘啼介〕將軍這般薄倖！

【前腔】恁般教妾若爲容，美人化作奔虹。桃花玉面，等千金蹀舞春風。青絲綺櫳，共徘徊，顧影憐嬌寵。聽長鳴噴玉摇騣，怨紅顔薄命飛蓬。

〔花卿〕不消啼！丈夫志在功名，自後多在塞上了。

【山桃紅】歎花飛帳冷，人去屏空。一曲迴鸞奏，翻成斷鴻。你秀色憐么鳳，我見這叱撥馬呵，含思逐游龍。四娘，今宵夢裏，不要錯唤了人。睡醒時，休喬認，別是梨花夢也。郭小侯是年少公子，鮑四娘，你好生侍奉。軟款温柔，夜月春風。小侯呵，舊恨還新寵，串卻眉峯，著意温存，休傷翠容。

〔小侯〕不消囑付了，四娘穩心。

【下山虎】〔四娘〕纖蛾移鏡，愛鳥離籠。一縷青霞氣，飄搖任風。窣地裏愛著龍文，紫燕悲鳴別雄。㊄老爺，妾去後還覓一侍姬早晚伏侍否？〔花卿〕我有塞上之心，無復房中之想。〔四娘〕老爺也年大了，保重！保重！去後離魂滿碧空，玉體煩珍重，莫道封侯在玉驄。老爺呵，妾侍奉歲久，妾去後，幾個家丁都是男子漢，小丫頭又不省事，夜來都睡着，誰人奉事得老爺周全？枕褥無人奉，怕的是春寒酒中，愁殺孤燈兩鬢翁。

〔十郎〕郭公子等久了，終是要別的。

【蠻牌令】趁青絲雲騎動，拭紅淚臉珠融。〔四娘罵十郎介〕冤家！爲你來惹出這斷腸事。那馬呵，將軍有日騎到小侯家來；只妾一去，永不得到將軍府矣。去馬思回鞚，飛花絕故叢。恨不得殺了那馬呵，紫叱撥將人斷送。老爺，你以後也過小侯府走一走，公子愛敬客，料不慢你。不道雲山萬重，隔寒暄，題書燕鴻。老爺，你説郭小侯愛奴音容，只怕去後呵，總斷舞零歌，落燼摧紅。

〔四娘哭倒介〕〔花卿〕討轎先送鮑四娘過郭府去，公子仍乘舊馬隨行。〔小侯〕已別有馬。〔四娘拜別介〕

【鷓鴣天】㊅去留天際慘雲容，胡馬依然戀朔風。〔花卿〕桃葉幾時還接取，〔四娘〕蘼蕪何日再相逢。〔衆擁四娘下〕〔小侯辭下〕〔花卿作笑介〕十郎。今夜繡閣無人，好是春宵寥寂，便可達曙一飲。〔十郎〕明日再來相伴。〔花卿〕左右，便將新馬送十郎去。如花妾，侶霞驄。雲龍暫送雲中客，明日呵，塞馬長隨塞上翁。㈦

謾自千金惜綺羅，桃花十倍價偏多。
啼妝墮馬都忘卻，興在青驪白玉珂。

【校】

㈠夜遊朝，應作夜遊湖；即夜行船的别名。
㈡原無「四娘」二字，富春本注有「鮑」字，據補。
㈢更，富春本作「肯」。
㈣蹄，原誤作「啼」，據富春本改。
㈤「别雄」下原有「四娘」二字，衍，據富春本删。
㈥鷓鴣天是引子作尾聲用。
㈦「塞上翁」下，富春本有「相别介」三字。

第五齣　縱姬

【天下樂】〔小侯上〕春風騎獵少年情，撼佩驚香蹀影行。看劍重傾燕客酒，對花新按越姬箏。

妖姬怨別侶，曙鳥憶辭家。何處題情思？春衫溼淚花。自家姓郭，名鋒，世號小侯。祖是汾陽王郭子儀；姊是當今貴妃娘娘，帶管皇后玉璽，生下太和公主一人。小子身是國舅，自小封侯。昨日走馬射鳥，過花驃驍門首，他看上我所騎之馬，請入歌樓，便以愛姬鮑四娘換去。那鮑四娘離別花卿，好生愁絶。到我府中，涕咽忘餐。呀，大丈夫何忍傷人之意乎！小使㊀，我分付你，送鮑四娘閒庭別院，隨他自便。只到良辰佳節，入我府中相隨歌舞便了。〔小使〕已送出鮑四娘去，就有一人稱是霍王府裏鄭六娘，請他教唱。〔小侯〕是了，那霍府中有個杜秋娘，原是鮑四娘弟子，因此鄭六娘也來請他。我在花卿筵上，見李十郎讀盡萬卷書，纔得科名；花卿偌大年紀，要換馬邊疆立功；誰似我自小封侯，多少快活！〔小使〕正是㊁：天下㊂三山客，人間萬户侯。〔小侯〕你看俺：

【五供養】蟬花半臂，剗戴飄冠，挾綬藏緋。長襬出獵馬，數换打毬衣。傾銀注玉作，使錦靴紅袂。笙歌隨騎擁，寶燭待郎歸。花鳥三春，王侯百歲。

〔小侯〕年少新豐斗十千，〔使〕長騎駿馬傍花眠。
〔小侯〕安知寂寞楊雲宅，〔使〕㈣暮宿靈臺私㈤自憐。

【校】

㈠小使，富春本作「小廝」。下同。
㈡「正是」上，富春本有「這」字。
㈢下，富春本作「上」。
㈣兩「小侯」、兩「使」字，原都在每句之下，據富春本移前。
㈤私，富春本作「秖」。

第六齣　審音

【繞池遊】〔鄭六娘小玉浣紗上〕璚樓麗彩，春色回雲海，閒院無人翠靄。㊀

【月宮春】〔六娘〕王家春到日初長，濃檀獸吐香。〔小玉〕畫鸞金蘂繡紅幫，盈盈步玉堂。〔浣紗〕花色賺人還院落，風光到處點金簧。〔六娘〕調罷隔簾鸚鵡，新聲教女郎。〔小玉〕娘說甚麽新聲教女郎？女兒好清淨，不慣弄曲。〔六娘〕梵偈仙歌，何妨清淨。我已着櫻桃去請鮑四娘，想已到來。

【前腔】〔四娘上〕團花細茝，檀板急相催，春晝瑣窗誰在？

自家鮑四娘是也。纔到郭小侯別院，卻道霍王府鄭六娘請俺教他郡主唱。㊁此中便是，不免進去。〔相見介〕〔六娘〕望卿卿不來，臨池畫春水。〔四娘〕與娘不相識，那得情如此？〔問小玉介〕這便是郡主麽？〔小玉拜介〕〔四娘〕好精致！寘墮學梳頭上髻，木難才作耳邊璫。新番豔曲教來好，腕裏聲低暗動郎。㊂〔小玉羞介〕〔六娘〕四娘，他年輕靦腆，聽奴一話：此際香塵麗日，紫陌青臺，多有新傳錦曲，別製檀歌。靈娥芳樹之音，上客幽蘭之曲。織綃泉上，歌成字字明珠；拾翠洲前，唱出篇篇緑羽。雲謠西北，驚教鶴舞成雙；日照東南，聽和魚麗數菓。教西家之好女，須南國之佳人。〔四娘〕六娘，奴家慣舞仙仙之珮，笑他生舞草迎人；能歌昔昔之鹽，恨半死歌泉喜客。清聲奏笛㊃，空隨郭字長生；澀指縫絲，曾教石家羣少。怎到得高雲不動，虛傳秦伎之名？那些有逸響猶飛，浪借韓娥之食？便唱淮南麗曲，敢向河間數錢。只是六娘請自方便者。〔櫻桃上〕玉杯寒意少，金屋豔情多。鳴環催妙舞，斂袖待新歌。稟上六娘：櫻桃纔到教坊游戲，抄得一紙新詞，道是隴西李十郎所作。六娘，你與郡主看者。〔小玉六娘四娘同看介〕呀！原來這紙詞是人日登高之曲，用宜春令譜之，好詞！好詞！〔四娘〕這人没有年紀，與俺相識。〔六娘笑介〕四娘，你好相識得人多哩。俺將此詞送到杜秋娘别院，隸習一番，明日霍王登高，便用此曲進酒。女兒，你從容伴四娘學謳者。〔四娘〕六娘相浼一事：杜秋娘從老身教唱，尚欠教錢百緡，他又教成弟子善才了，好將前件相償。〔六娘笑介〕四娘好記事哩。〔下〕〔四娘笑㊄小玉云〕郡主，你叫俺是師父了，在意聽俺教。〔浣紗〕四娘，教的曲子唱不得。〔四娘〕説那裏話？只要在行。郡主端坐，聽俺道來。唱有三緊：一要調兒記得遠；二要板兒落得穩；三要聲兒唱得滿。〔小玉〕調兒有許多？〔四娘〕一時數不起，略説大數：黄鐘二十四章，正宫二十五章，大石調二十一章，小石調五章，仙吕四十二章，中吕三十二章，南吕三十一章，雙調一百章，越調二十五章，商調十六章，商角調六章，般涉調八章，共三百三十五章。㊅從軒轅黄帝制律一十七宫調，至今留傳一十二調。中間又有音同名不同的，假如：一枝花便是占春魁，陽春曲便是喜春來，拋毬樂便是彩樓春，鬬蝦蟆便是草池春，六么遍便是柳梢青，昇平樂便是賣花聲，沽美酒便是瑤林宴，漢江秋便是荆襄怨，採茶歌便是楚江秋，乾荷葉便是翠盤秋，知秋令便是梧葉兒，荆山玉便是側磚兒，小沙門便是禿廝兒，憨郭郎便是蒙童兒，村裏秀才便是伴讀書，殿前歡便是鳳將雛㊆，掛玉鉤便是掛搭沽，醉娘子便是醉也摩挲㊇，喬木查便是銀漢槎㊈，調笑令便是含笑花，耍孩兒便是魔合羅，也不羅便是野落索，擂鼓體便是催花樂，靈壽杖便是呆骨朵，鷓鴣曲便是黑漆弩，滴滴金便是甜水令，陣陣贏便是得勝令，柳營曲便是寨兒令，急曲子便是急捉令〔一〇〕，歸塞北便是望江南，玄鶴鳴便是哭皇天，初問占〔一一〕便是卜金錢，撥不斷便是續斷絃，臉兒紅便是麻婆子，凌波仙便是水仙子，潘妃曲便是步步嬌，相公愛便是駙馬還朝，紅衲襖便是紅錦袍，女冠子便是雙鳳翹，朱履曲便是紅繡鞋，三臺印便是鬼三臺，小拜門便是不拜門，朝天子便是謁金門，壽陽曲便是落梅風，折桂令便是步蟾宮。郡主，又有名同音不同的，假如：黄鐘雙調都有水仙子，仙宮正宮都有端正好，中吕越調都有鬬鵪鶉，中吕南吕都有紅芍藥，中吕雙調都有醉春〔一二〕風，唱的不得廝〔一三〕混。又有字句多少都唱得的，相似：端正好，貨郎兒，混江龍，後庭花，青哥兒，梅花酒，新水令，折桂令，這幾章都增減唱得。中間還有道宮高平歇指〔一四〕，又有子母調一串驪珠，休得拗折嗓子。郡主，你明日要嫁個折桂枝的姐夫。俺先唱個折桂令你聽。

【北折桂令】展纖蛾怯的輕寒，軃著春衫，略櫳雲鬟。無人處向曉窗圓夢，暗損嬋娟。被人兒早扢了眉窩翠粉，被人兒早奚落了臂上檀痕。玉軟花眠，枕障爐烟，小鸚哥刮絮絮厭得聽聞。

〔小玉〕唱便唱得好，此乃游童豔婦之篇，非上客幽人之操。可有外間才子詩詞見示幾首？〔四娘〕外間才子，更有誰人？適纔教坊所傳人日登高之曲，便是個才子做的。那人與花卿相知，俺因此也熟其吟詠。〔小玉〕請教。〔四娘〕記得他有「開簾風動竹，疑是故人來」之句。〔小玉做吟詠介〕〔歎

〔介〕真雅情幽致，不減沈約江淹也。四娘，俺和你寶花闌外，翡翠池邊行行者。

【黄鶯兒】畫額綵屏開，鳳窠團弱線催，銀塘慢色春如海。葳蕤紫釵，玲瓏鏡臺，檀霞膩玉嬌痕在。四娘，這兩句詩真好也！〔合〕羡多才，開簾動竹，疑是故人來。

【前腔】〔四娘〕夢笑轉紅腮，展銀襜戲蝶迴，申腰小立迴闌外。香綦淺苔，深裾落梅，春閨暗恨頻眉帶。〔合前〕

〔四娘〕我看你愛他這詩忒緊，還不曾見那人哩。

【簇御林】凝粉面，映珠胎。似神僊，出紫臺。龍章鳳質多奇彩，璚林玉樹風塵外。

〔合前〕

〔小玉〕可也愛人。

【前腔】〔四娘〕他心良慧，影徘徊。不止你見了愛他，遍嬌娃，擲菓回。調琴獻帽多人愛，你見了呵，窺韓盼玉凝波待。〔合前〕

〔小玉〕他是何處人？

【尾聲】〔四娘〕隴西才子赴京來。〔小玉〕姓甚？名誰？〔四娘〕知名李十郎。〔小玉〕知他還有新篇在，〔四娘〕你要許多怎的？〔小玉〕要寫入秦樓聲一派。

〔四娘辭下〕〔小玉〕那人真好詩也！恨記不全，是他碎金殘璧。正是：

風簾摇竹動春陰，　爲拂餘埃寫緑琴。
莫道香閨絶流賞，　幽蘭原自有知音。

【校】

㈠此爲繞池游開頭三句，下三句省去。下曲同。池，原誤作「地」，今正。
㈡「此中」上，富春本有「迤逗行來」一句。
㈢聲低暗動郎，富春本作「低聲持勸郎」。
㈣笛，富春本作「曲」，誤。
㈤「笑」下疑奪一「向」字。富春本無此「笑小玉云」四字。
㈥此指北曲而言，全據太和正音譜。惟南吕原爲二十一章，此作「三十一」；越調原爲三十五章，此作「二十五」；均誤。大石小石，原誤作「大吕」「小吕」，據富春本改。
㈦案：殿前歡，又名鳳將雛、鳳引雛、小婦孩兒。富春本作「鳳雛兒」，蓋誤。
㈧案：掛玉鈎與挂搭沽不同，醉娘子與醉也摩挲不同，此俱沿正音譜之誤。
㈨案：曲譜俱作銀漢浮槎，此疑奪一「浮」字。
㈩急捉令，曲譜俱作促拍令。
⑪初問占，曲譜俱作初問口。

㈡春，原作「東」，誤，今正。案：醉春風本中吕曲，可借入雙調，與上述諸曲名同辭異者不同。

㈢廝，原作「索」，據富春本改。

㈣指，原誤作「拍」，據富春本改。

第七齣　遊仙

【神仗兒】〔二宮臣上〕靈辰青昊，春暉日耀。聽流鶯報道，今歲風光及蚤。喜人日是今朝，廣袖欲登高，忽聽西園召。

游客初梁邸，朝光入楚臺。賢王開令節，餘吹拂衣灰。自家霍王府左右尉是也。今日人日，霍王登高設宴，姬人鄭六娘杜秋娘俱已安排絲竹，在望春臺下伺候，想駕到來。

【望吾鄉】〔霍王上〕托體東朝，天門紫氣高。朝元殿上春明蚤，梁園雪罷啼春鳥。翠蓋擁幢麾，爐香撲絳袍，人日風光好。

草色王孫苑，雲光帝子家。瑤臺多暇日，酌醴對春華。自家霍王是也。順宗皇帝之弟，今上皇帝之叔。龍種多奇，鳳毛殊色。分土而開者九國，寧須立上東門；同日而策者三王，何事争强北土？不比宜春桃李，争如鄴下芙蓉？謝北海之文辭，空勞驛奏；少東平之知慧，有愧腰圍。豪傑游梁，侈賜旌旗萬乘；藏書等漢，閒參禮樂三雍。㊀雖然畫轂朱丹，愛鍊紫金黄白。風雲寄勝，花柳忘憂。有兩個侍妾：一個唤做鄭六娘，一個唤做杜秋娘，俱是内家分賜，在左右二十餘年。止是鄭姬生女小玉一人。二姬呵，包家明月，嬌聲啼鳥曙窗前；石氏翾風，細骨倒龍香屑上。詎是當筵舉手？那曾聽樂悲心？今日正是人日登高，風色晴媚，與宮臣宴笑一會。正是：庶子南皮，取醉謝莊之月；司徒北邸，重襟宋玉之風。典膳官，想酒筵齊備，喚鄭杜㊁二姬登臺。

【掛真兒】〔鄭杜二姬上〕〔六娘〕㊂穿衣寶鏡無人照，慵掠約鬢緑飄蕭。〔秋娘〕曲譜閒抄，飲巡偷記，花葉籠歡笑。

〔入見介〕〔六娘〕宮姬鄭六娘叩頭，願君王千歲！〔秋娘〕宮姬杜秋娘叩頭，願君王千歲！〔霍王〕二姬好唱人日新詞者。〔鄭杜〕理會得。〔起立王左右介〕〔宮臣進酒介〕

【黃鶯兒】〔鄭杜〕㊃日宇麗初韶，臨綵簿宴芳霄，金枝緑萼榮光皎。春湊芸苗，春開柳條，輕烟半拂蘼蕪道。〔合〕太平朝，千秋人日，開宴酌葡萄。

〔霍王〕酌宮臣酒。

【前腔】〔宮臣〕㊄平樂侍賓寮，承燕綵步蘭臯，蘋池尚覺雄風小。春心鬱陶，春色嬌嬈，花前雁後同驩笑。〔合前〕〔二姬進酒介〕

【宜春令】〔六娘〕㊅慶靈辰，接誦椒，翦春人金屏阿嬌。鈿筐銀粟，花窗點綴靈妃笑。裊行雲翠帶香繒，曳生烟青蕤彩纛。〔合〕願君王，人日千秋，仙顏轉少。

〔霍王〕好詞，好詞。還有没有？〔秋娘〕還有一套。

【前腔】日初長，年暗消，空襟塵花填酒澆。饒他王母，依然白髮啼青鳥。日輪中逐日人忙，人世上愁人日老。〔合前〕

〔霍王〕這詞何人所作，分明要飲我以長生之酒，坐我以不老之庭。好才調，好心懷。是何名姓？
〔六娘〕傳是隴西人李益秀才所作。〔霍王〕聞説朝中有個李益，他平生甚是妬嫉，那得知此！〔宮臣跪介〕㊆有兩個李益：老李益現今在朝官職，少李益才舉博學宏詞。有妬疾的是老李益。〔霍王〕原來有兩個李益。俺聽這詞兒，使俺塵心頓消。寡人老矣，若不修仙，無緣再少。宮臣，我入華山去也。二姬可酌我酒，聽我説與：
【惜奴嬌】蕙色娥媌，雲歌月豔，并在今朝。瑶臺畔，逐㊇勝等閒歡笑。我看你們風韻呵，嬌饒，白雪吹香，清矑送巧。半束烟綃，飄摇。春韻軟粉酥融，豔年風調。
〔鄭杜〕願我王年年此日，享受未央之樂。〔霍王笑介〕二姬，俺年老了。〔鄭杜〕我王千歲。〔霍王〕只怕饒不過。
【前腔】難饒。二姬，你不曉得，人生莫遣頭如雪，你看我貴人頭上，便春風幾度難消。只想我當初呵，年少，暗拋紅豆，相調俊俏。寶袜沾雲，紅絲串露，轆轤春曉。到如今呵，你們侍寢，有甚麽歡事？㊈還笑，洞房中空祕戲，正落得素女圖描。
〔鄭杜〕千歲想是爲賤妾容顔減昔，遂爾無歡。千歲何不國中别選，自有温柔之卿㊉，可以娱老。
〔霍王笑介〕二姬，
【鬭寶蟾】總饒雲翹細腰，儘翠鬟紅殷，都成别掉。俺今日呵，只是對迎風舊館，睢陽故道。閒眺，看邸第樓臺，疊紅塵多少！影蕭條，厭鸞笙鳳撥，猿林雁沼。

〔鄭杜〕千歲縱然厭此，更有何處可以逍遥？〔霍王〕我要去尋個朋友了。

【前腔】王喬相邀路遥。〔鄭杜〕既然路遥，千歲怎的去尋得王喬到？〔霍王〕二姬。俺便做尋仙不到，也强似在塵中相處。繞碧落朝敲，明星夜醮。勝高唐閒夢，洛浦空挑。〔六娘〕千歲就要游仙，也待嫁了女兒小玉，賤妾們一同修道。〔霍王笑介〕想到頭一路，女兒，顧不得你了。須曉，總愛海千層，浮生一了。〔六娘〕千歲就在深宫修道，何必遠游？〔霍王〕在人間自然不能清楚，我去了呵，自逍遥，看桂嶺參差，芝樓窈窕。

〔鄭杜〕千歲遠游，也要表奏傳位㊁，方纔可行。〔霍王〕俺若先奏，便恐朝旨相留。俺就此先入華山，然後表聞。你們就此辭别，各尋歸老便了。〔鄭杜〕千歲富貴極矣，猶自尋仙。賤妾二人，願逐淮王之仙雞。備彭公之采女。

【黑麻序】〔六娘〕雲霄，看千秋有靈氣，何事燕昭？妙舞旋懷，少不得夜蛾分照。千歲，昔趙王宫妾，嫁爲廝養婦；高陽美人，嫁得衛將軍；妾雖微細，心常醜之。堪笑，月華姬，叢臺女，空教氣分銷。〔合〕爲誰嬌？到不如雲裏金雞，洞中青鳥。

【前腔】〔秋娘〕悲悄，辟邪旗，珠絡褓，榮華夢杳。斷雨零雲，教人困咽無聊。昔毛女飛金，嫦娥占月，妾雖微細，心常慕之。奇妙，玉姜飛，靈藥擣，凌風帶月飄。千歲，賤妾從金陵入侍，得事我王二十餘年矣。王去修仙，棄妾何處？冷春宵，怎禁北斗停春，西王侍嘯？〔霍王〕我看你兩人頗有志氣，只是鄭姬有小玉未嫁，怎得出家？暫賜汝名浄持，賜汝女紅樓一座，寶玉十廚，可從我封邑姓霍。那杜姬既有志出家，可到金飈門外西王母觀中，度爲女道士，弟子善才，可教相從，賜汝浮金磬、紫霞帔。二姬呵，俺去後不用悲思，待我有白鶴之歸，汝再響青鸞之唱。宮人，可將玉芙蓉冠、九光衣來，換了寡人服色。〔換冠服介〕

【尾聲】便換金巾脱絳袍，又何用武陵犀導。二姬呵，免得你銅雀西陵恨寂寥。

〔鄭杜跪送王下再上別介〕〔六娘〕秋娘，幾時入王母觀去？〔秋娘〕便同弟子善才去也。〔相抱哭介〕姊妹二十年來，一旦分張，好不悵然也！

【醉太平】〔六娘〕堪歎，畫鸞金雁，曾分飛別館，瘦燕肥環。向花時節鼓，風流陣點綴霞檀。等閒，桂叢人去竹枝斑㈡，閃殺人隔花相喚。春明淚眼，仙樓琪樹，幾度堪攀。

【前腔】〔秋娘〕闌珊，輕頻淺盼，把玉釵金篦，捨入岩巒。怨王孫服散，吹笙處鳳水繽山。淚彈，一團春翠擲人間，急罰盞夜筵燈散。〔哽咽介〕塵嬌自浣，想弄簫香雨，暗溼雲殘。㈢

【尾聲】〔六娘〕可憐世事珠昏旦，紫陽宮女帶花冠，〔秋娘〕㈣他日相逢海上山。

北渚淮南去學僊，　知他少別也千年。

佳人並逐花源去，　　賸粉殘脂最可憐。

【校】

㊀三雍，富春本作「三千」。
㊁「喚鄭杜」上，富春本有「左右的」一句。
㊂原無「六娘」二字，據辭意補。
㊃原無「鄭杜」二字，據富春本補。
㊄原無「宮臣」二字，據富春本補。
㊅原無「六娘」二字，富春本注有「鄭」字，據補。
㊆「有兩個」上，富春本有「稟千歲」一句。
㊇逐，富春本作「遂」，形近而誤。
㊈事，富春本作「情」。
㊉卿，疑是「鄉」字之誤。　富春本此句作「温雅之卿」。
⑪傳位，富春本作「聖上」。
⑫「等閒」上，富春本有夾白「這正是悲莫悲兮生別離哩」一句；「閃殺」上有「千歲呵」一句。
⑬「雲殘」下，富春本有白語：「六娘，就此拜辭了。（鄭）：人日登高之樂，番成岐路之悲。」
⑭原無「六娘」「秋娘」四字，富春本分注有「鄭」「杜」字，據補。

第八齣　訪舊

【似娘兒】〔十郎上〕山水仲長園，背關河搖落胡天，春風游子悲鄉縣。破帽空憐，敝衣難護，誰家柳陌花源！

翠潋春光慘緑楊，花逕怕有杜蘭香。璚臺望罷無萱草，道是忘憂卻不忘。人人道㊀李十郎是個才子風流，其實爲人本分。止因花卿宅上，聽了鮑四娘一唱。容誇落月，曲駐行雲。既生人世㊁，誰能無情？笑殺花卿，你有這般可人，卻没緣没故將去換馬。那四娘去時，何等有情。啼聲一市俱愁絶㊂，回首千門別恨生。喜得郭小侯是大㊃懷豪傑，見他無聊，重傷其意，送他閒庭別院，門户不曾鎖㊄，傳歌教舞，隨其自便。小生雖在年少，客中秋毫無犯。水清石見，休疑旅舍之妻；雪白蘭幽，不受㊅主人之女。只是今年春心稍動，想是時候到來。雖有定情之篇，不少懷春之誘。今朝風色融惠，日影舒華，不免獨自閒游，到郭侯別院，望鮑四娘一遭，可得見否？青兒。我去街上走走，你好護門。休教瓦雀行污硯，莫遣花風吹落書。〔青兒〕理會得。〔十郎行介〕呀！一兩日未到門首，御溝上柳都青遍了。

【錦纏道】銅池上，緑生波春明遠天，柳穗醮輕烟。記將軍樓閣，暗露嬋娟。向俺挑銀甲瀉紅螺盤花鈿蟬，半空裏響歌雲玉碎珠連，薄倖的韻綿纏。他倚微風閃金屏半面，惹心懷骨興牽。趁寶馬青門別院，聽百般鶯語妮花前。

呀。迤逗是這條路來，前面卻有兩條路，一邊是華陽街，一邊是尚冠里，不免問取居民。㊆大哥，郭小侯府在那邊去？〔内應〕尚冠里高樓子去。〔十郎〕謝了！不免向前問去。正是：

迷花欲待醉羅裙，撲地歌塵晝不分。
夾轂慢勞相借問，侯家朱閣自凌雲。

【校】

㊀「李十郎」上，富春本有「我」字。
㊁既生人世，富春本作「既謂之人」。
㊂愁絶，富春本作「絶死」。
㊃大，富春本作「人」。
㊄鎖，原誤作「離」，據富春本改。
㊅受，富春本作「愛」。
㊆居民，富春本作「分明」。

第九齣　託媒

【薄倖】〔四娘同侍女上〕翠影雲移，緑香烟冷。對遠山慵畫，安黄未正。游絲罥蝶，繫情難定。真薄命，謾褥錦蹤跚對劇，還記花前舊興。

【南歌子】夜幌銷蘭炷，朝妝拂瑞檀。無端玉馬映花鞍，公子橋邊盡興，强陪歡。薄倖狂難倚，輕軀怯未安。殘啼醒夢溼冰寒，賴是驚魂似蝶，暗飛還。自家鮑四娘是也。劣相花卿，將人換馬；好心公子，置妾閒庭。自前日到霍王府教小玉郡主唱後，情緒無聊，不曾一到寶花欄外。丫頭，你聽得外面有甚新事否？〔侍女〕今早到小侯本宅，聽得霍王宴罷，聞樂感傷，便入華山游仙去了。賜鄭六娘和小玉郡主紅樓一座，隨他擇壻，又改他姓霍。又有一姬杜秋娘，自陳無子，願入西王母觀修道。公子府中歎息此事，不聞餘語。〔四娘作驚介〕呀！郡主十分嬌慧，霍王何不看他成了人去？卻是捨得。杜秋娘是俺弟子，他卻有志清浄。妾身猶在風塵，真是藍不如青，蓮能自白也。〔侍女〕四娘別住閒庭，薰香獨坐，公子不相聒譟，歡處隨教往來，也似神女一般了。〔四娘〕哈！你這話都不到頭，還是修真，好似人間多少也。

【步步嬌】青樓那到瑤山静，花醒柳夢渾難醒。脆管煩絲不奈聽，傷歡中酒年年病。何似禮金經，清虚打滅輕狂性。〔十郎上〕

【不是路】粉閣妝成，出衆風流舊有名。彈花柄，想烟籠宿蝶睡初驚。〔四娘驚介〕是何人？定知公子閒乘輿。〔十郎〕我是花卿舊友生。〔四娘驚喜介〕好似隴西李十郎聲氣，快開門。朦朧聽，高軒未得迎門應，有虧恭敬！有虧恭敬！

〔十郎〕郭小侯或來不便，立語一回而去。〔四娘垂淚哽咽介〕裏坐不妨。

【前腔】〔四娘〕别院閒庭，〔十郎〕只在堂上坐罷。一話中堂便可行。〔四娘〕話還長哩。從容聽，見卿渾似見花卿。〔十郎〕四娘呵，喜遷鶯，新歡早已封侯定，俊麗還過驃騎營。〔四娘〕休譏評，勞君此事爲媒證，這般德行！這般德行！

〔坐介〕〔四娘〕㈠十郎，你這兩日過花卿未？〔十郎〕見你後悶懷旅館，不曾一過人家。餘響繞梁，特來逍遣。〔四娘〕你要俺唱呵，俺也無心，唱也没趣的。花卿教人長恨，聽奴訴者：

【好姐姐】當初銀蘭翠屏，花窠畔金蟬擲鏡。那時少年游冶，都來追歡買笑，丁香舌上留連作巧聲。多歡慶，明膠熱酒偏饒興，細汗霑軀别有情。

自到花卿府，游興便已消索了。

【前腔】燈炧香煤暗驚。十郎，你蚤不相尋，到此已似遲了。如今情緒，唱出甚的來。惹雲袂曳烟春暝，兩牀絲竹。凝愁按不成。恢殘病，那堪緑瑣千條影，枉自紅飄一點㈡情。

〔十郎〕你既慵歌，生當愁絶。别有歌容，煩相屈指。〔四娘〕十郎，你千金之軀，怎去娼樓銷費？不如聘一名姝，相陪作客。〔十郎笑介〕好容易得名姝！我要有三件的：一要貴種，二要殊色，三要知音。〔四娘〕呀！蚤是你説起知音的，俺前在花卿處，聞你有「風簾動竹」之詩，説與一女郎聽，那女郎好生吟愛，可是知音？〔十郎驚介〕有此知音女子，定有好容顔。〔四娘〕絶精。〔十郎〕可是大家兒？〔四娘〕不小。〔十郎〕問是誰家姝？〔四娘〕他是霍王之女。〔十郎〕可求否？〔四娘〕到有幾分。〔十郎〕怎見得？〔四娘〕聽奴説來：

【前腔】多嬌柔紅嫩青，金訶豔玉融花映。十郎，我把你的詩諷與他呵，他好不沈吟，泥春無力凭欄㊂暗恨生。閒吟詠，知他惜玉憐香性，解得開簾動竹情。

〔十郎〕便托卿爲媒，何如？〔四娘〕使得。

【前腔】恁般良媒作成，也須合紅鸞到命。〔十郎〕只怕年青成不得人。〔四娘〕裩腰珠衱風流事可經。十郎，這女子正是破瓜時節，他若肯時，便蚤下聘禮。〔十郎〕領教。〔四娘〕成嬌倩，開㊃書選日行婚聘，管取那女兒呵，障袂爲雲感夢情。

〔十郎〕四娘請就行，小生辭去。〔四娘〕君與花卿有故情，敢不成君之美。只是簡慢十郎了。〔四娘掩涕介〕〔十郎〕你還有㊄甚麽話説？

【尾聲】〔四娘〕㊅憑將此淚寄花卿，從別後香閒粉賸。十郎，奴家失身青樓，朝東暮西，理當生受。你明日倘成就霍郡主呵，不要似花卿這般薄倖哩。怎擲下青樓薄倖名？

〔十郎〕春情雪色豔經過，〔四娘〕似醉如慵不奈歌。
〔合〕㈦ 莫向章臺還折柳，留來香閣晝姮娥。

【校】

㈠㈥ 原無「四娘」二字，富春本注有「鮑」字，據補。
㈡ 點，原作「番」，據富春本改。
㈢ 無力凭欄，富春本作「無地遮攔」。
㈣ 開，原誤作「聞」，據富春本改。
㈤「你還有」上，富春本有「四娘爲何掩淚傷情」一句。
㈦「十郎」、「四娘」、「合」，原都在每句之下，據富春本移前。末句下原也有「合」字，衍，删。

第十齣　巧探

【意遲遲】（鄭六娘上）一自殘雲飛畫棟，蚤罷瑶華夢。花露曲璚垂，春風細拂簾旌動。絃將手語暗思量，卻不道東王也有儷妃從。

【浣溪紗】氣色春前別一般，梅花淡瘦水仙寒，錦薰籠畔帶初寬。不似湘靈還拾翠，那堪鳴佩到仙巒，夢回新試小龍團。自家鄭六娘是也。螻蟻前驅，擬上千秋之壽；螢光莫報，翻游七日之仙。撇下老身，鶯花無主；兼憐小玉，鳳竹孤吹。這兩日小玉身子不爽，抛俺獨步芳庭。想念我與杜秋娘同事霍王時，好不感傷人也！

【小桃紅】屏花暗矗，鏡蕊空蒙，憶昔高陽院雙娥豔容。那時歌舞呵，笑眼挼花送，錦帶度生紅。說我霍府好不富貴，坐吹笙翠瑣中，暖玉啣鈴鳳也，團扇朝雲，迎風旆龍。看來人情豪華已極，便㊀多感傷之情。日暮鐘鳴，止有神仙一路。老去真成夢，歡慳笑慵。霍王呵，你到學仙去了，都不想這老身與女兒，去時也不叫女兒辭一辭去。撇鳳抛雛，彫傷綺叢。

【縷縷金】（鮑四娘上）花瑟瑟，柳濛濛，妖姬和睡聽，鳥聲中。莫道不思量，眉心自懂。閒掀蜀紙渲巫峯，鬟雲薄揎攏。

昔是花卿妾，今作李郎媒。好將冰下語，去問月中來。此間不遠是紅樓了，想小玉郡主已梳洗。

〔唱「開掀蜀紙渲巫峯，鬟雲薄揎攏。」叫櫻桃開門〕〔櫻桃開門介〕呀！原來是鮑四娘。〔相見介〕㊁〔四娘〕淮南底事愛生離，〔六娘〕腸斷高樓桂樹枝。〔四娘〕何似尚㊂平婚嫁畢，〔六娘〕還嫌子晉學仙遲。〔四娘〕請問郡主梳妝了未？〔六娘〕小玉不知怎的，近來這兩日癡癡的喜睡？也是父王去後，啼痕未燥，美目難開。頭都没興梳，口不待要飯。俺在此獨坐好悶，正娘來。〔四娘〕郡主敢是傷春？〔六娘〕又來了。女孩兒家曉得傷㊃什麽春！〔四娘〕呀！那裏有二八一十六歲的女孩兒不曉得傷春？〔六娘〕今普天下男女不曉得傷個春，女兒怎的傷來？㊄〔四娘〕只有氉毦的男女們不曉得傷春，難道伶俐人不傷春哩！你郡主好不伶俐也，聽我道來：

【江兒水】他腰細纔勝露，〔六娘〕那的討露水來？〔四娘〕他也在想了。身輕欲倚風。〔六娘〕小玉也本分。〔四娘〕六娘好不會看人，嬌輝翠影看行動。你聽他聲兒，花樓玉鳳輕彈哢。六娘，敢怕郡主也動心？〔六娘〕正是這兩日。〔四娘〕可知道襱鬆姅點霑春縫。六娘，敢怕郡主曉得做夢了，失笑暖雲偷夢。六娘，你不曉得，昔吳王愛女，也與郡主同這小名，煞恨吳夫人不能成人之美。六娘，你看郡主身子呵，怕他害得瞳矓，險做了翠烟韓重。

〔六娘〕四娘說得有理，只是眼下那裏就有托身之人？〔四娘〕天緣有一快壻，不知六娘肯否？〔六娘〕那人才貌，何如小玉？〔四娘〕真是錦屏風對子哩！聽俺道來：

【前腔】他文字呵，墨光飛素蜑；他積的書呵，粉迹度花蟲。〔六娘〕這等是書底藏身一蠹魚，怕没有甚風調?〔四娘〕儘有琴心曲髓供調弄。〔六娘〕他家世何等?〔四娘〕故家,青箱畫棨門庭重。〔六娘〕他們下得多少聘禮?〔四娘〕你要他時,胡瓶瑞錦連車送。〔六娘笑介〕這是閒説,果是兒馨,何須阿堵,只要白璧一雙。〔四娘〕白璧成雙蚤種。〔六娘〕那人姓甚?〔四娘〕便是前日做人日登高曲兒的相公,姓李,名益。〔六娘〕原來是他。霍王甚愛其詞,極是佳選。只一件來,俺女兒雖從封邑,改賜姓霍,其實天家姓李,同姓有妨了。〔四娘〕賜姓霍,便是霍了。古時王侯同姓在宫中的,後來轉更蕃盛。〔六娘〕也待俺占一占來。〔四娘〕管取歸妹也。㊅懿母占祥,蚤嫁得一雙鳴鳳。

〔六娘〕百年姻眷,且得從容。〔四娘〕他貴游公子,年少才人,此處不留人,定有留人處,只好一兩日間,定貼此事。〔六娘〕女兒小時定人,由在母親。如今長成了,也要與他商量定了,便着櫻桃回話。〔四娘〕若與郡主商量,定是個「肯」字。他也曉得李益詩詞,十分吟賞。六娘見郡主,只説俺又將李益新詞送與他看,因郡主睡着,去也。〔六娘笑介〕省得。〔四娘〕告辭,專聽回示。須知月下繩千尺,遥想風流第一人。〔四娘下〕〔六娘〕叫櫻桃請郡主來。㊆

【三臺令】〔小玉上〕啼蟾晝滴高花,紅壁闌珊翠霞。殘夢到西家,風吹醒遲日窗紗。〔小玉〕娘親萬福!呼兒怎的?〔六娘〕纔閒鮑四娘到此。〔小玉〕他也來閒走走?〔六娘〕他來度曲。〔小玉〕父王仙去,有甚閒心,聽他度曲!〔六娘〕道有李益新詞。〔小玉〕不是李益,是李十郎。〔六娘〕

便是一個人了，你爲何知他？〔小玉〕前日鮑四娘來諷他詩，并説他人才出衆。只是王父不在家，若在家時，請他看看，想他才似相如，貌多王粲。〔六娘〕你要看他，他又要看你。〔小玉〕他怎的看得兒？〔六娘〕他要聘你，托鮑爲媒。〔小玉〕娘不要聽鮑四娘哄你，他見兒愛李生之詩，故相調弄。且父王既作神仙，女兒當爲仙女，古有烈女事母，終身不嫁。孩兒雅志，亦復如是了。

【繡帶兒】掩春心坐瑠璃翠榻，羞人唤作渾家。〔六娘〕兒，只有仙女住在無欲天中，一墮凡身，便相求取。〔小玉〕想仙官不是蘭香，笑漁郎空問桃花。非誇，冰清到底無別話，何事把仙衣亂搭？〔啼介〕娘和女僝僽可嗟，乍形影相依怎生撇下？

【前腔】〔六娘〕年華，爲甚的雲寒月寡，守着一搦香娃。兒，就麻姑仙子，也有人間之情。看羅敷早配玄都，恨玉蘭空孕蓮花。仙查，天宫織女猶自嫁，銀河畔鵲橋親踏。今日呵，香釧臂須纏絳紗，取人地高奇有光門閥。

〔小玉〕兒一嫁與人，怎能奉事得我娘？斷然不嫁了！

【前腔】〔櫻桃〕休差，嬌花女教人愛殺，恨不蚤嫁東家。夫人，古人説得好：阿婆不嫁女，那得孫兒抱？〔小玉嗔介〕劣丫頭！我不嫁人，爲憐母親夫人，你閒管怎的？〔櫻桃〕郡主，你憐老夫人麽？只怕柘屐㊇兒兩頭繫絲，别大來貪結桃花。〔小玉〕呸！你曉得甚的來？〔桃背介〕哄咱，青春不多也二八，少不得籠窗動闥。好和歹這些時破瓜，强指領搔揉欖頭凹軋。

〔櫻桃回身跪介〕老夫人，俺郡主戀着你，不肯嫁人，那李十郎又是好郎君，倘肯在京師居住，同事夫人，亦不可知。何不再請鮑四娘問個詳細！〔六娘〕兒，這話有理。你便去請四娘到來。〔小玉〕娘，鮑四娘與李生雅熟，定相遮護。女兒料他這樣人才，没做女壻處？到得如今。想是娶第二房，取了便回隴西去。隴西去此千里而遥，怎麽去得！女兒一計，不如着櫻桃假作鮑四娘養女兒，到李生客館，説商量親事，就中透出情懷，何如？㊈〔六娘笑介〕我兒真個老成也。櫻桃，你便聽郡主分付去，不要漏洩了。正是：全憑青鳥舌，當作彩鸞吹。〔六娘下〕〔櫻桃〕郡主，用人之際，有話儘言。〔小玉〕俺只怕他兩件來，你聽我説：

【前腔】争差，作人小遭人嶔嵜，又怕不住京華。他年少高才，不在話下。爲甚的俊灑多才，尚没個襯㊉搭人家？考察，那人當真新結納，又肯在京城頓插。摩可濃恁般挑達，便擺下擔頭蚤些簽押。

〔櫻桃〕郡主，你先要作神仙女，如今這等要快活了。〔小玉〕癡丫頭，俺做得神仙，也拖帶你做神仙的侍從㊁；俺得快活，也拖帶你有快活了。

【尾聲】巧將言詞看對答。櫻桃，你是乖巧的，不比浣紗。俺在樓上望你，倚樓人過盡昏鴉。櫻桃，停當時，教他有聘儀就可相付。〔櫻桃〕郡主，你纔説也拖帶我，敢問事停當時，將何見賞？〔小玉笑介〕與李十郎説，討個精致小使賞你。〔櫻桃〕生受郡主了，可知道處處團圓對月華。

搖曳仙裾不自持，凌波相及盛年時。

誰憐弄玉多情種，月裏參差不斷吹。

【校】

㊀便，富春本作「更」。

㊁「相見介」，富春本作「見鄭介」。

㊂尚，通作「向」。

㊃原無「傷」字，據富春本補。下句「傷」字同。

㊄來，富春本作「得起」。

㊅「妹也」下原有「四娘」二字，衍。富春本無「鮑」字，據删。

㊆「郡主來」下，富春本尚有「有話對他説、（内應介）」二句。

㊇屐，原誤作「枝」，據富春本改。

㊈原無「何如」二字，據富春本補。

㊉襯，富春本作「親」。

⑪原無「從」字，據富春本補。

第十一齣　下定

【清江引】〔李十郎上〕梅花曉帳紅雲碎，細葉籠金翡。旅思欲萋迷，夢遠春迢遞。扶頭酒，會心人縈腸事。

【愁倚闌】㈠雲花落，雨香飄，索春饒。皺蹙柳絲吹不斷，翠條條。銀蟾暗咽春朝，知他在第幾朱橋？説與曉鶯休唤，怕魂消。昨日到鮑四娘閒亭，許爲媒求霍郡主小玉。歸來春宵枕上，睡得不沈，醒得不快，是真是假，且把昭明文選來醒眼。〔番書介〕呀！好采頭，就番着第十九卷一個「情」字。過了便是高唐賦，第二篇神女賦，第三篇好色賦，第四篇洛神賦。呀！由來才子，都是這般有情。㈡

【皂羅袍】高唐賦呵，憶昔高唐枕席，正擇日垂旒，把諸神醮禮。只見高唐去處，淒切杳冥，相似鬼神來了一般。抽絃障袂好增悲，松聲直下深無底。懷王正望間，忽見朝雲之女，侍他晝寢。可惜止是朝暮之間，若久長相處，真個延年益壽。霓旌翠蓋，登高此時；朝雲暮雨，相逢美姬；教人九竅都通利。㈢

看神女賦呵，

【前腔】見一婦人奇異，似屋梁初日，照耀堂墀。人間那得更須臾，神心蚉逐流波去。

襄王呵，這樣神女，只夢一夢也彀了，醒後又想他怎的？玉鸞低盼，芬芳已離；精神記取，私懷語誰？教人向曙空垂涕。㊃

再看好色賦呵。

【前腔】何處東家之子？嫣然一笑，下蔡魂迷。誰教宋玉有微辭？兼他體貌天閑麗。宋玉呵，你有這樣人做鄰㊄，自然文賦生色，説甚邯鄲鄭衛？三年未許，東牆自窺；芳花有意，春風幾時？教人頓有章臺思。㊅

再讀洛神賦呵，

【前腔】正自凌波拾翠，向神宵㊆解玉，縱體通辭。流風矯雪映綃裾，輕雲蔽月籠華髻。子建呵，這樣有情仙子，不得逩就，後來懊恨，可如何矣！當年未偶，明珠獻遲；人神異路，君王怎歸？教人灑遍長川淚。

看這四篇賦呵，洛川形貌千秋恨，江漢風流萬古情。小生雖無好色之心，頗有凌波之想，不免拋書枕几，也學高唐晝寢，想將巫峽雲來。小玉姐呵，不知你爲是瑤臺客？爲是宋家鄰？爲是章華豔？爲是洛川神？鮑四娘爲何音信沈沈，没些定奪。〔做睡介〕〔櫻桃上〕

【天下樂】繡步香風紫陌吹，石榴裙襯腰肢。僑妝試覓花前事，到春風第幾枝？自家霍府櫻桃是也，着事小玉郡主。今日承老夫人命，假作鮑四娘女兒，來詣李十郎。因探問他家中曾娶新婦？肯在京住否？并看他才貌怎的？此間是他旅館，不免咳嗽一聲。〔李即驚醒介〕呀！恰睡着，有一佳人，貌甚奇麗，含笑含嚬，如來如去，在咱眼前回⑧顧，青衣向前相訊。正交接間，只聽得紅蕉搏雨，翠竹敲風，原來就是陽臺一夢。真個夢裏不知身是客，醒來那辨雨爲雲。原來不是雨打風敲，卻是人來户響。多應好事君子，載酒問奇；或是平生故人，題梅附訊。呀！原來是女郎聲息，必是鮑四娘人到。〔開門相見介〕〔十郎〕女郎來從何處？見爲何因？〔櫻桃〕咱是鮑四娘女使，來報喜。〔十郎〕可是霍小玉姐見許。〔櫻桃〕蘇姑子作了好夢，有幾分肯，只要瞞過他些。〔十郎〕敢是不愛我了？〔櫻桃〕愛你幾件來，家堂誇得你狠。⑨

【懶畫眉】道你是芙蕖玉碗漾秋波，〔十郎〕這是家尊家堂生的這般好。〔櫻桃〕道你綠鬢烏紗映畫羅，〔十郎〕小生從來帶一種愛好的性子。〔櫻桃〕又道金張子弟慣鳴珂。〔十郎〕到不消說到門風上，只說小生這個人兒也那⑩得家去。〔櫻桃〕也道來，道是才⑪名八斗君還過，因此向喬木高頭詠伐柯。

〔十郎〕這等事諧了，只要典過一所大房子取親。〔櫻桃〕且住，還要瞞過他些，他有兩事相疑：

【前腔】道你舊家王謝識人多，少什麼故里潘楊⑫繫女蘿。〔十郎〕你説俺怎的？家中没有娘子，要到京城求親，想是疑做二房了。〔櫻桃〕正是了，道是何緣千里隔山坡？還有一件，霍王游仙，他一娘一女，相憐相守。他怕暫時在此，以後撇他去了。怕莫做寶瓶透雀穿花過。相公，家堂已定計了，只説相公求了婚，又在京師久住。待相公成了這親，慢慢搬他回去，做大做小，都由相公了。也只要成就了君家大錦科。

〔十郎笑介〕原來有這話。〔背語介〕俺正好喬他，探出郡主才貌家事若何？〔回身問桃介〕呀！女郎，相㊂似你説，郡主也忒揀選大了。他有甚才貌，對得俺才子過？便思量做大娘子。〔櫻桃〕相公，到不是誇，只怕你隴西的㊃人才，相似京城女子，似這郡主的才貌也少，聽俺道來：

【醉羅歌】柳弱柳弱嬌無那，花淡花淡著春多。俺今日看他曉妝正罷，露春纖彈去了粉紅涴，半捻春衫妥。香津微揾，紫絨輕唾；芙蓉暗笑，碧雲偷破；一尖鳳履些兒搦。輕唐突，鎮阿那，書生有分和他麽？

【十郎笑介】月裏嫦娥，我也近了他，説甚人間郡主？只一件，俺是要享用的人。霍王去後，只怕府中清淡了，養活小生不得，怎麽不思起故鄉來？〔櫻桃〕説那霍府裏呵，

【前腔】烟漠烟漠閒院落，翠染翠染深簾箔。炫麝香金暖睡鸞窠，鎮日薰香坐。天廚玉饌，地衣珠落；雪猧熒弄，午貓花卧；餐香豆澡金環鎖。花徑軟，助情多，合昏眠柳夜舒荷。

〔十郎〕女郎，有這樣去所，李十郎生受你了！願你明日嫁個男兒，也像㊄李十郎。女郎，俺便在此終身，儘霍府享用了。〔櫻桃〕你撇下得大娘子一個在隴西，好薄倖！〔十郎〕女郎，小生有才有貌，

無室無家。早失先人，旋遭兵火。杜曲花無賴〔一六〕，果然游子澹忘歸；藍田玉有烟，似此佳人難再得。便爲結髮，竟是齊眉。俺這裏不用支吾，他那裏何須疑惑。聽我説來：

【前腔】孤忒孤忒淒惶我，兵火兵火遁逃他。女郎，莫説我家臺池，連隴西數十城，都没入吐蕃去了。閃生羌旗鼓斷西河，片片魂飛墮。故鄉何處？西風淚多；上林棲穩，新春景和；花邊强自愁顔破。魚水難逢話，曲中都是憶秦娥。

〔櫻桃〕相公，你定初婚，又占籍京師，這親諧矣。

【前腔】停妥停妥有定奪，歡慶歡慶蚤黏合。相公，那郡主才貌，京師有名，王孫公子，多相求聘。你有甚寶玉，只管將與俺去，付家堂送過霍府，便是個定了。拚千金買得春宵着，受用些兒個。琴牀筆格，淒涼一個；人兒共枕，春宵暖和；股兒閣着眉兒磕。三日後，五更過，紅羅十擔謝媒婆。

〔十郎〕客中急忙，不得全禮。有二寶物，是先相國、先夫人遺下，雖經離亂，常隨行篋。郡主才容，足可當此，並是傾城無價之美。青兒，可取金縷箱中九子金龍鏡、三珠玉燕釵來。〔青兒取上介〕〔十郎〕多勞女郎，可捧過霍府，致意郡主妝次前，小生不曾薰沐，未敢親奉，容造膝面謝！女郎，這繞鏡雙龍，楊子江心鑄就；瑶釵對燕，娀娥臺上模來。老夫人、郡主見之，自當寶重。

【東甌令】瑶筐燕，珠釵朵，鏡裏和龍卷花卧。女郎，只是客中一時難措，若論郡主身價呵，黄金百萬㊆買雙娥，買得心兒麽？女郎，想郡主心中，也有了這人麽？但得一心人，錢刀定何用！他半指心兒納著可，下着葳蕤鎖。

〔櫻桃〕這是定了。説郡主的心呵，

【前腔】香噴噴，美彈彈，不寒不深又不闊。〔十郎〕快些，快些，俺就要過了。〔櫻桃〕讀書人好性緊，霍府裏人煉丹，慢慢的扇。似龍虎相貪卿正渴，慢的抽添火。〔十郎〕女郎，我讀書的人那裏説那個過，説俺明後日就要過門，相一相郡主。〔櫻桃〕原來這等。你相公明後日過門，鮑四娘不長在府裏，只有區區在那裏伏侍了。〔十郎〕容小生相謝！〔櫻桃〕相公，不敢望謝，只伏侍不中，免賜嗔責便了。相公那時呵，休得哄人丢了將人脱，獨自圖生㊅活。

【尾聲】郎才女貌都不弱，又向甚春風尋播掿？十郎呵，蚤辦取拭雨霑雲半帖羅。

〔十郎〕多多拜上。

碧海雲偷出翠微，　阿環分付小青衣。
今宵暖夢游何處？　十二樓中玉蝶飛。

【校】

㊀應作愁倚闌令，即春光好的別名。

〔二〕「有情」下，富春本有「介」字，當指看賦的動作。

〔三〕「通利」下，富春本有〔再看神女賦介〕。

〔四〕「垂涕」下，富春本有〔再看好色賦介〕。

〔五〕鄰，富春本作「傳」。

〔六〕「章臺思」下，富春本有〔再讀洛神賦細味介〕。

〔七〕宵，原誤作「霄」，據富春本改。

〔八〕回，原作「四」，據富春本改。

〔九〕「愛你」二句，富春本作「愛你幾時了，家堂誇口得你煞狠」。

〔一〇〕那，富春本作「起」。

〔一一〕才，原誤作「十」，據富春本改。

〔一二〕楊，原誤作「揚」，據富春本改。

〔一三〕相，原誤作「想」，據富春本改。

〔一四〕的，富春本作「出」。

〔一五〕「也像」下，富春本有「我」字。

〔一六〕賴，富春本作「奈」。

〔一七〕萬，富春本作「兩」。

〔一八〕生，富春本作「快」。

第十二齣　捧盒

【六么令】〔櫻桃捧盒上〕粉香花氣，玉人兒没得參差，秋眉換緑咱愁思。紅梅上，紫流鸝，聲聲叫得人心碎，聲聲叫得人心碎。

櫻桃過處有人覷，苦跟着郡主，不得游戲。今纔在御道走哩，這粉梅花、黄鶯兒，都是嬌滴滴的。空便偷閒耍半會，將盒兒放在草裏。踭上樹去，摘這花兒，打着鶯兒，看待怎的？〔上樹打鶯科〕〔四娘上〕

【前腔】多才人地，配紅樓恰的相宜，淺春庭院報花期。青綺陌，步香吹，金光玉豔平蕪起，金光玉豔平蕪起。

呀！緣何草間光色異常？是誰家妝盒，忘在此間？〔開看科〕有金鏡玉釵在内，不知出在誰家？想鏡背有款識，上鏤着：「隴西李相國，天寶五年五月五日，楊子江心鑄。」看釵股上鐫得有四字：「狄道縣君。」呀！隴西李相國，不知是誰？我今正去回李十郎親事的話，就將此兩件去問他，想他知道。〔四娘作行科〕玉吐藍田氣，金舒草埒光。非經問南陌，定是覓東牀。〔桃在樹上見叫科〕鮑四娘，你偷我盒兒那裏去？〔四娘〕你是霍府鄭櫻桃，緣何在梅樹上坐？〔櫻桃〕我在這裏等作媒。〔四娘〕休閒説，下來問你。〔桃作繞梅樹走介〕〔四娘〕這是怎的？〔櫻桃〕這叫做走媒。〔四娘〕閒説。且問你：爲甚的鄭六娘放你出來？

【步步嬌】〔櫻桃〕老夫人呵，聽説李郎才貌多奇異，教我閒尋覓。只爲怕他兩事：怕他有個人兒在隴西，又怕他青春作伴還鄉去。因此上喬作卿卿女兒，鵲橋相仔細。

〔四娘〕還是鄭六娘老成，我到不曾訪得他。他如何講？

【前腔】〔櫻桃〕他説：一生消渴藍橋水，没得甌兒吸。〔四娘〕這等是初婚了。〔櫻桃〕趁比翼睡交枝，阿婆和女同家計。〔四娘〕這等是他在京師了。他問你甚麼來？〔櫻桃〕他問我郡主的心兒怎的？〔四娘〕你怎的答他？〔櫻桃〕俺説，他的心，怎的問我？問取黏腰細衣，來時有些溼。

〔四娘〕諢話！這盒的金鏡玉釵，敢是李十郎的？〔櫻桃〕便是。

【前腔】是他夫人相國生留取，寶氣紛尤異。〔四娘〕緣何把與你？〔櫻桃〕他説咱真是你的女兒，將來與你，送過府裏作聘，閒金縷繫紅絲。有這樣郎君，老夫人和郡主呵，多嬌阿母心應許。只是一件，我家郡主有些作樣，咱是侍女，不好弄他。還是你同回去，開了盒兒，扯定郡主，對了這鏡，簪上這釵，笑他一會。氲他對鏡簪釵，問他喜不喜？

〔四娘〕你爲何走上梅樹去？

【前腔】〔櫻桃〕爲那鶯兒呀碎紅梅雨，打起鶯兒去。四娘，你與郡主成了人，咱也長大了，你也尋個十郎這般對兒與我。〔四娘〕呸！那裏討？〔櫻桃〕也罷，今日到十郎書院，見他家青兒，到也眉目乾浄愛人子，不如明日十郎到我府中，高低把青兒捨與我罷。四娘方便。小青哥俊俏兒。

〔四娘〕青兒是那十四五歲的，會幹些甚麼事？要他？〔櫻桃〕終不然就要幹得大事㊀，也有大的日子，些兒也是男兒氣。四娘，你作快講，奴家有這般貌，若没有主兒，十郎到家，定要郡主喫醋。有青哥時，免得半夜鸕鷀，跕步摸魚兒。

〔四娘〕你要一個，你家浣紗也要一個。〔櫻桃〕那十郎竈下養有個炊火的，聽得喚做烏兒，便捨與他。〔四娘〕醜的便厝與别人。休閒話，且同到府裏去。

【縷縷金】〔合〕㊁花信緊，乳鶯啼，碎影篩紅陣，點春池。半爲朱顏苦，閒尋舊事。香衫畫襷有情時，回顰向閨裏。

〔櫻桃〕四娘，望見俺府裏了，郡主獨在紅樓，望俺回話。你到府中，且將盒兒捧在東廂亭子坐着，待俺説與郡主來請你。

帝城文物豔青春，寶鏡珠華下玉人。
爲轉嬌鶯出琪樹，乍教羅襪起香塵。

【校】

㊀「也有」上，富春本有「他」字。

㊁原無「合」字，據富春本補。

第十三齣　納聘

【番卜算】〔小玉上〕屏外籠身倚，睡覺脣紅退。輕蜂小尾撲香歸，颭得花憔悴。

【滿江紅前】遲日烘烟，紗廚畔魂香睡足。閒撩亂乳禽成對，暖氳花褥。暈閃膏凝渾倦彈，枕痕一線紅如玉。背畫欄釵刮悄無言，看屬玉。俺霍小玉，雖然些小年紀，蚤已曉事，家堂前輩人，怎知時世不同了！午上叫櫻桃去透問李十郎，叫他先到俺處回話。天欲斜陽，還不見來，好悶人也！

【三換頭】嬌酣困媚，喚醒夢輕難記。亞粉枝紅墜，寒煤糝袖絲，好忒煞春無力。女孩兒，没緣由，把相思，做場情事。葉染花欹也，手搓裙帶蕊，淺醉深慵，怎的那人兒没話兒？〔桃鮑上〕㊀

【傳言玉女】〔四娘〕翠袖籠寒，踏遍春塵無迹。〔櫻桃〕寶衣春瘦，正暮雲凝碧。〔合〕映餘紅斂，避掛簾殘日。㊁

〔櫻桃〕四娘，已到了府中，你且在東廂坐地，待俺回了小姐話來，請出老夫人過禮。〔四娘〕正是。〔下〕〔櫻桃見介〕〔小玉忙問介〕你來了，那人怎的？〔櫻桃〕賀喜！賀喜！好一個風情年少，委係初婚，又在京師占籍，十分之美。㊂〔小玉〕他怎便抛得家裏？〔櫻桃〕原來是隴西人，隴西地方都没入吐蕃去了，已是無家可歸。〔小玉〕原來這等，果稱了人心。〔櫻桃〕郡主，他明日伴你睡呵，〔小玉作

羞介〕

【三換頭】〔櫻桃〕人兒清翠，話兒濃媚。親夫壻好，花枝蝶迷，捅着腰肢喘息。郡主，那日有人叫你做妻了，快活人也！命哥哥，來了也，叫聲妻，高頭怎的？戰着聲兒應，魂飛怎的支？記取青衣，把這段香甜送與伊。

〔小玉〕還不曾到手，就要人記得你。你聽他幾時下聘？〔櫻桃〕鮑四娘已捧着聘禮在門外了。〔小玉〕這等，快請老夫人出來。

【勝葫蘆】〔鄭六娘上〕金屋明妝起鳳臺，姻緣好謾遲回。共道仙郎，才貌今無對。怕絲蘿曾係，有時歸去杳難來。

〔四娘帶櫻桃上〕〔六娘〕呀！櫻桃回來了，怎的説？〔櫻桃〕委是才子初婚，又在京師住下，十分是好。已有聘禮到來，鮑四娘也在門外。〔六娘〕請進來。〔四娘見科〕簾幙春風，門楣喜氣。小玉姐有美玉之貌，李十郎有磐石之心。千里良緣，百年佳眷。可備紅筵香燭，陳此玉鏡珠釵。〔六娘〕四娘且捧着。櫻桃，你在那裏會四娘的？〔櫻桃〕只是櫻桃去問了詳細，李郎只道當真是四娘女兒，便將一件寶器送來爲聘。櫻桃持歸，過了五鳳門大東頭，紅梅樹下遇着四娘，要轉同回夫人話。〔六娘〕原來如此。〔四娘〕夫人好不精細！〔六娘笑介〕明日花紅，櫻桃分一半兒。〔對小玉云〕今日你是李十郎的人了，聘儀你看着。〔小玉羞介〕娘看了就是。〔六娘〕便可拜了天地。

【月上海棠】滿光輝，銀花錦燭香雲靉。看春風桂幕，喜氣蘭閨。匣中玉合璧光迴，掌中珠連環翠佩。〔合〕神仙配，年年寶鏡，歲歲瓊釵。

【前腔】〔四娘賀介〕湊良媒，朱絲畫縷同心帶。看蟾生緑桂，鳳繞青槐。秦樓女碧玉簫吹，漢署郎紫薇花對。〔合前〕

〔六娘看鏡釵科〕還是相國人家。我昔在内家，聞有楊子江心鏡，是玄宗皇帝年間鑄的，不知就是李郎家的。我兒，當鑄此鏡，聽説有雙龍護舟，鏡背自然成雙龍蟠合之象，非關人巧，委係天成。㊃這玉釵刻得雙燕兒，就是活的一般，真是世中希有。庚申便是吉日，李郎在旅舍清冷，就擇後日成親。四娘，你與小玉在房裏戲戲，我與浣紗在下面㊄排些夜筵，請你下樓去喫。〔四娘〕正好。〔六娘下〕〔四娘〕今日就是好日期，櫻桃捧鏡兒釵兒，在房裏對郡主插帶。〔小玉〕只在堂前亮些。〔四娘〕在房裏方便。〔行介〕〔櫻桃〕這便是郡主梳洗處。〔四娘〕清楚。好傍紗窗兒掛了鏡子。郡主，你也來照一照看。〔小玉作羞科〕

【二郎神】〔小玉〕㊅紗窗内，碧珊瑚看菱花露彩，轉片月寒空生碧海。姮娥相對，曉雲初弄瑶臺。瀉翠窺紅鸞倚態，照澄心冰壺巧耐。〔四娘〕少説些影徘徊，看明朝雙笑人來。

〔四娘〕玉燕釵也和你插上。〔小玉〕明日插罷。〔四娘〕釵兒也要今日插。〔做插科〕〔小玉〕輕些，插得疼人。〔四娘〕插便疼。〔小玉〕呸！

【前腔】威蕤，玉花兒貫珠題翠蕾，鏤素燕差池啣細莖。玲瓏纈紐，璚抽寶纚瑲璁。慢簇輕搖垂鬟彩，插纖梁蟬鬆膩解。〔四娘〕怕插鬆了，明日放緊些。〔小玉〕呸！〔四娘〕謾推排，雲橫處枕側檀偎。

〔小玉〕四娘，你説話村得怕人！〔四娘〕你只怕那人兒，怎的怕我？〔小玉〕怕他甚的來？〔四娘〕他要你煮飯他喫。〔小玉〕也不難。

【風入松】軟雕胡帶笑與郎炊。〔四娘〕要你的酒喫。〔小玉〕情願點銀瓶玉薤，葡萄卓女燒春在，願舉案齊眉看待。〔四娘〕也要你唱。〔小玉〕使得。唱關雎「酌彼金罍」。〔四娘〕他還要三五頓夜飯喫，要囉唣你。〔小玉〕儘他喫，只要他有這福量。餐秀色任多才。

〔四娘〕好不怕事，他要你與他戴冠兒。〔小玉〕當得。

【前腔】拂烏紗向曉平眉戴。〔四娘〕他要你做衣襬與他穿。〔小玉〕常事。愛并州翦快，風生錦繡片雲裁，指領上繡針憑在。〔四娘〕你怎曉得他長短？又一時揣得他腰兒這熟？〔小玉〕想得。想身材暗圍腰帶。〔四娘〕若論他的腰帶儘是長大。〔小玉〕你做媒的好眼巧，怎的恁般相知了？巧眼色劣情懷。

〔四娘〕小學生不要先罵媒人，俺先曾教郡主曲本來，也是師父，趁今日教些本事，老夫人不好教你。〔小玉〕甚麼教得？學無前後，達者爲先。〔四娘〕休要做乖！新人一進房，對了一枝紅溜溜的銀蠟燭，蚤已腼腆了也。

【玉交枝】燭花無賴，背銀釭暗擘㊆瑶釵，待玉郎回抱相偎愛。你此要㊇些腔兒，顰蛾掩袖低迴。他唤你，不可就應他，千唤佯將一度回。他畢竟先有些不緊要的話摩弄你，相挑巧着詞兒對。郡主，他叫你上牀，你只在牀帳外挨着，等他抱你上去，挽流蘇羅幃顫開。又不可自家解衣襦，先打些格達兒，要他扯斷纔好，結連環紅襦懊解。

〔小玉〕知道了，絮絮叨叨的。〔四娘〕還有牀上工夫要講：上牀時，他在東頭，你走過西頭；在西頭，你又走過東頭。

【前腔】做個鸞鷩蝶駭。你假將指甲兒搵着他，亂春纖抵着郎腮。那人定不相饒，壓花枝要折新蓓蕾。郡主也索放軟些手了，那管得荳蔻含胎。那時節白綾帕兒方便着，送破紅雲玉峽開。哎！挺得人疼，你須聽着，斜抽沁露荷心䕯。喫緊處花香這回，斷送人腰肢幾擺。

〔小玉〕師父，你怎麼曉得許多家數來？〔四娘〕我是過來人，想咱嫁時呵，

【漿水令】憶年時紅鬆翠窄，正初婚膩腋雲婳㊈，坐郎兜裏倒郎懷。薰籠卸襪，繡鳳眠鞋。細軀捱，含顰待，些兒受用疼還耐。拭紅綃，拭紅綃，斜燈送睞。移繡枕，移繡枕，引被佯推。

〔小玉〕有得許多說。

【前腔】〔四娘〕下鴛帷嬌殘薄黛，臨妝鏡巧對瑶臺，暗尋閒事笑還咲。餘紅偷覷，碎蕊愁揩。衣桁前，簾櫳外，蘭房新婦深深拜。賀新人，賀新人，許多丰采。那郎君，那郎君，底樣情懷？

〔小玉〕難爲得你這般狠來。〔四娘〕明日到你。〔六娘上〕夜筵已安排在堂上，鮑四娘，你只管在房中有甚麽講，不出來？〔四娘〕閒講。〔六娘〕今日没甚大設。

【尾聲】青玉案，紫琉盃，椀茗盤餐對舊醅。待十郎過了門，重開鳳燭宴冰媒。〔下〕

【校】

㈠「桃鮑上」，富春本作「鮑桃捧盒上介」。

㈡傳言玉女，末後省去兩句。

㈢「之美」下，富春本有「稱人心也」一句。

㈣成，富春本作「神」。

㈤「排些」上，富春本有「安」字。

㈥原無「小玉」二字，富春本注有「玉」字，據補。

㈦ 擘，富春本誤作「臂」。

㈧ 此要，富春本作「却做」。

㈨ 「媔」字不見字書，疑有誤。

第十四齣　假駿

【月雲高】〔十郎上〕篆烟籠黛，春心透簾外。燕尾交香褶，龍沬吹飄帶。稺柳蘇晴，梅魂恣風色。蝶點花尖上，暖院戲穿窗隔。報道合歡紅欲開，攜手佳人和夢來。

【百字令前】幽窗客裏，算無春可到和愁都閉。正好一奩花弄影，報道雨香霞翠。枕帶籠金，鉤欄凭玉，別是歡情味。輕凝慢竚，朝雲宛轉何意？昨日鮑四娘的女兒領了聘儀去霍府，今已日高花塢，想有回耗，且把做新壻的手段閒想一會。正是：幸有朝雲眠楚客，不勞芳草思王孫。

【金瓏璁】〔四娘上〕緑枝么鳳語，香痕暗沁平蕪。紅幫暖襯畫羅襦，銀蒜押簾偷覷。自家鮑四娘。調絲品竹，蚤謝同心；挾筴追鋒，還推老手。昨夜鄭夫人發了鸞箋，請他龍壻。俺今早朝醒頭重，日向午了，裁來走走。〔叫介〕〔十郎〕原來是鮑四娘，何勞親降！昨日寶鏡珠釵，已付令女郎送上，轉過霍府，事可諧否？〔四娘〕事諧矣，鸞箋在此。〔十郎看書介〕

【一封書】妾鄭氏敬拜書：即相國李君虞。小玉霍王女，才和色俱無取。蒙君過聽堪爲婦，寶鏡珠釵禮聘殊。庚申吉，候光車，金水相生慶有餘。

〔十郎笑介〕好事忒近了！元旦日辰已酉，算到明日，是庚申了。四娘，俺此時心事，還怕那郡主當不起小生的才興，你還與俺細説一番。〔四娘笑介〕他興亦不減。

【孝順歌】扶嬌起，困匀酥，聽啼鶯花隔香雨㊀餘。那時節百事都懶了，彩局未忺移，金絲没情拂。〔十郎〕他敢是做出來的風情麽？〔四娘〕天生成的。他便是尋常笑語，掠約精神，也有許多天厝。十郎，有這樣女兒伴你呵，除卻正理追陪，别有繫人心處。十郎，你明日蚤過些，他望得你緊了。新頓褥細肌膚，洞中花慫君入。

〔十郎〕請問明日穿甚服色去？〔四娘〕你有進士大衣服就好。〔十郎〕帶幾個小使去？〔四娘〕終不然步走，你須向花卿家借馬去，他府裏好少的後生。〔十郎〕領教了。

【前腔】開鳳曆，賜鸞書，借鴛鴦繡騎金鏤衢。排比做親夫，調停弄嬌女。四娘，小生酒量也不十分見得，託你去説，明晚一兩杯後，就賜飯了。用得玄漿半壺，熟了雕胡，便向洞房深處。對着匡牀，儘力餐紅玉。小生只有今宵作客，明宵呵，花殢蝶柳藏烏，暖茸茸香馥馥。

〔四娘〕俺辭你去，你可便過花卿處去。爲問花卿，復能相憶否？〔四娘作歎介〕〔十郎〕今日不能勾擺個酒兒，有慢四娘；明日在霍府不忘報謝！

【尾聲】明朝車騎美相如，那人兒不是當壚。〔四娘〕你去見花卿，不要説俺竟在你館中來，只道俺獨自山中詠蘼蕪。〔四娘下〕

〔十郎〕青兒，跟俺到花老爺宅子上去，借馬成親。〔青兒〕成親用得驢子料，顧個驢子去罷。〔十郎〕哇！快行。〔行介〕

【月雲高】趁春詞客，東鄰復南陌。葉嚲楊低翠，粉褪梅銷白。潤暖烟絲，水皺鴛鴦色。解得多情種，臂上隨人轉側。日影春妝繡箔開，笑指銀雲拂袂來。青兒，前面就是花老爺府了，你説與把門的：李十郎相公來訪。〔青兒叫聲〕〔把門軍上〕細柳新軍籍，咸陽舊酒徒。門上何人諠擾？〔青兒〕隴西李相公。〔軍士〕且住，待通報。

【金瓏璁】〔花卿上〕錦袍初置府，兵鈐萬里魚符。黄衫年少擁花騎，一笛武陵何處？原來是李十郎。〔揖介〕〔十郎〕營高細柳葉初齊，〔花卿〕日暖花邊教碧蹄。〔十郎〕莫惜千金借名馬，〔花卿〕懸知一點透靈犀。〔坐介〕〔十郎〕將軍何緣説及靈犀一點？〔花卿笑介〕纔聞着丫鬟去看看鮑四娘，説過十郎館中，可不是一點靈犀。〔十郎〕將軍不知，他近來有大功於小生。〔花卿〕怎的來？〔十郎〕生託四娘爲媒，聘了霍王之女。〔花卿〕日前上直，見老霍王游仙傳國的本，記得本中一聯説道：才子抽詞，感會八公之操；嬌雛未嫁，先爲五嶽之游。也便想得才子是足下，只不料嬌娃便爲足下所得。父王修仙，女兒便是仙女，足下便是仙郎，一時盛事。老夫這幾日宿衛，今日纔換了射聲將軍入直，老夫正要攜壺相問，蚤辱光臨，兼失迎候。左右看酒。〔左右持酒上〕寶騎名千里，金尊滿百花。稟將軍：酒到。

【一封書】〔花卿把酒介〕繞春光禁廬，蕊花澆病酒餘。聽嬌獰鳥雛，似金槽絮念奴。玉盞香黏羅袖縷，鮑四娘呵，一髻濃煙可是㊁初？〔十郎〕他也相思難擺。〔花卿〕正是，今日有他，也多哄得幾杯酒下喉去。他點飄蕭，彈綠㊂續，屈醉邀歡可百壺。

〔十郎〕請罷酒。小生有所求，請聽説：

【孝順歌】邀青女，作黄姑，笑臨霞半辭投入繡。他明日請小生去上門成親了，錦燭豔紅渠，銀蘭待棲宿。〔花卿〕這些事都妥貼了？〔十郎〕他親王府裏，富貴人家，小子客中，騎從所少，借紅蹄碧駒。〔花卿〕要馬麽？〔十郎〕正是。和那綠幘蒼奚，送到瑣窗窺處。〔花卿〕好首面的傔從儘有，只怕還要別樣金幣之費？隨足下相取。〔十郎〕不用了。爲仰風流，百事從清楚。小生告辭了。催寶勒罷行廚，愛將軍多禮數。

〔花卿〕左右，好生鞴馬，揀幾個好門幹，送李相公明日過霍府去。〔三軍應介〕〔花卿〕老夫幾番要尋個名勝配足下，今日呵，

【前腔】通桂苑，遇名姝。有此喜事，歡㊃飲幾爵。對黄油酒囊花覆爐。十郎，與你做媒的，是老夫的俊人；送你成親的，又是老夫的駿馬；可是湊合。這馬呵，鬧色紫茸鋪，壓胯黄金鍍，真個飛香紅玉。這樣駿馬，馱上一個才子，到那有色目的人家呵，一種風流，十分門户。十郎，敝廬兒中有乖巧的，你留幾個在那裏用。〔十郎〕他家自有平頭奴。〔花卿〕雖則有人，何方多僕。阿對前頭，也要彤騶護。十郎，俺不留你了。金裹驍錦塗麻，碧桃春藍橋路。

【尾聲】金燈此夜垂銀粟，照明宵帶枕茱萸。再過一日，俺約同石子英、尚子毗同到霍府來打

喜。那時節呵，春紅蚕已透璚酥。

柳葉桃花屬此君，春城人散酒初醺。
北堂後夜人如月，南陌明朝騎似雲。

【校】

㊀雨，原誤作「兩」，據富春本改。
㊁是，富春本作「似」。
㊂緑，疑當作「陸」。
㊃歡，富春本作「多」。

第十五齣　就婚

【鵲橋仙】〔小玉櫻桃上〕衾鴦微潤，屏鸞低扇，曙色寶奩新展。絳臺銀燭吐青烟，熒熒的照人靦腆。

【好事近】〔小玉〕紅曙卷窗紗，睡起半拖羅袂。〔櫻桃〕何似等閒睡起，到日高還未？〔小玉〕催花陣陣玉樓風，樓上人難睡。〔櫻桃〕有了人兒一個，在眼前心裏。〔小玉〕丫頭，這是俺身上的事，怎的睡來？〔櫻桃〕李郎不知來得遲早？〔小玉〕他客中没有人會打理他來。〔櫻桃〕前日櫻桃與十郎對坐調笑，怕他見責。〔小玉〕他是君子人，那裏計較這些？鮑四娘説蚤來，還不見到，你去堂上迎着他。〔櫻桃〕郡主忒忙了。

【臘梅花】〔四娘上〕花籠錦匝春色偏，生香翠氣簾初捲。結着千里緣，緑雲天借，鳳樓今日會雙仙。

〔櫻桃〕四娘，你來了。俺郡主五更初點，就起來梳洗早膳，省得要催妝詩，你快上去。新郎可來也？〔四娘〕還早。〔四娘上樓見小玉介〕郡主，你好睡睡，今夜不得睡了。俺從不到這樓上，李十郎一時未來，且同郡主樓上望望。〔做望介〕〔四娘〕郡主，你看那東頭一派衙門，繞着皇城的是十六衛，中有個驍騎衛花老爺府？這西頭尚冠里一帶高房子，是令公府，俺郭㊀小侯在此中住。〔小玉〕四娘，你有許多來路。〔四娘〕瞞你不得哩。俺還曉得一個去處，那向北去一所，不大不小，粉牆八字門兒，正對着章臺街，紅簾兒裏有個人兒，生得絶精，與俺相識來。〔小玉〕你的眼會走。〔四娘〕你卻不要走了眼，守那人兒出來。〔小玉作望介〕呀！四娘，委的一個騎馬官兒出來了。〔四娘〕看在那邊去？〔小玉〕呀！望南頭來了。〔十郎走馬，三人跟上〕

【窣地錦襠】春紅帶醉袖籠鞭，壓轡葳蕤照水邊。美人香玉豔藍田，遥望紅樓生翠烟。〔下〕〔小玉驚喜介〕四娘，你看那人走那一灣馬呵，風情似柳，有如張緒少年；迴策如縈，不減王家叔父。真個愛人也！

【皂角兒】是誰家玉人水邊？斗驕驄碧桃花旋。坐雲霞飄颻半天，惹人處行光一片。〔四娘〕郡主，你看那生騎馬，許多歡慶；俺見這生騎馬，許多感歎。〔小玉〕怎的來？〔四娘〕這馬原是郭小侯騎在花將軍府裏去，花將軍就看上這馬了。〔小玉〕四娘，良馬比君子，就是你對過這馬了。〔四娘〕瞞不得你了。猛可的影翩翻聲迴合，送新人懷舊侣，惆悵花前。郡主，只是俺有這些緣，要來成就的一對夫妻。你説那馬上的美少年是誰？便是十郎了。〔小玉喜介〕當真生受你了！青袍雪面，儂家少年，得娘憐。稱玉臺雙結，紅絲一線。〔四娘〕快下樓去，請老夫人堂上坐，迎接新郎。須教翡翠聞王母，不奈鴛鴦噪鵲橋。〔下介〕㈡〔鄭六娘上〕

【小蓬萊】花氣玲瓏仙苑，和龍爐寶燭薰天。摽梅將贈，芳華正攬，桃葉初傳。㈢

鮑四娘，多勞你了！李十郎將到門，郡主可更衣迎壻。〔十郎上〕

【上林春】醉雨烟濃，泛晴波瀲，雲縹緲銀鸞半見。香生錦燭高燃，響處佩環低轉。

〔四娘㊃出迎進介〕〔衆贊禮新郎新人拜天地詩介〕青皇垂裹地，黄媪上交天。二曜長相逐，三星徹夜圓。〔贊拜堂上老夫人詩介〕上壽西王母，玄都婉大㊄真。璚花看結子，桃葉笑宜人。〔贊夫妻交拜詩介〕百歲爲夫婦，雙飛比鳳凰。生男爲將相，生女配侯王。〔贊把酒介〕

【錦堂月】吹錦雲鮮，流珠日暖，春光蟬連畫院。鏤牒簾紋，笑隱芙蓉嬌面。金莖蝶半簇華翹，香樹蛾滿堰絲蠒。〔合〕持觴勸，看取才子佳人百年姻眷。

【前腔】〔合〕㊅歡宴，橘浦仙媛，蘭陵貴士，同進花臺法膳。月醴華清，銀稜翠勺河源。金平脱半節萍虀，畫油奩兒家禁臠。〔合前〕

【前腔】宛轉，繡履牆偏，瓊纖縫表，寒玉暖笙初囀。㊆新樣釵篦，點鬟招弄嬋娟。星星語透竹玲瓏，款款催貼花檀串。〔合前〕

【前腔】情盼，織女星傳，美人虹闞，暗襹畫鸞金線。襯體紅綃，燭夜花房如茜。長頭錦翠答宜男，同心枕夜明如願。〔合前〕

【醉翁子】〔六娘〕堪羨，這才華定參時彦。怕京都紙價高，洛陽花賤。〔十郎跪介〕不淺，似海樣深恩，何處金珠買翠鈿？〔合〕成姻眷，但學天邊明月，四季團圓。

【前腔】〔小玉〕閒辨，你蚤晚要魁金殿。看織錦回文，裁紈歌扇。〔十郎小玉同跪介〕情願，對熱腦梅花，一縷真香結誓言。〔合前〕

【僥僥令】〔合〕㈧燈花紅笑顫，高燭步生蓮。且喜闌夜口脂香碧唾，環影耀金蟬愛少年。

【前腔】顔酡春暈顯，花月好難眠。無奈斗轉銀虬催漏悄，翠鳳鬟鬢偏待曉天。

【尾聲】黼帳流蘇度百年，作夫妻天長地遠。還願取桂子蘭孫滿玉田。

〔十郎小玉浣紗下〕〔四娘辭〕〔六娘〕四娘，你也房裏揸些撒帳錢回去。〔四娘〕不便了，明日再來相看好郎君也。〔下〕

芳樹交花御宿林，女蘿低度結同心。
璚樓自有吹簫侶，何用高堂緑綺琴。

【校】

㈠富春本「郭」字在上句「令公府」上。

㈡「下介」二字，原在「迎接新郎」句下，今移於下場詩「須教翡翠」兩句之下。

㈢小蓬萊下面省去六句。

㊃ 四娘，富春本作「衆」。
㊄ 大，與「太」通；富春本作「太」。
㊅㈧ 原無「合」字，據富春本補。
㊆ 囀，富春本作「轉」。

第十六齣　協賀

〔櫻桃上〕銀蔓牽花紫帶長，絲絲絆着有情娘。紗窗細拂蛾眉了，斜斂輕身拜玉郎。奴家喚做櫻桃，從小伴郡主刺繡。昨晚郡主配了李郎，俺做櫻桃的在牀後睡，教我怎的睡得着。那十郎甚麽的心情，俺郡主許多的門面，俺也聽不得了。如今日已㊀向午，老夫人還教不要驚了他。只是郡主帶醒，蚤已起來梳頭了。〔小玉上〕

【探春令】紅樓半夜暖溶溶，羅帳春風。〔櫻桃前扶介〕〔小玉〕嬌倩人扶，笑嗔人問，没奈多情種。

【荷葉盃】還記夜闌相見，膽顫。鬟亂四肢柔，昵人無語不擡頭。羞麽羞，羞麽羞。櫻桃，昨日折睡了身子，好不耐煩。〔櫻桃笑介〕賀喜郡主！辛苦郡主！〔作摩痛介〕〔小玉〕一上牀彈彈的睡覺到天亮，有甚麽疼來？〔櫻桃笑介〕郡主，你哄櫻桃，櫻桃到不曾聽見？〔小玉〕聽見甚的來？〔櫻桃〕聽見郡主一上牀就啼起來。

【鶯啼序】銀缸背帳肌色融，阮郎要攀花洞。碎嬌啼月底聞鶯，從容明宵再奉。猛喬才那些見饒，急答着盡情偷送。牀籠動，膽腰支怎生攔縱？

〔小玉〕閒説！你去伏侍他起來梳洗，俺這裏不用你了。〔櫻桃〕李郎只怕還要睡睡。〔桃背介〕郡主要俺去，俺暫去簾兒裏，覷他在此怎的？〔虛下介〕〔復上潛覷介〕〔小玉私云〕羞殺！羞殺！做女兒見人只要藏，驀地裏一個面生的男兒，要身子兒貼他睡，又有許多做作。那幾下疼，就是殺人一般。曉起走下妝臺前，他又眼兒看着帳外。只得出此間獨坐，捫一捫疼，又怕丫頭們笑。他去了㈡，看看花綾帕上。〔看介〕呀！這真紅點子是怎的來？怪道疼得慌。只是他也相似有幾點紅來，卻不聽見他説疼，怎的？〔櫻桃搶帕，小玉袖介〕〔櫻桃〕紅點子都是郡主的，不要混了李十郎的點子。郡主，這是你身上的寶，借看一看。〔小玉〕四角帕兒，甚麽寶，也要看他？〔櫻桃〕昨晚是素林禽錦帕兒，今日變了紅，可不是寶？〔小玉〕原有些紅。

【前腔】眉州小錦新退紅，織成斷霞啼鳳。〔櫻桃笑介〕這分明桃源錦津，印透春痕一縫。〔玉罵桃唱〕眼乜斜無端覷人，這事絮他何用！輕調弄，櫻桃嘴那些尊重？

〔推櫻桃跪介〕〔櫻桃〕定要借點兒看看，與櫻桃作個樣子。〔小玉〕你要看，俺去説與老夫人。〔櫻桃〕情願桃跪地㈢，隨郡主責罰。〔小玉做行介〕〔十郎上撞轉抱住介〕

【阮郎歸】春光水暖翠芙蓉，宛轉繡衾中。妻，朝雲何處覓行蹤？生憎日影簾旌動。㈣

〔相見介〕㈤〔十郎〕花色豔陽春，〔小玉〕邂逅奉清塵。〔合〕惟願長無别，合形作一身。〔坐介〕〔十郎〕呀！鮑四娘令愛，不勞行禮。〔小玉笑介〕他是俺府裏丫頭，奴家有事着他跪。〔十郎〕怎的充媒人過禮？〔小玉〕是俺着他來探你。〔十郎〕娘子，你這等有心。怪道這女郎説你心兒好。〔小玉〕甚麽女郎！唤他櫻桃便了。〔十郎〕看俺情分上，饒他起去罷。〔櫻桃〕不敢起去，討了賞纔敢起去。

〔十郎〕你要甚麼賞？〔櫻桃〕郡主有話在前了。〔十郎問玉介〕怎生説來？〔小玉笑介〕許了他一個小使。〔十郎〕把烏兒與他做對兒。〔櫻桃〕消不起。〔十郎〕有多少小使，隨你揀得。〔小玉〕把青兒與他罷。〔十郎〕青兒忒伶俐了，怕他配不起。〔櫻桃〕櫻桃到也伶俐。〔十郎〕伶俐人正要配個不伶俐的，纔搭得匀。〔櫻桃〕郡主伶俐，卻又配着相公伶俐，怎的？〔十郎笑介〕就是青兒罷了，叫青兒來。〔内叫有客來報相公知道介〕㊅〔浣紗上〕馬簇金吾仗，人薰異國香。稟上相公：花老爺、石老爺、尚老爺，到來相賀。〔十郎〕既然客到，櫻桃且起來看酒。娘子，他與俺有兄弟之義，你可穿了服色，出來把酒。〔小玉〕理會得。〔玉下〕〔十郎〕請三位老爺進堂上。〔三客上〕

【鵲橋仙】花轉風心，柳擡烟眼，着處紅霏緑颭。瓊樓珠閣映春山，拂仙掌翠華濃淡。

〔相見介〕〔三客〕百年嘉禮，未獲少助紅筵之費，有愧朋情！〔十郎〕客邸匆匆，未獲裁稟。轉辱光臨，有失門㊆候。〔三客〕請夫人拜賀。〔十郎〕義當出見。〔小玉上拜介〕〔十郎〕新人看酒。〔櫻桃將酒上〕雅杯金作友，團扇玉爲人。酒到。〔小玉㊇把酒介〕

【玉山頽】金堂客至，下紅樓翠匌銀篦。薦芳塵點玉青綦，起華箔押絲珠綴。微風約水，嫋處羞眉半聚。裏手拈鸚嘴，鬢釵垂，酒光浮溜映雙題。

【前腔】〔三客〕㊈美人雲氣，傍秦樓玉葉金枝。印春山半暈新眉，破朝花一條輕翠。畫梁初日，似綽約未勝羅綺。柳絮才輕麗，透春飛，笑和嬌語畫屏欹。

【前腔】〔十郎〕幾年排比，這姻緣十字詩媒。⑩遇仙媛濟北追陪，裊烟絲竹西歌吹。忘京華留滯，儘百媚天應乞與。且自停絲騎，綵雲飛，銀蟬壓酒拚如泥。

【前腔】〔三客〕可人風味，篆烟籠晝漏遲遲。瑞香膏帳碧初垂，玉腰春茜紅新試。俺狂儔怪侶，來盼問雨香雲迹。喜氤⑪氳人醉，笑低徊，從郎更索縷金杯。

〔花卿〕罷酒，老夫一言：十郎和俺們游俠長安，功名在邇。郡主可勸教十郎，努力前程。休得貪歡，費此白日。

【朱奴兒】好男兒芙蓉俊姿，爭聲價錦繡篇堆。勸取郎腰玉帶圍，休只把羅裙對繫。

〔合〕看封誥，鈿軸鸞迴，還比翼天池奮飛。

〔小玉〕三君在上，只怕十郎富貴，撇了奴家。

【前腔】夫人號排窠印泥，新縑手別樣蛾眉。〔花卿〕十郎不是兩心人，肘後香囊半尺絲，想不是浮雲夫壻。〔合前〕

【尾聲】〔十郎〕⑫紅林春殿轉霏微，歸軒動暮雲凝睇。〔三客〕十郎，明日元宵佳節，聖上勑賜燒燈，燈市最盛。明夕好同郡主游玩一會，俺們朋友不便相從了。可怕金吾玉漏催。〔三客下〕

〔小玉〕相公，妾看此三君意氣，俱公侯之相。〔十郎笑介〕女孩兒家曉得甚的來？〔小玉〕昔僖大夫之配蚕識趙狐，山吏部之妻暗窺嵇阮。方知女子過男子，不道今人讓古人。〔十郎笑介〕領教了。

且向堂上問候老夫人。

翠氣春浮玉洞霞，王孫去後碧桃花。
香風醉逐乘鸞影，錦帳三千阿母家。

【校】

㊀已，富春本作「勢」。
㊁他去了，富春本作「櫻桃不在」。
㊂情願桃跪地，富春本作「情願跪着在此」。
㊃阮郎歸下面省去四句。
㊄富春本無「相見介」三字。
㊅富春本無「内叫有客來報相公知道介」一句。
㊆門，富春本作「迎」。
㊇原無「小玉」二字，富春本注有「玉」字，據補。
㊈原無「三客」二字，據富春本補。
㊉媒，原誤作「謀」，據富春本改。
⑪氤，富春本作「氣」。
⑫原無「十郎」二字，富春本注有「十」字，據補。

第十七齣　拾箫

【點絳脣】〔内官嚴遵美上〕萬點星懸，九光霞見，芙蓉殿。上元燈樹，晻映黄羅扇。海色紅雲，玉班深護從龍宴。香雷燭電，緩步着流蘇輦。

太乙壇前月色新，明光宫裏太平人。龍啣火樹千重焰，鳳吐蓮花萬壽春。自家北院副使嚴遵美是也。先出馬存亮公公門下，後與西門季玄公公同掌掖庭。袴衫供奉，無心作執笏軍容；楹舍藏書，那用到帖黄廳事？長想去青城山度日，暫掛了紫薇垣一星。擁護龍顔，周旋豹尾。恭遇上元佳節，官家勑賜燒燈。下官祗候聖駕，宴罷羣臣，遊賞各宫。這是華清宫，真個好燈也！只見弱骨千絲，輕毬萬眼。庭開菡萏，熒熒華岳明星；洞繞篔簹，點點竹宫爟㈠火。雲母帳前瀿瀲，多則過十千枝光滴滴的露影琉璃；夜明簾外輝煌，少也有一萬盞脆泠泠㈡的雨絲纓絡。急閃閃瑶光亂散，妝成鹿啣五色靈芝；慢騰騰獸炭雄噴，做出犬吠三花寶葉。遊魚上下，似洞霄宫裏，隱隱約約，魚油㈢錦上生波；走馬縱横，像吐火山前，璁璁瓏瓏，馬瑙屏中絶影。怎見得星移萬户，赤溜溜的珠毬滚地抛來？可知他月到千門，碧團團的銀燭半空丢下。靈船低泛，通霞臺上沈沈靄靄，平白地透出霞舟，百里丹烟流宿海；火鏡高然，望日觀前雄雄魄魄，半更天推開日扇，九枝紅豔簇天壇。的的攢攢晃觚稜，盡點綴了丹房簷蔔；霏霏㠟㠟旋華蓋，鎮飄摇的紫蔓莆萄。緑緑夭夭，高掛着明璚宛轉，都來是方壺素縠黏成；紅紅白白，細看他花格綸連，好不過員嶠輕蠶翦就。又不是龍吟聲、虓吼聲、驎合邏、驎佗㊃夜、驎跋至，蚤發擂了鼕鼕瞳瞳端門禁鼓，六街驚摻，阿香車裏行雷；且道個遏雲社、飛盞社㊄、喬宅眷、喬迎酒、喬樂神，旋扮裝來嘈嘈雜雜複道危棚，百隊喧攢，玉女窗前笑電。緑香沈穗，吹笙送度九微，峨峨豔豔，半層圈絡，金莖盤上映初晴；繡襖雲花，夾仗繞開四照，玲玲瓏瓏，幾柱冰條，玉膽瓶中看欲化。水晶檠璀璀璨璨，白鳳凝酥，到處廣寒宫一般清徹；珊瑚座瑞瑞璘璘，玄龍吐燭，咫尺融皋國萬里通明。玉消膏、琥珀餳，屑屑雰雰，裝花灌藕，朱盤架簇插飛蛾；流蘇帶、芳提葉，閒閒淡淡，粿火楊梅，縞衣衫争傳帖璽。別樣機關，活動得奇奇怪怪，綵樓高處，削成仙子三山；諸般故事，渲畫得分分明明，玉柵鋪時，簇成「皇帝萬歲」。正是：黄道宫羅瑞錦香，雲霞冉冉度霓裳。龍輿鳳管經行處，萬點明星簇紫皇。道猶未了，聖駕早到。

【望吾鄉】〔衆擁元和皇帝上〕萬户春初，榮光麗寶圖。樓臺晻映星橋路，龍啣鳳燭雲霞曙。列彩豔椒塗，連廊耀綺疎，玉管金輿度。

金鎖通宵啓玉京，遲遲春箭入歌聲。寶坊㊅月皎龍燈澹，紫館風微鶴燄平。朕乃神堯皇帝九代玄孫。紹引金繩，宏調玉燭。賴天地和靈㊆，祖宗載祀。日兄月姊，長開五色金輪；雲帥風師，每應三元玉琯。翠陌湧瑯邪之稻，香機足房子之絲。風枝蚤報千秋，雪鳥長呼萬歲。且喜今夕元宵佳節，燈月交輝，豐年之占，朕與百姓樂之。此是華清宫，徘徊一會。分付穿宫，傳令教坊司。暫停餘樂，踏歌一曲。〔内奏曲介〕

【黃龍探春燈】㈧鵲鳷風新，芙蓉宵近，昇平萬年光運。明霞秀色，明霞秀色，玉燭調輝，冰壺寫暈。照山河國泰民安，謝天地風調雨順。璧月度歌塵，長春聖人，長春聖人。

〔帝〕再奏上一曲來。

【前腔】〔内〕縹緲紅雲，青鸞成陣，鬧㈨蟬玉梅風韻。紗籠半隱，紗籠半隱，笑語遥分，衣香暗認。謾挨搪細骨腰輕，解縱送迴波眼俊。璧月度歌塵，長春聖人，長春聖人。⑩

〔帝云〕詞是何人所作？〔内應介〕隴西進士李益。〔帝〕真才子也！嚴穿宫，把他名字黏在御屏風上。〔嚴呼萬歲介〕〔帝〕再起玩賞一會。

【望吾鄉】寶炬金爐，宸遊席錦圖。上陽宴笑瓊霞駐，天風縹緲吹雲護。鼇綵忭嵩呼，鶉光照海酺，萬歲登高處。

嚴穿宫，元宵勝節，朕與文武官宴罷太早，朕看他們都有不盡之興。可傳示都下士女，無論貴賤道俗，俱得至華清宫玩燈，盡丙夜，金吾不可㈡呵止，稱朕與民同樂之意。〔嚴呼萬歲〕〔帝下〕〔嚴〕分付監門尉，傳示金吾衛將軍，奉聖旨：都下士女，貴賤道俗，並許至華清宫玩燈，盡丙夜，不得呵止，稱與民同樂之意。〔内呼萬歲介〕〔嚴下〕〔郭小侯鮑四娘同上看燈介〕五夜好春隨步暖，一年明月打頭圓。俺郭小侯蚤已皇親賜宴，旋聞聖旨許至華清宮玩燈。鮑四娘伴俺入宮，游賞一會。

【出隊子】星毬銀樹，星毬銀樹，畫巽烟櫳照綺珠。千門如晝晃金鋪，萬燭光中彩雲護。〔小侯〕四娘，留些興回去。〔合〕且歸去侯家，香風九衢。〔下〕

〔杜秋娘善才扮女道士上〕樓臺皎似長明殿，燈火遥同不夜城。俺杜秋娘，曾入侍先帝，賜與霍王，如今入西王母觀作女冠。今夕風光，塵心未了，聞得聖旨許玩燈，到這華清宮。善才，這是俺和你舊游之所，燈樂一般，只是人事不同了。

【前腔】芙蓉光吐，芙蓉光吐，絳闕霞宵月影舒。神壇太乙朗蓬壺，縹緲珠星躔漢渚。善才，回去罷，久玩此[二]令人感傷。好歸去仙家，霓裳步虚。〔下〕

〔鄭六娘十郎小玉上〕〔六娘〕[三]春宮不閉葳蕤鎖，星漢迴通宛轉橋。俺六娘曾事先帝，賜與霍王。這華清宮正是老身舊游之所，十郎、郡主是不曾到此，正好游玩一回。

【前腔】帝城三五，帝城三五，紫禁烟花繞玉除。暗塵紅隘碧鈿車，墜瑟遺釵飄滿路。十郎小玉呵，同去玩天燈，金蓮暗扶。

【前腔】〔十郎小玉〕絳臺雲母，絳臺雲母，緑炬朱棚上轆轤。霜蛾白鳳繞麟鬟，穠李纖歌人幾處。娘，看銀燭青烟，怕甚金吾！

〔金吾將軍上喝介〕漏過三聲了，還道是不怕金吾。快走！清宮太監來也。

【浪淘沙】官至執金吾，緹騎前驅，蹋歌人散錦氍毹。玉漏三聲宵已半，聽響銅壺，聽響銅壺。

快走！快走！拏着。〔下〕〔六娘十郎走上叫〕小玉快行！

【前腔】〔六娘〕㊃踏碎玉蟾蜍，嚴署催呼。呀！小玉在那裏？〔作慌介〕等閒失卻鳳將雛。那邊笑聲相似他。〔十郎尋叫哭㊄介〕巧笑燈前人不見，淚蠟垂珠，淚蠟垂珠。

〔内喝拿介〕〔六娘十郎下〕〔小玉〕寃家！我的娘，我的十郎夫在那裏？〔内喝作驚介〕〔走介〕

【前腔】徼道響雲除，月墮金樞。寃家！宮門屈曲，教奴從那路出去？千門萬户怎踟蹰？〔作跌拾簫科〕呀！原來是一管紫玉簫在地上滑著，想起一計來。奴家嬌弱女孩兒，外間燈市闐塞，縱出得去，也落少年之手。不如就取着紫玉簫在手，遇着清宮太監，拿到内家殿前，更有分訴處。倘天恩垂問，便將我十郎才名説一番，或見矜憐送出。拾卻紫簫閒按取，引出仙都，引出仙都。

〔嚴呼喝上〕〔小玉驚伏介〕

【前腔】〔嚴〕㊅火樹欲栖烏，銀鑰催臚。手下好生搜索各處，恐有奸細。樓心殿脚有人無？〔衆喊介〕拏得一個小女兒，偷卻太真娘娘紫玉簫，躲在殿西頭。〔嚴〕呀！女子犯禁了，玉管偷來緣底事？問是誰姝？問是誰姝？〔衆擁小玉下〕

【一江風】〔郭娘娘上〕翠雲翹，玉殿催春早，玲瓏繡額寒猶峭。過燈宵，火樹銀樓，點綴星榆照。香猊穗縷摇，聽阿監巡吹繞，風清別院昇平調。

【更漏子】展金宮，鋪玉冊，光映錦貂梅額。三殿宴，九〔一七〕枝燈，春風繞畫棚。珠斗直，銀蟾滴，人在鳳橋吹笛。簪繡蝶，卜羅裙，瑞龍香自薰。自家郭貴妃是也。先祖汾陽王郭子儀，父親太尉郭曖，母親齊國大〔一八〕長公主。自幼聘入廣陵王爲妃，皇上即位，進册貴妃，掌管長秋宮玉璽。生下女兒太和公主。外家兄弟，止有小侯郭鋒一人。自家早應星娥，出參天姝。〔一九〕熒熒金屋，長公主調笑膠東；蕩蕩璚霄，先太傅進封高密。班婕妤竟辭同輦，看甘泉宮裏，那堪圖畫夫人；馬明德長居後堂，怪白玉階前，不記披香博士。因此輒開魚貫，長詠關雎。且喜玉燭調輝，金環順序。恭遇元宵令節，侍宴回宮，怕有失事宮娥，詔獄來此，禮當祇候。道猶未了，穿宮早到。〔嚴太監押小玉上〕

【前腔】〔嚴〕〔二〇〕紫霞標，殿幄籠春曉，龍輿鳳吹烟花裊。恨燈宵，傍月迴雲，亂映芙蓉笑。妮子呵，風韻好無憀，玲瓏花犯巧，偷將玉管吹雲表。

聖旨道：朕賞燈筵〔二一〕之綺節，聽才子之芳詞。與民同樂，得盡丙夜。至期穿宮出徹，搜得一女兒，盜太真娘娘紫玉簫一管在手。可是內院宮人，厭金閨而巧出？或者教坊弟子，按珠曲以偷傳？着送長秋宮中細問。倘係都人士女，問他落後情由。〔郭娘娘〕萬歲！

【桂枝香】〔扣問介〕婦人，你可是宮娥？燈輝月耀，紅訛翠擾。莫不是絳殿容華？早罷卻朱衙爞燎。怨重閨疊瑣，怨重閨疊瑣，洞房空曉，鏡臺空老。乘月步招摇，別有處知音也，因此上暗引瓊簫出鳳翹。

〔小玉〕妾怎充得宮女？服色不同。

【前腔】金宮魚藻，彤墀鶴草。似這般銀鑰羈鸞，怎做得雕籠去鳥？恁宮監老伴，恁宮監老伴，披圖對召，抄名暗叫。春滿睡紅綃，似這般憔悴也，羞殺容華金步摇。

〔郭娘娘〕不是宮人，便是宮妓，才用得紫玉簫。

【前腔】看你搔頭鳳矯，檀心翠巧。若不是度曲韓娥？定則是縈情蘇小？向殿頭供奉，向殿頭供奉，傳梅索笑，歌蘭合調。隨例雜簫韶，因此上偷將也，暗譜霓裳趁綠腰。

〔小玉〕妾如今非教坊人了。

【前腔】章臺夢悄，横塘路杳。娘娘，若還是絳樹梨園，怎不帶柘枝花帽，和袨裙長俏，和袨裙長俏？雲棚斷掃，紅氍罷裊，無分逐花妖。若提起洞簫也，鳳侶曾經素手招。

〔娘娘〕怎的比着秦弄玉？他是公侯貴種。你既不是宮妓，緣何到此宮來？盜此簫去？可是何等婦女？〔小玉〕妾姓霍，名小玉，霍王之女。〔娘娘〕霍王是封邑在霍，你卻姓霍，緣何是他女？〔小玉〕妾母鄭六娘，原是内家供奉左班人，賜與霍王二十年，生妾十六歲。嫌妾出微，改姓從霍，賜紅樓一座，御賜寶玉十廚，聽母擇壻。不敢欺誑娘娘。〔娘娘扯起玉科〕霍王是順宗皇帝兄弟，并肩一字王。既係王女，便同郡主，請起借問來由。

【集賢賓】〔小玉〕家母呵，宮花漢殿曾分笑，賜梁園玉葉蘭茁。〔娘娘〕緣何放出？〔小玉〕桂樹銀牀心好道，攬青絲素鬢無聊。〔娘娘〕他因此感傷麼？〔小玉〕正是，慵禁細腰，總放卻星罏月貌。〔娘娘〕可㉒學得仙成？〔小玉〕修行早，可知是淮王不老。

〔娘娘〕郡主可招得甚才郎？〔小玉〕已配人了。

【前腔】隴西士族美㉓年少，似凌雲逸氣飄飄。玉樹風前冰雪皎，綴新篇璀璨璚包。〔娘娘〕他祖上可有仕宦？〔小玉〕簪裾累朝。〔娘娘〕姓甚？名誰？〔小玉〕喚做李十郎。〔娘娘〕宮中常聞得外間有個㉔李十郎是才子，可就是這人？〔小玉〕便是，香名滿玉堂風調。〔娘娘〕他可出得身否？〔小玉〕他見在此應制，不日上春榜了。龍欲跳，看咫尺鵬溟鳳沼。

〔娘娘〕郡主，你成就許多時了，想是同到華清宮玩燈麼？

【前腔】〔小玉〕藍田種璧初垂燿，〔娘娘〕這等是佳人才子了。〔小玉〕愧微軀不似璚瑶。只爲十二雲衢燈月好，攬芳心對影華宵。〔娘娘〕這等是十郎同來，怎麼不回顧郡主？〔小玉〕更深麗譙，〔娘娘〕可是金吾將軍清宮太監要鎖宮門，衝散了伴當？〔小玉〕正是，斷羣處鴻迷鵲繞。〔悲介，背云〕十郎夫！心縈燥，對殘燭淚紅多少！

〔娘娘〕郡主緣何偷着㉕太真娘娘紫玉簫？

【前腔】〔小玉〕歸雲背月金蓮小，殿西頭暗拾璚簫。奴家此時想將起來，孤身獨步，怎生回去？那燈市呵，紫陌遊童喧未了，怕宵征薄行橫挑。奴家若落此輩之手，縱然他引得奴回去，何顏自洗？因此奴家拿着此簫，寧歸法條。倘遇着龍顏鳳表，明訴告，奴便死在金階下甘心了，也顯得夜行分曉。

〔娘娘〕好志氣！好能事！

【琥珀貓兒墜】生小香娃，絶世心靈巧。多露沾衣能自保，冰壺徹底見清標。待曉，奏送孤鸞，還歸鳳條。〔小玉拜求科〕

【前腔】睡鳥驚啼，墜月金莖表。娘娘，願借蓮臺分綺照。〔娘娘〕只怕聖躬龍寢，奏不得事了。〔小玉〕娘娘，聽別殿歡笑呵，還聞天語墜雲霄。〔娘娘〕只怕天也將曉。〔小玉〕難曉，蚤賜金雞，還飛鵲橋。

〔娘娘〕郡主要歸急，便可同到別殿，將霍王舊事重説一番。〔小玉〕

【尾聲】芙蓉別殿煩相奏，鳳管偷吹倘見饒。〔娘娘〕説那裏話！還有華燈送出中人導。

〔娘娘〕花宮蓮漏已三更，〔小玉〕獨自低迷步玉京。

〔合〕到得殿頭宣賜燭，重開金鎖放人行。

【校】

㊀ 爟，原誤作「權」，據富春本改。

㊁ 泠泠，原誤作「冷冷」，據富春本改。

㊂ 油，原誤作「遊」，據富春本改。

㊃ 佗，富春本作「迤」。

㊄ 飛盖社，應作「緋綠社」，見武林舊事卷二「舞隊」。

㊅ 坊，富春本作「房」。

㊆ 靈，富春本作「宁」。

㊇ 九宮大成南北詞宮譜卷七十二引，題作龍銜春燈朝天，並注云：「舊名黃龍捧燈月。」「明霞秀色」句不疊。

㊈ 闊，原誤作「闌」，據富春本改。

㊉ 「〔帝〕再奏上一曲來」句、「內」字及「長春聖人」四字疊句，俱據富春本補。

⑪ 可，富春本作「得」；本齣下文也作「得」。

⑫ 富春本無「此」字。

⑬⑭ 原無「六娘」二字，富春本注有「鄭」字，據補。

⑮ 富春本無「哭」字。

㊀㊅（一六）（二〇）原無「嚴」字，據富春本補。

（一七）九，富春本作「曲」。

（一八）大，原誤作「太」，據富春本改。

（一九）姝，疑當作「妹」。

（二一）筵，原作「宴」，據富春本改。

（二二）可，原作「可可」，衍一可字，據富春本删。

（二三）美，富春本作「他」。

（二四）原無「個」字，據富春本補。

（二五）偷着，富春本作「得」。

第十八齣　賜簫

【天下樂】〔女官内臣上〕香爐撲扇侍金蟬，密炬籠綃鬬玉鈿。人影漸稀花露冷，踏歌吹度曉雲邊。

列位請了。五夜迴清晝，千門映紫薇。同將花燭影，相送玉人歸。霍王郡主看燈失侶，怕落少年之手，寧可落在宮中，拾了太真娘娘紫玉簫，要人拿住，著送長秋宮郭娘娘審問，引奏御前，明白了他的氣節。着俺女官内臣，銷金寶燭四籠，送他回府，併賜他原拾紫玉簫一管，内科一道。他如今在長秋宮謝恩去了，想即到來，俺們在此華清宮門外伺候。㊀〔小玉拿簫上〕

【玩仙燈】歸色滿銀蟾，好風光長明宮院。㊁

列位宮官，蒙聖恩多勞了！〔衆云〕夜過三更，郡主請行。〔合〕

【四邊静】春光碧瑣芙蓉殿，複道烟花轉。玉女對星懸，金童承露偃。〔合〕步摇釵戰，凌波襪軟。〔女官扶玉科〕歸路擁嬋娟，珠宮錦霞蒨。

〔小玉〕不勞扶了。〔衆〕㊂

【前腔】春城夜色人深院，巧笑殘妝宴。坐冷燭花偏，啼殘香夢遠。〔合前〕

【前腔】琉璃甃路平如練，緩步多苔蘚。愛月幾人眠，行雲今夜免。〔合前〕

【前腔】宮車夾仗香㊃雷輾，閃碎紅雲片。翠鳳減宵眠，銀虬淹曉箭。〔合前〕

〔小玉〕好了！望見本府的紅樓子了。

燈半闌珊月氣寒，霓裳吹遍夜深還。
只應不盡婆娑意，猶向街心弄影看。

【校】

㊀「伺候」下，富春本有「則個、道猶未了、霍郡主早到」。
㊁玩仙燈下面省去五句。
㊂原無「衆」字，據富春本補。
㊃香，富春本作「如」。

第十九齣　詔歸

【粉蝶兒】〔六娘同十郎上〕寶鴨銅駝，珠淚暗飄紅蠟。㊀〔六娘〕孤燈容易落，碎月好難圓。十郎，你夫婦纔得三朝，今夜元宵，宫中游玩，正是良辰美景，賞心樂事，誰知窣地裏風波撇散？尋覓不見，不知落在天家？還落在人家？好不苦殺人也！〔十郎〕苦殺小玉妻！你若落在天家，怕你不慣考問，嬌滴滴的怎禁得摧挫；若落在人家呵，一發苦殺你了！〔哭介〕㊁

【獅子序】他若是落天家，怕驚摇嫩蕊嬌花；更燈闌紫陌，俠少豪華。〔六娘〕若是惡少們懊着他呵，他性子不是金篦自刺，定向玉井頭骨董一聲了。虧殺他捅輕狂推薄倖，嗔阿母罵檀郎，玉梅花下惡咨嗟。愁腸棖觸，殘月些些。十郎，且待東窗曙了，去朝門外取消息，且在繡閣上坐等雞鳴。〔做悲哭坐科〕〔女官燈籠、小玉攜簫上〕

【粉蝶兒】玉燭歸來，蚤已明星破夜。〔扣門〕〔鄭六娘十郎驚開科〕呀！燈燭熒煌，原來郡主到也。〔宫官〕聖旨到，跪聽宣讀：朕雅愛風謡，泛採奇秀。知隴西李益，博學弘詞；妻小玉，復是霍王叔父之女。看燈失侶，畏行多露；巧拾瑀簫，智能衛潔；朕甚嘉之。即撤華清宫鳳燭，兼賜所拾瑀簫一管，送歸李益之宅。其謝本不必親齎，附霍嗣王府進上。叩頭謝恩。〔衆拱手科〕〔十郎〕留列位老公公老夫人一茶。〔衆云〕聖躬五鼓視朝，不敢久留，去也。請了。〔下介〕〔六娘十郎小玉相抱科〕〔六娘〕兒着驚了！〔十郎〕妻着驚了！〔小玉〕天恩有幸，不曾着甚驚。一從相失了阿娘和十郎，內家傳呼轉急，怎生出得？走得慌呵，丹墀一跌，原來是管紫玉簫滑着。尋思計來，外間看燈人鬧，都是少年遊冶兒，縱出得宮門，不得清白還家。因此躲在殿西頭，儘着穿宮拿去，拿到永巷娘娘宮中訊問。兒將父王名字，并李十郎才學家世説起，那娘娘便相敬順，引奏御前，恩賜玉簫鳳燭，真是天恩難報。〔六娘十郎小玉合〕

【一封書】喜片玉無瑕，乍分煇寶燭華。這皇恩有涯，逞風流出內家。香消侍女彈金炧，月冷歸人溼絳紗。成佳話，轉清華，帝子璚簫度曉霞。

〔六娘〕十郎，還與小玉去睡一睡。

丹穴驚飛雙鳳凰，　歡娛轉作豔歌傷。
沖宵只避金吾貴，　破曉仍分玉燭光。

【校】

㈠粉蝶兒下面省去四句。下「玉燭歸來」一支同。

㈡「哭介」下原有「合」字，衍，據富春本删。

第二十齣　勝遊

〔櫻桃上〕意態精神畫亦難，花枝實個好團欒。曲囀新聲銀甲暖，醅浮香米玉蛆寒。自家櫻桃是也。郡主配了李十郎，把青兒賜了櫻桃，烏兒賜了浣紗姐。正是：白的對白的，烏的對烏的。只一件來，青兒性格伶俐知書，卻被十郎使得東去西去，除了夜間，日間再不能勾同睡睡。到不如烏兒兩口，鎮日在竈前竈後諢耍。這也難怪，正是：乖的走碌碡，贏得眼頭熟；癡的不出屋，夜夜皮穿肉。俺看李郎和郡主，什麽相偎相愛，爲他還不曾除授官職，儘着閒纏。今又分付青兒，叫承奉們開了老殿下爺爺花園，打理裀褥牀頓，以備游倦一時之憩。老夫人又教俺取了白玉碾花尊，盛了蒲桃新釀，剔紅蝶㊀几上安着蕖葉碗數十樣，花餤玉菓，伺候郡主。一對兒早得行游者。

【虞美人】〔小玉上〕楚腰蠐領團香玉，鬢疊深深緑。翠眉袋留戀他，年少此時，春態暗闘情。㊁

【春光好】紗窗暖，畫屏閒，嚲雲鬟。睡起四肢無力，半春闌。㊂〔櫻桃〕玉指翦裁羅勝，金盤點綴酥山。小姐呵，你交頸深心無限事，小眉彎。㊃〔小玉〕櫻桃，你説咱深心無限事，有什麽事來？〔櫻桃〕郡主未遇李郎之時，俺伴着你打鞦韆，擲金錢，闘鵪鶉，賭荔枝，抛紅荳，捉迷藏，你眉兒長展展的快活；到遇了李郎，滿了月來，只管守着李郎在紗窗裏坐，也不與俺二人要一要，見你眉尖上長簇將起來，敢是着傷了？〔小玉〕櫻桃，你怎知道？俺做女兒時，由得自家心性；帶了頭花後，便使不得女兒性子了。做人渾家的，當得日夜迎歡送愛，卻也不耐煩了。今日他要同游花園去，十數里路，俺怎走得？也只得勉强陪奉他。〔櫻桃〕郡主，怪道你常時更初一覺，睡到天明；自成了人後㊄，夜裏和李郎絮叨叨到四五更鼓，番來覆去，那裏睡來？真個是成人不自在哩。〔小玉〕不要閒話，問你酒臺食格，俱要齊整。十郎將到，就要游去。

【上林春】〔十郎上〕散帙餘閒，攤書正滿，明窗罅飄紅點硯。正花冠鼓翼牆頭，好是晝長人倦。

〔轉身偎着小玉科〕因卿狎態堪歸晝，惹我風心欲蕩春。俺看了㊅幾篇賦，臨了幾紙帖，身子便覺慵了，你與我同去游游園池山子。〔小玉〕山子池上園中，迂曲有十數里，從容來去，要得昏黑。俺已分付浣紗烏兒在府伏侍老夫人，排備果酒，便好帶蚤去。只是俺小鞋兒怕苔滑，要你作漢子的健節些。〔十郎〕這是本等。櫻桃，前到百花亭等着，俺們緩緩來。〔做行介〕二月春來半，王家日漸長。柳垂金屋煖，花發玉樓香。呀！這就是花園洞口，好屈曲，好幽致，我和你慢慢行去。

【畫眉序】紅徑柳絲牽，洞口桃源香帶轉。正花柔玉暖，貪戲韶年。〔作低頭入花園門介〕礙釵翹側度雲蟬，〔作墜釵，十郎拾與插介〕墜紅掌金蟲細鈿。苔痕屧印芳茸淺，暗穿花背人偷展。

〔小玉〕十郎，你怎的説個偷展？〔十郎〕前面有萬春亭，百花深處無人，芳草細鋪茵，俺和你不能忘情。〔小玉〕説也可人㊆，就到萬春亭繞花行一會去。

【黄鶯兒】偷眼豔陽天，映朝姝沁彩烟，蒸霞炫日風和扇。香鬟慢颭，紅心鬭展，濃窠弄壓柔條顫。糝花鈿，瓊纖袖口，拈插鬢雲偏。

〔十郎〕好，到了。這亭子上卻有局脚床、金地褥。〔小玉〕是俺叫青兒放在這裏，只説你一個來游喜，在此晝睡一睡。今日俺同來，你不得睡了，把酒酌一杯，起去游玩。〔十郎〕不妨睡睡去。〔小玉〕羞殺人！〔進酒與十郎科〕俺和你私祝花神：花神，願護持俺夫婦百歲同春。〔飲十郎科〕〔十郎把酒飲玉科〕〔玉做醉科〕〔十郎扶玉坐科〕

【四時花】〔十郎〕㊇仙酒醉嬋娟，這肌兒脆，聲見顫。帶笑花前，嫣然。斜簪拋出金縷懸，鵝黄畫袴吹可憐，皺湘裙韠着眠。粉檀香潤，拚驕㊈恣妍。真珠幾滴紅上面，婀娜垂柳邊。又不是看花人倦，護春柔酒暈，惹人閒緒花片。

〔玉作强對十郎科〕不要你摟着人，俺自家行。〔十郎〕你纔間昏昏的，隨俺擺布你了。〔小玉〕俺道不帶醉。⑩〔櫻桃〕前面是⑪華山、昆明池水。長安八水，登樓可見。郡主呵，這樓是老殿下起的？〔小玉〕是了，叫做駐春樓。十郎夫，你看樓上好不精致，只是王孫去也呵，

【皂羅袍帶】十二彩鸞屏扇，恨鵲巖烟斷，罨盡春山。浮漚繡澀畫綸連，瑤星碧霧看宛轉。花光玉洞，丹砂幾年？華清繡領，王孫故園。佳人挾瑟，一似漳河怨。〔玉云〕十

郎夫，你只是不曾遇得父王呵，招司馬，進仲宣，晴窗檢點白雲篇。嚬紅頰，數緑錢，高樓誰信與天連？〔十郎〕娘子，你不須悲咽。俺和你去假山子上走一走。〔下樓行科〕

【解三酲】〔十郎〕疊春岑踦踻幾轉，一般的蔽日迴雲岫紫烟，金苔玉枝青偃蹇。透窗玉女懸河，似青霞削出芙蓉瓣，又似巫峽瀟湘對落猿。堪游衍，恨小山人去，緱嶺音傳。

〔小玉〕説甚麼巫峽瀟湘？〔十郎〕巫峽，楚王會神女之處；瀟湘，是説虞舜學道入九嶷山，二妃不得相從，一似令尊父王學道入華山，令堂不得相從一般。〔小玉歎介〕正是，你説瀟湘，君看水上千㊂竿竹，不是男兒淚染成。〔行介〕

【浣溪沙】〔小玉〕㊂颼湘岑，簇兔園，銀花水照得潺湲。笙簫慈姥對嬋娟，相思有恨窺鸞遍。戛玲瓏，把金釵敲竹透歌泉，歌得好賭卻金錢。

〔十郎〕夫妻賭甚麼金錢？〔小玉〕賭夜落金錢花。〔十郎〕就把夜合歡花當着金錢。〔小玉〕你作竹枝詞，俺作女兒接你。〔十郎〕使得。㊃〔打歌科〕〔十郎歌〕赤繩千結〔小玉接〕絆人深，〔十郎〕越羅萬丈〔小玉接〕表長尋。〔十郎〕楊柳在身〔小玉接〕垂意緒，〔十郎〕藕花落盡〔小玉接〕見蓮心。〔十郎〕好個夫唱婦隨。〔櫻桃〕前面是昆明池水。十郎郡主，有一兩點催花雨到了。昆明池畔有老殿下

弄珠亭，快走到那裏，再飲幾杯回去。〔十郎小玉快行介〕

【喬合笙】〔十郎〕㉕鎮催花雨點，鎮催花雨點，勒暖氳寒。垂雲一似濃鬟渲，水氣花香風暗傳。覆着同心扇，草絲薰軟，翠茸茸毯着雙鸞踶。繡墩金線，謾細織簾紋，熨浪痕穿花掠燕。迴蘭戲鴛，個人無賴嬌波轉。同行並着香肩，待到深庭院，褪卻中衣絹。

〔小玉〕到了弄珠亭坐地。十郎，你也尊重些。

【啄㉖木兒】狂耍壻游戲仙，豆蔻圖中春數點。十郎夫，你只管擁着人，弄皺奴花勝兒，歡情態皺花呵展。俺在家中繡了幾針領子，如今閒游呵，繡工夫葡桃幾綫，卻怎的半踏長裙香逕遠？十郎夫，也只是奉承你歡喜，你看這歡杯對影分嬌面。〔十郎〕只管勸人酒，不聽我講話。

〔小玉〕你還講閒話，那竹林外有人在作聲，好似青樓鮑四絃。

〔十郎〕快喚一聲鮑四娘〔内作鳥聲介〕呀，没有人影。

【玉交枝】沈沈深院，錯呼人花林水邊。小玉妻，你看那孔翠鳥兒都驚起了，雙飛翠點驚人見，丁香隊裏盤旋。你勸醉我，我還要醉你一醉。〔小玉作不飲笑嚼花科〕〔十郎〕小玉姐，你休要把郎拽住喬作慳，嬌嗔要得人饒慣。新花蕊芳心咬殘，戲捎鶯迴眸偷眄。

〔小玉〕十郎夫，俺看你錯愛奴家，忘其憔悴。只是一件，新人有時故，丈夫多好新。緑衣白華，自古所歎。妾聞得昔有華山畿祝英臺二女，一感生情，便同死穴。況賤妾因緣奉君，砥礪磐石之心，有如皎日。但足下有四方之志，兼是隴西士族，亂定而歸，定尋名對。華落理必賤，誰得怨君！但私願耿耿，竊有請于君前。〔十郎〕願領教。〔小玉〕妾年十八，君年二十。願君待三十歲，是妾年二十八矣。此時足下改聘茂陵，永抛蘇蕙，妾死無憾矣。〔十郎〕説那裏話！卿非卓女，生非竇滔。一代一雙，同室同穴。〔小玉〕這也難料，只是暫時笑語呵，

【玉胞肚】願侍十年歡嬿，儘着這紅嬌翠鮮。碎心情眉角相偎，趁光陰透體交眠。夫婦人過了二十八九呵，怕得海棠香晚，寶簪敲折鳳辭弦，夢裏湘雲過雨痕。

〔十郎〕你不須閒想，小生這點中心呵，

【玉山頹】你精神桃李，紅抹肚温香膩綿，惹嬌音春思無邊，襯輕軀著處堪憐。佳人絶世，更甚名花堪羨？薄倖教天譴，負青天，年年春病到身邊。

〔小玉〕十郎，奴家蹙金指盒兒裏，有烏絲欄紙數枚，緑沈管筆，螺子墨，你可寫下數句，作奴終身之記。你他日宦游去㈦，妾見所題，如見我夫㈧矣。〔十郎〕使得。〔櫻桃取紙筆介〕〔十郎〕妻，你看對岸。地老天荒，海枯石爛。永劫同灰，無忘旦旦。〔小玉〕謝了。〔拜介〕㈨

昆明池上，刻有牛郎織女，就對此爲盟，題上幾句。〔詩云〕合影連心，昆明池館。織女臨河，仙郎對岸。地老天荒，海枯石爛。永劫同灰，無忘旦旦。〔小玉〕謝了。〔拜介〕㈨

【川撥棹】承相盼，十郎夫，這香火情何限。怕只怕箋梅字殷，怕只怕箋梅字殷，道得個海枯石爛。不争你僑㈩啜賺，謾將牢這話難。

李郎，你定了這段誓盟，也不枉了伴你一游。看看日勢向晚，早尋歸路則個。[21]〔櫻桃〕這有一條路，傍着猿巖鵲[22]渚，回去不遠。〔歸科〕

【憶多嬌】〔小玉〕[23]春色黯，香徑晚，掛猿枝裊裊啼翠巒。紫閣岫，日猶懸，玉女峯前雲半卷。花葉芊眠，花葉芊眠，忙歸去栖烏暗喧。

〔玉作跌〕〔十郎扶起科〕有俺丈夫在此，帶月而行，未爲不可！着甚干忙，跌了腿子，綻了鞋兒？起來慢慢行，月上了。

【月上海棠】蓮三寸，重臺小樣紅編綻。怕逗了朱門，半約花關。這一番游滿春山，較添得許多嬌眼。人影散，花月下櫻桃的叩響銅鐶。

〔作開[24]門〕〔浣紗持燭開門進科〕〔小玉〕老夫人睡未？〔浣紗〕整了酒在內堂相待，請進去。

【尾聲】〔十郎〕[25]情展轉[26]，興多般，一簾花影上闌干。〔小玉〕夫，俺陪你飲了酒，再來玩月，好看春庭夜合歡。

輕風綽袂翠鬟偏，紅璧春燈豔綺筵。
今宵且自縈衾帶，明日追陪度管絃。

【校】

㊀ 蝶，富春本作「矮」。

㊁ 翠眉袋留戀他，此句應七字，且又失韻，疑有脱誤。袋，疑當作「黛」。

㊂ 案：此詞係襲用後唐和凝原句，闗，和詞原作「閒」。

㊃ 彎，原誤作「灣」，據富春本改。

㊄ 「夜裏」上，富春本有「鎮」字。

㊅ 原無「了」字，據富春本補。

㊆ 可人，富春本作「不當」。

㊇⑮㉕ 原無「十郎」二字，富春本注有「十」字，據補。

㊈ 驕，疑當作「嬌」。

⑩ 俺道不帶醉，原作「俺還不帶醒」，據富春本改。

⑪ 是，富春本作「隱隱」。

⑫ 原奪「千」字，據富春本補。

⑬㉓ 原無「小玉」二字，富春本注有「玉」字，據補。

⑭ 「使得」下，富春本有「你聽我道」一句。

⑯ 啄，原誤作「琢」，據富春本改。

㉗「宦游去」下，富春本有「遠」字。
㉘「我夫」下，富春本有「面」字。
㉙「拜介」，原作「小玉拜謝介」，與上文「〔小玉〕謝了」辭意重複，今刪「小玉」、「謝」三字。
㉚僑，應作「喬」。
㉛原無「早尋歸路這個」一句，據富春本補。
㉜鵲，富春本作「雀」。
㉞開，疑當作「叩」。
㊱情展轉，富春本作「春游轉」。

第二十一齣　及第

【天下樂】〔文武官上〕玉署金鈴㊀紫禁通，芙蓉暉映鳳凰宫。三山日色黄圖外，四海雲光緑字中。

列位請了。今日乃殿試放榜之日，聖旨親點了隴西名士李益爲狀元，特許入太極殿朝見，想天下士子都在五鳳門外恭候。

【卜算子】〔十郎上〕鸞鳳繞身飛，五色祥雲遞。姓字先傳帝主知，唱徹龍顔喜。

〔内官上云〕聖旨已到。皇帝詔曰：昔睿后筌期，淵匠宰器。雖道泛胥盧，化參炎皡。猶復高登側隱，顯序光疇；用叶斟調，嗣輝珉檢。上智中主，咸遵此術。朕膺鴻曆，報永龍渾。空知救質以文，未獲止戈爲武。是用登進多士，論文武張弛之策。子大夫各獲展盡，慰朕虚懷。今賜汝五百名出身。其第一名李益，朕久諷其弘詞，渥其芳譽，可特入太極殿前謝恩，授翰林供奉，即日赴玉堂上任。五日之後，着往朔方參丞相杜黄裳軍事。中書省寫勅與他。〔謝恩介〕〔出朝門行介〕

【滴溜子】〔十郎〕㊁聖天子，聖天子，萬壽臨軒。春官的，春官的，八柱擎天。人中，選出神仙，總送上蓬萊殿。宫袍賜宴錦桃花，曲江排比醉春筵。

【前腔】笑從前，笑從前，文章幾篇。高頭院，高頭院，毾㲪打遍。曲裏，珠簾盡捲，還認得都知面。紅箋一片桂花香，今宵熱趧在誰邊？

【尾聲】鈴索一聲花滿院，這清高富貴無邊，多和少留些故事與人傳。

桂林春殿一枝新，滿路青雲屬後塵。
莫道杏園香色晚，當筵還作探花人。

【校】

㊀ 鈴，原誤作「鈐」，據富春本改。

㊁ 原無「十郎」二字，富春本注有「十」字，據補。

第二十二齣　惜別

【番卜算】〔十郎上〕春色暗蓬萊，紫陌朝初下。玉堂鈴索動邊愁，寶劍悲離匣。

【浣沙溪】御宿高花滿桂林，令君香暖出衣襟，玉池仙篆正堪臨。羌笛無端催折柳，蜀窠還用繡林禽，一心人纔一人心。自家李十郎。名魁多士，官拜詞林。因朔方兵火未浄，着丞相杜黃裳行邊，詔下官參彼軍事。喜得石子英又中了武狀元，花敬定昨日有表奏請邊頭效用，尚子毗亦表奏西歸。已叫青兒去中書訊問，聖旨怎生發落？〔青兒上〕漏長丹鳳闕，花滿白雲司。老爹，朝報在此。〔十郎看朝報介〕呀，二月十六日，吏部一本，爲經略松潘事：西川缺節度使，仍推驍騎衛將軍花卿，奉聖旨有點。十七日，兵部一本，爲經略隴西吐蕃事：推武狀元石雄，奉聖旨有點。十八日，禮部一本，爲朝正侍子歸番禮儀事：奉聖旨光禄寺賜宴，翰林院撰答番書。呀，俺去朔方參軍，我三個朋友也都四方分散了，後會不知何時？可傷懷也！青兒，你去打聽三位老爺幾時起程？〔青兒〕聖旨教該部星夜打發起程，纔聞小的在御道上遇着他三家門幹，説三位老爺就到俺府中告別了。〔十郎〕這等快備酒筵。

【夜遊朝】〔花卿石子英尚子毗上〕名勝翩聯西北去，時難駐離思愁餘。玉鏤衢鞍，花明擱劍，皎日寸心相許。

〔相見介〕經春共游息，一旦各㈠聯翩。莫論行近遠，終是隔山川。〔十郎〕花敬定節度去松州，尤在內地；石子英去隴西，正是吐蕃蹂踐之地；尚子毗亦復西歸吐蕃，不知何年再朝中國？天涯兄弟，一旦分飛，可爲愴然！〔花卿〕尚君西歸，終有南來之日；石子英年壯立功，周旋尚早；只有老夫日暮途遠，恐當没齒邊陲，星星白髮，無相見期矣！〔十郎〕老節度釣渭飛熊，伏波躍馬，終當奏凱還朝，只是暫別驚心，相爲耿耿耳！石子英，仗君威靈，恢復隴西。㊁先君神道，伏乞除掃。尚子毗倘有信使，幸賜題書。下官明後日參軍朔方，關山勞險，未卜前途。男兒亢壯，勉力功名。別酒離歌，且盡今日。〔花石尚〕征軒有色，杯酒無心。〔十郎〕勿謂一杯酒，明日難重持。青兒，看酒。〔青兒〕桃花嘶別路，竹葉滿離尊。稟老爺：酒到。〔把酒介〕

【皂羅袍】〔十郎〕㊂別酒寸腸裁繫，送將軍遠戍，侍子遥歸。紅亭一路羽旗飛，參差色映桃花水。〔合〕黄山路繞，青驪去遲；呼儔戒旅，傷心此時；今朝撇下河梁袂。

【前腔】〔花石尚〕㊃蚤是銷魂別去，似猿斷三聲，鶴迴五里。關山迢遞本難期，兼之蕩子多留滯。俺四人呵！〔合〕弓調鵲血，刀寒鸊鵜；邊頭意氣，崢嶸爲誰；條支再覩西王使。

〔尚子毗〕十郎，你説條支再覩西王使，是望俺重到中國了。豈知小弟之意，留戀泰華，只是爲使臣的，義當反命。俺到國中，多隱居崑崙山下、不婚不宦，恐不得重與三兄相聞了。〔十郎〕子毗雖有泰華崑崙之興，只怕吐蕃王不許，强欲相屈，子毗那可歸㊄山！昔駒支由余顯迹西戎，子毗正當出勸戎王，安邊保國。何得痼疾山林，高眠不救㊅乎？〔尚子毗〕謹領。罷酒了。〔十郎〕下官還要

送别延秋門外。〔送别介〕

【香柳娘】〔十郎〕㈦送征人淚滋，送征人淚滋，流塵疊騎，飄霞亂日翻紅旆。把心旌頓飛，把心旌頓飛，佳期後命催，閒敲唾壺碎。〔合〕聽邊頭笛吹，聽邊頭笛吹，折柳題梅，封書好寄。

【前腔】〔花石尚〕㈧忍登臨送歸，忍登臨送歸，胡天漢地，長安曉日空迴袂。暖春雲雁飛，暖春雲雁飛，離聲怯路岐，鄉心轉嘹唳。〔合前〕

〔衆〕㈨别了罷。〔拜介〕

【尾聲】〔合〕㈩陌暖春烟醉柳絲，叫不住嘶塵别騎，還記取長樂疎鐘夜半時。

〔花石尚下〕〔十郎弔場〕青兒，回去罷。你看三位去，有俺相知送他；明日俺行，没有三位老爺送俺。想起功名，都有踦驅别離之苦！⑪

【香柳娘】⑫惹春風鬢絲，惹春風鬢絲，南來北去，飄風泊浪寧由自。信人生馬蹄，信人生馬蹄，愁殺路傍兒，紅塵蔽千里。要封侯怎的？要封侯怎的？賣藥修琴，浮生一世。

萬里嗚沙擁戰塵。　輕弓短劍出西秦。

征衫已帶青羌色。　别淚還持送故人。

【校】

㊀各，原誤作「名」，據富春本改。

㊁「隴西」下，富春本有「反掌也但」四字。

㊂㊆原無「十郎」二字，富春本注有「十」字，據補。

㊃㊇原無「花石尚」三字，據富春本補。

㊄歸，富春本作「東」。

㊅救，富春本作「起」。

㊈原無「衆」字，據富春本補。

㊉原無「合」字，據富春本補。

⑪「之苦」下原有「合」字，衍，據富春本删。

⑫香柳娘，原作「前腔」，今正。

第二十三齣　話别

【步步嬌】〔鄭六娘上〕紅焦抱泣回雲帳，謾銀泥印仙掌，香雲結夢長。小玉窗前，夭桃葉上，倚得壻爲郎，輕鴛怕得風摇颺。

【謁金門】留不得，留得也應無益。花院月窗春瑟瑟，嫦娥回袂泣。乍團欒底拋擲？柳色灞橋明日。忍看鴛鴦三十六，孤鸞還一隻。自家鄭六娘是也。女兒小玉，招得李十郎，中了春榜第一，官拜翰林。正是：才郎美女，一代無雙。卻纔翰林上任了，便差去朔方參杜相國軍事。俺聽得朔方之地，西邊是吐蕃，西北邊是回紇，這兩國回子，争戰往來，常在朔方。十郎去到那地，兵機勞險，好愁殺老身！又不敢説與小玉，怕驚了他。只得辦治酒肴，與小玉明日送行。櫻桃那裏？〔櫻桃上〕拂匣看離劍，開箱疊戰衣。老夫人有何分付？〔六娘〕李老爺明日行，可收拾酒餚，今夜老身與他話别，明日郡主送行。〔櫻桃〕理會得。〔六娘〕李老爺和郡主在那裏？〔櫻桃〕在紅樓上敍别，好不悲啼哩！〔六娘悲介〕我的兒呵，

【醉扶歸】合歡衾覆着纔停帖，連心花結得好周遮，踹雙絲半步不離些。亂花風擺亞金泥蝶，李郎便是李輕車，關山點破香閨月。

〔櫻桃〕老夫人，李老爺去，俺的青兒夫也去了。〔啼介〕

【前腔】公母筍嵌着没凹凸，牝牡銅鑄得没歪邪。那烏兒呵，膳膫的做了管家爺。俺青兒呵，俏乖哥轉眼將人撇。今夜㊀呵，門兒扂着暗咨嗟，燭心點着生疼熱。

【尾聲】〔六娘〕㊁男兒意氣本驕奢，怎顧得俺香娃小姐？只落得畫眉樓上遠山遮。

〔櫻桃〕酒筵已齊備了，請老夫人且與李老爺郡主歡飲今宵。〔六娘〕櫻桃，怎得歡暢來？正是：

門楣新結好郎君，撇下朝雲送陣雲。
今夜紅槽千滴酒，明朝送淚溼羅裙。

【校】

㊀ 夜，原誤作「後」，據富春本改。

㊁ 原無「六娘」二字，富春本注有「鄭」字，據補。

第二十四齣　送别

【卜算子】〔小玉櫻桃上〕匝館暗高枝，滚地飛柔絮。無端燕羽欲差池，薄倖成離緒。

【河傳】春伴，花暖，離情不管。浥透青衫，雨餘香汗。草草送别溝頭，層波入鬢流。　金船滿捧盈盈淚，將人妮，魂隨到千里。想正驂去也，更回首東風，恨應同。櫻桃，俺今日到霸橋驛送十郎，卻蚤腸斷也！

【前腔】〔衆擁十郎上〕碎語雜嬌啼，半隔紗窗霧。海棠紅露溼胭脂，淚盡人何處？

梁園初罷雪，楚岫正爲雲。誰道淮南客？翻從塞北軍。左右，車騎停在霸橋驛外，待夫人餞酒畢了起行着。〔相見介〕〔十郎〕有勞郡主遠送，老夫人到不曾來？〔小玉〕家堂從後就到了。十郎夫，今日雖然壯行，難教妾不悲怨。聽妾半詞，聊⊖寫陽關之思。看酒來。

【北寄生草】一曲陽關淚，朱絃迸玉壺。江干桃葉凌波渡，汀洲草碧離情暮，霸橋柳色愁眉妬。纖腰倩作綰人絲，可笑他自家飛絮渾難住。

〔十郎〕豈無閨秀情，仗劍爲功名。今日愁腸斷，陽關第四聲。〔小玉〕還是無情，陽關第一聲也可腸斷了。再進酒。

【前腔】〔小玉〕繡褶殘金縷，偎紅疊錦氍。衾窩宛轉春無數，花心歷亂魂難駐，陽臺半

霎雲何處？起來鸞袖欲分飛，問才郎是誰斷送春歸去？〔十郎長吁低頭科〕

【前腔】〔小玉〕綠慘花愁語，紅顰柳怯舒。春纖亂點檀霞注，明眸謾蹙回波顧，長裙皺拂行雲步。送君南浦恨何如？想今宵相思有夢歡難做。

〔十郎〕再奏一曲，便分手了。〔小玉〕

【前腔】懶拂鴛鴦柱，空連翡翠襦。芙蓉帳額春眠度，茱萸帶眼愁寬素，紅蘭燭影香銷炷。畫屏山障彩雲圖，到如今蘼蕪怕作相逢路。

〔十郎〕有甚相贈？〔小玉〕更有淚珠兒千萬串，可將袖來承着。〔十郎〕郡主恁般悲切哩！㊁

【前腔】〔小玉〕㊂這淚呵，慢頰垂紅縷，嬌啼走碧珠。冰壺迸裂薔薇露，闌干碎滴梨花雨，鮫盤濺溼紅綃霧。層波淚眼別來枯，這袖呵班枝染盡雙璚筯。十郎也下些淚，着妾袖上。〔十郎〕丈夫非無淚，不灑婦人㊃衣。〔玉作惱科〕好狠心的夫也！〔十郎〕妻，俺丈夫的眼淚在肚裏落。

【前腔】俊語閒根觸，迴腸轉轆轤。俺去後呵，一個人睡，不要着寒了。雙絲袜㊄腹輕輕束，連心腰綵柔柔護，沾身襯褥微微絮。分明殘夢有些兒，睡醒時好生收拾疼人處。

〔小玉〕聽這話，想不是輕薄的。只是眼下呵，

【解三酲】繡屏空鶯殘月午，芳枝亞蝶展紅踈。捍撥雙盤金鳳語，無聊處贈花鬚。輸

他塞北顔如玉，也寄雲中錦字書。新人故，一霎時眼中人去，鏡裏鸞孤。

【前腔】〔十郎〕別鴛闈催殘雁柱，臨鳥道繡出螢弧。一曲顰蛾低翠羽，溝頭水立須臾。三春別恨調琴裹，一片年光攬鏡初。功名苦，只落得青樓薄倖，錦字支吾。

〔小玉〕十郎幾時歸？望殺人也！

【前腔】望邊頭瓜期未數，登隴首榆塞平鋪。雲騎東方頻㈥盼取，金匝叵錦模糊。千回蝶帳花無主，萬里蕭關妾有夫。芳年誤，待趁作江南旅雁，薊北雙鳧。

〔十郎〕從此別了！

【前腔】送征夫夕陽花塢，歸思婦夜月椒圖。綺席朱塵籠翠户，銀屈卹紫流蘇。行雲謾惹相思樹，香淚還穿九曲珠。佳期負，小心着桐花覆鳳，桂葉啼烏。

〔六娘上〕玉劍花前別，金杯馬上傾。由來多意氣，今日是功名。十郎，你夫婦們好索放，征車催得忙了。將酒來，老身送上馬。

【前腔】勸仙郎聯驂上路，看嬌女撇袂中途。月露光陰等閒度，休回首莫躊躇。侯封絶塞奇男子，身是當門女丈夫。旌旗豎，早趁着牙璋鳳節，繡幕麟符。

【前腔】唱驪駒敲殘羯鼓，鞭雲騎拗折珊瑚。紫霧黄雲生古戍，嘤㈦紅鶩擣玄菟。西飛隴客啼鸚鵡，南翥閨人舞鷓鴣。兼程赴，穩看着龍庭捷奏，麟閣名圖。

【鷓鴣天】〔拜別科〕〔合〕㈧紅亭別酒話躊躇，走馬憐君萬里途。但願封侯龍額貴，不妨中婦鳳樓孤。〔十郎〕㈨請了，回去罷。〔下〕〔衆作呼擁聲介〕㈩〔六娘小玉留〕〔小玉〕娘，他千騎擁，萬人呼，〔六娘〕富貴英雄美丈夫。〔扮千户⑪官走上跪介〕狀元爺前面飲六部老爺餞酒，着千户拜上鄭老夫人狀元夫人，請及早回府去。〔六娘〕勞了！好生伏事老爺路上。⑫〔小玉〕千户官，有兩句話説與狀元：關河到處休離劍，驛路逢人數寄書。

征驂一曲坐離亭，唱到陽關柳色青。

但有紅塵催別袂，那憐玉筯掩空屏。

【校】

㈠原無「聊」字，據富春本補。

㈡「〔十郎〕郡主恁般悲切哩」一句，據富春本補。

㈢小玉，原作「十郎」，誤。案：緊接曲後的白仍是小玉語，不注小玉，可見此曲自應屬小玉唱；紫釵記襲用此曲，也屬旦唱。今正。

㈣婦人，富春本作「別離」。

㈤袾，原誤作「襪」，據富春本改。

㈥頻，富春本作「牢」。
㈦嘍，不見字書，疑當作「瞜」。
㈧原無「合」字，據富春本補。
㈨〔十郎〕，原作〔衆擁十郎下〕，據辭意删「衆擁」二字，將「下」字移在白語「回去罷」之下。
㈩「衆作呼擁聲介」，原作「作呼擁科」，據富春本改。
⑾「扮千户」上原有「内」字，據富春本删。
⑿「好生」句，富春本作「路上好生伏事老爺」。

第二十五齣　征途

【金錢花】〔卒子上〕渭城朝雨陽關，渭城朝雨陽關。輪臺古月陰山，輪臺古月陰山。嗚笳疊鼓度西番，腰錦緁跨雕鞍，持節去凱歌還。

兵部差俺送李參軍老爺去朔方，想李老爺已到來。

【滿庭芳】〔十郎上〕細柳紅營，長楊緑榭，畫橋水樹陰團。玉堂年少，何事拂征鞍？爲問緑窗惆悵，青衫溼袖口香寒。留不得，霸陵高處，猶自望長安。

城頭日出使車來，古戍花深馬埒開。忽聽嗚笳兼畫角，聲聲思入古輪臺。恨殺陌頭楊柳色，綰定青衫留不得。思婦空啼渭水南，征夫早向交河北。昨日小玉姐送我至霸橋，折柳而別，縈我心曲。符勑限緊，不得淹遲，只得把芳情撇下。左右，號令整齊隊仗，已完未？〔卒子應科〕〔十郎〕便上路去。

【朝元歌】風氲馬塵，曉色籠驂靷。河濱彩輪，淥水隨流軫。黑隊奔蛇，文旌畫隼，電轉星流一瞬。沓鼓揚鉦，南庭朔方知遠近？草色伴王程，皇華送使臣。〔合〕游韁帶緊，早趁封侯鵲印。

【前腔】〔卒子㊀〕高闕長城隱隱，星鋋撥陣雲，月羽照花門。谷口旗迴，烽亭樹引，轉向

交河上郡。疊騎逡巡，蜚翹插書無定準。飲馬斷河津，翻麾拂塞塵。〔合前〕

【前腔】〔十郎〕回首長安日近，東方送使君，南陌恨閨人。雪嶺燕支，雲臺玉粉，去住此情難問。短劍防身，胡沙彫顔吹旅鬢。㊁蕩子去從軍，恩榮變苦辛。〔合前〕

【前腔】〔卒子〕㊂隴上謾尋芳信，顧恩不顧身，無用想羅裙。戍邏笳鳴，關山笛引，不管梅花落盡。氣色河源，天街旄頭猶未隕。長笑立功勳，邊頭麴米春。〔合前〕

但曉鳴珂入紫薇，誰知戈甲度春暉？
相如諭檄西南去，禁苑何人待獵歸？

【校】

㊀「卒子」下原有「上」字，衍，據富春本删。
㊁胡沙彫顔吹旅鬢，富春本作「胡沙漠漠吹愁鬢」。
㊂此曲富春本也作十郎唱。

第二十六齣　抵塞

【齊天樂】〔杜黄裳上〕芙蓉絳闕朝元山，玄緑綬曾調珍鉉。鳷鵲觀前，麒麟閣上，麗日黄圖赤縣。金戈畫偃，看神兵按壘，貴相行邊。武帳文棬，玉關花舞大唐年。

明堂太乙度飛軍，身是三朝舊相臣。贉有丹書藏虎豹，非貪白首畫麒麟。自家杜黄裳，表字遵素，京兆萬年縣人也。早中詞科，從汾陽王郭㈠子儀佐鎮朔方，歷事代德順宗三帝，復事今上。官拜檢校司空同中書門下平章事。身叨上相，首贊中興。東翦青齊，南平淮蔡，北安銀夏，西循晉絳。詔封邠國公，食邑萬户。皇朝故事，宰相行邊，聖上以老夫曾歷朔方，分牙建府。近聞勑送新科狀元李益，來此參軍，已到受降城外安歇，想今晨進見。雖則鴛行未進，實啣鳳勑旬宣。敢恃崇班，宜從盛禮。聽事官，李爺到門首未？〔聽事官〕已到門上候見。〔黄裳〕請見。

【生查子】〔十郎上〕燕支錦欲燃，馬色塵初倦。相府動珠衡，帥幕開紅薦。

〔相見拜介〕〔十郎〕開府先朝傑，〔黄裳〕參軍出衆才。〔十郎〕榮華卿月好，〔黄裳〕珍重使星來。〔十郎〕氣色歸元宰，〔黄裳〕文章落上台。〔十郎〕長城方借重，〔黄裳〕看汝畫雲臺。〔黄裳〕久聞李狀元玉堂仙品，何緣紫塞參軍！〔十郎〕朝廷以丞相上公，屈尊臨塞。敬遣下官仰瞻顔色，聊備記室之司，敢綴參軍之役。平生仰相公威名呵，

【瑣窗郎】佐皇朝鳳沚龍躔，近三台尺五天。青槐繞閣㊁，細柳傳邊。看飛熊繡帽，投壺羽扇。〔合〕文昌武庫參華選，銷金甲，太平無戰。

〔黄裳〕老夫拖金報主之身，衣錦歸田之日。如參軍青年才子，玉署仙人；皇上欽遲，蒼生仰愛。老夫殘年，方當見託。

【前腔】愛仙郎玉態華年，步青雲出紫烟。文章獻納，姓字香傳。更借籌喻檄，請纓乘傳。〔合前〕〔衆軍官參見科〕

【前腔】〔衆〕㊂鎮河源九曲三邊，插旌旗滿塞垣。軍府雖多，誰似俺府。中軍是宰相，參軍是狀元。黄扉貴品，紫禁名賢。看金泥詔下，玉門春遍。〔合前〕

〔黄裳〕狀元，明日老夫伴足下出塞一游。

【前腔】〔黄裳十郎㊃〕動金麾都護臨邊，哨燒羌獵左賢。黄雲氣色，紫電風烟。把盧龍徑斷，白狼歌獻。〔合前〕

〔黄裳〕聽事官，送李爺去屬國府衙門住着，打理公堂宴。

【尾聲】才人書記本翩翩，今日春光生組練，不教烽火照甘泉。

　金戈未偃不言家，絃管紛紜雜暮笳。
關山海上飛明月，鄉思天邊夢落花。

【校】

㈠原無「郭」字，據富春本補。

㈡繞閣，富春本作「閒晝」。

㈢原無「衆」字，據富春本補。

㈣原作「合」，易與「衆」字相混，富春本注有「杜十」，據改。

第二十七齣　幽思

【虞美人】〔小玉櫻桃㊀上〕錦鶯啼碎落花風，睡軟金泥鳳。淺眉微斂注檀輕，一奩春絮，殘夢悔多情。

【菩薩蠻】玉釵風動春幡急，海棠濃露胭脂泣。香閣掩芙蓉，畫屏山幾重。照花前後鏡，花面紅相映。何處最相知，羨他初畫眉。櫻桃，十郎新婚一月，送別從軍，無情無緒。等閒又是杜鵑時節，好天氣困人也！

【好事近】風日洗頭天，頹鬟半壓香肩。寶檀消篆，怪飛絲裊霧撩烟。可憐爲甚，暗撚金線？春過了寶花闌前面。會心人兒去遠，便看花滿眼，鎮日無言。

〔櫻桃〕少女少郎，相樂不忘。恰待好處，又蚤撇下。你是聰明人，且自消遣。

【錦纏道】小嬋娟，是天家快活神仙。儘紅笙玉串，隱花叢把蕭娘送上秋千，還做作百般消遣。怎只爲斷紅裙片，心亂落花前？〔背介〕粉腰香膩㊁慣了着人憐。〔回介〕想着教人纏，側身兒委的是難眠。

〔小玉〕正是了。俺當初做女孩兒，早帖着繡窩兒睡也，不省得孤另。長笑女伴們害相思的，如今到俺了。〔櫻桃〕一時着他慣了，久後較可。〔小玉〕怕轉要相思。

【錦庭㊂樂】往常間無愁怨，看春也尋常遍。怪他行怎會相思？恰如今到了儂邊。怎由人願，把些闌干十二，做了關塞三千。〔合〕㊃

【古輪臺】兩青年，合歡新展對文錢，逗衣煤潤香篝淺。乳禽偷眄，海棠紅顫，到如今惜與金鞭。不曾留戀，青衫事業，怎教長抱翠窩眠？報海西天遠，起從今夜，遍㊄迴廊朝雲別院。愛月移琴，羞花卻扇，獨自怨啼鵑。何時見？消灑翠花鈿。

【尾聲】燕支難道去經年，且討個平安信便。〔小玉〕櫻桃，待要保護十郎平安，有何仙宮道院，去燒些香也？〔櫻桃〕杜秋娘在西王母觀，四月十五日王母娘娘生日，好去燒香排遣。〔小玉〕臨期請老夫人同去。〔櫻桃〕理會得。心字香燒一炷烟。

春空游鳥半藏雲，　春盡香閨戀㊅繡紋。
誤使春風調笑妾，　不勝春瘦爲思君。

【校】

㊀原作「櫻桃小玉」。案：主唱者爲小玉，自應在前。今正。
㊁「䏲」字不見字書，疑是「胴」字。
㊂「庭」，原誤作「廷」，今正。

㈣合，富春本作「桃」。

㈤遍，原誤作「雨」，據富春本改。

㈥戀，富春本作「懶」。

第二十八齣　夷訌

【一枝花】〔吐蕃王上〕香秔白蘭路，貍柳邏沙渡。槍槊大幟也，三門豎。虎帶鷹冠，甲士連巫祝，寶楯護高臺鼓。俺帽㊀結朝霞，袍穿鐵褐，劍熒金縷。

天驕雲幕動金微，沙磧年年卧鐵衣。白草城中春不入，黄花戍上雁長悲。自家吐蕃彝太贊普是也。俺國東連雋茂涼松，西陷龜兹疎勒，南至婆羅，北抵突厥，地方萬餘里，人馬數十萬。土多金寶，户有詩書。擁絶河西，併吞回紇。如今避夏臧河，壯心不快，不免掃帳南侵。俺國有中書令尚綺心，智計可資，請來與他商量一回。

【粉蝶兒】〔綺心上〕捻椀氈盤，共醉駝蹄酥酪。

胡馬新裁緑玉鞍，戰罷沙場月色寒。城頭鐵鼓聲猶振，匣裏金刀血未乾。自家吐蕃中書尚綺心是也。贊普有召，不免進見。〔相見介〕㊁〔贊普〕中書令，涉夏以來，牙帳高懸，不曾一向中原，取得片地。又可恨回紇小虜，倚着唐朝舊親，不來降服俺國。意欲捲帳南侵，分旗北指，於中書意下何如？〔綺心〕春間叔父尚子毗充朝正侍子，從中國還時，説中國民和歲樂，主聖臣忠。朔方軍府是老臣杜黄裳，此人首贊中興，練習時變；參軍是新翰林李益，此人軍鈐羽檄，才思如飛。要害連營，東西策應，俺國侵之，恐難得志。隴西地方，舊入俺國，近來打聽得唐朝用個石雄，字子英，向隴西經略。此人翹關曲踴，曉暢兵機，隴西部落，多無固志。只有松州近蜀，地土豐華，守將花卿，其人已老，似可圖也。回紇地方，被俺國佔，十失其七。㊂俺國之計，不如羸師匿馬，徙帳西行。唐朝聞之，只説俺國無南侵之志，定是收回朔方將相。待秋深之後，方可議兵。〔贊普〕似你叔父尚子毗所説，唐朝一發攻取不得了。尚子毗在中國半年，想知得中國事情，俺如今就要叫他爲元帥，去攻打唐國，於中書心下何如？〔綺心〕叔父尚子毗，此人涉覽天文，厭絶人事。一自唐朝使還，歸去羊同，築室崑崙山下，不婚不宦，無意於時。贊普要用他時，須待秋深，親去聘他，方來赴命。〔贊普〕有理，有理。且先發大將論恐熱攻打松州，待秋深俺親過羊同去聘尚子毗。

【紅繡鞋】想爰劍豪傑秦華，想爰劍豪傑秦華。烏孤占斷羌婼，烏孤占斷羌婼。開枹罕，戰允衙。通跋布，走瓜沙。還起用，贊心牙。

中書㊃就點起三萬人馬，着論恐熱去圍松州。〔綺心〕理會得。

【前腔】〔贊普〕㊄俺贊普氣擁山河，俺贊普氣擁山河。中書智弄㊅干戈，中書智弄干戈。飛金箭，走零㊆波。齊擂鼓，響吹螺。驅漢婢，打羌歌。

大國河源星宿流，旄頭今夜照西州。
秦兒謾奏關山曲，阿濫聲中入破愁。

【校】

㊀帽，原誤作「冒」，據富春本改。

㈡ 原無「相見介」三字，據富春本補。
㈢「被俺國」二句，富春本作：「被俺國占過深圖川，回紇國土十失其七。」
㈣「中書」上原有「贊普」二字，衍，據富春本刪。
㈤ 原無「贊普」二字，富春本注有「贊」字，據補。
㈥ 弃，富春本作「笄」；疊句同。
㈦ 零，富春本作「凌」。

第二十九齣　心香

【臨江僊】〔杜秋娘同善才扮女冠上〕黄藕珠衣禮碧雲，零花瘦玉綃綽霞裙。〔善才〕神仙妝束佩瓊文，畫幀明澹，翠鼎氤氳。

【女冠子】〔秋娘〕星冠霞帔，住在蕊珠宫裏。〔善才〕寒玉銷金翠，纖珪減昔妝。〔秋娘〕落花輕點屐，修竹細焚香。〔善才〕青鳥傳心事，寄劉郎。〔秋娘〕自家杜秋娘是也。建康人氏，入侍先皇，賜與霍老王歌舞。二十年來，卻爲人日霍王聽曲感傷，散去諸姬，游仙華嶺。分付老身入西王母觀作女冠。正是宫人入道，又教弟子善才從侍。先有宫姬同伴鄭六娘，雅善法曲，宫中號做鄭中丞，也與老身同賜霍府。他爲有女兒小玉未嫁，賜與紅樓住坐，别來一向無耗。今日四月半，是西王母娘娘生日，五鼓朝拜已畢。善才，俺看你自入道院，十分消瘦。事已到此，何不擺卻凡心，撑持道教。還不灰心怎的？〔善才〕秋娘，教奴心怎的灰來？想昔時呵，

【綿搭絮】熟梅時候養花天，水暖雙鴛，幾度畫船聽雨眠。翠娟娟，滞㊀得人憐。還記竊香抛豆，燈兒背半索秋千。當初歌笑，猶自瘦病懨懨。如今作女冠呵，修行甚的？空教俺嚥下甜津，怎禁凡心火自煎。

〔秋娘〕彼一時，此一時，如今做神女仙姬罷了。〔善才〕神女仙姬，也要個人兒作伴。你看玉清偷

度，織女無光；成智瓊要嫁弦超，杜蘭香暗通張碩。何況凡心未死，那堪獨自無聊！〔秋娘〕善才，只得忍耐。〔善才〕秋娘年已四十；奴年未及三十，怎生耐來？〔秋娘〕做婦人四十前後，正自難耐，我如今也懶提起前事了。

【前腔】吳江水滑膩雲蟬，那時俺自建康入侍，金縷歌殘，寶鏡分飛不到天。誤嬋娟，半染秋烟。憔悴辟旗犀鎮，無端處冷落名園。到如今修行呵，說甚麽賸粉零香？花落秦川有杜鵑。

善才，你且去王母殿前閒行，可有燒香女郎到也。〔善才〕日過中了，那有人來？〔秋娘〕也去外廂望望。

【一江風】〔六娘小玉上〕翠亭亭，別是清虛境，淰淰雲花映。兒，你看半空中，樓閣丹青，襯着斜陽影。珠箔有人迎，撲鼻爐烟盛。是善才姐。〔善才出迎驚喜介〕原來是六娘和郡主。郡主怎的上頭了？〔六娘〕已招了隴西李十郎，新中狀元，官拜翰林，出朔方參軍。今特來燒香祈保，問候秋娘。〔善才〕原來這等了。相逢喜極翻悲耿。

〔善才〕六娘、郡主且住，待俺報與秋娘。〔報介〕秋娘，鄭六娘郡主到來。〔秋娘驚喜介〕他自不出門，怎的來此？〔出見悲介〕

【哭相思】燕燕差池不定，可憐還見卿卿！㈡

姐妹相隨二十年，別來消息兩茫然。王孫一去春零落，此際定應誰可憐？六娘和郡主到此來，也到王母殿上燒些香。〔六娘〕秋娘，你還不曉？俺小女已招了新科狀元李益。官拜翰林，見今朔方參軍去了。老身伴小玉來仙院燒香祈保，并來問候秋娘。〔秋娘〕這等，可喜門楣得人，老身去替你祝贊。〔行介〕六娘郡主拈香，待老身祝贊。〔拈香介〕〔秋娘祝云〕霍王府侍姬鄭六娘，同女小玉，拜祝西王母娘娘殿下：小玉爲丈夫李益新中狀元，朔方參軍，敬爇心香，伏祈仙力，保護李益在外平安，高遷河海之勳，平步星辰之履。六娘郡主，自家再伸片詞。〔六娘小玉拜介〕

【亭前柳】〔六娘〕㊂兒壻本書生，釋褐事橫行。託身鋒刃表，寄信下番兵。〔合〕還仗王母暉靈，看游子功成，歌舞入瑶京。

〔善才〕待俺小女冠和郡主再祝：

【前腔】閨閣正娉婷，夫壻去專征。願持身透夢，願作影隨行。〔合〕還仗王母暉靈，看連理恩情，玉樹滿階生。

〔秋娘〕祝完了，請到茶堂清敍。〔行介〕〔秋娘〕六娘，合女壻李益是那裏人？〔六娘〕隴西人，就是做人日登高宜春令之曲的李益。〔秋娘〕果然名下無虛，是誰爲媒？〔六娘〕鮑四娘。〔秋娘〕原來是四娘，他近日安否？〔六娘〕十分憔悴了。〔秋娘〕俺和你三人上下年紀，如今都已憔悴了。正好郡主們及此青年，討些快活。六娘，休說俺臉兒不似往時，手也不似了。〔六娘〕怎的來？〔秋娘〕久不搊彈，前日聊按仙宮一曲，指尖、銀甲、弦子三件，都不相管着了。〔六娘〕秋娘，你往日間，妙手輒輕前輩，蛾眉不讓他人。二十年間，還堪憶省。〔秋娘〕六娘、俺少不曉事，長有嬌妬之心。誰料一聲河滿，雙淚君前？今昔相看，真成一夢。六娘聽說，俺當初呵，

【山坡羊】翠絲絲鎝㊃頭排定，悶綳綳珠囊決迸。碎猩猩曉啼鑾月，亂鶯鶯竹裏間關應。繞銀燈，照人還照聲。如今呵，朱絲咽滅堪誰聽？猶記君王問小名。猛驚，白髮宮娥唱道情。淚盈，話着當年百感生。

〔六娘〕說起宮中故事，曾有㊄霓裳一舞，如今略記些。

【前腔】爛晶晶鉤闌碧映，佩珊珊攙彈接應。站襜襜散遍慵飛，拍紛紛中序才饒興。舞衣輕，曲終長引聲。如今呵，霓裳十二難重省，贏得「中丞」舊日名。閒評，花落銀牀半已傾。閒情，會管能絃看後生。

〔善才〕若說後生，俺善才也還不老。莫說二位當時絃索，便是善才，五陵年少，推爲酒糾，也是當筵㊅絕唱。

【前腔】俺困㊆騰騰冠兒不正，忒煞煞傻家情性。醉喧喧葉子花籌，颯栖栖打壓占相令。曉妝晴，砑羅裙上聲。無端蘸出多嬌病，還向真娘問曲名。如今呵，飄零，王母前頭結伴行。僝停，何處香風繞袖生？

〔小玉〕善才姐，你做了仙娥，消瘦甚的？俺說道院清楚，勝卻人間多少。

【前腔】軟霏霏龍綃恰稱，輝閃閃粉霞高嶝。冷飄飄鵝管輕吹，響丁丁碧落新齋磬。步金經，流雲學水聲。張娟李態徒嬌靚，怎掛得仙娥籍上名？寧馨，何羨玲瓏和玉清？無憑，半爲風流誤此生。

〔秋娘〕郡主點點年紀，説這般話，真是蕊珠仙品。六娘，俺把明威法籙受過幾度，便向華山去訪老霍王殿下。〔六娘〕去時約俺同去。〔秋娘〕俺道院中没人來往，你住紅樓，想霍嗣王處長有老殿下音信。〔六娘〕府裏長着人問候，他那裏全然不寄一耗，真是無復人間之想。〔秋娘〕莫説老殿下，就是老身也罷想人間了。

【好姐姐】焚香，拜臨仙聖。翠交關幾曲銀屏，隔烟遥望霏微一片青。渾無興，花邊影過空聞燕，柳外聲來不見鶯。

〔六娘〕天晚，月色將上。

【前腔】〔鄭六娘小玉〕㊇簷前，柳昏花暝。啅低枝乳雀栖鳴，月風吹露松雲弄玉笙。簾櫳静，盧金擺卻風流性，碧玉拋留笑語情。

〔六娘〕告辭了。〔秋娘〕道院止有清茶談話，更無餘物可相陪奉，慢過郡主了。

【劉潑帽】〔鄭六娘小玉合〕清談乍覺迷魂醒，破寒雲緑茗風輕，便十香春甕何爲敬？玉壺冰，較洗得塵心静。

〔六娘〕閒時接秋娘和善才姐過紅樓消遣。〔善才〕俺這般妝束，還到人間怎的？只是六娘郡主閒時相過便了。

【前腔】〔秋娘善才合〕仙裝懶得游人境，問雙鸞肯自閒行？笑人生聚合常難定，鳳凰城，恨咫尺無緣並。

【尾聲】〔秋娘〕㊈雙鸞啼罷月泠泠㊉，離別後桐陰滿逕。〔六娘〕秋娘，你怎生便捨得姊妹們，不到城中走走？〔秋娘〕六娘，俺到府裏來，見些舊房子舊女伴，也只是添淒楚了。俺今日送六娘、郡主到此門外呵，也是二十年來姊妹情。

香風引入大羅天，月地雲階拜洞仙。
共話人間惆悵事，不知今夕是何年？

【校】

㊀滯，疑當作「殢」。

㊁此也是引子作尾聲用，下面並省去二句。

㊂原無「六娘」二字，富春本注有「鄭」字，據補。

㊃鎝，富春本作「搭」。

㊄有，富春本作「與」。

㊅筵，富春本作「年」。

㊆「俺困」上原有「善才」二字，衍，删。

㊇富春本僅注「鄭」字，小玉不同唱。

㊈原無「秋娘」二字，富春本注有「杜」字，據補。

㊉泠泠，原誤作「冷冷」，據富春本改。

第三十齣　留鎮

【寶鼎兒】〔衆擁杜黃裳上〕明堂占氣色，太甲雲高，旄頭宿落。匣劍老轆轤繡澀，邊烽冷桔槔苔卧。幸好清時留節鎮，永日簟醪扇喝。〔合〕正緑寫蒲桃，清唧頓遜，翠浮桑落。

蒲桃清酒白波浮，雪嶺冰寒五月秋。盡日滿城絲管沸，行人不信在邊頭。自家杜黃裳，出將入相，鎮守朔方。喜天威鎮壓，遠夷㊀奔逃。昨日與參軍李君虞出塞千里，不見虜而還。正值陰山入夏，冰雪未逢。㊁逡巡避暑之期，留連河朔之飲。已分付軍中，沈李浮瓜，與李參軍投壺歡暢一會。想參軍已到，堂候官，門外伺候。

【胡搗練】〔十郎上〕玉關投筆事高奢，河源一縷通秦華。記取長安西日下，緑窗嬌映石榴花。

〔堂候官稟介〕李老爺已到。〔黃裳起迎相見介〕〔十郎〕旦夕附青雲，〔黃裳〕君才自不羣。〔十郎〕玉兵今已偃，〔黃裳〕絲管日紛紜。〔十郎〕轅門晝静，方當展玩兵鈐，不知相國有何見召？〔黃裳〕老夫憑藉皇靈，兼資羣力。斥地千里，推轂幾年。常有夜行之悲，未遂晝游之樂。徘徊杜曲，留滯河源。想朝家詔召無期，與學士周旋有日。對此薰絃，聊開凍飲。〔十郎〕老相公西鎮雄高，乍掌北門之鑰；南征借重，還開東閣之筵。下官婉婉幕中，慚無石畫㊂；悠悠塞上，曲有銅鞮。叨陪樽俎之歡，敬佇袞衣之詠。便借相公之酒，先獻一杯。〔黄裳〕老夫營内，參軍便是客了。堂候官，酌酒。〔把酒介〕

【駐馬聽】〔黄裳〕㊃玉帳清和，細柳營中簇綺羅。時候楝花飄砌，竹粉篩金，萱草成窠。游魚出荇擺新荷，流鶯接葉窺朱果。緑酒清歌，緑酒清歌，似陳王多暇，嫩苔生閣。

【前腔】〔十郎〕晝㊄偃金戈，永日何妨狎芰蘿。暗想蘋風乍起，葵露新抽，梅雨輕過。黏天翠靄練烟和，横峯黛色奇雲抹。雪嶺嵯峨，雪嶺嵯峨，鳳林葱碧，遥分紫邏。

〔黄裳〕參軍，老夫今當垂白之年，略著丹青之效。當息陰西嶺，步反南岡。老夫便欲東山，足下須留北落。及此會聚，還進數杯。〔酌酒介〕㊅

【前腔】正自婆娑，賸卻凌烟老伏波。何事舞紅猶架，慢緑生遮，豔翠微酡。琅玕素簟隱涼波，瀟湘畫軸生烟幙。指點仙螺，指點仙螺，笑綸巾何處，北窗堪卧？

〔十郎〕老相國方和戎賜樂，燕鎬言歸。下官不才，也願隨碣石之鴻，再造班行之鷺。今日呵，

【前腔】息馬金河，夏屋深濃散玉珂。幸好合歡鸞扇，蘸帛龍涎，渌水雲和。舞樓人去落花過，歌梁燕蹴香泥墮。朱袚蹉跎㊆，朱袚蹉跎，倚紅蓮幕府，從軍差樂。

〔驛官上〕關月夜連秦塞紫，羌河流入漢家清。稟老爺：勑使到。〔黄裳〕香案迎接。〔内云〕聖旨已

到，跪聽宣讀。皇帝詔曰：朕纂屬玉策，竚想金提。眷章武之舊臣，念弘文之學士。咨爾丞相邠國公杜黃裳，氣宇天人，風謀雲將。朕已宗師黃石，臣妾烏珠。西顧元臣，久勞于外。將從憲乞，用遣安迎。參軍李益，同歸玉堂，侍掌綸筆。朔方一切邊情，暫付左將軍郝玭，右將軍閻朝，協力經理。詔到星馳，慰朕虛側。望闕謝恩！〔呼萬歲〕(八)〔黃裳〕暫請勑使大人皇華驛安頓。下官分付片時，即便起行。參軍，朔方重地，原當吐蕃回紇兵衝。先帝西顧，命老夫以相國行邊；君以翰林清貴，參理朔方。二虜聞之，消息重大，不敢窺邊。如今俺二人一旦俱還，虜人聞之，有輕朔方之心。郝玭閻朝二位將軍，忠勇有餘，文奏不足。下官意思，今夜起行。託重參軍，還住半月。調停二將，酌理邊情。待下官入了長城，將人接取。參軍尊意何如？〔十郎〕相國有命，敢不敬從。〔黃裳〕堂候官，請郝將軍閻將軍來。〔郝閻二將上〕戍久風塵色，勳多意氣豪。但須鳴玉劍，何用誓金刀。二將見。〔黃裳〕二位將軍請起。郝將軍築臨涇之塞，西戎不敢近邊。吐蕃王鑄一金人，與將軍一般長大，購取將軍；又把將軍名字怖止兒啼；此李牧之兵也。閻將軍獨守沙州一城，虜合重圍，唐援路絕，十年不下，士無叛志，此臧洪之守也。朝廷委二君留後(九)，足稱干城。老夫今夜南還，留李參軍在此調停半月，老夫進到長城，回軍接取。只是朔方重地，全仗二位將軍了。〔二將云〕丞相穩心，管取二虜不得過朔方而南向。〔黃裳〕二君舊日豪雄，自可銷除狄人。(一〇)

〔對郝介〕(一一)

【鬬黑麻】你控虜臨涇，沙場牧馬。名怖兒啼，等身金價。(一二)〔對閻介〕沙州戍，英雄殺，十載鏖圍，孤軍挺架。〔合〕龍泉出匣，冲星聊自拔。看萬里封侯，百年圖畫。

【前腔】〔十郎〕廟算投壺，軍威振瓦。豹頟麟符，飛騰戰伐。吾當去，君駐劄。勑勒歌殘，銅鞮舞罷。〔合前〕

〔黄裳〕俺行了，到了長城，差人迎接參軍；俺前歸報與霍府。二將不得離局遠送。〔内報介〕受降城中諸夷長送杜老爺。〔黄裳〕分付番落，不須遠送，只一心奉事中朝，不侵不叛，便見忠誠。〔行介〕

【回朝歡】歸朝去，歸朝去，萬里鳴沙。秦川雨，杜陵花。關山月，關山月，横笛清笳。送將歸，兩鬢華，羌渾脱帽休悲咤。東歸繡衮催黄髮，星宿河邊轉帝車。

秦時明月漢時關，　繡纛人看相國還。

但使龍城飛將在，　不教胡馬渡陰山。

【校】

㊀遠夷，富春本作「日逐」。

㊁未逢，富春本作「炎天」。

㊂晝，原誤作「晝」，據富春本改。

㈣原無「黄裳」二字，富春本注有「杜」字，據補。

㈤晝，原誤作「書」，據富春本改。

㈥「酌酒介」三字，據富春本補。

㈦跎，原誤作「迤」，據富春本改；疊句同。

㈧「呼萬歲」三字，據富春本補。

㈨後，富春本作「守」。

㈩人，富春本作「犬」。

⑪「對郝介」，富春本作白語「郝將軍」；下「對閻介」同。

⑫「價」，富春本誤作「匱」。

第三十一齣　皈依

【北點絳脣】〔老和尚上〕寶焰金華，南無一切，同名佛。燈幢影裏，顯諸天眷屬。滿月光明，照八萬四千，齊降伏。雨花禪窟，遍巧風吹活。

〔長短句〕唵邪答兒麻，問人何事劣啤嗻？都不邏巴斡，問人何事輕調撥？兮敦搭葛多，勸人及早念彌陀。摎約厄嚕怛，勸人及早參菩薩。老僧是章敬寺禪僧四空的便是。行年一百零八歲，幼尋㊀全半，長入中邊。佛日長瞻，法雷自響。意樹空中生樹，藥樹池邊，記得經行樹影；心蓮火内披蓮，白蓮海上，何曾盜齅蓮香。談劫燼之朝灰，懸河織女；辨常星之夜落，照露燈王。有個舊人喚做杜黄裳，作秀才時，曾在俺寺裏讀書，與老僧談禪説偈。如今他出將入相，封爲國公，在朔方鎮守。聖上請他還朝，早晚到京，路經俺寺門首，萬一進來禮佛。此人貴極人臣，功參蕭管，甚有高世之懷。倘他到時，老僧將一兩句話頭點醒，着他早尋證果，永斷浮花。正是下生彌勒見，要他回向一心歸。不免喚出弟子法香法雲，門外伺候。〔法香法雲上〕拂石那曾容俗客，獻花何日許門徒？弟子作禮。〔老俺〕法香法雲。你在何處來？〔二法〕弟子不喚作法香法雲，喚作「四空」。〔老僧〕俺師父號四空。怎麼你兩個弟子也號四空？〔法香〕弟子的「四空」，只恐和師父的「四空」不同。〔老僧〕怎的不同？〔法香〕今日徒弟出定游戲，正街坊上遇着少林寺和尚打拳，炎天口渴，去爐火房裏討些點茅銀子，到小娘家擺些酒。那酒保提得酒來，徒弟一口喫空了一瓶。那酒保笑徒弟能會喫酒，可會説偈？可以「空」字爲音㊁，相贈幾句。徒弟就將酒色財氣作成半偈。〔老僧〕怎麽説？〔法香〕酒也空，酒保終朝送酒鐘。色也空，龜子終朝辦粉紅。財也空，爐火終朝點白銅。氣也空，把勢終朝撲滾㊂風。因此上街坊上都喚徒弟做「四空」。〔老僧〕怎的法雲也號四空？〔法雲〕法香回來，把前四空説與徒弟，徒弟因他所説四行人，都不曾得酒色財氣受用，説他怎的？只説得受用的也是空，因此也做上半偈。〔老僧〕怎麽説？〔法雲〕説道：酒也空，酒池魂夢醉鄉中。色也空，月華愁照館娃宫。財也空，郿塢黄金一眄㊃中。氣也空，茂陵無樹起秋風。因此上寺中又號徒弟作「四空」。〔老僧〕依俺説，酒色財氣都不空。酒不空，法酒醍醐甘露濃。色不空，好相華鬘滿月容。財不空，黄金布地寶珠宫。氣不空，降伏魔王號大雄。〔法雲〕這等師父怎的原號四空？〔老僧〕俺原不曾説酒色財氣四空，俺是説地火水風俱生於空，畢竟歸空，故號四空。〔法香〕這等師父號作老四空，法雲號作大四空，小徒弟號作小四空便了。〔老僧〕法雲進禪房烹茶，法香門外伺候，杜司空還朝，或來相訪。〔法雲下〕〔法香接介〕〔衆擁黄裳上〕

【縷縷金】鳴沙路，火輪飛，流金鑠景送行暉。何處涼雲起，風生大地。息陰曾記坐禪枝，勞生幾時逸？

左右，且到寺中訪四空禪師。〔法香報介〕杜相國到。〔相見介〕猶記朱輪别上人，袈裟追送小平津。驅馳白髮終何事？贏得歸來問此身。〔老僧〕老相公，身子何須更問。只有老僧㊄要從相國一問。

〔黄裳〕禪師百歲有餘，度海去筏，何消問得？只是下官年纔六十，有何修行，到得百歲？〔老僧〕老僧百歲，都是些無明數目湊起來的。〔黄裳〕請教。〔老僧〕老僧昔來要捨是身，父母不許，也常愛護，處之屋宅，又復供給衣服飲食，卧具醫藥，車馬奴婢，隨時將養，令無所乏。是身不知感恩，反生怨害，仍復不免無常敗壞。復次，是身不堅，無所利益，可惡如賊，有無量癰疽，百千怖畏。是身惟有大小便利，猶如行厠；是身不堅，如水上沫；是身不浄，多諸蟲户；是身可惡，筋纏血塗，皮骨髓腦，共相連持。如是觀察，甚可患厭。若論世間威儀束縛，男女交觸，涎唾血腥，反名恩愛。是日已過，如少水魚，思有何樂？勇猛精進，如救頭然。因此論經戒律，度過百歲。抵了多少無名煩惱，畢竟無餘。且人生的樣子十年一换，請從十歲起，講到百歲：

【耍孩兒】只見人生十歲，孩兒的顔如蕣華美，終朝遊戲薄昏歸。二十歲駿馬光車，盈盈的高談雅麗。三十歲舉鼎干雲氣欲飛，一心在功名地。四十連州跨郡，垂㊅璫出入皇闈。

【五煞】幢旄五十時，歌舞羅金翠。婀娜六十成家計。容顔七十無歡趣，明鏡清波嬾得窺。八十歲聰明去，記不得前言往事，致政懸車。

【四煞】九十時日告衰，那些形體是志意。非言多謬，誤心多悖。平生感念交垂淚，孫子前來或問誰？人百歲全無味，眼兒裏矇瞳濁鏡，口兒裏㊆唾息涎垂。

〔黄裳〕人生到此，天道寧論！聖賢不能度，何得久存我。回想前事，只是蜉蝣一夢。

【三煞】㊇生意定何時？婆娑枯樹枝，等閒撇下人間世。當日裏春林囀鳥何遷次？今日後秋寺聞蟬止益悲。眼看見愁來至，憔悴了生花鐵樹，迤逗了落葉阿黎。

〔老僧〕相公怕甚麽阿黎？〔黄裳〕下官想人生少不得輪迴諸苦，今日便解取玉帶一條，乞取名香一瓣，向佛王懺悔。明日上表辭官，還山禮佛。只怕遲了，濟不得生死㊈大事。〔老僧〕撚㊉指成佛，説甚麽遲？便可佛殿上一走。〔作行科〕〔老僧〕請相公自懺。〔黄裳〕煩禪師一位門徒，請諸天佛菩薩懺悔，容下官親自結念。〔唤法香請佛科〕唐太和元年六月初五日，信官檢校司空門下平章事邠國公京兆杜黄裳，恭捨玉帶，供養名香，皈依十方，盡虚空界一切諸佛，諸大菩薩，辟支羅漢，四果四向，梵王帝釋，八部龍王。伏念弟子杜黄裳，在朝相國，在外巡邊。感念輪迴，常有諸苦，爲此發念諸佛菩薩前，願抛煩惱，竟證禪心。貧子初歸，魔兵正⑪苦。伏念⑫東方阿閦，南方寶相，西無量壽，北微妙聲，諸天持護，得無上甚深微妙。至期身心歡喜，吉祥而逝，還生西方浄土。頂禮威王，不勝懇禱！〔禮畢〕〔法香〕請相公過竹院齋了去。〔黄裳〕不須得。老夫謝官後，長來栖託者。多謝禪師，救我殘生！

【二煞】暗送人生苦不知，夜來邊馬早朝雞，從今後塵心擺去歸禪諦。也知弱草空人相，贏得天花覆死尸。海香啖日華慧，幹不盡蜉蝣故事，安不迭怖鴿⑬禪枝。

禪師，我別你了，長望尊師賜教！〔法香〕相國莫哄了諸天聖衆。

【煞尾】〔黄裳〕長年已自悲，夜行還怎的？諸天蚤聽我香爐誓。禪師，我乞水焦牙已自遲。

相國南歸鬢有絲，花宫猶記白蓮池。
何時更枉金門步？向後常參玉板師。

【校】

㊀ 尋，富春本作「習」。
㊁ 音，疑當作「韻」。
㊂ 滚，富春本作「浪」。
㊃ 眄，富春本作「盼」。
㊄ 僧，原作「身」，誤，上下文俱作「老僧」可證。今正。
㊅ 垂，富春本作「重」，蓋誤。
㊆ 原無「裏」字，據富春本補。
㊇ 案：此曲爲杜黄裳唱，語氣甚明，而富春本注有「老」字，作老僧唱，誤。下一煞同。
㊈ 生死，富春本作「死生」。

〔一〇〕撚，原誤作「燃」，據富春本改。
〔一一〕正，富春本作「至」。
〔一二〕念，富春本作「願」。
〔一三〕怖鴿，富春本作「布谷」。

第三十二齣　邊思

〔李十郎上〕待詔北門唐學士，立功西域漢將軍。蘭閨柳市芳塵隔，蒲海蕭關木葉紛。分飛海燕無窮極，擁旆遥遥過絶國。絶國征人一望鄉，高樓思婦長沾臆。前日杜相國還朝，説入長城便有人相取。今半月了，還不見來，不知俺小玉妻在府中安否？今夜月滿瓊鉤，雲披玉帳。銀山風穴，半清炎海之威；碧漢星橋，枉眄㊀河源之路。正是：蓬轉終何極，瓜時獨未還。風塵催緑鬢，歲月損紅顔。魂迷金縷帳，望斷玉門關。别後將軍樹，相思幾度攀。小玉妻，知你相思，亦復如是。

【羅江怨】瑶光轉玉繩，龍關柝静，天街雲氣夜分明。絳河如練送月度邊庭也，流照伏波營，飛入瑶華境。那紅樓對子城，那青天虚翠屏，何處也一片南飛影？

妻，你那秦中，天氣正暑；俺這塞外，入夏猶寒。想郡主此時呵，

【香遍滿】茵香媚寢，浴罷團扇輕，雪體冰紈映。羶膩黝頽鬟，掠約斜簪整。悄窺入簾月，暗恨就中生。透關山一點，兀自把闌干凭。

妻，當時送俺霸橋，將淚珠兒滴在俺征袍上，至今猶自鮮明。俺揾着翠袖啼痕，便想着紅亭别景呵，

【金谷園】他摻紅袖唱一曲離情，拗絲鞭叫幾聲薄倖。古戍花明繡嶺，扳花别淚盈盈，

折柳處想卿卿。

那時節怎撇得來？

【嘉慶子】啼珠濺送金羈影，飄粉絮撩人不平，壓金線繫紅難定。真撇得人疼疼，還去去重行行。

那時咱待辭這差呵，

【么遍】早定奪驅馳使命，難迤逗分明軍令。殢他墜花翹愁靚，詎他簇金蓮行徑，不分生憎葉冷花寒玉態橫。

小玉妻，自你送別紅亭後，咱有多少歡趣都拋卻了。

【品令】憶他手挼裙帶繞階行，只教牽恨愁蛾暗逐飛旌。雙波慢啼妝淚落垂紅綆，羅襟漬凝揭調催絃怕聽。風月關人，月壯風多暈更生。

咱想：與小玉姐游霍王萬春園子，多少明媚。

【豆葉黄】㈡共看花笑笑，踏草停停。碎春風日暖吹笙，碎春風日暖吹笙，寫秋波雲寒透鏡。芙蓉對綻，玉管雙清，遥望處翠籠烟暝，遥望處翠籠烟暝。何事隔春鶯？猶自慇懃渭城。

【玉交枝】粉寒香剩，併玉㈢人撇在長亭。相偎翠袖淩風並，春去也花時難更。玉虎牽絲緑水縈，金蟾齧鎖沈烟静。着人呵十分情性，撇人處兩字功名，撇人處兩字功名。

今日相思呵，

【三犯六么令】你憶遼西月殘燈映，咱夢臨邛風吹酒醒。那玉娘湖上，閨人玉筯銀屏。光禄塞前，流戍袍花劍稜。簷角墮踈螢，烽子平安火明。

别時俺無淚可落，今日孤苦邊頭，自然堪下淚了。正是：平時只道從軍樂，今日方知行路難。

【江兒水】憶淚天涯盡，愁眉塞草青。想衣襟餘馥猶是舊荀令，月痕記處堪重省，只怕銀蟾漸冷蟲啼暝。斷河難倩，鎮無聊横笛堪驚，古輪臺搊不出香奩詠。

想不久也有人交代了。

【一撮棹】功名定，拚歸來笳鼓競。武騎文園茂陵，茂陵人長卧病。卸了風鞭露鐙，從教夜雨朝酲。小玉妻，那時俺和你對心星解翠纓，倍工夫展别情。〔旗卒上〕

【六么令】邊關寧静，邊關寧静，魯㊃酒千鐘醉老兵。榮歸相國度長城，還教接取參軍，明馳曉夜趣朝命。

稟參軍爺：小旗們已送杜相國入了長城，回軍迎接老爺。〔十郎〕你來迎俺，俺這軍中文簿，都已分付郝閻二位將軍。如今就請二位將軍一見，晝夜起行。〔郝閻二將上〕邊思愁雲斷，鄉心帶月飛。直置猶如此，何況送將歸。參軍大人拜揖。纔聞烽頭納喊，知是杜相國回軍，接取參軍南歸。俺二將敬來相問行期，攀留數日。〔十郎〕二位將軍有射像止啼之勇，有薄糜餐革之忠。左提右挈，前犄後角。朔方重鎮，自有二位將軍。此時天氣炎熱，告别夜行。寶劍二口，聊用留别。〔青兒捧劍上〕寶劍青蓮色，銅鞮細柳軍。〔十郎贈劍介〕

【山花子】蓮花榪上芙蕖浄，七星浮動雙星。三尺水吹寒片冰㊄，挼絲麗罽熒熒。〔合〕吐金環明月暗驚，故人把贈意不輕。旄頭一斫海水清，看取題銘㊅同上丹青。

【前腔】〔郝閣〕你春坊正字文章映，幾年親近雄英。笑吾儕冠垂緌纓，乍教霄練呈形。〔合前〕

〔十郎〕就此行了。〔郝閣〕送參軍出關。〔作行介〕

【紅繡鞋】〔郝閣〕㊆行人車騎流星，行人車騎流星。刀頭片月連城，刀頭片月連城。歸馬度，宿鴉驚。睥睨影，轆轤聲。秦將卒，漢公卿。〔拜别介〕

【尾聲】〔十郎〕㊇心交寶劍贈生平，想後會風塵難定。〔郝閣〕參軍見杜相國問時，只說有俺二人呵，管取朔方高築受降城。

星使南歸擁節旄，馬頭斜對雪山高。
空牽别恨隨明月，猶自交情贈寶刀。

【校】

㊀眄，富春本作「盻」。
㊁豆葉黄，原誤作「逼葉發」，今正。
㊂玉，富春本作「身」。
㊃魯，富春本作「虜」。
㊄片冰，富春本「冰片」，失韵，蓋誤。
㊅銘，富春本作「名」。
㊆原無「郝閣」二字，據富春本補。
㊇原無「十郎」二字，富春本注有「十」字，據補。

第三十三齣　出山

【菊花新】〔尚子毗上〕崑陵雲㊀氣滿河圖，十二芝城映紫都。長劍倚昆吾，望中原片鴻飛度。

蓬轉西風木葉寒，層城十二碧闌干。星沈海裏當窗見，雨過河源隔坐看。自家尚子毗是也。本姓没盧，名贊心牙，羊同國人，世爲吐蕃貴相。先贊普時，曾從父親尚結贊入朝賀問，唐憲宗皇帝愛俺年少，送游太學，備觀丘索之書，頗習干旄之舞。同時有隴西李益，字君虞；有徐州石雄，字子英；杜陵花卿，字敬定；三君氣決青雲，詞韜白雪。才交一臂，便結同心。客邸逢春，都門送別，君虞問俺相見後期，雪涕相看，不能自已。俺曾道來，小弟此回，無復驅馳之想。家居崑崙山中，道書數卷，琴歌幾絃，長揖東王，乞丹西母。若時事羈紲，不能自脱，櫜鞬相遇，即當避舍。中原實册遥臨。倘或趍朝上國。便假風塵之會，重沾謦唾之音。如更不然，亦當託㊁訪終南，相尋渭北。聞得中原多故，河隴不通。俺國中論恐熱據擁强兵，贊普年來昏暴。俺今年過四十，雖然讀書不仕，能無嘯柱長悲。看咱衰鬢，已似秋天，知李十郎怎的？正是：青草當年別，寒花各地憐。中原問兄弟，把臂幾人全。不免歎息一會。

【金落索】金經啓緑圖，石室依玄圃。憶長安陌上尋春處，咸陽舊酒徒，野酡酥。暖屋繡簾紅地爐，豪華疊碎銀腰鼓，老大敲殘玉唾壺。俺正與李君虞花敬定石子英相聚爲樂，唐帝忽催游國子監，彼時正是昌黎一老儒，唤做韓愈，正作四門博士，説中國秀才都傳誦他文字。俺取他數作觀之，好没意致。等閒度，螢乾蠹死歲歲一牀書。向後延秋門外相别，十年來河隴路斷，松潘圍逼，至今三君音徽斷絶。俺雖胡人，心馳漢道。斷金蘭雁帖全無，鶴夢模糊，還記取來時路。

〔山童上報介〕金碧葱蘢王母祠，笑騎龍竹弄參差。紫沂㊂海上衣沾溼，昨夜偷桃是小兒。稟師父：吐蕃贊普，不知那處打圍？人馬喧騰，説到俺山中來訪師父。〔子毗笑介〕想是俺家中書令没來由的尚綺心兒勾引他來，强起俺去做官。豈是饑寒驅我去，笑他富貴逼人來。只得開門迎取。

【霜天曉角】〔綺心從贊普番落上〕金雲紺露，文豹從棲霧。戴勝山中王母，鳴騶谷口名儒。

〔相見各長揖科〕〔贊普作色問介〕先生生長羊同，早游龍漢：君臨不拜，出在何經？〔子毗笑介〕姑射之人若雪，嚴灘之客爲星。天竺先生，老而化佛；月光童子，少即尋仙。何求㊃於人？强名曰道。贊普自生來意，山人少無宦情。恨不閉户踰垣，猶自攖鱗竪髪。若須朝禮，何用山人？〔贊普笑謝罪介〕適間聊用相試，果然名下無虚。請爲賓主之交，敬問安危之策。〔拜科〕世上聞名久，〔子毗〕山中養病多。〔贊普〕容顔須好在，〔子毗〕懶性欲如何？㊄贊普打圍過草堂，有何下問？〔贊普〕

請端坐聽着説，俺先人呵，

【大聖樂】弄贊王慷慨雄圖，隸縮王少小魁梧。獻金鵝玉馬迎公主，今贊普，古單于。如今唐朝輕相覷俺，反與回紇更親，俺要捲帳侵唐。俺本是龍支麋谷魁戎部，怎比得烏紇雞田是小胡。只是一件，攻唐要路，無過朔方隴西松州三路。松州俺已差論恐熱人馬攻圍，想有次序；隴西説有石將軍雄勇，攻不過去；朔方他有個丞相，有個參軍鎮守，都取回去，打聽得留下偏軍，一個唤做郝玭，一個唤做閻朝，郝玭曾築臨涇⑥之戍，閻朝曾守沙州之城，俺通與他交手過來，朔方有此二人，也難攻打。俺如今還向隴西征進，不知天意何如？掃帳南朝去也，謹占雲望氣，勝負何如？

〔子毗〕待子毗去外間占望一占望。〔背云〕天呵，且喜李君虞歸，朔方猶自有人。只是松州花敬定，不知敵得⑦論恐熱否？他向隴西⑧，難爲石子英了。〔做輕唱介〕

【前腔】破隴西他草次馳驅，曳落羌渾難抵護，對戎王言語須回互。〔回唱〕看風氣，有赢輸。啓贊普：昴畢以南，秦隴之間，常有紫氣團霄；昴畢以北，河湟之西，似有烏雲壓帳。且近日日珥居東，星旄墜北。彼中之氣，氤氳如沸粉，發弩揚旌；此中之氣，紛紛似轉蓬，懸衣偃蓋。龍驪布陣，何曾月暈⑨圍參？宛馬纔嘶，止見招摇受孛。勸贊普與唐和親有利，出隴西攻戰，恐難得志。只好向鳳池柏海迎公主，慢教他烏使籠官着縵胡。〔贊普〕若不許俺和親時，便去攻唐朝了。〔子毗〕也未可攻唐朝。且去圖回紇也，避中原王氣，料理邊隅。〔贊普〕承教，承教。只是求得同行何如？〔子毗〕子毗不婚不宦，年將半百，坐崑崙，顧裨海，茫茫白烟，霏霏黑點，俱是塵中。子毗懶性狂態，與世相違。又少游唐國，好習華風。機務之司，嫌疑當避，不敢奉命。〔贊普〕丈夫相處，何嫌何疑？戰取功完，從君自遂。〔子毗〕待臣出外占一占風角如何？〔背云〕俺卻⑩無求於世了。只是一件，俺看吐蕃王老，胡運將衰。他命⑪將論恐熱，有不良之心，俺便借此，圖機出避。況風塵之際，萬一得到唐朝，再見李十郎石大郎花驍騎，亦未可知？〔回介〕風角之法，用辰不用日；辰是客星，時爲主人。今日風來巽方，俺是西方金王之地；日辰庚戌，天將晚，又是酉時，時辰俱正。庚爲義，戌爲公，正可以從行，只是不敢受贊普的品級。倘事完之後，容俺自便。〔贊普〕這等，可喜！可喜！且留中書令綺心令姪相陪，從容而來，俺便夜獵回去。〔辭别科〕少微開北落，太白動西軍。蚤識函關氣，空爲出岫雲。〔贊普下〕〔綺心子毗弔場〕〔綺心〕贊普厚意，欲叔父受一大相，或是一方節度使。叔父既許同行，安得辭免。且家世仕吐蕃，吐蕃正强盛，便可收拾强起。

【一撮棹】唐髡種，最古號强胡。大小論，外覓零逋。金瑟瑟，高官綴臂銀塗。甲門繪虎，懦種垂狐。廬帳煩都護，鄯州須節度，管取呵席捲漢黄圖。

〔子毗〕賢姪談何容易！只是與唐和親，便可壓鎮諸蕃。既然許了贊普，不免就行了。〔綺心〕贊普留得車馬在此。〔子毗〕俺草廬中，只有道書數卷，素琴一張。道童，便可捲入行囊。只是一件，可惜一座崑崙山，五城十二樓，再不堪回首了。我有紫磨金鑄成西王母小像，可帶隨身。崑崙山除是夢中可游，終南山或有閒時可到。〔綺心〕叔父誤矣！功成歸隱，依舊見崑崙山。終南山在唐朝國都，如何可到？〔子毗〕姪兒，你那裏知道？既與唐和親，萬一奉命而入中國，不可知也。丈夫一入仕途，風塵之際，有如蓬轉，能必得歸隱何時？俺別了這座崑崙山呵，從此㊁猿啼鶴怨。收拾齊備了，就上馬去。〔行介〕

【香柳娘】〔子毗〕㊂這頭顱可知，這頭顱可知，爲君强起，軟弓輕劍非吾意。〔綺心〕歎天西有誰！歎天西有誰！守着閭摩黎，還看閭盧㊃水。〔合〕且權宜料理，且權宜料理，頓足風塵，終當脱屣。

舊劍生衣懶更磨，漢家先許郅支和。
山人自愛山中宿，何事干人費網羅。

【校】

㊀雲，富春本作「風」。
㊁託，富春本作「游」。
㊂沂，富春本作「泥」，誤。

㈣求，原誤作「來」，據富春本改。

㈤「如何」下原有「子毗」二字，衍，删。富春本此處一字模糊不可識，似是「今」字。

㈥涇，原誤作「徑」，據富春本改。

㈦「敵得」下，富春本有「住」字。

㈧「難爲」上，富春本有「又」字。

㈨暈，富春本誤作「翬」。

㈩卻，富春本作「本」。

⑾命，富春本作「内」。

⑿「從此」下，富春本有「後一任他」四字。

⒀原無「子毗」二字，富春本注有「毗」字，據補。

⒁盧，富春本作「瀘」。

第三十四齣　巧合

【鵲橋仙】〔小玉上〕漢曲天榆，河邊月桂，閣道暗驚商吹。拋梭振躡動明璫，還拚取今宵不寐。

【五言古風】河陽秋不歸，漢陰無復緒。凌波藻報章，映月抽纖縷。沃若靈駕舉，連娟思眉聚。清露下羅衣，秋風吹玉柱。流陰稍已多，餘光欲誰駐？奴家送別十郎，朔方參軍數年，常年七夕相憶，今宵復是七夕良辰。㊀前日杜相國還朝，着人來説，十郎只在早晚到家，望殺人也！

【普天樂】盼佳期掛玉鉤，秋色微雲遞。他平日相思呵，一水相思盈盈淚。今宵卻好也，斷明河暗溼仙衣，金風玉露涼無寐。經年別一宵會，還堪恨傾河容易。催歸須寄語，填河烏鵲休飛，正自錦稠低泥。十郎夫，若過了今日不歸呵，怕淚綃重浥，還上空機。

〔鄭六娘〕盈盈一水邊，夜夜空自憐。不辭精衛苦，河流詎可填。女兒小玉自別了李十郎，每逢佳節，轉是傷神。今夕乃牛郎相會之夕，想得他停機罷織，鎮坐相思。俺已着櫻桃烏兒，去請鮑四娘杜秋娘過俺紅樓，乞巧穿針，與女兒消遣。想已到來。〔見介〕〔六娘〕女兒，今日七夕佳期，杜相國説十郎早晚到家，俺已去請鮑四娘杜秋娘來與你消遣。

【繞池㊁遊】〔鮑杜上〕秋期尚淺，天路迎仙眷，問何事經年別恨？

〔相見介〕鸞㊂扇斜飛鳳幄間，星橋横道鵲飛迴。争將世上無期别，换得年年一度來？〔鮑杜〕久不曾相問六娘和郡主，今夕又是七夕佳期了。〔鄭六娘〕正是，相請過紅樓同候雙星。〔四娘〕織女渡河，隨人間拜乞，只得乞一，不得乞二。心中私願，三年不得説出。就此庭中排列香案㊃，六娘爲主。㊄

【駐雲飛】〔六娘〕帝女遥川，畫繙瓊絲隔漢烟。鳳藻停機盼，翠匣懸衣捲。嗏，失喜弄金鈿，晚妝凝倩。浥露含嬌巧笑臨清淺，今夜星眸拚不眠。

【前腔】〔四娘〕靈鵲初喧，寶婺奔娥送晚妍。隱鼓車音遠，緩帶靈心軟。嗏，流態及歡前，佩衿香展。舊别新知泛碧銀灣斂，宛轉佳期又一年。

〔小玉背云〕這牛女好似俺和十郎一般。

【前腔】妙會良緣，何事膏蘭向曉煎。别淚迴波戀，去路奔龍輾。嗏，無計解留連，七襄低轉。漸落銀橋更逐流心怨，今夜單情何處懸。

〔秋娘〕思憶老身年少時入宫中，一般有穿針樓，那時結願求巧，女伴嬌夸。今日王子游仙，撇老身奉事㊅西王母觀。

【前腔】青鳥空傳，一夕歡娱幾萬錢。罷拭桃花面，懶注丹文點。嗏，子晉去尋仙，婕好嬌怨。百子池邊憶昔長生殿，贏得仙童唱粉筵。

私情已畢，好向樓上穿針。〔上樓介〕步月如有意，情來不自禁。向光抽一縷，舉袖動雙針。〔四娘〕六娘，這樣巧都讓與郡主少年人。就請郡主先穿了，便到六娘。〔小玉〕僭了！〔穿針介〕

【劉七鍬兒】家家此夜持針綫，眼中人去寸心牽。新縫合歡扇，相思縷懸。〔合〕香粉庭前，蟢蛛如願，巧到人間遠人相見。

〔六娘〕僭了！〔穿針介〕

【前腔】黄姑彩逐西飛燕，風欹弱縷暗難穿。兒，你替俺穿了罷。〔小玉替穿介〕〔六娘〕㈧衫輕羞指現，纖纖可憐。〔合前〕

〔秋娘〕到鮑四娘了。〔四娘〕僭了！

【前腔】秋金謾試流黄絹，披襟樓上且纏綿。郡主替老身穿了罷。〔小玉替穿介〕〔四娘〕好巧，西園射針眼，卿堪比妍。〔合前〕

〔四娘〕到杜秋娘了。〔秋娘〕老身宫人入道，要什麽巧得！

【前腔】舞衣金縷曾縫遍，藕絲無分透雙鴛。郡主，你替老身穿了罷。〔小玉替穿介〕〔秋娘〕好巧，靈芸自針選，饒卿少年。〔合前〕

〔報子上〕涼年當七夕，雲閣度雙仙。願爲青鳥使，報書明鏡前。稟上老夫人，李老爺已到。〔六娘〕真個凑巧。〔秋娘〕老身喜得今日會了。

【淩波仙子】〔十郎上〕河鼓初諠太液池，九華燈裏動星輝。繩河暗度尋源使，還及瓜期。

〔相見介〕〔六娘〕萬里長歌古别離，〔十郎〕只今秋月照羅幃。〔六娘〕也知游子多悲苦，〔十郎〕幸好容顏似昔時。〔小玉〕天涯涕淚隔參辰，〔十郎〕塞外㊈還思樓上人。〔小玉〕今夕雙仙會遥漢，〔十郎〕免教蓬首對河津。〔六娘〕杜秋娘自不曾見十郎；又鮑四娘也在此迎候。〔四娘〕仙使南歸坐玉京，〔秋娘〕聞名空望紫微星。〔十郎〕今宵漢陌連歌笑，〔合〕還似麻姑會蔡經。〔小玉〕十郎，自你去後，展轉相思，每逢佳辰，更成淒楚。年年七日，爲你曝衣曬書；今年七夕，恰好團圓。記得昆明池上，對了牽牛織女，結了誓言，今夕巧逢，莫非二星有靈了。

【囀林鶯】銀河拂樹驚秋氣，望天街不盡相思。掩㊉紗窗碧霧濛濛淚，理緗紈幾度沾衣。有昆明舊誓，睇織女闌干主對。弄輝輝，金槃蠵子迎得故人歸。

〔十郎〕夫人，俺在朔方，卿居南國。雖無日夕之會，長有往來之魂。⑪

【前腔】河西漢右瞻靈匹，俺仙槎奉使虛隨。歎當年倏忽成離⑫異，看依然舊石支機。百枝光⑬裏，滿堂美人流睇。正佳期，紅針玉線久别似新知。

【長拍】〔鄭六娘〕小扇銀屏，小扇銀屏，玉庭珠几⑭，遥遥的七香塵起。老身看十郎，真是河西⑮仙子也。正仙郎良會，奏清商緑⑯粉輕吹。〔鮑杜合〕何處曉驂歸，映雕闌巧玲瓏，彩雲明媚。配盡鴛鴦無限縷，可憐處一把鮫綃擲亂絲。到如今疊就了團花綺，還勝似匆匆嫁了河西。

【短拍】〔合〕綵襻連心，綵襻連心，香緘燕尾，限良宵没得些時。浪得巧名兒，卻不解把郎心繫。問何似㊆人間密意？笑背着銀缸縱體，推繡枕下羅幃。

【尾聲】捺香方勝同心記，對星河長久夫妻。從今後歲歲相纏五色絲。

香思年年度翠梭，　從今無復恨分河。
休誇天上靈歡少，　自是人間喜事多。

【校】

㊀今宵復是七夕良辰，原作「復是今宵」，據富春本改。

㊁池，原誤作「地」，今正。

㊂鸞，富春本誤作「彎」。

㊃案，原誤作「粉」，據富春本改。

㊄「爲主」下，富春本有「則個」二字。

㊅奉事，富春本作「出家」。

㈦ 㓨，應作「划」。
㈧ 原無「六娘」二字，據下二曲之例補。
㈨ 外，富春本作「上」。
㈩ 掩，原誤作「俺」，今正。
⑪ 魂，富春本作「夢」。
⑫ 離，富春本作「孤」。
⑬ 光，富春本誤作「花」。
⑭ 几，富春本誤作「璣」。
⑮ 河西，富春本作「個」。
⑯ 緑，富春本誤作「渌」。
⑰ 似，富春本誤作「事」。

樊榭山房集	[清]厲鶚著　[清]董兆熊注　陳九思標校
劉大櫆集	[清]劉大櫆著　吴孟復標點
儒林外史彙校彙評(增訂版)	[清]吴敬梓著　李漢秋輯校
小倉山房詩文集	[清]袁枚著　周本淳標校
忠雅堂集校箋	[清]蔣士銓著　邵海清校　李夢生箋
甌北集	[清]趙翼著　李學穎、曹光甫校點
惜抱軒詩文集	[清]姚鼐著　劉季高標校
兩當軒集	[清]黄景仁著　李國章校點
惲敬集	[清]惲敬著　萬陸、謝珊珊、林振岳標校　林振岳集評
茗柯文編	[清]張惠言著　黄立新校點
瓶水齋詩集	[清]舒位著　曹光甫點校
龔自珍全集	[清]龔自珍著　王佩諍校點
龔自珍詩集編年校注	[清]龔自珍著　劉逸生、周錫韍校注
水雲樓詩詞箋注	[清]蔣春霖著　劉勇剛箋注
人境廬詩草箋注	[清]黄遵憲著　錢仲聯箋注
嶺雲海日樓詩鈔	[清]丘逢甲著　丘鑄昌標點

夏完淳集箋校(修訂本)	[明]夏完淳著　白堅箋校
牧齋初學集	[清]錢謙益著　[清]錢曾箋注 錢仲聯標校
牧齋有學集	[清]錢謙益著　[清]錢曾箋注 錢仲聯標校
牧齋雜著	[清]錢謙益著　[清]錢曾箋注 錢仲聯標校
牧齋初學集詩注彙校	[清]錢謙益著　[清]錢曾箋注 卿朝暉輯校
李玉戲曲集	[清]李玉著 陳古虞、陳多、馬聖貴點校
吴梅村全集	[清]吴偉業著　李學穎集評標校
歸莊集	[清]歸莊著
顧亭林詩集彙注	[清]顧炎武著　王蘧常輯注 吴丕績標校
安雅堂全集	[清]宋琬著　馬祖熙標校
吴嘉紀詩箋校	[清]吴嘉紀著　楊積慶箋校
陳維崧集	[清]陳維崧著　陳振鵬標點 李學穎校補
屈大均詩詞編年校箋	[清]屈大均著　陳永正等校箋
秋笳集	[清]吴兆騫撰　麻守中校點
漁洋精華録集釋	[清]王士禛著 李毓芙、牟通、李茂肅整理
聊齋志異會校會注會評本	[清]蒲松齡著　張友鶴輯校
敬業堂詩集	[清]查慎行著　周劭標點
納蘭詞箋注	[清]納蘭性德著　張草紉箋注
方苞集	[清]方苞著　劉季高校點

辛棄疾詞校箋	[宋]辛棄疾著　吴企明校箋
姜白石詞編年箋校	[宋]姜夔著　夏承燾箋校
後村詞箋注	[宋]劉克莊著　錢仲聯箋注
瀛奎律髓彙評	[元]方回選評　李慶甲集評校點
雁門集	[元]薩都拉著 殷孟倫、朱廣祁校點
揭傒斯全集	[元]揭傒斯著　李夢生標校
高青丘集	[明]高啓著　[清]金檀注 徐澄宇、沈北宗校點
唐寅集	[明]唐寅著　周道振、張月尊輯校
文徵明集(增訂本)	[明]文徵明著　周道振輯校
震川先生集	[明]歸有光著　周本淳校點
海浮山堂詞稿	[明]馮惟敏著 凌景埏、謝伯陽標校
滄溟先生集	[明]李攀龍著　包敬第標校
梁辰魚集	[明]梁辰魚著　吴書蔭編集校點
沈璟集	[明]沈璟著　徐朔方輯校
湯顯祖詩文集	[明]湯顯祖著　徐朔方箋校
湯顯祖戲曲集	[明]湯顯祖著　錢南揚校點
白蘇齋類集	[明]袁宗道著　錢伯城校點
袁宏道集箋校	[明]袁宏道著　錢伯城箋校
珂雪齋集	[明]袁中道著　錢伯城點校
隱秀軒集	[明]鍾惺著　李先耕、崔重慶標校
譚元春集	[明]譚元春著　陳杏珍標校
張岱詩文集(增訂本)	[明]張岱著　夏咸淳輯校
陳子龍詩集	[明]陳子龍著 施蟄存、馬祖熙標校

王令集	[宋]王令著　沈文倬校點
蘇軾詩集合注	[宋]蘇軾著　[清]馮應榴注 黄任軻、朱懷春校點
東坡樂府箋	[宋]蘇軾著　[清]朱孝臧編年 龍榆生校箋
東坡詞傅幹注校證	[宋]蘇軾著　[宋]傅幹注 劉尚榮校證
欒城集	[宋]蘇轍著　曾棗莊、馬德富校點
山谷詩集注	[宋]黄庭堅著　[宋]任淵、史容、 史季温注　黄寶華點校
山谷詩注續補	[宋]黄庭堅著　陳永正、何澤棠注
山谷詞校注	[宋]黄庭堅著　馬興榮、祝振玉校注
淮海集箋注	[宋]秦觀撰　徐培均箋注
淮海居士長短句箋注	[宋]秦觀著　徐培均箋注
清真集箋注	[宋]周邦彦著　羅忼烈箋注
石門文字禪校注	[宋]釋惠洪撰　周裕鍇校注
石林詞箋注	[宋]葉夢得著　蔣哲倫箋注
樵歌校注	[宋]朱敦儒著　鄧子勉校注
李清照集箋注(修訂本)	[宋]李清照著　徐培均箋注
吕本中詩集箋注	[宋]吕本中著　祝尚書箋注
陳與義集校箋	[宋]陳與義著　白敦仁校箋
蘆川詞箋注	[宋]張元幹著　曹濟平箋注
劍南詩稿校注	[宋]陸游著　錢仲聯校注
放翁詞編年箋注(增訂本)	[宋]陸游著　夏承燾、吴熊和箋注 陶然訂補
范石湖集	[宋]范成大撰　富壽蓀標校
于湖居士文集	[宋]張孝祥著　徐鵬校點
稼軒詞編年箋注(定本)	[宋]辛棄疾撰　鄧廣銘箋注

柳河東集	[唐]柳宗元著　[宋]廖瑩中輯注
元稹集校注	[唐]元稹著　周相録校注
長江集新校	[唐]賈島著　李嘉言新校
張祜詩集校注	[唐]張祜著　尹占華校注
三家評注李長吉歌詩	[唐]李賀著　[清]王琦等評注　蔣凡校點
樊川文集	[唐]杜牧著　陳允吉校點
樊川詩集注	[唐]杜牧著　[清]馮集梧注
温飛卿詩集箋注	[唐]温庭筠著　[清]曾益等箋注
玉谿生詩集箋注	[唐]李商隱著　[清]馮浩箋注　蔣凡校點
樊南文集	[唐]李商隱著　[清]馮浩詳注　錢振倫、錢振常箋注
皮子文藪	[唐]皮日休著　蕭滌非、鄭慶篤整理
鄭谷詩集箋注	[唐]鄭谷著　嚴壽澂、黄明、趙昌平箋注
韋莊集箋注	[五代]韋莊著　聶安福箋注
李璟李煜詞校注	[南唐]李璟、李煜著　詹安泰校注
張先集編年校注	[宋]張先著　吴熊和、沈松勤校注
二晏詞箋注	[宋]晏殊、晏幾道著　張草紉箋注
乐章集校箋	[宋]柳永著　陶然、姚逸超校箋
梅堯臣集編年校注	[宋]梅堯臣著　朱東潤編年校注
歐陽修詩文集校箋	[宋]歐陽修著　洪本健校箋
歐陽修詞校注	[宋]歐陽修著　胡可先、徐邁校注
蘇舜欽集	[宋]蘇舜欽著　沈文倬校點
嘉祐集箋注	[宋]蘇洵著　曾棗莊、金成禮箋注
王荆文公詩箋注(修訂版)	[宋]王安石著　[宋]李壁箋注　高克勤點校

玉臺新咏彙校	吴冠文、談蓓芳、章培恒彙校
王梵志詩校注(增訂本)	[唐]王梵志著　項楚校注
盧照鄰集箋注	[唐]盧照鄰著　祝尚書箋注
駱臨海集箋注	[唐]駱賓王著　[清]陳熙晉箋注
王子安集注	[唐]王勃著　[清]蔣清翊注
陳子昂集(修訂本)	[唐]陳子昂撰　徐鵬校點
孟浩然詩集箋注(增訂本)	[唐]孟浩然著　佟培基箋注
王右丞集箋注	[唐]王維著　[清]趙殿成箋注
李白集校注	[唐]李白著　瞿蜕園、朱金城校注
高適集校注(修訂本)	[唐]高適著　孫欽善校注
杜詩趙次公先後解輯校	[唐]杜甫著　[宋]趙次公注 林繼中輯校
新定杜工部草堂詩箋斠證	[唐]杜甫著　[宋]魯訔編 [宋]蔡夢弼會箋　曾祥波新定斠證
杜詩鏡銓	[唐]杜甫著　[清]楊倫箋注
錢注杜詩	[唐]杜甫著　[清]錢謙益箋注
杜甫集校注	[唐]杜甫著　謝思煒校注
岑參集校注	[唐]岑參著　陳鐵民、侯忠義校注
戴叔倫詩集校注	[唐]戴叔倫著　蔣寅校注
韋應物集校注(增訂本)	[唐]韋應物著　陶敏、王友勝校注
權德輿詩文集	[唐]權德輿撰　郭廣偉校點
王建詩集校注	[唐]王建著　尹占華校注
韓昌黎詩繫年集釋	[唐]韓愈著　錢仲聯集釋
韓昌黎文集校注	[唐]韓愈著　馬其昶校注 馬茂元整理
劉禹錫集箋證	[唐]劉禹錫著　瞿蜕園箋證
白居易集箋校	[唐]白居易著　朱金城箋校
柳宗元詩箋釋	[唐]柳宗元著　王國安箋釋

《中國古典文學叢書》已出書目

詩經今注	高亨注
楚辭今注	湯炳正、李大明、李誠、熊良智注
司馬相如集校注	[漢]司馬相如著　金國永校注
揚雄集校注	[漢]揚雄著　張震澤校注
張衡詩文集校注	[漢]張衡著　張震澤校注
阮籍集	[魏]阮籍著　李志鈞等校點
陸機集校箋	[晉]陸機著　楊明校箋
陶淵明集校箋(修訂本)	[晉]陶潛著　龔斌校箋
世説新語箋疏(修訂本)	[南朝宋]劉義慶撰　余嘉錫箋疏　周祖謨等整理
世説新語校釋(增訂本)	[南朝宋]劉義慶撰　[南朝梁]劉孝標注　龔斌校釋
鮑參軍集注	[南朝宋]鮑照著　錢仲聯增補集説校
謝宣城集校注	[南朝齊]謝朓著　曹融南校注集説
江文通集校注	[南朝梁]江淹著　丁福林、楊勝朋校注
文心雕龍義證	[南朝梁]劉勰著　詹鍈義證
詩品集注(增訂本)	[梁]鍾嶸著　曹旭集注
文選	[梁]蕭統編　[唐]李善注
蕭繹集校注	[南朝梁]蕭繹著　陳志平、熊清元校注